人類最期の日々

［普及版］

上

カール・クラウス

池内紀 訳

法政大学出版局

目次

序幕

第一場　3
ヴィーン。リンク・シュトラーセ（通り）の繁華街。さんざめく人の波。新聞売り、通行人とその妻、四人の士官ほか多数。

第二場　9
カフェ・プーヒャー。同日の夜ふけ。給仕頭エドアルト、頭取ほか。

第三場　11
宮内庁官房。式典長ネパレックが電話中。

第四場　16
同じく式典長の部屋。

第五場　17
同じ。故皇太子付きの年老いた侍従。

第六場　18
同じ。モンテヌオヴォ大公。

第七場　18
同じ。モンテヌオヴォとネパレック。

第八場　19
同じ。ヴァイケルスハイム公。

第九場　19
同じ。ネパレック、再び電話。

第十場　20
ヴィーン南駅。駅の待合広間、二つの柩。式典長ネパレックほか多数。すべての情景は淡い光の中で進行し、人物は影法師として登場。

ほかに散歩者、通行人、カフェ従業員、野次馬、警官、勲章持ち、宮廷勤め、貴族、淑女、聖職者、地区議員、名士、召使、新聞記者などが随時登場。

第一幕

第一場　29
ヴィーン。リンク・シュトラーセの繁華街。
数週間後。行進する兵士達に歓呼の声。新聞売り、野次馬、知識人、スリほか多数。
第二場　44
南チロール。橋の前方。国民兵、不平家。
第三場　44
同じ。橋向う。不平家、中隊長。
第四場　45
楽天家と不平家の対話。
第五場　47
オーストリア外務省。
第六場　52
ハプスブルガー・ガッセ（小路）の理髪店の前。興奮した人々。
第七場　55
市中コールマルクト。カフェ・プーヒャーの回転ドアの前。老ビアッハほか。
第八場　58
郊外のある大通り。はしごと貼紙とノリを運ぶ四人の若者。
第九場　62

ある小学校。先生と生徒たち。
第十場　67
カフェ・プーヒァー。老ビアッハほか。奥に大臣たち。
第十一場　73
徴兵逃れをした二人の青年。愛国者と新聞予約購読者の対話。
第十二場　91
平服を着た大男と軍服を着た小人。
第十三場　92
湯治町バーデンとヴィーンの間の軌道電車の車中。
第十四場　94
女優エルフリーデ・リッターの住居。新聞記者。
第十五場　99
楽天家と不平家の対話。
第十六場　100
オーストリア陸軍参謀本部。四人の大隊長。
第十七場　103
ヴィーン。カフェ組合本部。カフェ店主ほか。
第十八場　107
ヴィーンの連隊兵営。
第十九場　108
戦争援護局。詩人ホーフマンスタールと皮肉家。
第二十場　111
ブコヴィナの前線司令部。陸軍中尉の対話。
第二十一場　117
ある戦場。従軍記者、シャレク女史。
第二十二場　123
戦争省の前。楽天家と不平家の対話。ネパレックほか。
第二十三場　131
ヤノーヴの池のほとり。前線報道員の作家ガ

ングホーファー、ドイツ皇帝ヴィルヘルム二世。
第二十四場　138
オーストリア陸軍参謀本部の一室。ヘッツェンドルフ将軍と写真師。
第二十五場　141
ヴィーンの街路。相場師ほか多数。
第二十六場　151
南西戦線。高地の司令部。シャレク女史。
第二十七場　154
ローマ、ヴァティカン。祈禱中の法王ベネディクト十五世。
第二十八場　155
ヴィーン、新聞編集部。口述中の主筆ベネディクト。
第二十九場　155
楽天家と不平家の対話。
第三十場　189
ヴィーンの中心街グラーベン。夜。
ほかに散歩者、通行人、乞食、闇屋、娼婦、士官、兵士、デモの人々、見物人、カフェ従業員、大臣、乗客、国粋派学生、ガリチア難民、ヴィルヘルム二世のお供の者などが随時登場。

第二幕

第一場　193
ヴィーン。リンク・シュトラーセの繁華街。群衆はおおむねガリーツィエンからの逃亡者、闇商人、休暇中の職業軍人、病院勤務その他軽労働従事の祖国組、及び徴兵免除をとりつけた壮健な市民たち。
第二場　201
楽天家と不平家の対話。
第三場　202
予約購読者と愛国者の対話。
第四場　205
総司令部の前の通り。新聞記者と老将軍。
第五場　206
南西戦線。
第六場　206
敵軍より三百歩の距離に位置した歩兵連隊。従軍牧師。
第七場　207
砲台の傍。従軍牧師、シャレク女史。
第八場　208
プラーターの芝居小屋。呼込人ほか。
第九場　211
景勝地セメリンク。ホテルのテラス。
第十場　213
楽天家と不平家の対話。
第十一場　227
郊外の小路。食料品店の前。
第十二場　228
ヴィーンのケルントナー・シュトラーセ。大食男と並食男《なみぐい》。

ほかにガリチア難民、闇屋、散歩者、通行人、乞食、女乞食、乞食の子供たち、休暇中あるいは後方支援の軍人、徴兵逃れの市民、程度さまざまの負傷者、兵士、田舎廻りの役者、野次馬、セメリンクの食料雑貨検閲官、武器商人、士官、娼婦、新聞記者、客、ホイリゲの音楽などが随時登場。

第三幕

はしがき

当ドラマの上演は、地上の時間《とき》の尺度では十日余を必要とする。故に、むしろ火星の劇場《こや》こそふさわしい。この世の劇場通には堪え得ない代物だ。すなわち、この書はかれら地の種族の血に塗《まみ》れ、その物語るところのものは現実とは思いもつかず、考えも及ばず、明識をもっても捉え得ず、記憶にははしなくも拒絶され、ただ血なまぐさく爛れた悪夢にかろうじて保ち置かれた年月の概要であり、オペレッタ登場の諸人物が人類の悲劇を演じていた時代の産物である。けだしそれに似合わしく、この書の《為組《しくみ》》もあまたの《場》に罅割れて、その地獄をいや烈しく示し、ことさらに主役を持たぬ。ここに至って笑いとは、意識を失わずして時代の証人たらんとし、その心得でなお狂気を免れてある者の自己訴状のひとつに他ならない。そしてこの屈辱を後世に委《ゆだ》ねる者以外、笑いを笑う権利を持ち得ない。ここに描き出された事象を許し、またともに経《けみ》した世界は、笑いの権利を呈して義務の背後で泣かねばならぬ。

ここに報告されるさながら異常の行為は原寸の写しである。ここに遺されるさながら異常の会話は原尺の控えである。作者は《引用》を唯一の創意としたにすぎない。耳たしかと刻みこまれた妄誕の言葉は生活《たつき》の楽音にと拡がろう。文書は姿を採り報告は形象を帯び形象は社説として完了する。寄稿文は口を得てモノローグを始めよう。常套句はおもむろに歩み出し——そして人々はこれを許した。

さまざまの声調は駆け出し時代を駆け抜けて地上の頌歌にと成り上る。衆にあってこれを生きのびる者たちは現在に策動してこれを煽り、時代は、肉でなければ血に、血でなければインキに浸り、影に寄せられ、操り人形に変じられ、その華やかな虚妄を露呈しよう。揺曳する人々、この悲劇の謝肉祭の仮面の主《ぬし》たちは実名のままに登場する。これ以外にすべはなく、この偶然に縛り上げられた時代においてこそ、一切、偶然なるものは存しないからだ。この書を目して一地方の問題としてはならない。《シルク・エッケ》の種々の経過もまたこの路上にこだわるものではないのだ。自らの時代は堪えるとせよ、脆弱にすぎた神経の持主はこの書より離れよ。現代《とき》は現実の言葉に宿った戦慄を、古馴染みのおのが街の訛《なまり》の窪みから響くときなかんずく、滑稽とすることを知らず、経《けみ》し、息衝き過したものを虚構と判じることをしない。嘲罵して止まぬものの実体とすることをしない。戦争の暗愚を越え、人間の愚昧は果てがない。戦争を眼にしてこれを知ることを拒み、戦争があることは容認しながら戦争があったことを認めることをしないのだ。戦争を生きのびた者たち——その者たちを戦争は生きのび、謝肉祭を経て仮面の隊列はあっても記憶はその更新を願わない。経験の傷跡を遺さず、傷跡の現像を知らず、想像の挫折にたじろがず、罪を知らず、贖いを知らず、ただ自らの歴史のメロディーの再生には耳を覆うだけの自己保存の智恵を持ち、時到ればさりげなくそれを口誦む自己犠牲を保有する。ここにおいて時代を識るとはいかな深い奈落を覗《み》ることか。

《戦時なり》の合言葉に下賤と醜行に馳せり、《戦後なりや!》の警告に、生きのびた者としての安眠をさまたげられるとする者たちにとって、戦争の出立は自明の理にひとしい。かれらは世界市場を——かれらの瑰麗な夢を——武具甲冑でもって征服することを口にした。だがなけなしの商《あきな》いに満足し、古物商にと店卸しする破目となるはずだ。ありようはかかる気分のうちにここに戦争叙述が準備されるのだ! 思うに、この荒涼とした時代の股から生れ、時の隔たりを得てもなお理解の術を備えない未来の到来を惧れねばならないのであろう。この《人類》の一員たることのまったき罪の告白は、どこかしらで歓迎され、せめて一度は役立つものとなるやもしれぬ。して、《なお人心、猛《たけ》きが故に》廃墟の上の絞首台にも革新者に寄せたホレーショの言葉は伝えられよう。

まだ何も知らぬ人々の前で　私に　事の起りを
すべてを　述べさせよ　ここになされた
淫乱の　残虐の　不倫の行為を
偶然の裁断を　徒なる殺戮を
謀殺を　虐殺を　仕組んだ者たちの頭上に跳ね返った
企みを　その一部始終を
ありのまま　私は　語る

序幕

第一場＊

ヴィーン。リンク・シュトラーセの一角、シルク・エッケ(1)。ある夏の祝祭日の夕。さんざめく人の波。また、所々方々に立ちどまって群をなす人々。

新聞売り一　号外だあ——！　皇太子が暗殺《や》られたあ！　下手人は掴まった！

通行人（妻に）　やれありがたい、ユダヤ人でないようだ。

その妻　戻りましょうったら。（夫を引っぱって、去る）

新聞売り二　号外——！『ノイエ・フライエ・プレッセ』だ！　サライェボの大事件、犯人はセルビア人だ！

士官一　よ、お珍らしや、ポヴォルニィ君！　なんですな、ガルテンバオへお出ましですな？

士官二（散歩用の杖を手に）　お出まし？　お出させられましさ、閉じてるぜ！

士官一（驚いて）　閉じてる？

士官三　そんな馬鹿な！

士官二　馬鹿はどっちだい！

士官一　で、どっちだい？

士官二　ホフナーへ繰り出そうや。

士官一　喜んで繰り出すよ——としてもだ、繰り出すとしてもさ、つまり、なんだ、政治的にはどうなろってことかねえ、君の明察によればさ——

士官二　我輩のね、我輩の意見をおたずねかね、（杖をやたらに振り回し）ちと込み入っとるが——さりとしても——どうなるってことでもなくとしてもさ——いまこそは——

士官一　気どらなくてもいいさ、でんぐり返るぜ。ところで奴さ、例の発展家ね、ファロータ殿ね、かの君はさ——

士官四（笑いながら近づき）　これはこれはノヴォトニィ君、ポコルニィ君、ポヴォルニィ君、やあ、君だ、君、君こそ政治通だろ、どうなるね、今後さ。

士官二　ごたごたが起ったってこと、それだけさ。

士官三　そりゃあ——そうだな。

士官四　我輩の意見によればだよ――昨日は夜っぴて飲んでさ――！　シェーンフルーク(2)の絵ね、一度見給えよ、ありゃ、大物ですぞ！

士官二　愛国者のファロータ殿によるとだな、義務を果すだけじゃ事は足りん、なんとしてもだ、愛国者でなければならんとさ、思いこんだらテコでも動かんって代物だぜ。我輩はいささか意見を異にするがね。我が信ずるところに従えばだ、――こんな所で日がな一日ささやきあっとる手はないぜ、さ、どいたりどいたり！

士官三　ホフナーにはどうなんだ？

士官四　あそこのあの二人、あの御仁を御存知かい？

士官二　御存知だとも、シュレピチュカ、フォン・シュラハテントロイの君さ、知恵はその身に余り、新聞は上から下まで暗記《そら》で御承知って男さ、かく読まねばならんときつくおっしゃり、かの殿御の説によればだ、われわれの目指すところは平和、これ一つだとさ、もっとも何を措いても平和ってわけじゃないそうだがね。(食堂の給仕女が通る)おお、見たかい、あれさ、ほら、話したろ、ついのことだがえさなしでさ、こうついっと釣り上げたって女《めのこ》ね、あれだよ。(俳優のフリッツ・ヴェルナー通る)よ、お久しゅう！

士官三　誰だい、ありゃあ？

士官四　ありゃあって、君、知らないの？　ほんとに？　こりゃ驚いた、ほんとかい、ヴェルナーさ、ヴェルナー様さ！

士官三　へえ――ぼくは俳優のトロイマンかと思ってみたとこなんだがね。

士官一　おやおや、トロイマンとヴェルナーとをとっちがえるなんてなさけないやね。

士官二　それというのも論理《ロギク》を御存知ないからさ――無理もないや。

士官三　ちと待ってくれ――(考えて)言わんと欲するところはだ、《秋の陣地》は《フザール魂(3)》よりさらに良きかな。

士官二　よしなよ、よしなよ。

士官一　考えてから洒落ってな、泣かせるねえ。

士官二　なんたってあれはヴェルナーさ。

士官一　泣かせるねえ、まったくねえ――
士官二　どうしてだい？
士官一　《笑える夫《つま》》を見たのかい、マリーシュカを知ってんの？
士官二　残念ながら初耳だ。
士官一　シュトルムは？
士官二　勿論さ。
士官四　さ、出掛けようぜ、ポテンツ・エッケで立ちん棒も能がないや、ホフナーへといざ迅《と》く行かん、もしもガルテンバオが――
士官三　グラヴァッチュは知ってるかい？（と、話しながら、去る）
新聞売り（小走りでやって来て）　出たよ、『ヴィーナー・タークブラット』だ！　皇太子と奥方が暗殺《や》られたよ――！
代理人一　で、今夜の御予定は？
代理人二　あちらはどうですかね、ヴェニス館(4)ね、開いてるかしら。
代理人一　多分ね、じゃあと、電車《くるま》で行きますか。
代理人二　どういうわけだかこうどうも焦《い》らつきますよ。
代理人一　心配は御無用！　そりゃあ、インペリアールのお歴々はメルポメネ(5)に逃げですっとさらわれましたからね、昨日《きくらつ》なんかはもうメルポメネでもち切りでしたとも。しかし、大穴ってのはですよ、御承知の通り――いやあ、よしましょう、われわれだって競馬《うま》の素人ってわけじゃなし――おや、フィシュルだ、（呼びかけて）おおい、またメルポメネに賭けたの？
フィシュル　へ、笑わせら！
代理人一　それはこちらのセリフさ。
フィシュル　こちら、てのはどちらのこったい、グラオコピスで――連勝いただき！
ヴィーンの一市民　まあお聞きなさい、好かれてなんぞいなかったさ、全然ね、殺されたって――も！　でも、どうしてかしら？
その妻　ま、そんなにはっきりとおっしゃらなくて『ノイエ・フライエ・プレッセ』の古くからの予約購読者（もっとも古くからの予約購読者と話しながら）　もっけの幸いですとも。

『ノイエ・フライエ・プレッセ』のもっとも古くからの予約購読者　なんですね、そのもっけの幸いというのは――

（あたりを見回してから）そ、そうですとも、きっとよくなりましょうな！　マリア・テレジア様御時《おんとき》の再来でしょうな！

古くからの予約購読者　おっしゃいますな！

もっとも古くからの予約購読者　言いましょうとも！

古くからの予約購読者　おっしゃいましたな！　だけどもですぞ――いやはや――セルビア人だとはねえ、へたするとあたしの末の息子が戦争《あっち》に――

もっとも古くからの予約購読者　まず第一に今日《こんにち》、戦争《いくさ》なんぞは不可能でしょうが、それにです、たとえあり得ると致しましてもです、そうだとしてもどうしてあると限りますい？（もぐもぐ口ごもって）神の定めの御意《おんまま》に！　あたしは――むしろ明朝《あす》の論説が待ち遠しいですわな、ルエガー(6)が死《い》ったからには書きましょうな、腹蔵なしに書き立てても構やしませんからな、そりゃあ、用心にこしたことはありますまいがな、まんず下手《しもて》から説きつけますな、ユダヤ人のね、それからもちゃがりますよ、上手《かみて》のユダヤにね、説き立てますな、たきつけますわ、あれは知ってます、はい、モリッツはね、つぼをですな。

古くからの予約購読者　そうですかな、そうでしょうかな。

もっとも古くからの予約購読者　おやおや、なんです、その悲観的な口振りは！（両人、去る）

数人の酔っぱらい（通行人を押し分けて）　御神の――栄光――かぎりなし――くたばれ、くたばれ、セルビアめ、セル公《こう》め！――いざ立てよ、勇ましく――ウワッとくらあ！

腕を組んだ四人の青年と四人の娘　プリンツ・オイーゲン、勇敢に、橋架け渡し、進軍の、目指す砦は、ベルグラード(7)――

群衆　万才！（フリッツ・ヴェルナー、立ち戻り、答礼）ヴェルナー、万才！

レーヴェンシュタム嬢　ねえったら、たのんで頂戴な。

ケルメンディ嬢（近寄り）　あの、あたくし、あの、あなたさまの、あの、大ファンですの、それで、あの、サインを――（ヴェルナー、手帖をとり出して一頁を裂きサインして渡す。ヴェルナー、去る）ま、なんてやさしい方かしら。

レーヴェンシュタム嬢　ね、あの方、あなたを御覧なすったこと？　ねえ、出ましょうよ、この雑踏《ひとごみ》ったらいやあね、みんなあの殺人のせいなのよ、あたしの好きなのは、シュトルムだけ！（去る）

新聞売り　号外だ！　フランツ・フェルディナント皇太子が――

知識人　さあて、これで演劇界がどうでるか、御贔屓《パトロン》を喪ったのにとどまらず――国民劇場《フォルクス・テアター》の切符は売切れだが――

その妻　なんて夜《よい》かしら、家《たく》にいた方がずっとよかったわ、でもなんて言ったってお聞きになる人じゃないのだから、あなたって方は。

知識人　いやはや、おまえのエゴイズムにはまったくもって手がつけられん。かかる社会感覚の欠如は実に予想だにしなかった。

その妻　あたくしに趣味のわきまえがないっておっしゃるけれど、ありますわ、もちろんですわ、でも、フォルクス・ガルテンで食事なんて意味ないわ、音楽一つないのですもの、すぐとにハルトマンへ行ったらどうかしら。

知識人　いつもいつも食事のことばっかしだ、思考《かんがえ》とはだ、つまり――全然、分っとらん、今後さあてどうするか――

その妻　行けば分りますわ、音楽一つなしだわ！

知識人　ついぞなかった葬式が見られるぞ、ついぞなかったな！　思えば、いつだったたか、皇太子が――（去る）

ポルディ・フェッシュ（連れの男に）　今夜もよ――昨日は昨日でサッシャ・コロヴラート(8)と一緒でよ、酩酊もいいとこでよ、明日は明日でよ――（去る）

警官　左へ！　はい、左へ寄って！

新聞売り　『ライヒスポスト』の第二版！　出たよ、皇太子の暗殺事件！

小市民一　持ちつ持たれつ、おあいっこだってのです！なるほど、そうかもしれませんよ、他人様は知りませんや、わたしらね、わたしら如きしがない者にとっちゃあそうはいきませんよ、いいですか、お分りでしょう、私の言いたいのはですよ、どうしてだっておっしゃってもです、ヴィーン人はですね、ヴィーン人の習慣《しきたり》ってものですね、それを守って当然ってぐあいに慣れ切っとるのですよ、話変ってですよ――ハドラヴァは見通していましたな、無論、彼《あれ》はおしのびでしたがね、タクシーに乗り込んでです、その、並みですな、並みの人なみにチップをやったっていうんです、ちっとははずんでもよかろうってものじゃないですか。

小市民二　もういいったら、およしなさいよ！

小市民一　それにですよ、これはって思うことにでもビタ一文、余計に払おうとはしませんな、そんな男ですよ！　ね、あなた、われわれとどこがちがうってのです、同じですよ、そっとですよ！　あの渋り振りね、爪のアカだって無駄にはしませんな、感情の問題ですがね、つまりです、持ちつ持たれつ、これが大切なんじゃありませんか、何故ならばです、われわれしがない者は――

新聞売り　号外だ――！

小市民一　おい、一枚たのむ、いくらだね？

新聞売り　十ヘラー！

小市民一　たったこれだけが？　これ一枚が！　高いよ、君、それに第一なにも載っとらん！　や――ほら、君、君ったら、見給えな、あの娘、すごい尻だぜ！　私《うち》の妻君《やつ》ならそっくりあの中にもぐりこめますよ。

小市民二　およしなさいったら、あれはあなた辻女ですよ！

（去る）

小市民一　お、なんだろう、あそこ、ブリストルの前ね、たかってますね、だれだかお偉方のお出ましですかね。

警官　左に、はい、左に寄って！

新聞記者一（同僚に）　ここいらがもってこいだぜ、探訪といくかね、野（9）に広がる火の如くだな、かの報告《しらせ》は巷にと広がって、平常《つね》には楽しき生活のさんざめきに充ち充ちた会話がはたと止み、あるはただ驚愕の表情、もひとついくか、更には静かなる哀しみの翳、それこそ今日のこの日に読みとれる唯一の街の表情に他ならず、いいやね、ときてだな、みも知らざる人々が互いにより添い、囁き合って、号外は手から手へともぎとられ奪い去られ、集《つど》いて人は――

新聞記者二　おあとはだ、我流だがね、リンク・シュトラーセをうめつくして人々は群を成し、かの惨事を語り合う。警官はこれを追い、群衆《ぐんじゅう》となることを禁じた。ものかは、人はなお寄り集《つど》い、やがては行進が――民衆の高らかなる行進が開始された――とね、ほら、あそこだ！

（ホテル・ブリストルの前で馬車屋と乗客との間で口論がもち上り、通行人は立ちどまってそれぞれ双方の肩を持ち、囃したて口笛を鳴らす）

新聞売り　号外だ――皇太子と奥方が暗殺《や》られたよ！

馭者　旦那、ねえ、日が日でさ、せめてもちっとはりこんでもらわにゃ――！

（暗転）

第二場*

カフェ・プーヒャー。同じ日の真夜中前。店内は閑散とし、ただ二つのテーブルに客がいるのみ。その一つにはたった今、銀行の頭取が座を占めたところ。今一つのテーブルを二人の禿頭の紳士が占め、ともに口付煙草をくわえ、絵入り滑稽新聞を夢中になって読んでいる。眠りこんだ勘定係の娘の顔の前に給仕が手布巾を振り廻している。いま一人の給仕はコーヒー番に雑巾で調理室から追い出され、それを見て給仕頭と料理人が吹き出して笑う。

給仕頭エドアルト　安飲屋にでもいるつもりか？　とんちき奴！　大臣がお二人読書されてるというのにだ。パオラさん、なんです、もうお眠《やす》みかいな！

頭取　おい！

エドアルト　はい、ガイリンガー様、なにか？

頭取　葉巻だ、トラブッコをな、それに『エキストラ・

プラット(1)』を。

エドアルト（葉巻の箱と新聞とを上衣の内ポケットからとり出して）　おそれ入ります、トラブッコに、御注文のこれ！

頭取　誰もおらんな、今夜はまたどうしてこう淋しいんだな、ゴンペルツさんさえお見えにならんのか？

エドアルト　はい、どなたもお見えになりませんです。

頭取　誰か電話してきたかね？

エドアルト　まだどなたも。いずれにいたしましてもよいお天気続きでございますのでみなさま、お祭日《やすみ》を利用して御遠出かも――

頭取　今日は一体、何の休日《やすみ》かね？

エドアルト　ペテロとパオロの祝祭日でございますよ、ガイリンガー様。

（二人がなお話し続けている間、いま一人、客が入ってきて、二人の老紳士と向いあったテーブルに座を占める。給仕がコーヒーを運んでくる）

客　君、給仕君、あの御老人ね、向いのお二人、誰だったかね、どこやらで見たことがあるような気がするんだがね。

給仕フランツ（客の耳近く口を寄せて）　あそこは大臣様御定席でございまして、滑稽新聞をお読みの、鼻眼鏡をお掛けになった方でございますね、内務大臣閣下でございます、もう一人の同じく鼻眼鏡をお掛けになって絵入りお笑い新聞をお読みの方でございますね、あれは総理大臣閣下でございます。

客　あ、そう！　今頃ここに来られているのも、なんだね、やはり例の事件のせいなのかね、それともいつもこうなのかね？

フランツ　ま、大体毎夜今頃でございます。大臣閣下は主に夜遊びが専門でございますよ。

客　あ、そう！　で、誰かね、あれは、いま丁度入って来た男は？

フランツ　ああ、あの方でございますか、――あれは内閣官房長官殿でございますよ。

客　そう！

（フランツは大急ぎで官房長官にレモン水と絵入り新聞を運んでくる。暫くして）

総理大臣（お笑い新聞を側《わき》に置いて）　何事も事はなしか、今日も。
内務大臣（あくびをしながら）　さようですな！
総理大臣　かくして日は過ぎゆくというわけだ。
官房長官　退屈もいいとこで。
総理大臣（やや黙考してから）　しかしどうもなんだ、あれね、あれさ、コミュニケだっけ、要るようですよ、つまりさ、たとえばだね、（2）当事件ニヨリ生ジタル事態ニ対処センガタメ、政府ハ急拠、閣僚一同ヲ招集シ、長時間ニワタル閣議ヲ催シタリ、とかなんとかのですよ。
内務大臣　なるほど、ごもっともですな。
総理大臣　おい、エドアルト！
内務大臣　対処するといってもしかしどんな対処をしますかな？
総理大臣　それはコミュニケ次第ですよ、エドアルト、おい！
エドアルト　御用でございますか、閣下？
総理大臣　ほかにもうなかったかね、はて、――なんとかいったあれだ、例の面白い新聞《やつ》。
エドアルト（テーブルの上の新聞の山をかき回しながら）　そうでございますね、例の面白いやつと申しますと、何でしたか、あ、そうそう！
（新聞戸棚の方に行く。その間に頭取は大臣のテーブルに移り、腰を浮かせた内務大臣と話を始める。雑巾で調理室から追い出され、こんどは勘定係の娘の顔の前で手布巾を振り回しているフランツを、エドアルトは手で威嚇して）
エドアルト　やめんかというのが分らんか？　とんちきめ！　安飲屋にでもいるつもりか！（新聞戸棚の中をかき回しながら）またどこへつっこんだ、大臣閣下があれを、ほれ、週刊漫画の、ええ、そうだ、そう、『爆弾《ボンベ》』（3）を御所望だ！
（暗転）

第三場*

宮内庁官房。いましも式典長ネパレック（1）が電話中。書卓に向い、話中、絶えず受話器に頭を下げ、まさにその中にもぐりこまんばかり。

ネパレック　埋葬は、三等で——ごもっともでございます、そうでございますとも、陛下——御安心くださいまし——大公殿下がいちはやく御指図をくださいまして——は？　何とおおせで？　は？　電話の通りがことのほか悪いものでございますから——ちぇ、へーい、交換台のお嬢さん、なんです、これは！　宮中電話ですぞ、只ではすみませんぞ！　どうも失礼をば、陛下、電話が途切れたものでございますから、は——ええ——ええ、おおせの通り——ごもっとも——ええ——すっかりと——みんなに——なあるほど——はい、大公殿下がいちはやく御指図をなされたからには——そうですとも——大公殿下はさぞお喜びなさいましょう——全ては大公殿下のお考え通りに——陛下、御安心ください——いいえ、いいえ、政府の者は一人として——取巻き連も誰一人——いいえ、御親族からも一人として——そうですとも——え？——はい、誰一人として——参られません——大公様は御旅行に御出かけなさるところでございましたがなんとかお伝えはいたし——用心に用心してございますか、はい、ごたごたいたしませんようにようく説きつけておきまして——は？　よ、また途切れた、どうなっとるんだ、ボーフラめ、——は？——ええ、イギリスからも——いいえ、誰一人として——宮廷の猫の子一匹も——ただ大使とその同族でございます——勿論、その中の少数の者が、はい、イヤとは申せませんで——たとえ——はい、なんとか、懸命に努力は致したでございますが——ええ、その通り、その要領で——式典の場の狭きにかんがみ、で——そ、ちっぽけな礼拝堂で、はい、愉快至極痛快至極でございますな——は、筆記？　なるほど、すぐとに、はい、（鞄より紙をとり出して）[2]《公国代表並ビニ軍部代表者ハ式場ノ狭キヲ考慮シ、スベカラク列席者制限ニ努力サレンヨウ——》え？　そうでございます、当然ですとも、がっかりいたしましょうな、軍部連中、はい、公式にもどうにも加われなくて——は？　ベルグラードで？　あっちへ参るべし？　へっへっ——そ、その通り、歯がみ致しましょうな、――ほっとくでございます、ほっとけでございます、――そ、そう!――大傑作、いただきましょう、葬式三等、禁煙厳守!――まことに名案! 大公殿下に申し上げるでございます、大公殿下はさぞや呵呵と大笑いをなさるでございましょう――はい、もうごたごたのあと始末だけでも御《おん》の字で――ボヘミアの貴族連中でございますか、はい、少々、強硬で――シュペッツィとその一族(3)で――は? 何と答えたかと? 大公殿下がいちはやく御指図を下さったでございまして、はい、ボヘミアの宮廷高官代表以外は唯後見人のみ一人列席を許すと――え? 子供? 餓鬼連中? とんでもございません、大公殿下はきつく反対されまして。はい、鼻たらしはどうも――え? みなさまも徒歩で――そうなのでございます、大公殿下にとっても厭わしいことでございます、まるで、デモでございますです――なあるほど、彼らにとっちゃ、へっへっへっ、失業者のデモ! おっしゃいましたな、はい、大公殿下にも申し上げるでございます、大公殿下はさぞや呵呵と大笑いを――なんでございます? また、どうしてでございます? なに、大丈夫でございます、他に洩れたりなどいたしませんでございますよ!――はい、なるほど、式目通りに――ひとえに清楚な静謐が肝要と――ごもっとも、おのずからなることで、もちろんでございますとも――皇太子の埋葬式三等とてどこに何の不服があろうかと――そうでございますよ、われわれが汗水たらして働く理由はさらにございませんです――ところで内閣の破廉恥極まった思惑をお聞きおよびで?――イスパニア式埋葬とか、はい、西駅への葬列行進のみならず、御墳墓所のアルトシュテテンでも御式をもう一度と――カプツィーナー・グルフト(4)以外、われわれの与り知らぬところなり、はい、その通り、その一言でおじゃんでございますとも――勿論、大公殿下はいちはやく御指図を下さいまして、つまり、西駅まで遺体を運ぶだけでも随喜ものと、それ以上のことは市営葬礼協会のなせる業なり、と――協会の名誉なり、まさにそう――無論、きたならしいですからな――なあるほど、慈愛と、はい、大公殿下にも申し上げますでございます、さぞや大公殿下は呵呵と――いいえ、ございません、内輪の会食は何一つ――え？ 誰かがこっそりと？ 無理でございましょうな――はい、小間使仕事でございまして――反対でございました、最初《はな》から反対でございました、ショテク(5)なんぞの死骸をです、一緒の車室に置くなんぞは――わたくしならむしろ下車致しますです、降りますです、しかしながら残念ではございますが――大公殿下のいとお優しき御心ばせによりまして――はい、陛下もお聞きおよびでございましょうが、宮廷からの仲介もございまして、少なくとも私の思案いたすところでは柩を一段低くいたしまして――はい、南駅では別に不都合はございますまい――どう見積りましても群衆の混乱がめろうなどとは――そ、そう、日曜日のアッツェカードルフ行の人出にも足りますまいと、へっへっ、御名言！ 大公殿下にも申し上げるでございましょう、大公殿下はさぞや呵呵と――は？ なんでございます？ 新聞？ 記者に？ 申しときましたですよ、みんな申しつけましたでございます、せんずるところと申しますと、大見出しで、はい、混乱なく、ただ深き深き哀しみのみとかなんとか――え？ そう！ 深き深きでフカフカと――へっへっへっ、大公殿下にも申し上げるでございます、大公殿下はさぞや――ごもっとも、ごもっとも、閣僚が宮廷人同様の哀しみを、とはいと麗わしきしあわせで――大公殿下にも申し上げ――はい、二、三の楽隊業者なんぞが問い合わせてきましたでございますが、宮中葬送式目は未だ整わずして、各部局の意見をも入れずんばまだしかとは返答しあたわず、なんぞと伝えておきましたでございますが――結構で、え？ 適当なところ？ 埋め合わせの気晴らし用にございますな？ ゲルストホーフのヴォルフ亭(6)はちとどうかと思いますが、むしろヴィーンのヴェニス館こそどうかと思いますです。このたびも仲々手廻しのよいことでございまして、はい、問い合わせて参りましたですが、――それも、あの例の報道《しらせ》の後でございます、いと間もおかず直ちにでございましてな。そうですとも、ほんの微かの愉しみとほんの微かの商《あきな》いとをこのいまわしい状況にありましてとり上げねばならない理由はさらにございませず、まさに持ちつ持たれつ、これが世の法《おきて》でございますから——勿論ですとも、われわれのみならず国家全体が——はい、国家全体——だれもが同じ感情で、息をつまらせたくはございませんから——は？　え？　よ！　また途切れた！　まるでいかれとる！——はい、そうでございます、心優しくありたいものでございまして——そうですとも、配慮いたしまして——持ちつ持たれつ——民衆は晴れやかな御顔を望んでおりますとも、自分たちもそうなりたくてうずうずしておりますからな——はい、挨拶一つ出来かねるのはしんがりに——身内の関係者には、ありがたいことでございます、知らぬ顔の半兵衛でおられますです——え？　大公殿下は如何にと？　あれらの？　あの連中でございますか？　あのかなわざること判明したりし未来の宮廷長を？　哀れなる幸運児でございますな、神の御許《おんもと》でいねむりでもでございますよ、神の御加護を信じ、地獄に去《う》せろでございますよ、はい、あれにとりましては悲運でございましょうな、あの者ぐらいでしょう、途方に暮れておるのはでございます——いいえ、御免こうむりますですよ、あの者の訪問なんぞはまっぴらでございまして——え？　サライェボに供したのは？　ハラッハ(7)でございますか？　はい、随員の一人で、《身を挺して防がんとした》——申し分なく動きましたです——モルセイは警察に急行しましたでございます、犯人を自分で捕えられなかったのにも美事に答えておりますな、軍曹殿、己が義務に忠たれであります！　はっはっ！　サライェボの警察も義務は果しておりますです、はい、過不足なしに。護衛隊でございますか？　いえ、ティスツァ(8)に大公殿下が御指図くださいましたところでありまして、身辺警護六名でございました。少なくはございませんとも、そりゃあ、多すぎもございませんが——そうですとも、コノピシュットではうぞうむぞうの目からそらすために二百人の警護人をつけたのですから、適当なる埋め合せでございますよ——え？　外務省辺りではさぞ右往左往しておるでございますか？　なだめすかして、はい、無論、手は打ってございまして、当然のこととは申せ——いやはやでございます！　蛇の巣穴をそっくり返す捜索ですな、どれほどまで掘り出せるか見物《みもの》でございます――いえ、サライェボには六大隊、ベルグラードにもそれ以上願いたいことでございまして！――御苦労な連中、はい！――私にも明りが灯ったというところでございまして――ええ、勇ましくて、恐れを知らざる士官公ですからな！――そうでございます、神の御手の中にいらしていただきたいもので、生涯、ずっとその、その御最期までもですな、――お邪魔をいたしますのはちと不粋でございます、はい、罰ですか、ああいうことが起ったからには！――今後ともに用心専一、幸運を計って内外ともに――勿論、はい、コンラット大将もいまは――そうですとも、大呑み込み、満ち足りた思いでございましょう、悪くはございません――この絶好のチャンスに――おまかせを――無論――え？　ごもっとも、ドイツが先に手を出しましょうな――はいでございます、われわれは平和を求めるものでございまして――何を措いても平和という訳ではございませんが――いいえ、陛下、休暇のことは、まだお聞き致しておりませんが――どうしたことでございますか――はい、私の方からもきっとお伝えいたしまして――もう一度、早速に――御心配は御無用でございます――私のこの口ではっきりと念をおして――はい、どうもどうも、失礼をば、御機嫌よろしゅう、はい、ごめんをいただきましてどうもどうも、はい。

第四場

同じく式典長の部屋。

召使　式典長様、一人参ったものがございます。

ネパレック　どんな者だ？

召使（当惑して）　別にとりたててどうという者でもございませんが。

ネパレック（噛みつくように）　とりたててどうとは何をとりたててだ！　え？　言ったろ、誰が来てもだ、来る奴は――

召使　あの――実は、あの者の申すにはお伝え事があるのだとかでございます。
ネパレック　伝え事、へっ、聞かせてもらいましょうじゃないか、まだ伝え事があるとはな、入れと言え。
（召使、去る）

第五場

故皇太子付きの年老いた待従登場。

ネパレック（舌打ちして）　何か御用で？
年老いた待従　はい、式典長様、――実は――あのう――この機に至りまして――つまりこの際、――なんとか――是非と――
ネパレック　御用の向きをお聞きしたいと言っとるのです！
待従　はい、そのう、あのう、この度の御災難、はい、御災難でございます、――私めは永年宮様の御許にて――今は亡きあのお方様の、皇太子殿下様の御許にて――神の御胸に今は御眠り遊ばされる――
ネパレック　ははん、つまりですな、つづめて言えばですな、あなたはなんですな、今は失業された元待従って格ですな、――あなた、ねえ、よござんすか、頭からそっくりと追い出すことですよ、ここでですね、こちらで仕事を斡旋して貰おうなんぞの御考えをです！
待従（泣きながら）　いけませんです、式典長様、いけませんです、いけませんです――
ネパレック　なにがいかんのです？
待従　いけませんです、あんまりでございます、――私めに、そんな、そんなこと――
ネパレック　それじゃほかにどんな御用の向きがありますな？
待従　いけませんです――それはひどい――あんまりな――ひどい――式典長様――そんな――
ネパレック　私の前で世迷言は無用ですぞ！――御用の向きをお聞かせいただきたいと言っとるのです！
待従　なんにも、はい、式典長様、なんにも、なにひとつ、ただ――ただお話したく――お話を、させていただきたく――御遺体の御前でせめて一度――

ネパレック（大声で）　あなた用の面会時間は生憎と持ち合せておりませんぞ、よろしいな！（右手より声を聞き立ててモンテヌオヴォ大公が顔をいからせてとびこんでくる）

第六場

モンテヌオヴォ　え、何事だ？　や、もう一人来おったか！　おい、きみ、分るかね、無駄なんだ、誰一人だな、きみらの方からだな、こちらに召しかかえるってことはだ、さあさ、消えたり消えたり！

待従（仰天して）　私めは――あの――しがない――しがない待従で――ございまして――殿下――（去る）

第七場

モンテヌオヴォ　あなた、式典長、いいですな、御承知なんでしょうな、ここは浮浪者の収容所ではないですぞ、――もういちはやく指図を下しといたが――私にまで手を焼かせんでもらいたい！

ネパレック　おまかせ下さいまし、殿下、二度とこういうことにはいたさせませんでございます、あの男はただ――

モンテヌオヴォ　申さんでよろしい、いいかね、あっちのだな、ベルヴェデーレの息のかかった奴は一人として入れてはならん！――パーティの招待状は？

ネパレック　四十八枚出しましたでございます。

モンテヌオヴォ　なに？

ネパレック　あ、とんだ失礼をば！　明晩と間違えました、二十六枚でございます。

モンテヌオヴォ　うち六枚はとり消せ！（去る）

ネパレック　はい、おおせの通りに！（と、再び書卓に向う）

第八場

ヴァイケルスハイム公、召使の制止を振り切って、来る。

召使　大公様のきつい御命令でございまして――

ヴァイケルスハイム公　なに？　御命令？　すると、なにか、ここでは御取継ぎを乞わにゃならんのかね？

（召使、去る。ネパレックは書卓より顔を上げない。大公、暫時待った後）君！　（なお暫く待ってから声を荒げて）おい、君、立ち給え！

ネパレック　（振り仰いで）　これはこれは、ようお越しで、はい。

ヴァイケルスハイム公　（驚愕の面持ちで立ちつくした後）なんだと？――もう――はやくも――大威張りで――

（強く）私を誰だと承知しとるのかね？

ネパレック　なんでございます、勿論ですとも、御存知あげておりますとも、あなた様はブロン・フォン・ヴァイケルスハイム男爵様でいらっしゃいます。亡き殿下様の一の御友人でいらっしゃいましたとも。

ヴァイケルスハイム公　そして君はだ――奥にいる御頭《おかしら》のだ――ただの――（ドアをあわただしく閉めて、去る）

第九場

ネパレック　（身体をよじって大笑い。と、電話が鳴る）　はい、只今、丁度今しがた――（モンテヌオヴォ、ドアを細目に開け顔をのぞかせる。ネパレック、電光石火に振り返って）は、大公殿下、只今すぐに――

（暗転）

第十場*

南駅。 淡い朝の陽光の中に開け放った大扉を通して駅の待合広間が見える。広間の壁全体は、 黒い幕でおおわれ、中央、外に立っている者にも見える位置に二つの柩、その一つは他の一つより一段低く安置されている。 柩の回りには高い燭台が並びローソクに火が灯されている。 更に花環や祈禱台がしつらえられ、 喪服姿の従僕達は忙しくローソクの準備や、焼香客接待に追われている。大広間に続く前の部屋及びその一部が見える階段には一般の人々がつめかけ警官がこれを整理している。 勲章佩綬者やさまざまの制服の官史が登場、 おのおの互いに黙礼やら囁きの挨拶を交しながら前の部屋で待機したりあるいは大広間に消える。 絶えず人の往来がありフロックを着用した市会議員登場。 式典長ネパレック、 面上にまざまざと悲痛の色を浮べ登場し居並ぶ人々から次々と悔みの言葉を受ける。 以下のすべての情景は淡い光の中で進行し、人物は影法師の形で会話する。

ネパレック　まことにおいたわしいことでございます、大公殿下はいたく神経を損われお哀しみの余り本日御列席が叶わないのでございます。オルジーニ＝ローゼンベルク伯爵様もお床にお就きになってしまわれました。まこと、晴天の霹靂とはこのことでございます。はい、菊花に粧われ麗わしき最愛の妃殿下につき添われあそばされる右手《ゆんで》の御柩が亡き殿下であらせられます。

(背の高い紳士が一人、 服装にも態度にも哀しみの情を深く漂わせ登場し、ネパレックに近寄って優しく手を握る)

アンジェロ・アイスナー・フォン・アイゼンホーフ　かの御方はわが友でした。私とは親しくあったのです。たとえばアドリア展の開場式などでもです。しかしながら貴方の悲嘆に比ぶれば私の辛さなどなにものでありましょうや。わが友よ！ 貴方はこの頃如何な苦しみを御堪えになられたことでありましょう！

ネパレック　なにもかも、なかんずく苦難こそが私の運《さだ》命《め》なのでありましょう(1)。

(その間に、 真向いの扉が開き、 大広間に満ちた官廷高官、高級官史、 聖職者たちの姿が見える。 そこに式典係員が割って入り整列させ、席を指示していく。聖式の始まるまで、前の部屋には常に新たな参列者や見物人が流れ込み、おし合いへし合い、或る者は外に押し出される。貴族夫人二、三人が係員に広間から連れ出される。フロックを着こんだ紳士十人が登場。署名をせず勇み足で人垣を通り抜け霊安室の戸口に至り、次なる進行の間、じっとそこに立つ。故に、彼らは式典の進行を見物している体《てい》であるが外に立っている者からは殆んど見えない。彼らの登場と共に柩は見えなくなる。この十名のおのおのが手帖をとり出すや、二人の役人が彼らに近づき、互いに相手を紹介する）

ザァヴァディル　これぞシュピールフォーゲル殿！

シュピールフォーゲル　やや、これぞザァヴァディル殿！

両名（同時に）　もの悲しき朝《あした》かな、既に六時に早々と準備のためにここに参じた供の両名！

アンジェロ・アイスナー・フォン・アイゼンホーフ　（近寄り、時おり筆記を始めた十人の内の一人と話す。人ごみから精一杯それぞれ首をのばし顔をつき出している誰彼を指さし、各人をなだめる如き合図をする。また一方では筆記するパントマイムでもって、大丈夫、あなたの名前はもうこの十人の方々に書きとめられていますとも、と合図する身振り。その間に顧問官シュヴァルツ＝ゲルバーとその夫人はやっとのことで十人に近づき、その一人の肩をたたいて）

顧問官シュヴァルツ＝ゲルバーと顧問官夫人シュヴァルツ＝ゲルバー　私どもは私ども個人として私的にここにこう列席いたそうなどとはついぞ思いだに致しませんでしたよ。

アンジェロ・アイスナー・フォン・アイゼンホーフ　（憤激の面《おもて》をそらして隣りのドーブナー・フォン・ドーベナオに）　またもやしゃしゃり出てきおる！　二度と来てみろ、畜生、一緒のところを友人のロヴコヴィッツに見られたら赤恥ものだ、や、こっちをじっと見ておる見ておる。（何度も会釈、手を振る）　ははーん、気づいたらしい、しかしまだ誰やら分っとらんな。

ドーブナー・フォン・ドーベナオ（しゃちこ張った身振りでゆっくりと）　内膳頭たる我輩は最上席に参席する権利があろうものを。

コント・リペ　芸術家といたし法王の御姿を描き上げた私といたして、かつハンガリア帝国大貴族の末裔たる身といたし、かの聖なる御方に奉仕する機会を幾度と持ったのであるが、かの方にかかる事件にも動ぜぬ今は亡き御方の信仰深き御魂のことを御伝え申すことをわが任とこころえた。

アイスナー・フォン・アイゼンホーフ　おやおや、リペ殿《どの》、あなたまでがここに？　ピルゼンのわれわれの父祖どもはですよ、こんな破格の出会いを夢想だにしませんでしょうな。

コント・リペ　そのことは、伯爵様、そのことは言いっこなしですよ、過去は問わず《テンピ・パサーテ》とや申すであります。古里に予言者はいず《ネモ・プロフェタ・イン・スア・パトリア》であります。全ての道はローマに通ずるわけであります。ところで、我が息子たるフランツとエルヴァイン伯爵はお見かけになりましたかな？

ドーブナー・フォン・ドーベナオ　内膳頭たる我輩の権利としても――

コーヒー店亭主リードル　アドリア展におきましてはわが亡き君《きみ》と親しく交わり、一介の愛国者として、かつまたしがなき店の主人《おやじ》としてみずから特別調製のコーヒーを毒味した者であれば、わたくしがここに列席いたしますることは理の当然であります。わたくしどもは小心者ではこれあらず、かの君の艦隊建造に費やされし高邁なる御心ばせはわたくしにとりましてはテゲットホフの精神を継がるる導者として映じ、しかりしこうしてわたくしはわが道をたじろぐことなく進むのであります。

ドクター・カラス　救急援助協会を代表し私が列席いたしますといたしましても、必ずしも万有の事情の調整を引受けるとは限らない次第であります。

生命保険会社理事シュトゥカルト　私の参列こそは自明の理であり格別異とするに当らないと申せましょう。社会に有しまする私の専権は今はさて措くといたしましても純粋に犯罪的な利害に基づく今度《このたび》の出来事は私の注目する所とは申せ、所詮、私の関与せざることは明白であります。何故ならば、事は殺人事であり、当事件より私に対する非難誹謗を捻出するなどは何者と言えどもなし得ざることでありましょう。これがもしやヴィーンにてありまするこことならば事情は一変していたはずであります。私はサライェボの尊敬あたわざる私の同僚氏がこの度の惨事に至る迄にわれわれの所では常になされる戦法、すなわち犯罪に至る準備に関して何一つ関知せざるかもしくは時過ぎて後、ますますセンセーショナルに発展すべき準備を辛抱強く待機するかのこの二戦法をおとりになったことを否定する者ではないのだが、とは申せ、サライェボの尊敬あたわざるわが同僚氏がたとえ全力をつくされたとは言え、惜しむらくは徹頭徹尾犯罪的なる当事件に一つの錯誤をなされしやと不審《いぶ》かる次第であり、すなわち、犯行の終了した後、おのが定められたる勤務上の義務には逸脱するとはいえ、私ならば当場合にはすべからく別種の手法を行使したであろうことは疑問の余地のないことなのである。われら保険業務に当る者は大馬力をかけ機能を発動、私がこの両の掌《かいな》につなぎの糸をしっかと握る限りは、犯行者のまことしやかな自白の目論見を証明の重力でもってぺっしゃんこにいたしましたでありましょう。サライェボの尊敬すべきわが同僚氏は、悲しむべきというかこの一点に大ぬかりをなされ、いやはやどうも、と申すしかない体のこの大いなる致命的なる手ぬかりを、私はお望みならばわが同僚氏の手ぎわの悪さより、またはおそらくは捕縛されるに抗《あらが》わざりき下手人のその知恵の深さより、してまたこのまさに歎くに価する場合に際し官憲の行動力を金縛りにしばり上げたる不幸なる偶然よりか、いずれよりからでもとくと御説明して進ぜるでありましょう。ともあれ、犯行者たる下手人の犠牲者がこの悲惨事そのものに何ら咎なき身であられるからには、私がこの場所に存在するというのも、たとえその他大勢の中だとはいえ、自明の理であり格別異とするに当らないのであります。

局長ヴィルヘルム・エクスナー　私は工業界代表の栄を担う者であります。

土地信用金庫総裁ジークハルト　はばかりながら総裁の職をかたじけのう致す私は、国家権力がわが世界観にぴったと一致せる軌道を描きつつその任をかたじけのうすることをしかと確信し、ここにおのが席を主張致すのであります。

アングロ・バンク頭取ランデスベルガー　私をば、たかだか一介の銀行屋と申されるかも知れぬ。さりながら私と相違したりしとはいえ同じく理想に挺身せられたる至高の御方の御柩の後ろにささやかなりとはいえ誇り高き座席を一つここに私が求めるとても、私の名誉が傷つくとはいささかも考えないのであります。

ヘルツベルク＝フレンケル　私はヘルツベルク＝フレンケルと申します、はい、ここに永遠の眠りにお就きあそばされた御方がその生涯に私如きタイプの人間に、これといった特別の御興味を寄せられなかったことは充分承知しているのでありますが、死はとまれ和睦のしるしと申しますですから、はい。

自由党所属市会議員シュタイン及びハイン　われわれは一体何のためにここに参ったのかさっぱり自分でも分らんのであるがここにおるからにはすなわちここにおるのである。

二人の領事（同時に自己紹介して）　シュティアスニィです。私たちは無論この永遠に旅立たれた御方といかなる関係も持たなかったのでありますが、それにはいささかの顧慮も払うことなく、われわれの義務を果さんものとここにこう参列しているのであります。

三人の宮廷顧問官（一列に並んで進み出て）　われわれは特使としてここに参ったのである。それというのも、善き時代を望みつつあるわれわれが、ここにあらせられる当の御方が善をお望みなされながら善についての知に関しては殆んど薫育せられておらなんだという確信を喪失せざるため、のみならずそれはひとえに御先祖様のせいであるという確認をせんがためである。

ズクフュル　振興会委員会の御指名を受け、わが界の悲痛なる感情を表明するためにここにまかり出ましたが、われわれは今や不安極まる未来に対しており、当事件が立案中の国際観光振興事業にプラスするやはたマイナスなるやまだしかとは断定できない状態なのでありますが。とまれ送る言葉を送るにはやぶさかではないのでありますが。

ビリンスキーとグリュックスマン　芸術界の代表として芸術により偉大なる死者の柩の傍らにて理想の追求という壮挙を賛めたたえよと派遣されたわれわれである。実業界の代表も誰かが参っていようほどに。

書籍商フーゴ・ヘラー　私の網の目状に分布した文化伝達機構によって尊敬おくあたわざる死者の御方を永遠にわたくしとつなぎとめるのはいとたやすいことでありましょう。たとえ死神がこの間に割って入ったとしましても。

（この間に一人の婦人が深い悲しみをたたえて登場。他の全員は背後に退く）

顧問官夫人シュヴァルツ＝ゲルバー（雷に打たれたようにとび上り、隣りの主人をつついて）　ね、言ったでしょう！　厚かましい、あの女《ひと》、また来てる。ちっとは身分をわきまえたらどうかしら！

フローラ・ドゥプ　なんて安らかにお二人のお眠《やす》みになってることかしら。もしお妃様のいのち永らえてあられたら、あたくしが以前お妃様にお花をお投げしたことをお思い出してくださるでしょうに。もっとも殿下様はお花の愛好者とは申せませんでしたわ。でもあたくしがここに参りましたの、あたくし、だからといってお二人様を決して悪く思ったりしてはいないこと、お伝えしたかったからですわ。

不平家（進み出て）(2)

大いなる者たちの
矮小なる者たちの
神　汝　大いなる者よ
大いなる者たちを
矮小なるを知る故に
試みる　汝　試みた
矮小なる者を
大いなる者により
汝　呼び　退けた
大いなる者を
大いなる者の
矮小なるを知る故に
試みなりや？　これは？
生と死を分け隔つことにより？
地上の敵を　愚民の傲りを
永遠の割目に落とすため？
悩みこそ聖なる財《たから》にあらざるや？
殺せし者たちはその悩みを荷えるや？

流されし血は紅玉にすぎざるや?
純の涙はいかもののダイヤにして
ユダの渋面の採れる仮装にすぎざるや?
さりとせば　時は終りて
汝《な》が試みのみ　残る　贖《あがな》わしめよ
街に　国に　生《あ》れ出る不具者に
感ぜしめよ　時　終れるを!
かの者らの血を取り　かの者らにつき
嘆け　汝　神よ　大いなる
汝《な》が涙によりて!

(その間に綺羅《きら》をこらした式典が始まる。大広間の全員が膝まずき、その最前列に殺された者達の三人の遺児が泣きじゃくっているのが見える。時たま司祭の声が聞こえるほかはただオルガンの音《ね》が響くのみ。徐々に喪の人々に近づいてきた十人の内の一人が突如振り向き、大声で隣りの一人に)

編集長　ヅォモリィ(3)はどこにいる? 分っとらんのか、情景描写がいるんだぜ!

(オルガンは止み静かな祈りの一瞬。三人の子供の泣声だけが、沈黙裡に流れる)

編集長(隣りの者に)　それ、あの祈りっぷりを書いとくんだ!

第一幕

第一場

ヴィーン。リンク・シュトラーセの一角、シルク・エッケ。数週間後のこと。家々に国旗が立ち、行進する兵士達に歓呼の声。興奮の色。所々方々に人々の群。

新聞売り一　号外だ――！

新聞売り二　号外！　戦況第二報告！

野次馬（《プリンツ・オイゲン賛歌》を歌っていたグループから離れ、真赤な顔、嗄れた声で絶え間なく叫ぶ）　セルビアめ、くたばれや！　くたばれセル公！　くたばれい！　万才ハプスブルク！　万才だ！　セルビア万才！

知識人（間違いに気づき、男を肱でつついて）　君、あなた、こんがらがってますよ――

野次馬（トボッとし、考えてから）　セルビアをやっつけろ！　やっつけろ！　万才だ、万才だ！　やっつけろい、ハプスブルク！　セル公を！

（さらに続く雑踏の中に売春婦が一人巻きこまれる。スリがその背にぴったりと寄り添いハンドバックをかすめようとする）

スリ（口では絶えず叫びながら）　万才！　万才！

売春婦　はなしてよ！　おはなしったら！　恥知らずね！　おはなしったら！

スリ（手を離して）　なに言ってんだ？　万才がいけないっての？　愛国者になりたかないってのか？　売女《ばいた》だな、おまえさん、すぐと分らあ！

売春婦　そちらだってスリだろ！

スリ　どうだっていいやな――戦時だぜ、いまは、お忘れかい、え、売女《ばいた》！

通行人一　和平ですよ、お二方《ふたかた》、この時節です、同士打ちは許されませんぞ！

群衆（集まってきて）　売女《ばいた》だとさ！　どうなってんだ？

通行人二　わたしの耳にはなにかこの女がですな、皇室侮蔑の言葉を言ったと聞きとれましたですがね。

群衆　やっつけちまえ！　擲りつけろい！（女は小路に逃げこむ）　ほっとけほっとけ、構うこたないや！　ハプスブルク万才だ！
新聞記者一（連れの同僚に）　このあたりに恰好の雰囲気描写の材料がありそうだぜ、どうかね？
新聞記者二　なるほど、同感だね、ま、観てみましょうや。
軍部御用商人一（連れの同業者と銀行の石段に上って）　こちらの方がずっとよく見えますよ、素敵な行進じゃありませんか、まったく勇敢な兵隊さんたちでしょうが。
軍部御用商人二　今朝の新聞に出てましたがね、ビスマルク曰く、わが同盟は一身一体の民なりとです。
軍部御用商人一　御存知ですかね、アイスラーの長男も徴兵されたそうですよ。
軍部御用商人二　ほんとですか？　ほんとに？　徴兵《と》られた？　思いもよらんこってす！　あの大金持がねえ、どうにも便法がなかったのですかねえ？
軍部御用商人一　それを今やっとる最中ですよ。戦争省《あっち》へ出かけてってさ、なんとかこう免除にさ。
軍部御用商人二　とどのつまりが――なんですな、自動車一台ってとこでしょうかな、ぬかりはありますまいがねえ。
軍部御用商人一　同じ災難がわれわれに降りかからんとは限りますまいよ。
通行人一　御機嫌よろし、支配人様《ゲネラール・ディレクトーア》。
通行人二（連れの男に）　よ、聞いたか　あれはなんだ、平服の総司令官《ゲネラール・ディレクトーア》だぜ。こいつはうかつに喋れんぜ、なぜってつまりさ、軍隊の総支配人ってわけだろ。
士官一（三人連れで）　よ、これはこれは、ノヴォトニィ君、ポコルニィ君、ポヴォルニィ君、君だ、君――君だろ、政治通ってのは、どうなるね、今後さ。
士官二（散歩杖を手に）　そりゃあ、なんだ、敵に包囲されたからさ、それだけだね。
士官三　そりゃあ――そうだな。
士官四　我輩の意見によればだよ――昨夜は夜っぴいて大騒ぎさ――！　シェーンフルークの絵ね、一度見給えよ、ありゃ、大物ですぞ！
士官三　新聞によるとだね、利用しあたわず《ウンアンヴェントバール》って訳さ。
士官二　回避しあたわず《ウンアブヴェントバール》ってだろ。
士官三　そ、そう、回避しあたわずさ、なに、ちょっと読み違えただけさ。で、どうだね、君の意見はさ？

士官四　そうさね、戦争省入りってとこかね、いずれ将来はさ。

士官一　要領のいい奴だよ、君って男はさ。ま、われわれを見限り給うな。それはそうと昨日さ、アポロでさ、メラ・マルス嬢の御許にいたんだがね――五十九連隊のノヴァック殿の御注進によると我輩はだな、銀勲章の候補に載っとるらしいんだ。

新聞売り　『タークブラット』だ！　シャーバッツ戦地の大勝利！

士官四　そりゃお目出とう――よ、よ、見たかい　可愛い娘だぜ、おめかししてござるぜ、まちがいなし――我輩はこれから――（去る）

他の士官たち（背後から叫びかけて）　あとでホーフナーでさ、落ち合おうぜ！

一人のヴィーン市民（ベンチの上に立ち演説口調で）　――諸君、われわれが虐殺されたわれらの皇太子の御意思を継がねばならんのであり、ここに右顧左眄すべきことは何一つないのであります――しかりしこうして、われらが同胞よ、わたくしは敢えて申すのであるが――男子としてですぞ、御旗をいや高く掲げこの偉大なる時代において祖国のためにはせ参じねばならんのである！われわれは敵国に四方八方包囲されておるのである！聖なる国亡戦争《フエアタイルングスクリーク》に――いや、国防戦争《フエアタイディグングスクリーク》に――なにかはたじろぐことかある！――諸君、われわれの勇士をしかと見すえ給え、恐れだになく敵軍に対面しつつあるわれらが勇士をしかと見すえ給え、敵の、仇敵の前に敢然と立つ彼らをば――祖国が彼らを呼んだのですぞ、その呼び声にはしと答えて彼らは立ったのだ――かの御姿を、諸君、見給えかし！　かくあればであります、我輩はあえて言わんと欲するが――諸君各人の同胞としての義務でありまするぞ、直ちに肩と肩を組み御国の基《いしずえ》とならんかし。しかあればであります、同胞の範となれよかし！　我輩はあえて言わんと欲するが――身を立て励まし、やよ励めよであります！しかり聞ゆるは敵方の声のみですぞ、いざとく国亡《フエアタイル》戦争《ングスクリーク》へ！　――われらが祖国は不死鳥《フエニクス》にして――われらオーストリアは世界の戦火より復活する方陣《フアランクス》なるぞ！　われらが向うは正義の戦い、ためらいは無用の長物、かくあればであります、我輩はあえて言わんと欲するのであるが、セルビアは――ステルベシ！
群衆の声　ブラーヴォ！　そうだとも、異議なし！――セルビアはステルビア！――そうともそうとも――万才！――各人生命《いのち》をステルビア！
群衆の中の一　して、ロシアは――
群衆の中の二（怒鳴って）　コロシアよ！
群衆の中の三　アラシアよ！（大笑い）
群衆の中の四　オロシアよ！
群衆全員　そうとも、オロシアよ！
群衆の中の二　して、フランスは？
群衆の中の三　イランスよ！（大笑い）
群衆の中の四　イランスよ！
群衆全員　そうとも、イランスよ！
群衆の中の三　して、イギリスは、――キリギリス?!
群衆の中の四　そう、キリギリス！
群衆全員　そうとも、キリギリスのガリガリ野郎！　いいぞ！
乞食少年　イギリス、糞喰らえ！
幾人かの声　そうだそうだ、くたばれイギリスめ！
娘一　あたしのレオポルトがおみやげにセルビア人の肺臓を持って帰るって約束してくれたわ！　あたし、そのこと書いて『ライヒスポスト』に送ったわ！
一人の声　『ライヒスポスト』万才！　われらキリスト教徒の日刊紙、万才！
娘二　あたしもよ、書いて送っといたわ、あたしのフェルディナント、ロシア人の腎臓をおみやげに持って帰るんですって！
群衆　そいつあ、いいや！
警官　左に、左に寄って。
知識人（連れの女性に）　ここにこう暫らく立って見ているだけでですね、謂わゆる民衆の魂ってものが分って参りますよ。今、何時ですか？　今朝の論説にありましたでしょう、今日、生自体《せい》一つの喜悦なりとね、見事に書いておりましたでしょう、曰く、古代の偉大なる栄光がわれらの時代を遥曳しているとね。
連れの女性　もう半ですわ、あたし、半より遅く帰るとママに叱られますの、ママ、とっても厳しいの。
知識人　まあ、立ちどまって御覧なさい、あの民衆を。燃えたっておりましょう、ほら、注意して　あの高揚のさまを！
女性　どこですの？
知識人　つまりですね、魂ですよ、タマシイ！　民衆の魂の状態をですよ！　論説にありましたでしょう、民衆こぞって英雄に変じたり、とね、誰がかかる変貌を予想し得たでしょうか、そうでしょう、われわれもまた民衆と共に変るのです。
（馬車がとある家の前に停る）
客　幾らだね？
馭者　そいつあ、お定まりでさ。
客　お定まりというと、幾らかね？
馭者　タクシーと同じ《おんな》でさ。
客　というと幾らだね？
馭者　並みのところでさ。
客　小銭はあるかね？（十クローネ金貨を渡す）
馭者　小銭？　これ？　ま、そっくり頂きやしょうかな、こりゃあ、フランス金貨でがしょう？
家の主人（近寄って）　なんだ？　フランス人？　こりゃあ驚ろいた！　きっとスパイだ、化けの皮をはがしてやれ！　どこから来たんだ、え？
馭者　東駅からでさ！
主人　すると、きっとなんだ、ペテルスブルク出のフランス人だ！
群衆（馬車をとり囲み）　スパイだ、スパイだ！（客は通りの小路に逃げこむ）
馭者（背後から叫びかけて）　あやしい野郎だ、太《ふて》え奴めが！
群衆　ほっとけほっとけ、仕返しはよした、われらはもっと太っ腹だい！
赤十字所属のアメリカ人（連れに）　あの熱狂振り、見給《ルック・アット・ザ・ピープル・ハウ・》えなあの群衆をさ《エンスージアスティク・ゼイ・アー》！
群衆　よ、イギリス野郎だ！　おい、こら、ドイツ語を喋れ！　くたばれイギリスめ！　やっつけろ！　ここをどこだと思っとるんだ！　ヴィーンだぞ！（アメリカ人両名、小路に逃げこむ）ほっとけほっとけ！　われらはもっと太っ腹だい！
トルコ人（連れに）　あの沸き返るような熱狂振り、見給《ルギャルデ・ラントゥシアスム・ド・トゥ・》えよ《ル・モンド》！
群衆　よ、フランス人だ！　おい、こら、ドイツ語を喋れ！　ここはヴィーンだぞ！　やっつけろ！——（トルコ人、小路に逃げこむ）ほっとけほっとけ、われらはもっと太っ腹だい！　ありゃあ、おい、トルコだぜ、頭のはありゃあトルコ帽だい！　ありゃあ同盟国人だ！　連れ戻せ！　一諸にプリンツ・オイゲンを歌おうぜ！
（二人の中国人、黙ったまま通りかかる）
群衆　や、日本人だ！　まだヴィーンにうろついてるぜ！　辮髪つかんでぶら下げろ！
群衆の中の一　ちがうぜ！　ありゃあ中国人だ！
群衆の中の二　手前《てめえ》だろ、中国人は！
群衆の中の三　中国人はみな日本人だろ！
群衆の中の四　あなた、日本人？
群衆の中の三　ちがうさ。
群衆の中の四　ちがうってとなんだな、やはり中国人だな！（大笑い）
群衆の中の五　みなさんみなさん、まあまあまあまあおさまりなさい、新聞を読んでおられんのですかね、見なさいよ、ほら、出てましたろう。（新聞を引っ張り出して）《かかる愛国心の過大な高揚は黙視さるべきではない。今や外国人に負う観光事業が危機にさらされているのである》どうです、このままですと、以後の観光業の盛り返しまで不可能になりますぞ！
群衆の中の六　そうだ、その通り！　観光事業こそ大切だ！　つまりだ、つまり——
群衆の中の七　馬鹿の大口はしっかり閉じな！　戦争は戦争さ、アメリカ語やトルコ語を喋るならだ、そん時には——
群衆の中の八　そうとも！　戦争は戦争だ、つべこべ言っても始まらんさ！
（鼻の下にうっすらとチョビ髭の生えた女が通りかかる）
群衆　よ、見なよ！　あいつはスパイだ！　変装してる！　つかまえろ！　化けの皮をひんむけ！
酔っぱらい　ま、ま、ま、紳士諸君、ご——、ごろうじろ――まんずカミソリを当てさしてからだ！

群衆の中の一　誰のこった？

酔っぱらい　かの女房殿をよ！

群衆の中の二　そうよそうよ！　すりゃあ野郎の正体が分らあな！

叫び声　誰のこった？――野郎！――女だろ、ありゃあ！

群衆の中の三　女か男か、その辺にスパイの悪知恵がひそんでおる！

群衆の中の四　するとだぜ、あの髭がある方がスパイだとすぐ分ろうが。生やさせとけよ！

群衆の中の六　ありゃあ、女スパイだとも、髭は貼りつけとるんだとも！

群衆の中の七　男だとも、女装しとるだけだとも！

群衆　ともかくうさんくさいや！　交番にしょっぴいていけ！　つかまえろ！

（女は警官に連行されていく。《ラインの守り》(1)の歌声が起る）

新聞記者一（手にメモ帖を持ち）　現前したものは酔いしれた一時的熱狂のワラ火でもなく、また群衆心理的ヒステリィの突発でもなかった。わがヴィーンはいささかもたじろぐことなく運命の鉄槌を甘受したのである。いいかい、君、ぼくのこの手ぎわよさ、情景をとりまとめるべき一言をもってするにはさ、すなわちさ、傲慢と脆弱よりいや遠く、この言葉、いただけますやね、しかり傲慢と脆弱よりいや遠く、これこれ、これですよ、これこそヴィーンの精神的ライト・モチーフとして採用すべき言葉なんだ。ね、君、何度繰り返しても調子いいだろ、傲慢と脆弱よりいや遠く！　どうかね、君？

新聞記者二　申し分なしですよ！

新聞記者一　傲慢と脆弱よりいや遠く、何千とも数知れぬ群衆がこの日一日街路にと繰り出した。富めるも貧しきも老いも若きも背の高きもはた低きもがっしりと腕を組み、またどの姿からも各人が現今の事態をしかと承知し覚悟していることが見てとれた。各人はそれぞれみずから生きるこの偉大なる時代の鼓動をおのが身体で感得しているのであった。

群衆の中の声　糞喰らえっ《レックミイアモアッシュ》とくら！

新聞記者一　聞き給え、いつはてるともなく歌い継がれる《プリンツ・オイゲン行進曲》と《国体賛歌》の調べをば。《ラインの守り》が連帯のあかしにと添い歌われることは勿論である。今日こそ逸早くヴィーンの祝祭の宵宮《よいみや》となった。あ、そうだ君忘れちゃいけないんだがね、民衆の晴やかな行進の様ね、戦争省へのさ、それを特に詳細に描写せにゃならんのだ、して何にもまして言及するを忘却すべからざるはだ――なんだっけ、知ってるかね？

新聞記者二　これをいずくんぞ知らずしてですよ！　言及するを忘却すべからざるはですな、何百人とも数知れぬ民衆がフィヒテ・ガッセなるわが『ノイエ・フライエ・プレッセ』の編集局へと行進した、とこうでしょう。

新聞記者一　オツな文章、いただきましょう、主筆はきっと大喜びだぜ、しかしだね、何百人とも数知れぬとは何事だね、いけませんよ、君、何千人とも数知れぬといき給えよ、そんなことは、君、初歩的な常識でしょうが。

新聞記者二　や、了解、但しですよ、何かその抗議デモって工合にとられやしないかとね、この前の日曜版ね、あれはもうこの偉大な時代キャンペーンに入ってましたが、沢山のマンマ師連中の広告を載っけたでしょうが。

新聞記者一　この偉大なる時代においてはだよ、そんなちっぽけな思惑など無用ですよ、そういうことは『炬《ファ》火《ツケル》(2)』にまかしとき給え、群衆こぞってわが紙面に喝采さ、読み上げてくれ、読み上げてくれ！　この声さ、無論、ベルグラードに関わるこってさ、しかしてのちに万雷の拍手ときたね――

新聞記者二　何千《なんじえん》もの数知れぬ拍手がね――

新聞記者一　しかもだ、わがオーストリアへの、盟友ドイツへの、はたわが『ノイエ・フライエ・プレッセ』へのさ。順が逆でもよかったんだがね、ま、熱狂してりゃやむを得ませんや。彼らは真夜中、戦争省か外務省へ赴かぬときには必らずやフィヒテ・ガッセのわが編集局前につめかけて立ちつくし密集し歓呼した。

新聞記者二　彼らの時間《ツァイト》の使い方にはぼくは驚くしかあ

りませんがね。
新聞記者一　おっしゃいますがね、時代は偉大ですぞ、暇《ツァイト》は充分ありますわな。して夕刊紙上の記事は繰り返し繰り返し討論され議論され、アオフェンベルクの名前は口から口へと伝わっていったり。
新聞記者二　なんのことです？
新聞記者一　説明せにゃ分らんでしょうがね、つまり編集上の秘密でさ、ま、和平の時にゃ口に出来るってことでよ、つまり、ローダ＝ローダ(3)が昨日編集部に電報を寄こしてね、レンベルク(4)の戦況のことでさ、その電報の終りに《乞アオフェンベルク・キャンペーン》とあったのさ、それで決定さ、分らんことでもなしってわけでね、以後は御存知の通り、アオフェンベルク一点張りのもち上げさ。
新聞記者二　それはともかく街路《とおり》の情景こそ大事だろうと思うんですよ、主筆《かれ》はですよ　犬が立小便してるような角っこで観察しろってんだ。昨日なんぞ呼びつけられてさ、渦中のルポをたのむってんだ。まさにそれこそ小生の厭うところなんだがね、おしくらごっこのまん中に入るなんてまっぴらさ、昨日はとうとう《ラインの守り》を一緒に歌う破目になっちまった。——もう行きましょうや、ここは打ち上げにしてさ、ま、民衆見物はおまかせしますよ、ぼくはもうとっくり知ってますからね、要するに熱狂の只中に《神ヨワレラニ栄光ヲ》って歌声がまき起る、そうでしょうが。
新聞記者一　神よわれらに栄光を！　なあるほど——しかしだね、どうしていつまでもそいつに立ち合わにゃならんのかぼくにも分らんよ、観察《ルポ》なんざ時間の浪費だね、編集局《あっち》で書いとりゃいいんだ、こんなところをうろつくよりもさ。ま、そうは言っても大切なのはだよ、民衆の決断のあり所だな、その描写ですよ、あちこちの群からこう一人二人とり出してだよ、小銭なりとも戦争募金に献じようって気持の発露をさ、これをこうピリッと書いてみたいんだな。昨日、主筆《やつ》に呼びつけられてさ、戦争並びにわが紙への民衆の食欲をかきたてよってんだな。それには委細仔細の添物が大切ってわけなんだな、つまりニュアンスね、ヴィーン・ノートってものをさ。たとえばだよ、身分の相違ってものが今度のことできれいさっぱり抹消されたってことだな、――自家用自動車から手を振る人あり特別馬車からさえもだよ、ぼくはこの目で見たんだが、最新流行に着飾った貴婦人がさ、車から降りて洗いざらしのネッカチーフをした女にかじりついてたんだ。例の最後通牒以来、ありふれた光景だがね、みんなが一身同体ってわけさ。

馭者の声　とんちきの鼻たらし、轢き殺されてえのか――！

新聞記者二　ぼくの観察したところだがね、どうして群衆がどうなっていくかってことなんだ。

新聞記者一　ほほう、で、どういう工合に？

新聞記者二　ある学生がさ、一席ぶってね　各人がおのが義務を果さねばならんってんだ、すると聴いていた一人がね、《手前もやれよ！》ってたね。

新聞記者一　目のつけ所、悪くないねえ　確かにだよ、壮大な厳粛が街全体に広がっていてさ、それが昂揚心と歴史的意識に色づけされてだね、どんな動作言動にも表われているんだな、出征する者たちにも、銃後の守りに就く者たちにも――

一人の声　糞くらえってもんだぜ！

新聞記者一　――誰彼を問わずみんなの言動に顕われているんだな、けだるい無関心や白痴的享楽の時は終ったよ、あるのはさ、顔面に漂うのは運命を甘受する厳粛と誇り高き名誉感さ、わが街の様相はげに一変したね。

通行人（妻に）　そんなに言うなら一人で行きなさい、ヨゼフシュタット[5]にさ、おまえがどう言おうとわたしゃアン・デア・ヴィーンにするからね。

新聞売り　わが軍進撃また進撃！　敵陣次々陥落中！

通行人の妻　アン・デア・ヴィーンってまだ《騎兵魂》演《や》ってるのよ、もうあきあきだわ。

新聞記者一　暗鬱とひしがれた影はどこにもなし、はた、神経的わななきも、思いやつれた蒼白もなし、してまた、当事態への軽薄なおとしめもなく、お目出たずくめの無邪気極まる万才三唱の声もなし！

群衆　ドイツ万才！　盟友ドイツ万才！　セルビアくたばれ！

新聞記者一　君、見給え　南方的熱情がドイツ的厳粛によってほどよく制御されてるじゃないか。こりゃあ中心街の表情ってんで使えるぜ。郊外用には何かこうパァーとしたのを一筆、君にお願いするよ。

新聞記者二　ぼくにかい、つらいねえ、ぼくはむしろこの醒めたる感情ってのに向いてるんだがね、たとえばさ、あちこちに白髪の老人が思いに沈み遠き若き日々を追想しているってのか、うなだれたる母親が別離と祝福の手をわななく如く打ち振ってとかのさ。息子とか夫《だんな》の行末に思いを馳せとるんだな。人よ、頭《こうべ》を廻らし給え、さすればかの母親たちを、その打ち振る手をば見つけるであろうってぐあいさ。

（少年の一隊が紙の兜を被り、木のサーベルを下げて通り過ぎる。(6)《出征《イザ》ルヲ誰カ恐レンカ――イザイザ橋ヲカケ渡セ――》の歌声）

新聞記者一　君、ペンだ、ペン、おあつらえのシーンだぜ。なるたけ見なくちゃあね、民衆のあらゆる姿をさ、主筆も今朝遅まきながら書いとったろ、民衆こそわれらが魂の洗濯場なりとさ。

別の一群（歌いながら）　ロシアをコロシィ――セルビアをステルビア――！　万才、万才！　や、見ろ見ろ、ユダヤが二人見てやがら、やっつけろ！

新聞記者二　君、キミったら、ぼくはもう観察は止しにするぜ、主筆《やつ》は自分でネタ探しに出りゃいいんだ、おのれの眼を信じてさ、ぼくはむしろそろそろおいとまを――

新聞記者一　傲慢と脆弱よりいや遠くさ、この言葉ね、これぞヴィーンのライト・モチーフなりでさ――

（両名急ぎ足で、去る）

（騒ぎが起る。若い男が老婦の手さげ袋を失敬したのである。群衆は若者の肩を持つ）

一人の女の声　おばあさん、いいですか、分るでしょう、今は戦時中なんですよ、平和の時とはちがうんですよ、わがものも他人《ひと》に与えなくちゃなりませんのよ、あたしたち同じヴィーン人ですからね。

ポルディ・フェシュ（連れの者に）　昨夜はサッシャ・コロヴラートとぐい飲みさ、今夜は――（去る）

（『ライヒスポスト』の愛読者が二人、登場）

『ライヒスポスト』の愛読者一　戦争[7]とは精練及び浄化の過程であるのであり、美徳の沃野にして英雄の覚醒作用をなすものであるのである。武器よ、今こそそうなれであるのである！
『ライヒスポスト』の愛読者二　そう！　そう！
愛読者一　戦争とは戦いとらんとする理念のためのみならず至高の善として民衆に浄化をもたらす祝福であるのである。平和こそ危険きわまる状態であり怯懦と堕落をもたらすのみなのであるのである。
愛読者二　誰もがすなわち少々でも戦いと嵐とを要すのである。
愛読者一　祖国の名誉が危機に瀕するとき、所有と平安と愉楽とは考慮するに足らざるものであるのである。わが祖国の突入した戦いとは既述の如きであるのである。
愛読者二　そう！　そう！　不徳への贖いであり平安と秩序の保証のために祝福され――
愛読者一　鉄拳もて叩《たた》けよ！
愛読者二　プラハでもブリュンでもブドヴァイスでも――皇帝の決断への賛同の声が沸き上っておるのである。
愛読者一　サライェボでは《神ヨワレラニ栄光ヲ》と歌っておるのであるのである。
愛読者二　イタリアはわがオーストリアに忠誠を誓ってわが側にあり――
愛読者一　帝国議会議長アルフレット・ヴィンディッシュグレッツ大公は志願して入隊されたのである。
愛読者二　陛下は終日超人的なる執務の日々。
愛読者一　去る二十七日の正午十二時より一時迄、大蔵省郵便貯金局に於て、戦争遂行必需金に就き会議が施行されたのである。
愛読者二　戦争遂行期間中のヴィーン生活必需品供給に就き、総理大臣閣下、農務大臣閣下並びにヴィーン市長の連名になる保証の声明が公表されたのである。
愛読者一　君、読んだかね？　戦争による増税は一切無しだ。
愛読者二　さすがですなあ！
愛読者一　衷心より――

愛読者二　われらが最愛の老陛下を敬す。
愛読者一　ヴィーン市長ヴァイスキルヒナー氏曰く、わが愛するヴィーンの同胞《はらから》よ、いざやこの偉大なる時代を共に生きよ。
愛読者二　そう！　そう！　言いも言ったり！
愛読者一　薄明の内に守りに就く盟友の友がらをも思うべし、とも言った。
愛読者二　国民の忠誠は山積し玉座の高きも埋もれんが如し。
愛読者一　イシュルの皇帝の別荘にも。
愛読者二　戦争はオーストリア魂の、すなわちオーストリアの思想と行動のルネサンスとなろう！　ならいでかい！
愛読者一　今ぞ魂の高揚の時！　敵の胸倉ワッシとつかみ——振り回し放り投げ！
愛読者二　鉄火の嵐！　そうそうそう！
愛読者一　召集された？　令状《あれ》来たの？
愛読者二　どうして来たりするの？　勿論、免除さ！　で君は？
愛読者一　軍務に適さずね！
愛読者二　わが国民すみずみ迄に安堵の吐息が充ちておる！　当戦争こそ——（去る）
（通過して行く兵士の歌声が聞える。《古里で、古里で、別離《わかれ》をつげて——》）

『ノイエ・フライエ・プレッセ』の古くからの予約購読者（もっとも古くからの予約購読者と話しながら）　本朝の論説は興味しんしんたるものですな。セルビアの宮廷人が全員ベルグラードより退出させられるということでね。（読み上げて）《ヴィーン(8)は宮廷に、また政府に、更には軍隊に確かな庇護を与えない都《まち》ではない。ベルグラードとは相違して。》
もっとも古くからの予約購読者　黄金《きん》の言葉ですな、耳に心地よく聞え直ちにこうじいーんとくるですよ。
古くからの予約購読者　とまれ、ま、注文をつければですね、ヴィーンはですよ、目下ベルグラードがオーストリア兵より離れているよりもはるかに離れておりますからな、それというのもヴィーンはベルグラードとこう面と向ってはおりませんがベルグラードはセムリンとこう面と向いあっておりましてです、ベルグラードからヴィーン目がけてはありがたいことに大砲を射つわけには参らんが、セムリンからベルグラード目がけての大砲は雷動し始めておりますからね。

もっとも古くからの予約購読者　あなたのおっしゃられるところは分りますよ、しかしですな　とどのつまりはどうなりますね？　情勢を如何に見ようとも、結局のところはです、それ、論説にあった通りの結局のところがです、ヴィーンにおいては宮廷のみならず一体にすべてが以前あった通りにあり続けるのに反しベルグラードでは相違するということ、そうでしょうがあなたはなんですね、少々悲劇好みの気《け》がありますぞ。

古くからの予約購読者　しかしです、何が真理で何が真理じゃないかですがね、反論の余地のないことでしょうが、論説が今日この頃ほど、ま、以前と全く同様にですがね、真理を衝いていると思ったことはないですね、すなわち、論説のあるところに真理ありですよ。

（両名、去る）

新聞売り　レンベルクはなおわが軍の掌中にあり！

腕を組んだ四人の若者と四人の娘　橋架け渡し、陣つくり——

群衆　万才！（フリッツ・ヴェルナー答礼）

ケルメンディ嬢　ねえ、お願い　行って頼んで頂戴よ。

レーヴェンシュタム嬢（近寄って）　あのう、あたし、あのう、あなた様の大ファンですの。あのう、それであのう、サインを——（ヴェルナー、手帖をとり出し、その頁にサインして渡す）ま、おやさしい方！

ケルメンディ嬢　ね、あなたを御覧なすったこと？　行きましょうよ、この人ごみ、みんな戦争のせいよ、あたしの好きなのはシュトルムだけ！（去る）

与太者一　よ、フランツ、どこ行きだ？

与太者二　二人三脚あの世までよ。

与太者一　どこへだって？

与太者二　あの世てんだ。フッテラーに吐き出させせんだ。うまい汁を吸わせるもんか。おらあ、もう向っ腹が立ってたまんねえんだ！

与太者一　だろうよ、すてちゃおけめえな。

与太者二　つべこべ言やがったらくらいついてくれる！

（すっとんで、去る）

与太者一　よ、ヨーゼフ、どこ行きだ？

与太者三　お国の助っとに募金とくらあ。

与太者一　よせよせ。手前《てめえ》のやらかすことじゃねえや。お国って面《つら》かい――

与太者三　なんだと？　もう一度言ってみろ。気のきいたことをぬかしやがると――（一発食らわす）

群衆の中より叫び声　や、擲った、擲り合ってる。どこの誰だ。今時誰がこんなこと、ロスケかも知れんぜ！

群衆の中の一人　国民こぞって一致団結のこの最中に擲り合うとは一体何事です！

（二人の仲買人、登場）

仲買人一　ま、今日は初日ですがね。金《きん》を出しましてね、鉄にしましたよ。

仲買人二　あなたが？　出した？　御冗談を！　あなたがお出しになるなんて、金《かね》を――

仲買人一　誰が金《かね》を出したなど言いました、あなた、聞こえとるんですか？　相場表ですよ、それでね　金《きん》は出して鉄にのりかえたって言っとるのです。わたしゃやりますよ。

仲買人二　結構、わたしもやりますぜ。今こそもっけのチャンスですからね。昨夜は、《チャルダス大公夫人》(9)ね、例のオペレッタの最中にゲルダ・ヴァルダがさ、号外を朗読しましたよ。既に四千人のロシア兵を捕虜としたりとさ――大喝采でしたね、アンコールは休みなしでしたよ。

仲買人一　負傷兵も？

仲買人　それもぞくぞく！　今はまったくもっけのチャンスですよ。わたしのすぐそばに一人いましたがね、えっと　誰だったっけ？　そう――昔の相棒だ。

仲買人一　あなたに相棒がいたのですか？

仲買人二　誰がわたしの相棒といいました、ヴィクトール・レオンのですよ。

仲買人一　彼も稼いでいますかね？

仲買人二　儲けてますよ。奴には今は札《さつ》の雨ですよ！

新聞売り　号外だ！　ベルグラードに砲弾《たま》の雨！

（暗転）

第二場

南チロール。橋の前方、一台の自動車が停止を命じられる。運転手が通行証を提示する。

国民兵　ええ、みなさん　こんにちわ！　ちょっと調べさしてもらいますわ。

不平家　やっと始めて優しいお方だ。これまでは誰も彼も狂犬さながら、やにわに銃をさし向けて——

国民兵　そら、ロシアッペの車のせいですがな、金《きん》を積んでたりなんやかやで——

不平家　しかし、あなた、車ってものはね、停ろうたってそうすぐに停れるものじゃなくって、つい二、三メートルは動くものですよ。——すると即座に銃弾をあびせられたりでね。

国民兵（いきり立って）　そいでも——とまっとらなんだら——なら、撃っても——撃たならんので——撃つのにどこが悪いか——文句ねえこって——（車、発車する）

（暗転）

第三場

橋向う。車の回りに兵士の一隊。運転手が通行証を提示する。

兵士（銃を向けて）　とまれ！

不平家　車はとっくに停ってましょう。どうしてこの兵《ひ》士《と》はこうむやみといきりたっておられるのです。

中隊長（いきり立って）　ひとえに義務を遂行しているだけであります。もし戦場にあるならば、いきり立っているのこそが当然ではないか！

不平家　そうかもしれませんがね、しかしここはなにも戦場というわけでは——

中隊長　只今は戦時である。通ってよし！

（車、発車する）

（暗転）

第四場

楽天家と不平家の対話。

楽天家　あなたはむしろ幸運だったのですよ。シュタイアーマルクでは自動車《くるま》がほんの数メートル進みすぎたばかりに赤十字の看護婦が射殺されたのですよ。

不平家　下男に権力が与えられたのです。奴の本性には余るものがね。

楽天家　下部組織がのさばるのは残念ながら戦争においては不可避のことですよ。今のような事態ではあらゆることが唯一つの思想に還元されるのですね。つまり、勝つことに。

不平家　下男に与えられた権力は敵を倒すには力足りますまい。主人の家ならわけなくぶち壊せるでしょうがね。

楽天家　軍国主義とは権力による国家組織の増大を意味し、それというのも——

不平家　——その手段によって終局の瓦解に至るためにね。戦争にあっては誰もが隣人の上官ですよ。軍人は国家の上官であり国家にはその本性に反した圧力に対してはただ堕落という逃げ道しかありますまい。もし政治家が軍人を自分の上に位置づけるならば、偶像熱による幻覚に陥ったわけで、偶像だけが時代を生き抜くでしょうね。われらの生死すら、それ次第というわけなのでしょう。軍国主義とは猫にカツオブシの番をさせることにほかなりません。その顚末はもはや言うまでもありますまい。

楽天家　あなたがどうしてそう不吉な診断を下されるのか分りませんね。平和時にもそうですが、あなたは人間にとって避くべからざる瑣細《ささい》な現象をとり上げて全体を判断なさる。あなたはほんの偶然の瑣事《さじ》を採ってそれを動かすべからざる時代の徴候となさる。瑣細事をもって云々するには時代は偉大に過ぎますよ。

不平家　瑣事も時代と共に肥えぶとりますね！

楽天家　かくも偉大な事件の生じる時代に生きているという意識ですね、それが誰をも本人そのものよりもより大きくするのですよ。
不平家　まだ背後《うしろ》に手が回らない小盗人が大盗人になり上り大手を振って駆け回るってのでしょう。
楽天家　しがない者でもですね、戦争によって獲得するものは——
不平家　配当金です。手のある者はわれもかれもと傷口を指さしましょう、自分の傷でもない傷口をです。
楽天家　国家がみずからの威信のために不可避の防衛戦を敢行し、名誉を守り、また個人個人が国家に倣《なら》って個人の尊厳と名誉とを守ることによってですよ、更に現今この状況で流された血はですよ、かならずや世界に——
不平家　汚辱をもたらしますね。
楽天家　そう、あなたはそうおっしゃる。至る処に汚辱をしか御覧にならないあなたはです。あなたは御自分の時代が終ったとお感じになるのでしょう！　以前と同じようにあなたは不平を鳴らしながらあなたの隠れ場にとどまられるのでしょう。——あなた以外の者たちは魂の飛躍の時代にと向うのです！　新たなる、偉大なる時代の幕が開いたことをあなたはお気づきにならないのですか？
不平家　わたくしはね、その同じ時代ってのが如何に矮小であったか今なお忘れてはいないのですよ。いずれまた再びそうなるでしょう。
楽天家　あなたはまだ自説を固執なさるのですか？　あの歓呼の声をお聞きにならないのですか？　あの興奮の様が目に入らないのですか？　全く無感動でいられるのですか？　あなただけですよ、たった一人の例外ですよ、あなたは。民衆のこの壮大な感情の昂揚がいささかの実りももたらさないとでもお考えなのですか？　この壮麗な序幕がただ序幕だけで終了するとでもお思いなのですか？　今日、喝采を叫んでいる者たちは——
不平家　明日には苦情を言うでしょう。
楽天家　個人的な苦痛がなんです！　私的な生活と同様、今はおよそとるにたらないのです。人々の視線は今や果てしない高みにと向かっているのですよ。人々は生きるのです、物質的な収穫のみならず――
不平家　勲章のためにも。
楽天家　ひとはパンのみにて生くるにあらず――
不平家　――戦争をもやらかさねばならない、でしょう。それもただただパンに欠乏せんがために。
楽天家　パンは欠乏しやしませんとも！　われわれは終局の勝利という希望によって生きるのです。勝利は無論、疑う余地のないことであり勝利を目前にして――
不平家　飢死するでしょう。
楽天家　なんという臆病です！　それこそ無恥ですよ！　世紀の祝祭を前にしてあなたは御自分の世界に閉じこもろうとなさる！　魂の戸口は開かれたのです！　日々の戦線報告と通信によるだけとはいえ銃後の祖国にあって栄光の前線の壮挙と苦難とに参画していたという記憶はかならずや魂に――
不平家　――傷跡一つ残さずに消え失せるでしょう。
楽天家　戦争によって諸民族が学ぶのはひとえに――
不平家　――将来にもまた同じことをやらかすだろうということ。
楽天家　砲弾《たま》は飛び、人類の――
不平家　こちらの耳からとびこんであちらの耳から抜けていく！
（暗転）

第五場

外務省。

レオポルト・フランツ・ルドルフ・エルネスト・ヴィンツェンツ・インノセンツ・マリア伯爵　最後通牒は申し分なし！　やったな！　遂にやったな！

エドゥアルト・アロワ・ヨーゼフ・オトカール・イグナツィウス・オイセビウス・マリア男爵　上々の出来でしたな！　ただねえ、ひやっとしましたよ、あやうく受諾されそうになって。

伯爵　わしもそれで焦《いら》ついとったわい。ま、幸い、あれではどうにも向う様では受けられん二点を入れこんどったからな、つまりじゃ、セルビア領土内におけるわが国独自の調査並びになんとかというあれじゃい。これで万事は安心じゃよ、セルビアもあれじゃ受けられんじゃろ。

男爵　するとですな――その二点によって――つまり、あんなシミ同様の下らんことで世界大戦がおっぱじまったってことですな！　まったく滑稽きわまりますよ。まったくねえ。

伯爵　しかしわれわれがかの二点を要求したってことはじゃ、無視すべからざる事実じゃろが。セルビアめがどうしてあれをああ頑なに拒否したのか合点がいかんのぅ？

男爵　しかし奴らが拒否するということは始めから分っていたことでしょうが？

伯爵　そりゃあ始《はな》から分っとったわ。ベルヒトルト(1)はあれじゃ、つべこべ言わさんわな、一人反対したのがいたがな、要求は無茶だ、法外だと言いおったな、あれは――あいつは高慢じゃい！　威張っとるわい！　異議ありとはな！　ま、衆寡敵せずじゃな、徐々にしめつけてやったわ、あいつも思い知ったことじゃろう！この冬にはじゃ、つまり和平締結のすぐ後にはリヴィエラは縦切りでいただきじゃ。

男爵　アドリア海さえ手に入れば大成果じゃありませんかな。

伯爵　冗談は言われんこっちゃ。アドリア海は元よりわれらのもの。イタリアは身動き一つしまいて。ま、和平の暁には――

男爵　それはいつ頃とお考えで？

伯爵　ま、二週間、遅くとも三週間以内と見とるね。

男爵　それはまた気の早い。

伯爵　どうしてじゃね、考えて見なされ、セルビアなんぞは小手先でチョイじゃろが、小手先でな――われらの兵士の戦い振りこそ見物《みもの》じゃぞ。第六連隊竜騎兵の勇猛振りな！　われらの仲間から《ほう》も二、三人は前線に行っとるそうじゃが、それにじゃ、われらの砲兵部隊な――果敢なもんじゃよ、玉の汗の働き振りじゃい！

男爵　しかしロシアの出方はですよ――

伯爵　ロシアはじゃな、静まれば喜んどる口《くち》じゃ。コンラット(2)にまかしとくこっちゃな、奴は狡猾じゃよ、レンベルクへのロシア兵侵入もありゃ計画ずくの上じゃよ、われらの方がベルグラードに入りさえすりゃあ、情勢は一転じゃい。ポティオレックも張り切っとる！　見とらっしゃい、セルビアは小手先でチョイじゃ、あとは自動的にスイスイといくわな。

男爵　真面目な話、いつ頃とお思いですね、和平の時はですよ――

伯爵　三、四週間で和平の空じゃな。

男爵　相変らず底なしの楽観ですな。

伯爵　すると貴公はいつ頃とな？

男爵　二、三カ月ではとても無理でしょうな！　たとえどんなに事がすんなりいくとしても二カ月はかかりましょうよ。とんとんとんと、すべてがうまくいっての話ですよ！

伯爵　ならうかがうが――それじゃちと永すぎじゃよ、退屈じゃわい、悪くはないとしてもじゃな。ま、そうはいかんじゃろ、食料補給の点でもとても無理じゃ。サッシャーがついこの間そのことを言っとったが――食料統制が守られるとでもお考えなのかな、デーメル(3)でさえもう節倹の手始めをやっとるわい――ありがたくはなかろうて――節約はしてみてもじゃ――どれだけ保《も》つかい？――お笑いじゃよ、そう永くはいくものかいな。

男爵　わたしの考えはとっくに御存知でしょうがね、わたしは祖国をあまりあてにはしとりませんな、われわれは所詮ドイツ的田吾作じゃありませんわ、やむを得ず同盟《く》んではいましょうともね――ちょうど昨日、プッツォ・ヴルムブラントと話したところですがね、御存知でしょう、パルフィ君の娘御といい仲の奴ね、あいつはクロバティンの片腕なんですよ、つまり最高級の愛国者ってわけですね――彼《やつ》が云うからにはです、祖国防衛戦を始めるからには――なんですよ、防衛戦ってのは彼の強調したところですがね――

伯爵　だが――なんじゃいそれは――これはじゃな、今のは防衛戦じゃなかろうとでも貴公はお含みかい？　それこそまさにアラの捜し屋じゃよ、やまらっしゃい、われわれがいかなる窮地にいたかもうお忘れかいな?
われわれは言うところ《ソワ・ディソーン》のやむにやまれず、せん方なしにじゃ、威信のためにじゃ、打って出た、打って出るべく余儀なくされた——そうじゃろ——そうじゃろと思われる——思っとるが——わしはそう聞いたが——四方八方包囲されてじゃな——ちょうど昨日わしはシャフゴッチュと話したんじゃが、奴な、奴は好い男じゃて、ちと奇態な男じゃが、ま、悪くはないわな——ええと、はて、なんだっけ、わしの言おうとしとったのは——あ、そうそう——つまりじゃな、われわれは万やむを得ず、やむにやまれず余儀なくされてテメス・クービン(4)においてセルビア兵にわれわれを攻撃させたのではないかな?

男爵　とおっしゃいますと?

伯爵　とおっしゃいますと? なにを言っとられる——貴公は一番よく御存知じゃろがな、セルビア軍のテメス・クービンにおける攻撃がやむにやまれずじゃったことを——いや、ちがう、わしらのじゃ・わが軍の攻撃がやむにやまれずじゃったことと——

男爵　それは言うまでもありませんよ!

伯爵　じゃろがな、文句ないところじゃろが? でないとなんで出ていきましょうぞいな! つまり——そうじゃろが、これが防衛戦でないと言えましょうかい!

男爵　わたしがそうじゃないとか申しましたかね? わたしはなかんずく最初から小手調べに賛成しとりましたよ、やむにやまれん場合にはです、それをどう名づけるかはわたしには関心ありませんがね、防衛戦と言えば——ことは済むように聞こえますがね、戦争は戦争ですよ、いずれにしても。

伯爵　そうとも、御説の通りじゃよ。ベルヒトルトな、奴は、ま、まあ目のさとい奴じゃい! いろいろ評価はあろうがな、われわれの任務にも勇気がつきものじゃ、奴にも少々はやらせんとな! 奴はうまいぐあいにイシュル行の島流しにしよったわ——連中、最後通牒に異をたてかねんからによってな!——奴は——奴は抜目ないわな、ちょうちょうと仕とめたわ!

男爵　大手柄《エバトン》でね! ああ手ぎわよくやろうとは思ってませんでしたよ、遠隔操作を心得てますな、彼の政治術は例の埋葬式の頃から知れとりましたね、ロシアの大公の参列をしめ出しましたからな。

伯爵　そうとも。しかしロシアが参戦しおったのは奴の咎ではないわな。奴の思惑通りにいっとったとすると戦線はセルビアだけに限定しとったろう。奴の思想は奈辺にありや？　世界大戦において一外交官が持つべきものを持っとるな、処世術《サヴォアル・ヴィヴル》よ！　奴がイギリスのうすのろの調停案を無雑作に競馬の予想表の間にはさみこんだのをわしは見たな――例のあれじゃよ、ベルグラード占領には少なくとも大義名分の元にというやつ――八方美人の珍事もいいとこじゃが――そいつをポケットにあのすぐ後じゃ、会議室に来て奴はわしらをじっと見てじゃ、言いおったな、今こそ軍隊はみずからの意志を持つべしとな！　あの姿は貴公そっくりじゃったよ、いや、まことに――出来んことじゃろが、あの重大時にじゃ――

（隣室よりベルの音、それに続いて）

ベルヒトルトの声　アイス・コーヒーだ！

（ドアの閉じる音が聞こえる）

男爵　ね、お聞きでしょう――十一時半にですよ！――十一時半に彼はアイス・コーヒーを注文しておるのです！　それにつけては――それにつけても認めざるを得ませんがね――アイス・コーヒーこそ彼の強みですよ！

伯爵　いや、むしろ奴の唯一の弱味じゃよ、ありゃあアイス・コーヒーがなければ夜も日も明けん男じゃよ！それにつけてもデーメルのアイス・コーヒーな、――ありゃ、最高じゃい！

男爵　今日あたり一度出掛けますか――待ってましたってところですよ！

伯爵（戦線報道班よりの報告を開き、読む）　――レンベルク、占拠中。

男爵　そうともそうとも！

伯爵　ベルヒトルトという男はじゃ――なんといっても（更に報告を繰って）レンベルク――占拠されたり――なんじゃい、またか――もうもう――飽きてきたわ、同じことの繰り返し――（報告書を丸めて）――で、なんじゃ、――ともかくも――今夜はシュテッフィのお嬢さんと会食といこうかい、悪くあるまいて。

（暗転）

第六場

ハプスブルガー・ガッセのある理髪店の前。興奮しきった人々の群。

群衆　やっつけろ！　ぶちのめせ！

群衆の中の一（なだめながら）　まあまあみなさん、まあったら、この方が何をしたってわけでもなし、お隣りの提琴屋さんね、あの方がこの方とただちょっと——

提琴屋（熱弁を振るって）　この男はセルビア人ですぞ！　わたしゃこの耳で聞きましたとも、悪口をですぞ、われらの皇帝を誹謗するですぞ！　この耳で聞きましたとも！

床屋（手をもみながら）　とんでもありません、——あたくしは宮中お出入りの——称号持ちの床屋でして——どうしてそんなことを口になど——

群衆の中の二　こいつの名前を見ただけでもセル公ってことは分らあな、石鹸鉢《せっけんばち》を頭《どたま》にたたきつけろい——

群衆の中の三　そうとも！　やっつけろ！　セルビアの咽喉切り魔め！

群衆　やっつけろ！（店をぶち壊す）

（街角に歴史家フリートユンク(1)とブロックハオゼン(2)、話しながら、登場）

ブロックハオゼン　ちょうど今朝の新聞に当主題に関する適切な註解を発表したばかりですが、論理を駆使してわが国民とフランスもしくはイギリスの賤民との比較考証の無意味なることを論破したのです。貴方御自身のお仕事に当論旨を参照されても結構ですがね、同僚のよしみですよ、御遠慮なしにです、中心命題の叙述はこうですよ、読みますがね、《歴史学徒を終局のところ慰撫し勉励するよすがとなるもの、つまり勝利の女神は決して野蛮人に微笑《ほほえ》まぬという事実、これが本然的に大いなる民衆に滲透したのである。ヴィーンの街路においては軽薄なる愛国心の発露たる白痴的騒擾の一つだに目にされぬ。ここに燃え立てるものは、はかない陶酔的興奮ではさらにないのである。この古来のドイツ民族国家は戦争勃発以来、かの玲瓏たるドイツ的美徳の数々をおのが血肉《けつにく》としたのである。すなわち、揺ぎない自信と、善にして正義に輝く勝利への敬虔なる信頼とを。》（と、切り抜きを渡す）

フリートユンク　実に正鵠を得た御見解と申すべき御説ですとも。まさにピタリとたがわず、たがわずといえども遠からず、遠からず、いやなに、喜んでいずれ参考《アド・ノタム》にさせていただきましょう。お、あれあれ——格好の例証です！　愛国心に燃え立った民衆がおのが感情に適切なる表現を与えておる。けだしソノ事ニオキタヤケク、ソノスベニオキタケラカニと申すべく、ヴィーンの伝統に忠なるところですぞ。当行動表現の直接的契機はおそらくは当小路にハプスブルガー・ガッセの名が冠せられておるからでありましょう。忠誠この上なき国民は明らかに当小路の名に敬意を払わずにはおられんのでありましょう。レオポルト公の時代ならバーベンベルガー・シュトラーセで示威行進をしたところでありましょうな。

ブロックハオゼン（口ごもって）　だがどうもなにか私にはしっくりしないところが——

フリートユンク（口ごもりながら）　なにか少々派手すぎる気配が——

ブロックハオゼン　善き国民にしてはややがさつに過ぎる如く——

フリートユンク　伝統に適すと言うよりは少々高声に過ぎて——

ブロックハオゼン　民衆の興奮を誘導した正当な動因を見過ごすわけにも参らんとしても——

フリートユンク　われらの高貴なる皇帝がかしこくも何千とも数知れぬわれらの息子や兄弟に呼号され武器にと起たしめられし日以来、実にニーベルンゲンのほとりのわが国民の内には熱狂が沸き立っている如くであり、すなわち果汁はいやましに醗酵して——

ブロックハオゼン　彼らがみずからをノラクラ者と呼びならわした時代は去った。時代をつむぐ織機ははた勇ましく回転し――

フリートユンク　やや、彼らはこぞってかの床屋に入らんとする。かの理髪師が宮中出入りの者であるが故にすなわち愚考するに素朴なる民衆の魂は一致してここに敬意を表さんと――

群衆の中より叫び声　《擲りつけろい!》《ぐいっとそれ――引きずり回せ!》《セル公めが!》、《セルビアはステルビア》、《この刷毛をもらっとこ、かかあのみやげにな!》、《香水はいただきだ!》、《こっちにも二、三寄こせ!》、《よ、この前掛けは上等だぜ!》、《霧吹きを寄こせってんだ!》、《イギリス、くたばれ!》《奴は逃げたぞ!》

提琴屋　言った通りでしょうが!　奴は非国民ですぞ!

ブロックハオゼン　民衆は興奮したれどもその言《げん》やよしです、セルビアの陰謀家どもの暗躍をとっちめたのでしょう。

フリートユンク　われらの帝国議会に議員を派遣する王国並びに国家に保有された領土への侵略行為に対し民衆が如何に鋭敏な嗅覚を有しているか、まさに驚嘆に価するものである。当理髪師がかのスロヴェンスキィ・ユグの大陰謀に加担せざる筈はなかろうと私は推測する。かの悪辣な謀略こそ一九〇八年、私が世に先がけて発見したものなのである。

ブロックハオゼン　ただあの群衆の群集形体がです、ちと私のふにおちんところで――

群衆　探し出せ!　ぶちのめせ!　セル公をやっつけろい!

フリートユンク　おそらくはです、ヴィーンの民衆がいささかも軽佻浮薄なる愛国心に染《そ》んでいないという歴史的真実に対するこの明白な矛盾は、この正当にも興奮せる提琴商人の言動に照らし考えれば大よそ解消されると判定されましょうが。

群衆の中より叫び声　《あそこの二匹のユダヤ人はなにしとるんだ?》、《あの面《つら》はスラブそっくりだ!》、《上衣《カフタン》を着せてみろ、まるでセル公よ!》、《ありゃ正真正銘、セル公だぜ!》、《セル公、もう二匹!》、《やっつけろ!》、《ぶち殺せ!》

(歴史家両名、小路に逃げ込む)

（暗転）

第七場

市中コールマルクト。(1) カフェ・プーヒャーの入口の回転ドアの前。

老ビアッハ（非常に興奮して）　簡単明瞭じゃい、陸軍五大隊をロシアに対してさし向けることじゃ、それでスミじゃ。

枢密院議員　そうですとも。電撃こそ最上の作戦、ドイツの手並みを見れば明白ですとも。これぞ熱血《エラーン》！ ベルギー突破はまさに範ですよ！ あれです、ああいうのがわれわれに求められておるのです。

秘書官　ところでお宅の息子さんはどうで？

枢密院議員　徴兵免除ですよ、一安心ですがね。それよりも情勢こそは――現今の情勢こそはです、結構とは申せませんよ、ベルギー突破、あれです、かの如き――電撃的攻撃力がです――

秘書官　われらにベルギーを与えよ、しからば突破せん。

博士　われわれの待望するところは一人のビスマルクなり、これだ、これが――

老ビアッハ　今この時節に外交術がなにになるな、武器じゃよ、入要《いりよう》なのはな！ われわれが敗北の汚名に甘んじられようか？ われらが今ぞ突破し得ずんば――

不平家（回転ドアより入ろうとして）　ちょっと失礼――

博士　思いつきですがね、作戦上の一策とし、移動戦線の側面攻撃をば――

小間物商　しかしですね、側面攻撃といってもどこが側面なんです、包囲されておるのですよ、ポラク女史が断言してましたがね。

老ビアッハ　女史が断言しとったと？ どこから仕入れたんじゃい、それを言わっしゃい！

小間物商　どこから仕入れた？ あれの旦那は徴兵されてです、ガルテンバオの予備病院勤務なんですよ。

枢密院議員　免除されたってことも聞いてますがね、しかしなんですよ、包囲の中ってのは仲々のものですね、こうぐっと胸が沸き立ちますよ、つまり抱きしめられたって気持ですね、あれと同じことでしょうが。

老ビアッハ　(身を乗り出して)　抱きしめにゃならんよ、抱きしめにゃ、相手の息がつまるほどにじゃ！　そういう抱擁の現場に立ち合いたいもんじゃ！

小間物商　クライン(2)もでしょう、戦線報道員は。昨日のに書いてましたね、持久戦となろうとです、彼は最後迄くっついて歩くでしょうがね。

秘書官　現場にいられるとは果報者ですよ。貴方、ね、博士、一体、戦線報道班ってのはどういう代物ですかね？　徴兵検査不合格の者だけが入るとこなのですか、それとも、合格した者が入ったり？

不平家　ちょっと失礼――　(彼らは道を空ける)

小間物商　合格した者？　関係ないですよ、要するに筆の立つ者ですね、しかも銃はとりたくない者ね、しかも他人が銃をとって立つのを願っている者ね、それが入るのですよ。

枢密院議員　それはどういうことです？　どうして銃をとらないのです、射つにしのびないからですか？

小間物商　いや、用心からですよ。軍隊に同情は禁物ですね、戦線報道班勤務とは従軍と同じですからね。

老ビアッハ　この戦線報道班というのはまったく大した機関《ところ》じゃよ！　あそこでは何でも見られるからな、戦線真近にいてじゃ、戦線は戦場にほかならんからな、つまりクラインはまさに戦場の中にいてじゃ、なんでも見られるんじゃからな、しかも身にかすり傷一つ受ける危険なしにな。

秘書官　言いかえますと、近代の戦闘現場では大局は何一つ見えんのです。すなわち戦線報道班にいさえすれば戦線現場にいるよりも更に多くのことが見えるということですよ。

博士　なるほどね、それでですね、いくつかの戦闘状況を一時《いっとき》に探訪できるのは。

枢密院議員　クラインの絶妙の描写によるとわが軍の負傷者の大半は身体の外部、つまり手や足に傷を受けているらしいですね、言い換えればすなわちロシア軍は側面攻撃を主体とし――

小間物商　でも、ローダ＝ローダには及びもつきません(3)よ！　先輩に比肩し得るにはです、ドゥンイュプルの水にまだまだ血が流れる現場にです、彼は立会わねばならんでしょうな。
枢密院議員　ローダ＝ローダが私の気に入っている点はです、なによりも彼は勇敢ですよ、明朝、ドリナ[4]河畔の戦闘を視察すると予告しますとね、翌朝、まさしくその報告が出てますからな。勇敢ですよ！
老ビアッハ　まさによ、かつての士官そのままじゃ——兵隊魂じゃ。わしの息子は兵役免除じゃが、興味は仲々盛んでな、『シュトレッフレーア[5]』を予約購読するんじゃと。
枢密院議員　どうしてなんでしょうな、——私はなんとなくこう悲観的になるのですよ。
老ビアッハ　悲観的とはなんじゃ？　レンベルクは未だわが軍の掌中にあるんですぞ、何が不足だとおっしゃるんじゃね。
秘書官　そうですとも！
博士　悲観すべき根拠は皆無ですよ。最悪の場合でも今決断を下せばふり戻し《パルティエ・レミス》ですよ。
小間物商　それに申しあげますがね、私は戦争省《あちら》の方を一人御存知上げておりますがね、その方によると戦況はまさに願ったり叶ったりだそうですよ。わが軍は右手より、ドイツ軍は左手より、かくして敵方《あちら》の咽喉《のんど》はしめ上がるってわけです。
枢密院議員　それはいいが——しかしセルビア軍が——
老ビアッハ（猛烈に）　セルビア軍？　セルビア軍とは何ですい！　セルビアはステルビア、一突きでスミじゃい！
枢密院議員　その通りですが——どうしてだか自分でも分からんのですが——今日の報告がです——行間を読みとらねばなりませんよ。そして地図を広げてみますると——地図を見ますると——素人でさえ——はっきりと分りますが、セルビア軍が——
老ビアッハ（いきり立って）　セルビアの話はもう十分じゃ、セルビアはですぞ、つけ足しのお飾り戦線じゃよ。えい、腹が立つ、皆さん、中へ入りましょうぞ、今夜の大臣閣下たちのおしゃべりが待遠しいわ——どうじゃ、みなさん、わしらは大臣定席《せき》の隣りのテーブルに陣どりましょうかい。（と、一同、カフェに入る）

（暗転）

第八場

郊外のある大通り。装身具店《モディスト》、パテフォン店、カフェ・ウェストミンスター、セルドナー&キニ家屋装飾店の支店が見える。四人の若者、登場。その内の一人ははしごと貼紙とノリとを運ぶ。

若者一　や、またぞろ見《め》っけたぜ！　見ろ、サローン・シュテルン、モード・エ・ローブとあらあ。こいつの上にべったりと貼りつけるか！

若者二　ま、名前は残してもいいやな、それに何の店か分るようにもしてやろうぜ、よ、かしな、こうこうと貼りつけらあな。（貼りつけてから読む）サロ・シュテルン・モーデとな。これでよし、これならドイツ語だ。次に行こうぜ。

若者一　パテフォンだ？　なんだ、こりゃあ。こりゃフランス語だろ？

若者二　いやあ、ラテン語さ。ラテン語ならいいや。しかしこれは――これはなんだ、え、《楽譜、ドイツ、フランス、イギリス、イタリア、ロシア、ヘブライ各語ニテアリ、在庫豊富》

若者三　どうしてくれる？

若者一　こっきり全部消しちまえ！

若者二　ま、待て待て。（と、貼りつけ、読み上げる）《楽譜、ドイツ――ヘブライ各語ニテアリ、在庫豊富》これでよし。

若者三　ありゃりゃ、なんだい、ありゃあ！　カフェ・ウェストミンスターときたぜ、ありゃあイギリスの名前じゃねえかい。

若者一　こいつあ、とくと承知させてからの方がいいぜ、コーヒー店の主人《おやじ》ってのがひとかどのお歴々ってこともあらあ。あとでまずいことになるといけねえ、待ってなよ。（と、店に入り直ちに主人を伴なって出てくる。主人は胆をつぶした様子）ね、お分りでしょうな――これは愛国心からやってることってすぜ――

カフェの主人　御迷惑をお掛けしてあいすみません、はい、みなさまは特志志願委員会の——

若者四　そうとも。どうしてお宅はまたこんな名前なんです、ちと不謹慎じゃありませんかい。

カフェの主人　しかし、ま、みなさん　どうして先のことが予想できましょう、今となっては私も困っているのですが、この名前にしたというのもここは西駅のすぐ隣りでしてイギリスの貴族方が季節ごとにお見えになるのがおきまりでしたからですよ。あの方々がこの看板を見て、わが家に帰ったようにですね、ホッと安心なさるようにと——

若者一　するてと、なんですか、イギリスの貴族野郎がお宅に出入りしとったとおっしゃるのですかい？

主人　それも大繁盛で！　よかったですよ、あの頃は！

若者一　そいつは御名誉なこってすな。しかし今はそうはとんやがおろしませんぜ。

主人　はい、ありがたいことで——イギリス、くたばれ——はい、その通りでございますが、この名前はいわば根を下ろしてますものですから、あのう、その戦後にでございますね、そのう、イギリスの御贔屓様方がいらっしゃいますと——つまり、なんです、そこのところをお分りいただきたいもので——

若者一　そういったことにあなた民衆の声が承知してくれるとお思いですかね、え、御主人、お分りですかな、民衆の声ってのが——

主人　はい、知っておりますとも、どうして知らないなんてことが、あたくしもとまれこうまれ民衆カフェの主人《あるじ》でございまして——しかしです——するとどういう名前ならよろしいので？

若者二　御心配には及びませんや、悪さをしようてんじゃないですからね、——仕上げをとくとごろうじろというこって——ちょいちょいと。（ウェストミンスターのミを削りとる）

主人　はあ——これは——一体——どういうことで？

若者二　つまりさ、ここへペンキ屋にミュと入れさせるんですな。——

主人　ミュ？　するとカフェ・ヴェストミュンスター？

若者二　そうさね、おんなじものでもするとドイツ語でしょうが(1)。文句なしの！　この違いに気づく者もいませんや、しかも前とは別物なんだけどさ。どうだい？

主人　はい、もう感服至極、いや、驚きました！　早速ペンキ屋に入れさせましょう、はい、いやもう色々とお心づかいをいただきましてありがたいことで、はい、戦争が続く間はそういたしますです、終ればもちろん従前の通り――でないと貴族様方がいらっしゃいましたらどうおっしゃるやら、はい！

（二人の客がカフェより出て来る。互いに《アデュ、アディオ！》と別れる）

若者一　おっおっ、なんだなんだ、あんたの店じゃフランス人とイタリア人が出入りしとるのですかい？　いま一匹はアディオってたぜ、おたくじゃどうも国のみさかいがないらしいが、なにやらクサイですぜ――

主人　でもアデュとおっしゃるのはなにもフランス人ばかりとは――

若者二　しかしもう一匹はたしかにアディオといいましたぜ、ありゃあ敵国の言葉ですぜ[2]！

若者三　こすっからしい裏切り者のよ！

若者四　同盟を破ったイタ公のよ！

若者一　そうとも、宿敵だぜ！

若者二　盟約を破ったんだぜ！

若者三　ポー河のもぐら野郎よ！

若者四　そうよ！　知らんってのか！

（主人、じりじりと店内に逃れる）

若者一　（叫びかけて）　やい、イタ公の親戚野郎！

若者二　そうよ、外来語についちゃ俺たちが模範を示さにゃな！　次へ行こうぜ！

若者三　よ、見なよ、今日は幸運《っ》いてら、ゼルドナー・アンド・キニときたぜ！　こいつもコーヒー屋と同じかい混ぜだ。傭兵《ゼルドナー》ってのは御存知イギリス野郎の別名だろ、――キニってのはまちがいなし、イタ公だぜ！

若者一　イギリスくたばれ、イタリアをやっつけろ――こいつはすっぽり貼りつけてやら！　特殊化学掃除引受け？　掃いちまうぞ！――むかむかすらあ、明日にはこの辺一帯から外来語を一掃よ、一つでも見つけりゃ、ひんむいてくれる！（若者二、看板にすっぽり貼りつける）

若者三　それでよしと、ここいらで分派といくか、そっちのお二人はこっちの歩道《トロットワール》だ、俺たちゃ向い合せ《ヴィサヴィ》のあっちを受持たあ(3)。

若者一　申し訳ねえが、今日はもうつきあえねえんだな、ちとつまっててよ、逢引《ランデブー》の野暮用よ――

若者二　そいつあ困《マレーア》ったな、おめえがいなきゃ仲間が割《コンフリクト》れちまうわ。俺は構わねえが、ともかくよ、奴らは手《イムペルティネント》がおえねえし――

若者四　俺は大丈夫だがよ――俺たちゃともかく組み《ソース》の方がいいぜ、これまではまだ事は起《パシールト》ってないとしてもよ――

若者二　そうとも、いやな《オディオース》こったがいつも俺は下手から出るように用心《ディスクレート》してよ、奴らとおだやか《ハルモー》にいきてえと思ってな、ま、もったい振らず《インポニーレン》ともいいとして、いまこそ、ずいとやら《レゾルート》にゃ、俺たちが企てた《アントリーレン》愛国の行動《アクツィオーン》はよ、どうしたって《アウトブリ》終始一貫《コンゼクヴェント》、やりとげにゃあな。

若者三　そりゃそうとも。しかしだ、奴らが今日みたいにつべこべ言い《アルグメント》出すとだぜ、生活にさしつかえる《ルイニールト》とかなんとかな――泣きごと《ラメンティールト》言ってよ、狂ったり《ラビアート》よ、そんときには――

若者一　そんときにはだ――知らん顔《イグノリーレン》の半兵衛様よ！　すやり返して《レプリツィーレン》もいいや、今は大事の時なんだとな！　すると正気《レゾーン》に返らあな。奴らも利巧《インテリゲント》だな、口論《ディスクティーレン》は止しなよ、――ちょいとでも言い出せば切りがないぜ。――

若者二　しかし奴らがカッとし出す《エシエフィーレン》と――ともかくゲス《オルディネーア》だぜ、奴らはよ――

若者一　なら、革命分子《スブヴェルツィヴエス・エレメント》と言ってやんな、それで充分《バスタ》！

じゃあ――しっかり《クラージュ》やんな！　明日模様を教えて《レフエリーレン》くんな、手伝う《アシスティーレン》ぜ――や、もう四時四十五分だ、こいつあすぐと《モメンタン》に駆けつけにゃ――絶対《アクラート》よ、遅れちまわ――ま、ぼちぼち《アミユジーレン》やっとくれ――御機嫌《コンプリメント》さん――アデュ！――

若者三　セアヴァス！

若者四　セルヴィトーレ！

若者二　オヴォワール！

若者一　（足をとめて）　それはそうと《アブロポ》、もしだれかが抗議《プロテスティーレン》したらよ、外来語ボイコットのための連盟《リガ》の特別《エグゼクティーフ》コミッテの臨時中央委員会派遣の行動志願隊員《プロヴィゾーリッシエ・ツエントラール・コミッションヴオロンテーア》だと言ってよ、身分証明《レギティミレーン》すりゃあいいぜ！　アディオ！

（暗転）

第九場

ある小学校。

ツェーエトバオアー先生　——いまはとってもたいせつなたいせつな理想がわたくしたちのまえに開けたのでしょう。それで外国人がやってくる観光はすこしばかりしりぞいてわたしたちがかんがえるいちばん大切なことでなくなったのですね。

しかしですよ、いいですか、わたくしたちは心配したりしてはいけませんね、わたくしたちはだれもがわたくしたちのお国のためにきよい御報謝をすませたあとで、わたくしたちのお国があゆみだした道をおそれずおじけずすすまなければなりませんね。わたくしたちがつちかってきて、またわたくしたちの尊敬する州教育主事さまとそしてまたわたくしたちの敬愛する地区教育委員さまのおほねおりのおかげでみなさんの胸にやどった外国人との交際のわかわかしい芽こそが進軍する部隊ですね。——みなさんはしっているでしょう、だからこそいまは偉大なる時代なのですね——その足によってもふみくだかれることはありませんしね、はんたいにその足によってふかくふかく根づけされ育てられるのです。みなさんだれもがいまやしっかりとみなさんの二本の足でたたなくてはならないのですね、そしてみなさんがみなさん自身をしっかりと見つめ、みなさんの御両親さまや御後見人さまに、その御誕生日のおいわいにこのすばらしい戦争ごっこのおあそび《ぼくたちも世界大戦《せんそう》するんだ》をお見せしてあげるのですよ。あるいは、もうすぐクリスマスがくるのですから、《ロシア兵ごろし》をお見せしてもいいですね、みなさんはみなさんのお勉強とよいお行儀のゴホービに、もちろん、みなさんの敬愛する両親さまか御後見人さまのおゆるしをいただいて、日曜日にはそろって鉄のおまもり人形にくぎをうちに行ってもいいのですね、このわたくしたちの街のおまもりにくぎをうてば——

クラス全員　ウワーイ、たのしいなあ！

（少年が一人、手を上げる）

先生　ガッセルセーダー君、なんですね？

生徒　先生、ぼくもう父さんと一緒にくぎを一本うちました。もう一本うってもいいんですか？

先生　もし君の御両親さまか御後見人さまがお許しになるならばだがね、君の愛国的な情熱に係わるおまもり像へのくぎの打擲《ちょうちゃく》を阻止するものはなかりしだよ。わかりますか？（少年が一人、手を上げる）なんだね、ゼェゼォヴィーツカ君？

生徒　先生、ぼく、出たいんです[1]。

先生　出たい？　君、いいかい、よく聞きなさい、いいえ、まだ若すぎます、大きくなって徴兵検査に合格するまで待ちなさい。

生徒　先生、ぼく、行かなくては困るんです。たまらないんです。

先生　そういう願いを先生は聞くわけにはいきません。恥ずかしいと思いなさい。どうしてまたそんなに行きたがるのです？

生徒　でも、ぼく、こらえられない《ハーベ・ノート》のです。

先生　もっといい時代がくるまで、じっと我慢して待ちなさい。君が行くと、君のお友達はみんな一緒に行きたがりますからね。お国はいま苦難《イン・デア・ノート》の時代にあるのです。それを考えて堪えぬきなさい。

（少年が二人、手を上げる）

先生　カール君にルドルフ君、二人そろってなんですか、言いなさい。

二人の生徒　先生、ぼくたち、シュトック・イム・アイゼン広場でなぐり合い《シュラーゲン》したいんです。

先生　なんですね、そんなことを考えるなんて！　恥ずかしいと思いなさい。シュトック・イム・アイゼン広場の棒《シュトック》はもうくぎを打つ場所がない紋章でしょう。でも鉄のおまもり人形はみなさんの懸命の努力ではじめて紋章になるのです、みごとな傑作にです。みなさんの子供やそのまた子供たちがいついつまでも語りつぐような作品になるのです。

生徒コツリク　先生、メロレス君はずっとぼくをつついています！

生徒メロレス　先生、うそです、コッリク君はぼくをユダヤ人って言ったのです。ぼくがパパに言いつけると、パパはきっと新聞に書いて、仕返ししてくれます。

先生　和平をむすびなさい、コッリク君にメロレス君、いいですね！　それじゃあ、読本を開いて。《イギリスに寄せる憎しみの歌》のところ。メロレス君、君は立っていなさい、そして先生の質問に答えるのです。この歌を作った詩人は何といいますか？

生徒メロレス　はい、フリシャオアーです。

先生　まちがった。腰掛けてよろしい。

一人の生徒（囁いて）　リサオアー、リサオアー[2]！

先生　プラクスマーラー君、もう一度そんなことをしたら、ホーフマンスタールのプリンツ・オイゲン[3]を書き取りさせますよ。君のお蔭で先生は糸をなくしてしまいました。

（二、三人の生徒が教壇にとび上ってのぞきこむ）

先生　何を探しているんです？

生徒たち　糸です、先生、先生がなくされた糸です。

先生　なんて馬鹿者ぞろいだ。先生が言ったのはそんな糸じゃない、言葉の糸です。

一人の生徒　話の糸口のことでしょう――

先生　ヴォッタヴァ君、君も先生の言うことが分ってないんだね、みなさんがまだ一人前でないことは先生が一番よく知っていますとも。先生は《憎しみの歌》で試験するつもりでしたが、今日は免じてあげましょう。偉大な時代がみなさんに寄せるかずかずの理想を明日迄にかんがえときなさい、でないと先生も怒りますよ。もし地区視学官さまがクラスにこられてみなさんのありさまを御覧になったらなんとおっしゃるでしょう。みなさんは、まもなく、第二回戦争公債のお手伝いをさせていただくはずなんですから、視学官さまの御期待をうらぎってはなりません。いいですか、明日までに《憎しみの歌》を暗誦しておくのですよ！　何度でも先生はくり返しますよ、お国のためにやりぬけよ、戦争募金に御協力、金属を集めましょう、トランクの底に眠っている無用の金を探し出せ！　こうですね、いいですね。では今日はもう少し勉強《や》りましょう。外国人のくる観光事業についてですね、先生は先にどうして観光事業をおろそかにしてはならないかを説明しましたね。われわれの高貴なる皇帝さまが、何千ともかずしれぬわたくしたちの息子や兄弟に、武器をとり、起て、とかしこくもおおせあって以来、戦争の嵐はわたくしたちの国土にふきあれていますが、しかしすでにいまや観光事業隆盛の最初の兆しはほの見えているのです。ですからこの理想を決してみうしなってはなりません。ちょうどすてきな読みもの《金《きん》の流れ》がそこに載っているでしょう。でも、それはよしましょう。むしろみなさんと一緒に以前、まだ平和だった頃に勉強した古い歌を歌いましょう。みなさん、おぼえていますか？

（生徒が一人、手を上げる）

先生　ハーベッツヴァルナー君、言ってごらん。知ってるね？

生徒　はい、先生、ヤサシイ亭主《オッチャン》の膝ニモタレテ――

先生　大違いだ！

（少年が一人、手を上げる）

先生　ブラオンスヘーア君、言って見給え。

生徒　常ニ忠タレ、孝タレヨ――

先生　でたらめだ、恥ずかしいと思いなさい！

（少年が一人、手を上げる）

先生　はい、フライシャンダー君。

生徒　サマヨイコソ水車小屋ノ男ノネガイ。

先生　なんだね、そりゃあ！

（少年が一人、手を上げる）

先生　じゃあ、ツィテラー君。

生徒　ソレ、前線ダ！

先生　腰掛けて！　わたくしたちは前線へは行かれませんよ！　前線がこっちにこない限りはです！

（少年が一人、手を上げる）

先生　ジュースマンド君、知ってるかね？

生徒　ぼく、出たいんです！　出して下さい！

先生　まだ言ってますね、先生はちゃんと言ったでしょう。いまは駄目です。先生のもとにいるときも、君たちがもっと大きくなったときでも、先生は許しません。じゃあ、なんだね、みなさんの誰一人あの歌をおぼえている者はいないんですね。

（少年が一人、手を上げる）

先生　はい、アンデルレ君。

生徒　金《カネ》ト財産《タカラ》ガ生キガイヨ。

先生　一番後ろの席に行きなさい。そんな歌をどこで学んできたのです？　アンデルレ君、恥ずかしくないのですか！　分りました、君たちは鉄の時代になって頭が堅くなったのですね、でもあれはとってもいい古くからの歌ですよ。あの歌でみなさんは母音《アイウエオ》の発音練習をしたでしょう。どうしてそうみんな忘れてしまうのです。じゃあ先生がヴァイオリンを奏きますから、自分で思い出して合唱するのです。

（少年が一人、手を上げる）

先生　ズクフュル君、君はクラスの恥をそそげるかな？

生徒　カンコウキャクニハシンセツニ！——

先生　お、ズクフュル君、でかしたぞ、先生は君のお父さまにこのことを申し伝えます。お父さんはきっと君を褒めてくださるでしょう。

（先生はヴァイオリンを肩に当てる。生徒たち、思い出し、歌う(4)）

アアア　あそこにもいる　外国人が
暗黒の時代《とき》はもう過ぎた
ありがたいな　観光客
アアア　あそこにもいる　外国人が

エエエ　栄光をえいと手にとらえ
英気養え　少年少女
えいえいっとな　えいっとな
エエエ　栄光をえいと手にとらえ

イイイ　いまの一刻　一糸みだれず
一路一進　いさめ
いどめよ　いの一番に
イイイ　いまの一刻　一糸みだれず

オオオ　傲《おご》りおさえて　ヴィーンの人よ
おなじお国のお里のお方
臆せずお里のお太鼓鳴らせ
オオオ　傲りおさえて　ヴィーンの人よ

ウウウ　うらみ忘れて浮き立つ心
ヴィーンは愛しき歌いの街ぞ
ういういっとな　ういっとな
ウウウ　うらみ忘れて浮き立つ心
（暗転）

第十場

カフェ・プーヒァー。大臣たちが座を占めている。

エドゥアルト（フランツに）　『ムスケーテ』(1)に『フロー』(2)と、それに面白読本《おもしろどくほん》がないじゃないか――

（五人、入ってきて大臣定席の隣りのテーブルを占める。総理大臣、内務大臣の方に身体を向けている）

老ビアッハ　空耳かな、彼はなにか爆弾のことを言ったようですぞ。――

エドゥアルト（絵入り新聞を持ってきて）　どうぞ、閣下、『爆弾《ボンベ》』紙はもうお読みになりましたか？

老ビアッハ　なんじゃ、あのことか――

他の四人（口々に）　どう言ったって？

老ビアッハ　なに――わしの早合点じゃ。

枢密院議員（隣りの者に）　今日の『タークブラット』に面白いのが出てますよ――

（フランツ、注文の品を聞きにくる。次々と注文の声）《わしにはコーヒーの濃口だ！》、《こちらはミルク入りをな！》、《脂肪つきと『夕刊六時新報』(3)だ！》、《私には特製コーヒー！》
枢密院議員　私にはメロンジュを、いや、まてまて、ええと、何にするか、ちと趣向を変えて、ヌス・ゴールドに『ノイエ・フライエ・プレッセ』を持ってきてくれ！

老ビアッハ（『ノイエ・フライエ・プレッセ』を手にとって）　こりゃすごい！

他の五人　一体、何がです？

老ビアッハ　これじゃ。これこれ、わくわくさせるのう、彼よ、あいつな、二週間前から丁度本年は現今編集長発行の下に創刊五十周年目に入っとる。(4)これがまず第一じゃな。次にはレンベルク戦線報告、戦況の詳細じゃな、わが国にまだまだ喜ぶべき事情があるという証明じゃて！　それにこれ、これな、とにもかくにも史上にまたとない快挙じゃて。ええ、なんだ、ドイツ自由派の思想、礼節並びに教養の防波堤なりか、ま、どんな名前で祝おうと大差あるまいて——お、ごらんなされ、——ひ、ふ、み、よ、五頁の特集じゃわ。四方からの祝辞ぜめ、(5) 政府高官の総ぞろい。

枢密院議員　私は今日書いたところですよ、——ま、気をつけといて下さいよ。明朝版にはまちがいなく出ましょうからな！

老ビアッハ（奮然と）　あなたがお書きならばわしも書きましょうぞ。この方々の中に混じって載ることは仲仲の名誉じゃい——

博士　ちと奇妙に思えるのですがね、私には——つまりですよ、何千とも数知れぬ祝辞の宛名ですね、それに一つ一つ住所も印刷されておることがですよ。《わが親愛なるモリッツ・ベネディクト殿、『ノイエ・フライエ・プレッセ』編集・発行人。ヴィーン一区、フィヒテ・ガッセ十一番地》とね、これはすごい数ですよ、やや高慢と評すべきじゃありませんかね、《わが親愛なる》を彼は省かせてもよかったでしょうし、住所だってせいぜい二十人くらいのところでとどめてもね。

秘書官　ま、そうおっしゃいますな。この住所名は何度聞いても心地好いもんですよ。

枢密院議員（ほとんど同時に）　むしろだね、彼は何一つ手を加えたくないのですな、書かれた通りに彼は載せとるのです。それこそ正しいとせにゃあ！

老ビアッハ　何か聞こえましたか？　え、聞こえましたかな？

秘書官（なだめるように）　いえ、なんにも——レンベルクは依然わが軍の手中にありですよ。

小間物商　ともかくも疑問の余地のないことですがね、これら祝辞の全ての宛名と住所は正真正銘の本物ですよ、ま、ごらんなさい。大したもんだ、モンテクコリ大公、皇族華族の連続だ——こりゃ、すごい——

枢密院議員　モンテクコリ公とか皇族連中が何者ですな、ベルヒトルトですよ、この中のピカ一はね、昨日、直接出向いて祝辞を述べたのですぞ！

老ビアッハ　ベルヒトルトが何じゃい！　ピカ一はヴァイスキルヒナーじゃい！　ここに出とろうが、この文章、ま、読まっしゃい！　ヴァイスキルヒナーじゃぞ、あの根っからの反ユダヤ主義者ですぞ、祝辞に曰くじゃ、《貴方こそ公正正義の権化》とな。いいじゃろうが、出来んことじゃろうが、それにじゃ、《『ノイエ・フライエ・プレッセ』こそ知識人の祈禱の書》！

秘書官　またその通りですよ。お、これはどうだ、ドゥケス社のですがね、プレッセ社との親密な関係を衷心より喜ぶ、とありますよ。ヴィーン最大の広告代理業者がね、ほら、ここですよ！

博士　こっちも、ま、御覧なさい！　ハルデン(6)でさえさ、御承知の通り練達の文章家ですな——書いておりますよ、命名して曰く、彼を命名してですよ、《精神の参謀長なり》とさ！

小間物商　うまいことはうまいが独創的とは言えませんよ、それは他の二、三十通の祝辞にも使われておりますからね、実際、そう言いたくもなりますからね。

老ビアッハ　まったくじゃ、レンベルクの攻防が論じられている隣りに坐っとればじゃよ！　彼の社主催の大舞踏会の幕間に聞いたあの名演説！　つい、この間のことだ、思い出すよ——

秘書官　大舞踏会の時ではないでしょう、今度は中止されましたよ、戦時を思んばかってですね。

枢密院議員　慎しむということで。

小間物商　慎しみが過ぎますよね。

老ビアッハ　とまれじゃ、宴《うたげ》はなくともこれだけで壮大な祝祭じゃよ。もし戦争がなかったら一体どんな祝宴をやらかしたか。ま、仲々のものじゃて、この祝辞の山も素適じゃろが。社の会計部長や配達婦の婦長のまでも載せとるじゃろがな。何かこう心暖まるものがあるて。これぞ大新聞社の祝い方じゃな。わしなら速記係に速記させるわな。

枢密院議員　速記係も祝辞を寄せていますか？

老ビアッハ　速記しながら自分のも速記するな。

秘書官　ごらんなさい。この名前の列、えんえんとして果てしがない——

博士　まったく悲惨なことです。

秘書官　どうしてまた悲惨ですかね、これがですよ？

博士　おっと、これは失礼、私はその下の戦没者のリストを見とったのですよ。いや、これは珍らしい偶然ですな。祝賀者の名簿のすぐと下に入ってますよ。

老ビアッハ　ま、ま、――仕様がないわな、いずれにしてもじゃ、こりゃあ孫子《まごこ》の代まで語り継がれる事件じゃよ。

枢密院議員　そうですとも、一新聞の創刊五十周年記念なんぞはなかなかのことですとも。

老ビアッハ　いや、わしの言っとるのはレンベルク戦闘のことじゃい。

枢密院議員　だれがレンベルクのことを言ってますな？

博士（そっとあたりを見回してから）　残念ながらこれこそわが国の不名誉だってことは否定できませんね。

老ビアッハ　なんじゃい、それは――不名誉じゃと？　もう一度おっしゃい！

博士（小声で）　いえ、私の言ってますのはレンベルクの戦闘のことで――

老ビアッハ　誰が一体レンベルクのことなど言ってますな？　たとえそのことで臆病風に吹かれてじゃ、意気阻喪してもじゃ、奮い立つじゃろが、これを一目見ればな、この五十周年記念号の特集を見ればな――！

枢密院議員　私の心を一番打つものはですね、手前にあるものでも真中に載っとりますものでもなくてです、まうしろにあるものでしてね、創刊五十年記念日にですよ、銀行の広告が百頁もあるってことをですね、余《よ》所《そ》で一体御覧になったことがありますか？　これを繰っていけばですよ、指先が黒ずむ一方、顔の方はたまげた余りまっ蒼になりますな。実に新聞こそ一大権力ですよ、微動だにしない力ですよ――一たび微動だにすればですね――ここにすがりついた苔類はころげ落ちますな。

老ビアッハ　いや、まことにじゃ、彼は現今、わが国じゃあ、並びない力を持っておる唯一の人物じゃ。彼は想像力のみならず感情をな、精神のみならず意見をもな、のみならず、――のみならずじゃ、パトロンをあまたに持っとるよ。

樞密院議員　あなたのお言葉でいま一人別人ですがね、思い出しましたよ。

老ビアッハ　ほほう、また誰をじゃね？

樞密院議員　彼《あれ》ね、《のみならず》の好きな男！

老ビアッハ　それがどうじゃとおっしゃるのかな？　不思議かの？　あれでもってあの筆力に魅《ひ》きつけられるのじゃろが！　この間の夕刊紙の《素朴な質問――素朴な解答》(7)欄を読まれたかな？　繰り返して書いとったろが。曰く、レンベルクはなおわが軍の手中にあり、とな、あれのなおじゃな、めだっとるのは。読者は思わず魅き寄せられて次を読むな。それから更になおずくめじゃ！　《昨日の報告によれば――本日、報告されるに》とくるな、これでもうとっぷり彼の掌中に陥っとるわ。彼《あいつ》はわれわれ同様に述べとるのだがちとより明瞭なんじゃな。彼がわれわれの口を借りて話しとるのやらわれわれが彼の口を借りて話しとるのやら識別は難かしいて。

樞密院議員　しかしです、論説の方はおそなえとおっしゃるつもりですかな？　最初の書き出しからね――異彩を放ってます、群を抜いてますよ、《プロドスキイ家はキエフの最も富裕な一族である。(8)》これでゾクッときましょうが。もう目は離せませんよ、するとと直ちにタレーランに話が移りますな、タレーランの食事中の名文句ですよ、続いてハンガリアの調停案ときますな。

老ビアッハ　わしが一番ハタと手を打つのはじゃ、彼がな、人間の想像力について語るときじゃよ。あれが想像力を発揮するとな、真に迫るとも。読者はただもう炸裂する砲弾の只中に彼と共にいるかの如くの感がすな、想像の裡《うち》でじゃな。彼が最も重点を置いとるのは、どうやら、情景描写じゃな、それに戦況の詳細、その印象らしい。兵士の情熱の燃え立つさまを語るとき、まさに迫真じゃよ。ま、わしの趣味としては、連中《あいつら》がじゃな、特にポアンカレ(9)やグレイ(10)どもがじゃ、つまりおのれの寝所《ふしや》の戸口ががたつくもので、不安の余り床《しとね》の中で七転八倒している様をじゃ、彼が想像して書くときが最高と思うんじゃよ。きっと今頃は寝汗にまみれるとるじゃろ、きっと今頃はな、悪夢にうなされとるじゃろ、泣いとるかもしれん！　劇的なるもんじゃて！　わしは信じとるのじゃが、彼は書くときはきっと口述筆記させとるはずじゃい。いま、まことに、口述しとるところが目に見えるわな。空想が想像に溶け入りじゃ、彼が口述するときには編集室のシャンデリアはチリリンと鳴っとるわ！

博士　編集室の模様なら偶然ですが私は知っとりますね。以前、ちと個人的な苦情を呈しに参ったことがありましてね、あそこの紙屑の山と蝿の群はいやもう——

老ビアッハ　何じゃいな、それは？

博士　いえ、ただあそこはシャンデリアなど一つもないってことをね！

老ビアッハ（いきり立って）　じゃあ、なにがあるとおっしゃるつもりじゃね！　あんたっておひとはまったく手のつけられんアラのほぜり屋ですぞ——たとえランプしかないとしてもです——構やせん！　ともかくもシャンデリアはチリリンと鳴るわな！　われわれはそれくらいの想像力は持ってましょうぞ。おい、給仕君、『プロヒッシェ週報』と『ダンツァー軍報』[11]とをこちらにたのむ！

秘書官　おっと、御静粛に！　ほら、——大臣たちが何やら言っとられますぞ！——（全員、耳を澄ます。老ビアッハは大臣たちのテーブルに身をのり出す）

総理大臣　『プシュット』[12]は今日もひどいねえ、くしゃくしゃじゃないか——給仕どもが整理《アインシュペレン》をさぼって乱雑に吊ら下げて《アオフヘンゲン》おくからだ——早いとこ済ませてボッ
ツ《ライハイト》としとりたいもんだからこちらがやっと手に入れ《クリーゲン》ればこんな哀れな様《フェアファアッスンク》だ。——皺の《アオフヘーベン》ばしぐらいはな、させとかにゃ、それぐらいはさせとかにゃ。

老ビアッハ（興奮しきって）　お聞きかな、お聞きかな、空耳ではないわな！　この耳でしかと聞きましたぞ。軍事裁判じゃよ、拘禁《アインシュペレン》、絞首刑《アオフヘンゲン》ときた——

秘書官　ほ、ほう——！

老ビアッハ　自由権《フライハイト》破棄じゃ、憲法《フェアファアッスンク》止揚《アオフヘーベン》じゃよ！

枢密院議員　そこまで進んでますか！

博士　それは実にあなた政治的一大センセーションと言えますな、しかりですよ、しかも直接総理大臣《だいじん》の口から聞いた情報で！

老ビアッハ（得意気に）　どうじゃい、グウの音《ね》も出なか

ろう！

小間物商　今日にでもすぐ新聞社《あっち》に伝えてくださいよ！

老ビアッハ　勿論じゃよ、時代《とき》は迫っておる！

枢密院議員　――明日の日がどうなるか一体誰に分りましょうかね――

小間物商　――して国家はです、物情騒然とするのをとり鎮めねばならず――

秘書官　――国情は軽視すべからざるものにして――

博士　憂慮の影はいや増しに濃く――

老ビアッハ　――それにもう十時じゃよ、わしの家内はやかましいてな、わしが遅く帰ろうものならなんやかやと。でじゃ、この辺でおひらきとしてそろそろ退散しましょうかい。

（勘定を払って全員立ち去りながらも、おそるおそる好奇の目で大臣たちのテーブルを見返る）

老ビアッハ（去りながら）　われわれはですぞ、歴史の(13)決定的時間に立ち会ったわけじゃよ、シュテュルク伯の御顔に漂った表情をわしは生涯忘れまいて！

（暗転）

第十一場

徴兵逃れをした二人の青年が出会う。

青年一　よ、お久しぶりで、なんだ、まだヴィーンにいるの？　徴兵《と》られやしなかった？

青年二　出掛けてってさ、こう、ちょいと、免除の方を買いつけたね。君こそヴィーンでなにしてんだ、徴兵《と》られたんじゃなかったの？

青年一　出掛けてってさ、同じく、免除《あれ》を買いつけたね。

青年二　当然よな。

青年一　あたりきよ。

青年二　エディさ、ヴァグナーね　奴どうしているかね、やっぱし免除をとりつけたかい。十月の召集組に入ったんだな、するとさ、奴の親父がダイムラーを買ったね、それというのも大隊長ね、ほら、チブルカ・フォン・ヴェルシュヴェアーがさ、約束したんだな、機動車隊へ編入させるとね、それからなんやらあって、なんでもクロースターノイブルクの兵舎か軍需工場の方へ廻されるとかでよ、もちろん、管理職にだぜ、事務系さ、それからある人が申し上げてさ、奴こそ商売《あきない》に欠かせない男でありましてとね、奴の叔父とかがさ、フィルグラーダー・ガッセの予備病院の大将だがね、たまたま会って聞いたところによると、もしや全ての努力が功を奏さん場合は奴を赤十字に入れると言ってたぜ、どうなるものかね、誰にも分らないがさ、あの遊び人がさ、結局どうなるのか、興味しんしんさ。

青年一　そのことなら知ってるぜ、親父がね、奴《やっこ》さん同様の腹黒だよな、ダイムラー一台のことで考えを変えたんだな、むしろデンマークの製紙会社か、あっちへ転勤させようとしたんだな、あちらは奴には居づらいやね、むしろ軍務《おつとめ》がいいってさ、ブルマオに来たぜ、退屈さ、当り前の話だがね、今頃は夜々シャポーを被ってさ、軍服と背広をとっかえひっかえ着替えてね、どうしてあれが出来るものか、俺には分らんね、ただ奴のことではっきりしたことはさ、贔屓《かお》が利かなくなったってことだな、奴も出掛けてって免除《あれ》はとりつけたってことだがね、もっともはっきりと免除扱いになったのか、丙種の組に入ったのかは知らんがね、おっと長話は出来ないや、さある女性《にょしょう》とランデブーでね、いや、お貰いものさ、いい女なら拾い物さ——

青年二　いつも御精勤だな。ところでよ、聞いたかい、ザイフェルトさ、奴は戦死したぜ、ラヴルスカでよ。じゃあ、失敬、戦争援護局の会合に出なきゃならないんだ、明日は茶会さ、フリーデリケね、彼女を連れてくって約束したんだ、サッシャー・コロヴラートも来るぜ、気晴しに来な、お馴染み女を連れてな。じゃあ！

青年一　承知だ、いや、別口の娘《こ》があるんだ。うまいこといったら電話するぜ、じゃあ——お、そうだ、もう一つ言っとくことがあったんだが——

（ある新聞予約購読者と愛国者登場）

愛国者　最前《さき》の二人を御覧になりました？　健全なる若者ですね、リンク・シュトラーセでなんですね、一連隊が編成できますね。

予約購読者　まったく他人《ひと》ごとながらあきれたものですね、へっ、フランスの徴兵逃れの連中め！

青年一　（振り返って）　ぼくのことで？

予約購読者　あなた？　どうしてまた？　私はあなたを全然お見識りおきもしないですよ、別のこと、構わんでください――

青年二　構わんでもらいたいのはこちらですよ、あなたは何も御存知ないんだ――

愛国者　まあまあ君たち、待ち給えな、この方はフランスの徴兵逃れの連中のことをおっしゃったまでですよ、君たちがそう目くじら立てることもないでしょうが。別にフランス人でもないでしょうに。

青年一　おや、そうですか、これはどうも失礼。オーストリアと関係ないんですね、とんだ御無礼を！　（両名、去る）

予約購読者　あれですよ、段々厚顔になりますね！　フランスの徴兵逃れの連中、と口にするとすぐわが事だと思うのですからね。

愛国者　あれは本当のフランス人かもしれませんよ、本国《あちら》から逃げてきてこちらで何かたくらんでいるのかもね、脱走兵かスパイ、きっとそのたぐいですよ！

予約購読者　わたしもそんな印象を受けましたがね。

愛国者　ともかく、敵国の様《ざま》はどうです！　予約購読者　まったく同感ですよ！　たとえば話がでたついでにフランスですがね、あそこじゃ再召集がやられているそうじゃありませんか、再召集ですよ！

愛国者　それでも足りんらしいですな、猫も杓子も前線へですよ！　《フランスにおける再召集の中止》についての詳細を読みましたがね。(1)

予約購読者　フランス軍経理部の失態についてどうお思いになりますね？

愛国者　戦争必需品供給契約はとてつもない価格《ね》で結ばれましたな。

予約購読者　貯蔵品及び軍需品供給の価格には疑わしい点がいろいろと目につくようですよ。

愛国者　布地や亜麻布や麦粉には闇価格で支払われたそうですがね。

予約購読者　仲買人が仲に入ってたらふく稼いでいるんですよ、仲買人が汁を吸い上げてますよ！

愛国者　と、いうとどこの国のことで？

予約購読者　勿論、フランスで！

愛国者　醜聞ですな！

予約購読者　しかも国会で暴露されるなんてね！

愛国者　われわれの方じゃそんなことは心配無用ですな。ありがたいことにわれわれの国会は——

予約購読者　機能を果しておらんですよ、幸いにも——

愛国者　いや、今なお良心の下にあると言うつもりで。

予約購読者　ミルロン[2]当人が告白していましたな、錯誤は避け得ざり、されども再度は繰り返すまじとかね。

愛国者　おや、そうですか！　初耳だ！

予約購読者　ところでロシアの方はいかがです？　ドゥーマ[3]を早々と召集せにゃならんとはなにやらの徴しでしょうな、政府はもはや公表せざるを得ませんよ、隠しおおせまいと思いますがね。

愛国者　われわれの方ではそんな心配は無用ですね、ありがたいことにわが国は——

予約購読者　今なお良心の下にある、でしょう——

愛国者　いや、国会が機能停止の状態ですからね、幸いにも。

予約購読者　ところで今年度の収穫工合はどうですね？

愛国者　イタリアは近年にない不作ですね、イギリスは散々な出来高ですよ、ロシアの収穫予想も暗澹たるものとかね、フランスの百姓は恐慌状態とかね、相場の方はどうです？

予約購読者　申すまでもないでしょう、ルーブルの下落が何よりの証拠ですよ。

愛国者　ためしにわれわれのクローネと比較すると分りますな、下落振りが——

予約購読者　リラも哀れなものですよ、三十パーセントの下落ですからね。

愛国者　クローネはありがたいことにちょうどその倍ですよ。

予約購読者　ところでイタリアですがね、今朝の記事をお読みになりましたか。あちらではもうひどいもんですよ、『メサッジェロ[4]』はローマ市内のゴミ運搬の混乱を歎いていますがね、もって知るべしですよ、あちらの状態をね。

愛国者　われわれのヴィーンの市街路と比べるとよろし

いですな！　ゴミの多さは平和時とさらに変化なしですからね！　この点で不足があるなど、わが国の新聞が書きたてたためしがありますかね、そりゃあ、ときにはですよ、たとえば――なんです、《ゴミの山とハエ退治》なんてのもね――載りますが、むしろ興味深いテーマですからね！

予約購読者　その点の不始末は既に一部解決されてますよ、《ゴミの山の部分的処理法について》って、お読みになりましたかね？　万事好調ですとも！

愛国者　イギリスの方はどうですかね？

予約購読者　あちらではあなたジャガイモの値段が天井知らずの上りっぱなしですぞ。

愛国者　さらにですよ、その値段がです、われわれの方の平和時のときの値段よりもまだ下だってことさえ判明しましたぞ。もって知るべしじゃありませんか！

予約購読者　それにあちらに滞在しているわが同胞の扱いぶりはどうです、お読みになったでしょう、あちらの外人虐待ぶりをですね。あれに比べればわが軍のロシア兵捕虜などは天国にいる如しですな。

愛国者　それについてですがね、奴らの卑劣なことといったらないですぞ。なんでもわがチロールのブレナー峠で奴らに、塹壕掘りをさせたんですな、それというのも何か一つでもすることを与えてやらねば、という親心からですよ。奴らがどうしたとお思いです？　ズル休みですよ！　労働拒否ですよ！　無論簡易軍事裁判ですよ、インスブルックから一連隊を呼びましてね、更にいま一度、奴らに、塹壕掘りをなすや否やと尋問しましたな。いやだ！　ときましたよ。どう仕様もありませんや、民族の権利とか何とか言いましてね、戦争は戦争ですよ、しかしわれわれのところじゃまったく気の好い者たちぞろいですよ。じっとこらえてもう一度念のため尋ねましたね、どうなんだ、革命家どもってですよ。やはりいやだときましたよ。こうなりゃあ――お分りでしょう、並べましてね、銃をつきつけ――するとどうです、一斉に我も彼もの口々にですよ、やります、やります！　ときましたな、壕を掘りますとね、ワッと寄ってきましたよ、ま、四人《よったり》を除いてですがね、こいつらは無論、射殺されましたな、その中に一人、旗手兵がいましてね——聞いて下さいよ——

予約購読者　聞いてますよ。

愛国者　おそらく最初の謀反の首謀者どもですよ。ズル賢い奴らでしてね、反オーストリアのアジ演説をやらかしている連中ですね、いや、あちらでさ。きっと反ユダヤ主義者でしょうな、ねえ、聞いて下さいよ——

予約購読者　聞いてますよ。

愛国者　わが同胞はなんですね、好人物ぞろいですね、それで射殺の際、手がぶるぶるふるえる始末ですよ、命中《あた》りっこありませんよ、で、大尉殿がわざわざ手を借さにゃなりませんでしたな、咽喉のところを御丁寧にも護身用のピストルでズドンとやったのですがね。つまりなんでしょう、これからも分る通りロシア兵がわれわれのところで受けている待遇ってものは感謝感激ものでしょうが！

予約購読者　われわれのところでのことはいうまでもありませんがね、しかしですよ、あちらで奴らがわれわれオーストリア兵の捕虜を扱っている扱い方はどうなんです！　まだお読みになってないかと思いましてね、持ってきましたが今朝の新聞のここ、ほら、ここですよ、読みますよ、《ロシア軍、戦争捕虜を虐待し敵意高揚に利用せる実情！》とね、戦線報道班の報道ですが、ガリーツィエンよりロシア人追放が実施されて以来、ロシア軍によるいまだかってない民族主権侵害は目を被うばかりであり、かくも当権利がロシア側より無視される限り当権利の諸事項の有効なるや否や疑わしむるものである、と出てますよ。

愛国者　異議なしですな。

予約購読者　まあ、聞いて下さいよ。

愛国者　聞いてますよ。

予約購読者　ガリーツィエンの被占領下地域に実施された検閲の結果明らかになった事実として、ロシア軍司令部の命令により、緊急用塹壕掘り作業員にと割当てられた者たち以外の全ての労働可能の男女はことごとく被占領期間中——

愛国者　なんてことだ！

予約購読者　強制的に追いたてられカルパチア(5)にと送られた。当事実は明らかにハーグ協定に違反しているにも拘らず、被占領地域の非戦闘員に祖国の戦いに参ずべく戦務行為を負わしむることをロシア権力者はゴウも意に介していないのである。
愛国者　意に介しとらん！　豚野郎たちめが！
予約購読者　まあ聞いて下さいったら——
愛国者　聞いてますよ。
予約購読者　故にロシア軍当局が前述の如くオーストリア＝ハンガリー軍捕虜たちをおのが反撃用戦務行為に逆用している事実が判明したこともことさらに異とするに当らないのである——
愛国者　なんたることだ、われわれのと同じケースじゃないか！
予約購読者　当事実は戦争捕虜を戦務行為と何らかの関係ある強制労働業務に行使してはならないというハーグ協定に明白に違反するのである。幸運なる偶然によってもたらされた情報によればオーストリア＝ハンガリー軍第八十二連隊は最近ロシア軍の一拠点を急襲したのであるが、当拠点は当連隊の捕虜になりたる者たちの構築したものにほかならず、とある木片にハンガリア文字にて次の如く記されていた。《オーストリア＝ハンガリー軍第八十二連隊スツュクラー、当拠点を建設せり。》オーストリア臣民の故郷よりの強制的追放につき最近もたらされた情報にかてて加えて、オーストリア＝ハンガリア国民を強制的労働によって反祖国的業務に参加せしめ、ロシア軍の戦争機構の一環として悪用するは——どうです、これをいかがお考えになりますね？
愛国者　実にロシア流儀そのものですよ！　未だ世に類のない悪辣さですとも！　反祖国的行為たる自国の戦争機構を補充するものとしてね！　哀れなオーストリアの兵士たちは誰一人ズル休みなどしなかったでしょうな。
予約購読者　最前おっしゃったロシアの旗手兵のような悪だくみを誰が持ってたでしょうかね。
愛国者　反祖国へのアジ演説をやらかすようなことね、かなたの山の真上でね！
予約購読者　かなた、カルパチアの山上でね！
愛国者　どうしてまたカルパチアです？　かなた、ブレナー峠でですよ！

予約購読者　そうそう、ブレナー峠だ、そうだ、そう！　全くもって天地ほどに相違した対照じゃないですか！

愛国者　ブロックハオゼン教授の論説はなかなかのものですぞ。書いておられますね、われわれの処では手に一つの庇護なき捕虜が言葉でもってさえ誹謗されたためしはないとですね。

予約購読者　げにしかりですよ、しかし同じ日の新聞にですよ、わがレンベルクの市長が言明していましたが、ロシア軍捕虜がですよ、街路移動中に一部の市民から口汚なくののしられ、棒で殴られたと出てましたがね、彼は文明国民にあるまじき行為であると断言していましたがね。

愛国者　つまり彼は認めたわけでしょう、われわれは単にユダヤ人のみならず文明国民であることをね。

予約購読者　勿論ですとも。とまれなんですね、烏合の衆にすぎない敵方とわれわれとを区別しないような箇条は一つだにないですな。

愛国者　そう、たとえば敵国民の遇し方ですね、優雅極まるものですよ。あのような神の国の紙魚《しみ》みたいな奴にですよ。

予約購読者　しかも何よりもわれわれは奴らとは違いヒューマンですよね！　たとえば新聞が論説にですよ、アドリア海の魚や生物《いきもの》たちのことを思んばかってやるほどですからね。彼らは今こそ幸運であろう、イタリア兵の死体がプカプカ浮いて食物に不自由しないだろうから、と書いていましたがね、ヒューマニズムの極致と言うべきものですよ。この厳しい時代にアドリア海の魚たちにも思いを及ぼす、出来んことですぞ、人間様が飢えに苦しんでいる最中にですな！

愛国者　ま、ちと書きすぎでしょうがね、ちょいちょいあることですが——しかし悪いとは言えませんな、しかもわれわれは戦争の最中に魚たちへのヒューマニティを保持するのみならず、さらにもっと価値あるものをね、持ってますよ、つまり——忍耐をです！　敵方《あちら》ではあなたもういたるところ戦意喪失の気味らしいですぜ、早く終りゃいいがと思ってますよ、われわれの方は逆に——

予約購読者　それはわたしも気づいていましたがね、たとえばフランスの士気低下振りはどうです！
愛国者　イギリス国内に焦燥の色ね！
予約購読者　ロシア全土に絶望感！
愛国者　イタリアに悔いの表情隠し難し！
予約購読者　連合国に憂慮の翳！
愛国者　連合とは名ばかりの現状！
予約購読者　ポアンカレに国情重し。
愛国者　グレイ憂愁の日々。
予約購読者　ロシア皇帝寝床にて転々の夜々。
愛国者　ベルギー全土に不安蔓延。
予約購読者　うれしいですな！　セルビアの腐敗堕落ぶりね。
愛国者　わくわくしますよ！　モンテ・ネグロは絶望の淵。
予約購読者　まだありますよ！　イギリス・フランス・ロシア・イタリアの四国協定、四散の兆し。
愛国者　ゾクッとしますね！　ロンドン・パリ・ローマに疑惑の渦ね。新聞の見出しを読むだけで充分ですよ。大戦の状況、手にとる如しですな。敵方《あちら》がどんなていたらくで、我国《こちら》が如何に揚々たるものであるかがです、ピンときますとも。こちらにも一種の気分は漂っていますが、ありがたいことに、あちらとは全くの別ものでしてな！
予約購読者　こちらにあるのはひたすらに喜悦であり信頼であり歓呼であり希望であり満足であり上々の気分ですよ。なぜというに戦況は上々ですからな。
愛国者　たとえば忍の一字などもまさしくわれわれの情熱のしからしむるところですよね。
予約購読者　そうですそうです。一体、敵国の何処にかようのものがありましょうな。
愛国者　ヴィーン人は特製の忍の一字の体現者ですぞ。いかなる不足と言えどもまるでそれが娯楽であるかの如くに耐えますからね。
予約購読者　不足ですと？　何が不足しとるのです？
愛国者　なに、その、わたしの言うのはですよ、もしもなんらかの不足が生じてきた場合、という仮定の話でして――

予約購読者　そ、そうありがたいことでして、実際上は何一つ不足してはいませんがね！

愛国者　そうですとも、不足無しですな。でも——あなた、でもですよ、何一つ不足していないとすると一体何を耐える必要があるのですい？

予約購読者　それを御説明《おとき》しますかね、たしかにいかなるものにも不足していないとはいえ、いともかろがろと不足すべきものを甘受する、と——これはあなた、まさに一つの芸術ですよ。わが国民が案出した創作芸術ですよ。

愛国者　御名答、たとえばあなた、振りをする、不足している振りをする、これは大した楽しみでしょうが。まったくわれわれの振りのうまさといったらないですよね。

予約購読者　以前と比べて唯一の相違といえば今が戦争中だということだけですよ。もし戦争がなかったらあなたいまが戦時だとはとても思えませんよ。とまれいまは戦時でしてね。以前はただ願っていただけのことが今は実現しているのですよ。

愛国者　そうですとも。われわれの所では実際何一つ変化していませんね。そしてですよ、たとえ非常時になって再召集になったとしても人材には不自由しませんな。みんなが前線に行けるとは限りませんよ、五十歳以下の若人《わこうど》みんながね。

予約購読者　老壮年層はまだ全然召集されていませんからな。

愛国者　あなたお読みになりましたかね、《イタリア、十九歳徴兵中》ね。標題《みだし》がすでに恐るべき現実を暴露していますよ。

予約購読者　おやおや、それは見過ごしていましたよ。そうですかねえ、そんな若い者までをねえ！　その点、われわれの方じゃ悠々たるものですね。たしか五十歳の者が今出征中でしょう、悠然たるものですよ。むろん、たしかに兵站部勤務ですがね、四十九歳の者がまだたんといてくれますからねえ。

愛国者　フランスでは四十八歳の者にも召集が来たんですと！

予約購読者　つまりなんですね、白髪頭をも召し連れるというわけ！　青年層がもう底をついたってことですよ。われわれの方じゃ来る三月から十七歳から徴兵となりますがね、若い連中、大喜びですよ。

愛国者　そりゃあ喜んでましょうとも、麗わしい年頃ですからね！　ところでさらに別の相違を御存知ですかね？　装備ですよ、これはもっとも重要なことですがね、われわれの方じゃ万々抜かりなく非の打ちどころがありませんよ、今日の記事《あれ》、お読みになりましたかね。イタリアの苦慮、高山保温用戦闘服大不足、っての？

予約購読者　哀れなもんですな！

愛国者　われわれの方じゃそんなことにとやかく頭を痛める必要はありませんよね、まさしく珍事ですよ！供給十分、以上！ってところですよ。毛布にまつわる話ですが、もう御存知ですかね？

予約購読者　いいえ、どういう話《やつ》です？

愛国者　われわれの方じゃいかに事がすんなり進行しているかこれこそぴったり合った例ですがね、ファイナー社がね、ドイツより毛布百五十万枚の契約をとり結びましてね。戦争省の見解で冬のカルパート戦線には少なくともその程度の枚数は必要と出たからですよ、別に心配の要はありませんやね、所詮は勝つときまったものへの投資ですからね、ところがですよ、話がちとかたくなりますが、購入結構、但し関税用書類万端用意あられたしときたわけです、大蔵大臣はそれがなければおいそれと許可は出せぬときましたね、戦争大臣は是非にと頑張りましたな、かくして大蔵省と戦争省とにこういうやりとりが続いて六カ月経過しましたね。ちょうどカルパートの戦闘たけなわの頃でしたがね。結局ファイナー社の方がしびれを切らしましてベルリンのカッツェネレンボーゲンに連絡ですな、御存知でしょう、戦争省御贔屓のあれですね。彼がまかり出まして大蔵大臣とさし向いで談判ですよ、しかし大臣も頑強ですよ、関税省略まかりならんとね。だがカッツェネレンボーゲンは御承知の通りなかなか腹のすわった男ですからひるまず言いましたな、それでは第一に会社は破産、第二に毛布が破損とね、青天井の下に雨と雪を被っていたわけですからね。フイですよ。

予約購読者　誰がです？

愛国者　むろん、毛布がです！　野外で野営の浮き目を見ていたわけですからね。
予約購読者　誰がです？
愛国者　もちろん、毛布がです！　何がお分りにならんのです？　断乎として申したわけですよ、第一に会社が破産、第二に毛布がおジャンとね。して兵士は是非とも毛布を必要とするとね。大蔵大臣は肩をすくめましたね、せんかたなし、書類が整わない限りどうしようもあるまいですよ、まず関税、しかるのち毛布だと――
予約購読者　しかしどうして戦争省は関税を払わないのです？
愛国者　これは内緒事ですがね、戦争省の見解としてはまず書類が整えられない限り支払えないというわけです。
予約購読者　関税用書類？　それは大蔵大臣の管轄でしょうが。
愛国者　ちがいますよ。関税用支払い許可のための書類ですよ！
予約購読者　あ、そうですか。ほほう、で、どうなりました、なかなか興味あるところじゃないですか――
愛国者　どうなったって？　カッツェネレンボーゲンは再びまかり出て大蔵大臣と談判ですよ、閣下、といきましたな、戦争省はかくかくの見解でありますとね。少しつけ加えておきますと、商売人仲間の規則《きまり》としては客が直ちに支払いをしない場合、調査を始めましてね、客が信用するに足るならば支払期間を猶予しるのですよ。そこで言いましたな、閣下、あえて申しますが戦争省を御調査下さい、もし信用できるならば――猶予なさいませとね！　彼の知恵ですよ、ひらめきですね、かくして猶予なり毛布は支給されましたな。
予約購読者　ということは事は全て整然と運んだわけですね？
愛国者　そこまではね。しかしその時はもう三月でしたからね、覆いをとって毛布を見ますにボロボロでね、使いものにはなりませんよ、ま、例の逃亡者連中につぎはぎ作業をやらせましたがその時はもう四月です、注文した時の二倍の値になっていましたな、修理費も入ってきましたからね。百五十万枚ときちゃ、少ない額じゃありませんよ——ところでどうなったとお思いです？

予約購読者　といいますと——？

愛国者　つまりですよ、兵士たちはもう毛布を必要としないってことが判明したのですよ。第一にカルパートはすっかり春になっていましたからね、第二に兵士たちはとっくに凍傷で足をやられていましたからね——ここで一つ疑問が起りましょうが、われわれは毛布のために頭を悩ます要ありやとね。

予約購読者　イタリアではね、要ありですよ！　奴らこそ要りますな！　イタリアにおける物価の値上りをどうお考えですね？

愛国者　それについちゃまだ読んでいませんが、イタリアの今年の収穫状況が散々だということは読みましたね。

予約購読者　イギリスにおける大不作と混同されているのじゃありませんか？

愛国者　それこそ別題でしょうが。ちょうど、ロシアにおける食料品不足と同様区別して考える問題ですよ。

予約購読者　いや、むしろ到る所が同様と見るべきですよ。それにたとえばの話ですが戦没者氏名欄を設けたのもね、どこもかしこも、同じですよ。

愛国者　たしかにわれわれの新聞と同様にね、なんでも模倣《まね》するんですな——

予約購読者　とおっしゃるのはどういう意味ですな？　われわれの方が一体何を模倣——

愛国者　いや、なにね、われわれの新聞《ほう》には今や《日々英国兵戦没者名簿》が出だしたってことですよ。

予約購読者　それですよ。わたしもいま思っていましたがね。一方、わが国の戦死兵氏名は週一度載るだけですよ。

愛国者　しかしあれも戦術上の深慮じゃありませんかな。名前など偽造してですよ、ない戦死者もあったことにしてです。あの通りだとこの年だけで八千の死傷者が出たことになりますからな。

予約購読者　イタリアでは一切出ていませんね。これはすこぶる怪しいですぞ。払っているに相違ない莫大な犠牲を認めたくないってわけですよ。

愛国者　まさにそのイタリアですがね、お読みになりましたか、イタリア軍のある将軍の退陣のこと。前線で示したる無能力の咎によりてですと！　これから陸続としてこの手の退陣があることでしょうな。

予約購読者　ほほう――！　なんとも奇妙奇天烈なことですな。われわれの方で耳にしたことがありましょうかね、将軍の退陣などと――

愛国者　ありますよ。

予約購読者　無能力の咎で？

愛国者　そう！

予約購読者　しかしなんでしょう、少なくとも前線でその無能力をためす機会を持つことなしにでしょうな！

愛国者　そう！　残念ながら前線にも行かずじまいでですよ。ところで御存知ですかね。イタリアでは既に徴兵忌避者がわんさといることを？

予約購読者　それが不思議でしょうかね、戦前にももういましたからな！　まだその上があるのを御存知でしょうかな、検閲ですよ！　思想の自由に関しては惨憺たる状態ですな。自分の言葉は一言たりとも口にできないんですからな、確証あってのことですよ。

愛国者　しかしそれにしてもあちらの新聞には、われわれの軍備が自国のそれよりも遥か卓れているという真実を書くことは許されているようですね。真実はどうしても曲げられんのでしょうな。イギリスの軍事評論家は連合国側の軍事力を絶望的と評していますよ。

予約購読者　そんなことを言わせておくなんぞあきれた報道体制ですな。われわれのところでもし誰かがそんなことを言おうものならどんな目に会うことやら！

愛国者　連合国側の軍事力が絶望的だと述べるとするとですかね？

予約購読者　いや、反対にわが国の軍事力が絶望的だと述べるとするとです。吊り下げられてもやむを得ませんでしょうな。もっともそんなことを言う者もおりませんがね。

愛国者　当然でしょうが、わざわざ嘘を言いたてることもありゃしませんとも。イギリスでもですよ、自国の形勢がすこぶる悪いってことを認めることによってですよ、つい真実を言わざるを得ん状態ですからね。

予約購読者　ステキな愛国者があちらにはうろついているようですな。つい最近もあちらの誰かが書いていましたがね、イギリスはドイツに敗北するもまた当然なりとね。そう書いたばかりに幽閉の身となったそうですよ、十四日間の禁固刑でね！

愛国者（頭髪をつかんで）　批評のために禁固刑とはね、こりゃあ恐れ入った。二週間もね！

予約購読者　あちらの紳士方はこういうことは耳にしたくないんですな、真実が堪えられんというわけですよ。われわれの方じゃジャーナリストの誰一人、そんな愚を犯しませんからね。

愛国者　しかしフランスの方がましだなどとも言えますかな？　御同様ですよ、今朝の記事《あれ》、お読みになったでしょう、真実の流布の咎により禁固刑ってのね。つまりですよ、真実を述べたばかりにですよ！　すなわちある婦人が――言ったのですな、ドイツは戦争準備をしていたにも拘らずフランスはそれを怠っていたとね、彼らフランス人は真実を言われると――

予約購読者　堪えられんのですな、フランスの権力者諸君はね！　戦争は彼らの習性ですよ、ひとえに平和を愛してやまない隣国ドイツに襲いかかったのですからね。まったくその本性たがわず――

愛国者　よくぞおっしゃいました。しかり、ドイツはただただ防衛のための戦争を戦っているのにすぎんのですよ。ドイツ広しと言えども戦争の準備など計っている者はさらにいなかったですとも。重工業界にとっちゃ、まったく晴天の霹靂の如くでしたからね。

予約購読者　全くですよ、それでですよ、フランスの哀れな女が子供でも分るような単純な真実を口走ったばかりに――

愛国者　もうし、あなた、あなたったら、とりちがえられちゃ困りますよ。女が禁固刑に処せられたというのは、すなわち――

予約購読者　真実を口にしたからでしょうが！

愛国者　しかし口にしたのは、ドイツは戦争準備をしていたってことですよ――

予約購読者　そうでしょう。して真実はですね、ドイツは戦争準備などこれっぽちもしていなかったというわけで——

愛国者　でもその女は申し立てたんですよ、ドイツは着々と戦争の準備をしていたとね！

予約購読者　ならそれは虚偽の申し立てでしょう！

愛国者　しかしその女の罰せられたのは真実を口にしたからで——

予約購読者　どうしてそれが罰せられたりするのです？

愛国者　ドイツが戦争の準備を進めていたと申し立てたからですよ！

予約購読者　それを口にしてどうしてまたフランスで罰せられたりするのです。ドイツでならいざ知らず——

愛国者　なんのこってす？——少々——お待ちを——そうではなくて——ですね——つまり早くいえば——いいですか、落ち着いて下さいよ、簡単明瞭に御説明しますからね、その女は勿論真実を述べたのですが、彼女が罰せられたというのもつまり偽りを申し立てたからですよ！

予約購読者　ちがいますよ、少々こんがらがっていますよ、むしろですね、つまりです、その女は偽りを申し立てたわけですよ、それで罰せられたのはひとえにフランスの紳士方は真実が堪えられないからですよ。

愛国者　や、そうだ、やっと分りました！　それもまた本性のしからしむるところでしょうな。つい軽はずみに口走ったりするのですよ。

予約購読者　そうですとも、あちらの新聞を見ればすぐと分りますがね。政府に対してはズケズケと真実を述べ立てましてね、われわれのことに関してはまったくのデッチ上げ、嘘ばかりですよ。全くの堕落ですね。もしですよ、わが国に関してイギリスの新聞が載せているところを信じたりしましたら、あなた、イギリスでは万々用意が整ってたってことを信じなきゃなりますまいよ。

愛国者　誰が信じるものですかね！　感ずるところがちがいますからな、言うなればメンタリティのちがいですよ、ありがたいことにです、われわれの方の編集長たちは兵隊たちより何倍もこの戦争に熱狂していますからね、特に論説においてですよ。

予約購読者　論説と言えばですよ――今日の会にですがね、誰が来るとお思いですな？　現存中のもっとも偉大な作家、ハンス・ミュラー(6)ですぞ！

愛国者　やや、そうですか、まちがいなく肺腑しぼって彼は書いてますな！　人間的にはどんな男ですかね？　ワクワクしますよ、彼こそ太陽の如く光輝あふれた文体の名手ですぞ、あれはいつでしたかな、光輝以上のものでしたな。ほら、ベルリンで彼が街路のドイツ軍二等兵に思わずキスをしたってことね。それから同盟国の連帯を祈って教会で祈祷を捧げたってことですよ、彼の論説の末尾にあったでしょうが。わたしの忘れ得ぬ個所ですよ(7)。現今、筆を執っている者たちの中でですよ。ローダ＝ローダやザルテン(8)でさえもです、誰が彼ほどに心情こまやかでしょうかね。まったく文字通り盟友と組して書いてますよ――たとえばガングホーファー(9)とね、組んでますよ、和気あいあいとです！　彼が論説を戦線から送り出した初めの頃のね、《戦線のカシアン(10)》でしたかな、迫真のものでしたな。情熱の文《ふみ》でしたな。まったく彼が直接戦線で書いたものだと誰でも思いこんでしまいましたな。後になってほんの偶然のことで分ったのですが、彼はヴィーンにいたのですよ、ヴィーンから一歩も出ずに戦線記録を書いたわけですよ！　しかもまったく正確にね！　才能ですな！　ところでどうです、人間的に彼はどんな男です？

予約購読者　とおっしゃっても――難かしいですがね、彼を描写するのはです。しかし現在、非常な不安のさ中にいますね。明後日、可哀そうに徴兵検査を受けるはずですからね。

愛国者　それでどうしてまた不安のさ中にいるのですね？

予約購読者　そりゃあ、検査のせいですよ！

愛国者　というと不合格になりはしないかという不安で？

予約購読者　どうしてです？　あなた、いいですか、無論、合格しやしまいかとの不安でおののいているのですよ！

愛国者　どうしてまたハンス・ミュラーが？　御冗談で

しょう！　ハンス・ミュラーですよ、祖国のために心をくだいている男でしょうが、そんなことはあり得ませんよ！　ハンス・ミュラーに寄せる人々の信頼に勝る信頼を受けた男がいようなど耳にしたくともできない程の男ですよ。彼でしょう、ニーベルンゲンの盟約のために生死を賭したのはね。わたしはまるで反対に思っていましたよ。彼はドイツから戻ってきましたな。同盟国の二等兵を固く抱きしめた後にですね。帰ってきたというのもですね、召集を待ち切れなくてだとね、志願兵として出征せんがためとね！　わたくし考えましたよ、検査に合格となればそれはそれは喜ぶだろうとね——不合格になれば、あなた、自殺でもやりかねんと——

予約購読者　どうしてですな？　あなた御自身おっしゃったじゃありませんか、彼の戦線からの寄稿文は実の所ヴィーンの街中で書かれたものであって、街中で書いたものが戦線で直接《じか》に書いた以上に適切だってことに感激なさったとね。

愛国者　あの戦線寄稿文を彼は徴兵検査に不合格になったので、それで気を悪くして書いたのだろうってわたしは考えていたのですよ——高らかに示すためにね！　つまり、戦線に実際にいるとすれば戦線報告として書くであろうことを戦線に実際にはいなくてもいかに如実に書けるかってことを示すためにですよ！　あなたのおっしゃることをわたしはどうしても解せませんな。あなたは彼って男を見まちがえされているのですよ。

予約購読者　彼ですよ、大喜びするのはですね、明後日《あさって》の検査で見まちがいされたら——

愛国者　そのおっしゃり様は不愉快です！　要するにあなたはまだよく御存知ないからですよ。彼が書くが如くにですよ、あの如く純粋に且つ熱情をもって書く者がですよ、不合格を喜ぶなんてことは——

予約購読者　（興奮して）　すると——するとなんですか、不合格になって喜んじゃいけないのですか？　合格を恐れちゃいけませんかな？　ミュラーはね、あなた、戦争に熱狂しているのですよ。それで充分じゃないのですか？　彼もまた軍隊勤務をしなきゃいけないのですか？　よりによって彼がね、ハンス・ミュラーがね！　なんておやさしい方なんです、あなたはですよ、彼がどんな教練を受けにゃならんか、ワレ関セズというみたいにね。ま、あなたの御心配も多分無用でしょうな、ミュラー自身の心配も願わくば無用であることをね、わたしは祈りますよ。もし合格などとなろうことなら——いやいや、幸いにも今日、誰でも彼がどんな異才であるか知っていますよ。あの才能にふさわしい使い方をするはずですよ！

愛国者　名言です。いや、わたくし、一言一句まであなたと同意見なんですよ——ただ、わたしたちの見解がやや相違する個所があるのですな！　わたしはハンス・ミュラーを信じたわけです。そしてあなたから聞く破目になったことがわたしを失望させたってわけです。むろん、あなたは予約購読者という立場に立ってお考えなんです。彼が執筆者から欠けるとそれはあなたにとって大損であって——

予約購読者　そしてです、あなたは全てを愛国者という見地から御覧なさる——ここがわれわれの分岐点ですな！　さようなら、わたしは号外を買いに行きますよ。あなたはこれから何を？

愛国者　祖国救済資金に寄付しにね。（両名、別々の方向に、去る）

新聞売り　号外だ——！　戦局第二報告——！

（暗転）

第十二場

平服を着た大男と軍服を着た小人が登場。

大男　よく似合うぜ、お国のために役立とうってわけだな、こっちは連隊医官がちょっと見てすぐに放免よ。

小人　どういう理由《わけ》でですか？

大男　軍務に堪え得ずってんだ。なに、ずっと大昔の健康診断書を見せたんだな。十五年前のやつよ。その頃、俺は君みたいだったんだぜ。

小人　あなたを採《と》らないなんてまったく不思議ですね。

ぼくの方はです、連隊付きのお医者さん、ぼくをほとんど見ないでそれで合格なんですよ。ぼくのママは毎日泣いてるんです。

大男　秘蔵っ子だもんな。

小人　でもぼくは満足してるんです。志高ければ人間《ひと》もまた高まるんです。はじめ、ぼくはこんな偉大な時代にぼくなどふさわしくないんじゃないかって考えて絶望してたんです。ぼくは戦友と肩と肩とを組み合って戦える人間じゃないって。だけど、平服だとからかわれるだけなんだけど、軍服を着れば英雄になって帰還できるかもしれないのです。砲弾《たま》はぼくの頭の上を飛んでくでしょうからね。他《ほか》の人が伏せ！　をしなくてはならないときでも——ぼくは立ったままでいいんです！

大男　そうよ、しあわせ者《もん》だぜ！

小人　あなたもですよ。あなたのせいじゃないんです、不合格《おっこちた》のは、徴兵委員会のせいですね。

大男　医者の目こぼれってとこよ。

小人　ぼくはお医者さんの目にとまったってわけです。

大男　何か食いに行こうぜ、もりもり食いてえや。

小人　ぼくもちょっぴり口にしたいです。

新聞売り　号外だ——！　戦局第二報告——！

（暗転）

第十三場

（1）
バーデン・ヴィーン間の軌道電車の車中。

家具荷造屋らしい泥酔の大男、もじゃもじゃの鼻髭を生やし、ペピタ製の作業ズボンにはさんざんにワインが浸みこんだ汚点。仕事場から離れて可成りになる様が見てとれる。傍らに一つの袋を置き、絶えずそこから酒ビンをとり出す。女がぶつかってきたと言い立てて一組の男女に喧嘩を吹っかけ、男をおどしつける。電車が走っている間じゅう、わめき立てる。

泥酔男　なんでえ——青なりめが、イキがりやがって——お国のために何をしたんでえ——身分証明書を出してみなよ！――俺を見なってんだ――息子を戦場に出したんだぞ――息子はな、おめえなんぞより髭は多いや――お国のために――何をしたってんだ――俺がどこから来たと――思っとるな――バーデンからよ――青なりめ――証明書を見せろってんだ――イキがってよ――隣りのポッテリしたのによ――いいとこ見せよってんかよ――お国のために何をしたい――俺を見ろてんだ――お国のためにな――一丸となってよ――俺が何をしたってんだ――よう、青なり――証明書を見せろい――これを見ろい――俺の甥御の野戦郵便だぞ――お国のためによ――青なりめ――証明書をよ――お国のために――何をしたい――よう、言ってみろ――（貧弱な身体つきの車掌になだめられ、回りの乗客にもたれかかり、だれかれにとなくビンを差し出す）どうですい、ま、一杯だ――俺たちゃ同じオーストリアの国民だなあ！

ガリーツィエンよりの逃亡者夫婦　またとんだ災難だ！

（傘を忘れて別の座席に逃げる）

泥酔男　（なおわめきながら）　やい、青なりめ――証明書を――見せろい

贅沢税徴収役人（現われて）　そこに入れているものは何かね？

泥酔男（ぶつぶつと）　青なりめ――証明書を――見せろいときた――（さんざん言いすくめられてしぶしぶ袋を開け、二十ヘラー払わされる。その間に電車停車する）

一人のヴィーン人（先ほどまで逃亡者夫婦が坐っていた席に腰を下ろし）　また永いこと待たされますよ、ほんの下らんことにですよ！　この電車はきっと途中に何かが起りましてな！　もうあきあきしましたな！

（と、傘を手に立上り、下車する。外は雨。泥酔男も降り、電車は再びゆっくりと動き出す）

泥酔男（外に出るやまたも元気づき）　お国のためによ――証明すべきだろ――青なりめ――なにもしとらん――お国のためによ――

逃亡者夫婦（ほっとして元の座席に戻ってくる。やや暫くしてから飛び上り）　傘はどこへいった？　ない、ない、どこにもない！　車掌さん、傘はどこへいったんです？

（暗転）

第十四場

ロシアにおける公演旅行から帰ってきたばかりの女優エルフリーデ・リッターの住居。まだ整理のつかないトランクの傍、新聞記者のフュクスル、ファイグル、ハルバーシュタム三人が彼女の腕をとり息せき切って――

三人全員（口々に）　コサック兵に笞打たれた痕、残ってますか？　見せて下さいよ！　事細かに知らにゃならんのです。詳細がね、入用なんです。ロスケの獰猛さのね。どうでした？　きっとさぞかし辛い目に会われたでしょうな、虐待されたでしょうな、いや、されたに相違ないでしょうな！

フュクスル　捕虜同様の扱いだった様《さま》をですね、話して下さいよ！

ファイグル　夕刊用に滞在記をね！

ハルバーシュタム　朝刊用に帰国途上の見聞を一つ！

エルフリーデ・リッター（微笑しながら、北方ドイツ訛で）紳士方のみなさま、ようこそ、わたくしの愛するヴィーンのみなさまがいつまでもわたくしに愛情をお寄せ下さってほんとに感激ですわ。個人的にわざわざお訪ね下さるなんて心から感謝致します。トランクの整理をまず済ませたいと思っていましたけれど、みなさまの情熱にほだされてせめて一言、申し上げたいのですの、つまり、わたくしに身の危険など何一つ、ほんとに何一つなかったということですの、もちろん、帰国の長い道程《みちのり》は少しは退屈でしたわ。でも面倒なことは全然ありませんでしたわ。ほんとに、（茶目て）わたくしの愛するヴィーンに戻れてとても嬉しいですわ。

ハルバーシュタム　ふむふむ――退屈だったってことは――認めるわけだな――

ファイグル　面倒なことってのも言いましたぜ。

フュクスル　ま、待ち給えよ。書き出しの個所《ところ》は編集室《あちら》でもう考えといてきたんだがね。――つまりさ――（ペンを走らせながら）ロシアの捕虜同然たる身の辛苦を今や逃れて、単調な面倒極まる旅を終えた後、ようやくヴィーンの灯を目にしたとき、今や再び愛するヴィーンに帰りついたのだという感慨は胸に溢れ、両眼の感涙はとめどなく――

エルフリーデ・リッター（指でおどしながら）　先生ったら、記者先生、ね、わたくし、そんなことは申しませんわ。むしろ、反対ですわ。わたくしの申し上げたのは身の危険など一つとして、何一つとしてなかったってことですわ――

フュクスル　ほほう！（書き続けて）　彼女は今や、やや皮肉のまじった視線を過ぎこしかたの堪えてきた数々の事件にやって――

エルフリーデ・リッター　そうではなくて――ちがいますわ――いいえ、先生、わたくし気が立っているものですから――

フュクスル（書き続けて）　そして訪問者がその回想にやや触れるやいなや、焦燥に駆られ、激しくわななきながら、リッター女史はその身でもって堪えしのばねばならなかった数々の苦難を述べんとしてなお言葉足らざる様子であった。

エルフリーデ・リッター　でも先生。どうしてまたそうなるのかしら――なんと言っていいのかしら――

フュクスル　言葉足らざる様子で――

エルフリーデ・リッター　ほんとに――どうしてよいのやら――

ハルバーシュタム　ねえ、あなた、つまりあなたは語り方をですね、御存知ないのですよ！　分りますか。民衆はですよ、読者はですよ、読みたがっているでしょうが。あなたは何とでも語れるのですよ。わが国ではですね、ありがたいことに言論の自由が保証されているのです。ロシアはいざ知らずですよ、ロシアとは大違いでですよ、こちらは何を言ってもよいのですよ。ロシアの状態についてですね！　ロシアではわれわれほどに新聞界があなたに関心を払いましたかね？　え、どうです！

ファイグル　リッターさん、冷静にね。でないとあなたの名声に傷がつくことにもなりかねませんしね。いいですな！

エルフリーデ・リッター　でも、みなさま――わたくし、どうしても、そんな——そんなに睨まれると髪が逆立つ思いですわ——街路でもお役所でも、あちらではほんとに皆様御親切で——ほんの小さな不自由でもわたくしが口にいたしますと——たとえば人々にとり巻かれすぎるってことなどですけれど——でも、こんなことは申さない方がよろしいわけなんでしょう？

フュクスル（ペンを走らせながら）　なお未だ興奮さめやらぬ面もちでわななきつつ女史の語るには、到る所で街路の暴民どもが女史をとり巻き髪を逆さに引っぱり廻し、諸々の役所の役人たちはほんの小さな不自由でも口にするのを禁じ、かかる経験を口にせざるを強制したのであった。

エルフリーデ・リッター　先生ったら、御冗談なのでございましょう？　わたくしの申したのはわざわざ歓迎の人々を整理し遠ざけて下さったってことですの、皆様、わたくしに握手をお求めになったものですから。わたくし、わたくしの行きたいところへはどこへでも参れましたのよ。戻りたければ戻れましたし、捕虜同然の気持など、一瞬といえども——

フュクスル（書き続けて）　女史がさらに語るには、ほんの少しでも外出せんとすると直ちに警官が駆けつけ、腕をつかみ、無理やりに仮り住居にと引きずり戻すのであった。彼女は文字通り全ゆる瞬間、捕虜同様のおのが身を——

エルフリーデ・リッター　わたくし、もう本当に怒りますことよ——ちがいます。でたらめですわ。わたくし、みなさまに抗議致します——

フュクスル（書き続けて）　なおも腹立たしげに女史は経験を想い返し、かいのなかった抗議の数々を述べ——

エルフリーデ・リッター　ちがいます。それはでたらめです！

フュクスル（顔を上げて）　チガウ？　デタラメですと？　わたしはね、あなたの言葉をそのまま筆記しているのですよ。

ファイグル　一体どこがまちがっとるのです？

ハルバーシュタム　こういうことは未だかかってなかったことですがね。興味しんしんですな！

ファイグル　なんですか、訂正せよってことですか？

フュクスル　余計なことはおやめになった方が身のためですよ！

ファイグル　あとで泣きたくはないでしょうが！

ハルバーシュタム　この次のお役がどうなりましょうかね？

フュクスル　土曜日のレペルトゥアールのとき、支配人に私が話すとしますね、するとグレートヒェンの役はベルガー嬢に廻りますね。受け合いですよ！

ファイグル　あなたをあんなに贔屓にしている演出《おやじ》のフュクス君へのこれがお返しですかね？　あなたはあの男をさては御存知ありませんな！　このことをですよ、彼が耳にでもしてごらんなさい。この次のあなたの芝居の幕が上るかどうか！

ハルバーシュタム　ヴォルフはね、この前あなたが彼の戯曲《ほん》で演《や》って以来、あなたに御機嫌ななめですよ。ま、ここだけの話ですがね、彼はね、有名なロシア嫌いですからね。あなたがロシアに何一つ苦情がないなんておっしゃってごらんなさい――その場で八つ裂き同然ですよ！

フュクスル　そうですとも、それにレーヴ氏をお忘れなくね。彼の御機嫌を損ってごらんなさい。女優ってのもお役がなくっちゃ、ゼロですからな！

ファイグル　いいですか。あなたがロシアで虐待されますとね、こりゃ大受けですよ、読者ばかりでなく新聞界こぞってあなたの味方になりますよ。

ハルバーシュタム　ま、よくお考えになることです。あなたは元来ベルリンの御出身でしたな。そして急にスターにおなりでしたな。ここではいつもあなたの御便宜をはかってさしあげていたわけですよ、諸手をあげてですね――

フュクスル　くり返しますがね、慎重にお考えくださいよ。ある人がロシアに行って来てですね、かの地で嘗めてきた苦難を一つだに語れないってことはですよ、いいですか、あなたの生存に係わったことですよ！

エルフリーデ・リッター（手を揉みながら）　でも――そうおっしゃっても――とても――先生。わたくし――ただ――ふと――どうぞ――どうぞ――わたくし、ただ本当のことを――申したくて――すみません――御免なさいまし――

ファイグル（声を荒立てて）　ホントーのこと？　すると
われわれがなんですか、嘘を強要したとでも？

エルフリーデ・リッター　それはつまり――すみません
――わたくしの申したのは――つい思ったものですから――ほんとうはと――でもみなさま方が――みなさまがおっしゃるなら――ほんとじゃないと――みなさまは新聞社の方々ですから――そりゃあもうもっとよく――御存知のはずでございましょう――わたくし――女の身ですので――見きわめがつかないので――ございますわ――ああ――いえ、みなさまこそ御存知で――只今は戦争中でございまして――わたくし、気もそぞろで――敵陣をやっとのことで抜けられて――

ハルバーシュタム　お喜びでしょうとも。徐々に思い出して下さいよ。お受けになった手ひどい仕打ちをですな――

エルフリーデ・リッター　はい、先生。この、この喜びでございます。みなさまの愛してられるヴィーンに再び帰れた喜びでございます、それが――全てがバラ色ですわ。来し方を思いますと、すると――またもや怒りと苦々しさがこみ上げて――

ハルバーシュタム　そうでしょうとも。始めからあなたがおっしゃるだろうってことは分っていましたよ。あなたはつまり――

フュクスル（ペンを走らせて）　女史は堪えしのばねばならなかった苦難を思うとき、怒りと苦々しさがその身にこみあげてくるのであった。再びこの首都に帰れたことの喜びがあの忌わしい回想にとって返って場を占め始め――（彼女の方に向き直って）そうですな？

エルフリーデ・リッター　はい、先生。その通りで――わたくし、身体がふるえてどうしても――

フュクスル　結構結構――（書き続け）なお身体のふるえをとめもあえず、女史はろくろく語り得ない状態であった。自由の国に戻ってもなおあのロシアにいるかの如き錯覚に――あのロシア、個人の権利をも思想言論の自由をも剝奪されたあのロシアにいるが如き錯覚にとらわれて――（彼女に向き直り）そうですな？

エルフリーデ・リッター　はい、先生。ほんとになんでも御存知で——
フュクスル　そりゃあ商売ですからな！
ハルバーシュタム　虐待されたって遂に認めたぜ——
ファイグル　辛抱したのさ！
フュクスル　辛抱した？　いや、災難を受けたのさ！
ハルバーシュタム　ま、これでよしと。もう行こうや、長居は無用だぜ——
フュクスル　そうだな、残りの分は編集室でやっつけようか。じゃあ——訂正などおっしゃいませんでしょうな？　あり得んでしょうな！
エルフリーデ・リッター　もちろんですわ。先生——ほんとにお訪ね下さいまして感激ですわ。お近いうちにまたいらして下さいまし。御免下さいまし。（呼びかけて）グレーテ！　グレーテったら！　御挨拶を！
ファイグル　彼女、なかなか利巧な女だな。はい、では、御機嫌よう。（立ち去りながら同僚に）苦しみを堪えしのんだってわけだな。誰にも言いやしないさ——大したことなしよ！
（エルフリーデ・リッターは崩れるように椅子に坐りこむ。やがて、やっとのことで立ち上り、荷解きを始める）
（暗転）

第十五場

楽天家と不平家の対話。

楽天家　まったく勇気づけられますね、心打たれる話ですよ。会社の名前にまで愛国心が浸透しているのですからね。これを思えば物価の値上りなど帳消しですよ。
不平家　するとホテル・ブリストルの前じゃ帳尻が合わないってわけですかね。以前通りブリストルで営業中《やって》ますからね、もっともロンドンでは平和の時にもサンクト・ペルテンってホテルはなかったですが。
楽天家　しかしホテル・ブリストルもそのグリル・ルームを焼鋼部屋《ロスト・ラオム》と改称しましたからね、勇断でしょうね、なかなかできることじゃありませんよ。あ、御覧なさい、ほら、ここに《海軍亭》とありましょう、単純素朴ですが、この洗濯屋はついこの間まで《イギリス海軍《ツーア・エングリッシエン・フロッテ》亭》という名前で知られていた店ですよ。（店主がドァの所に現わる）

不平家　さて、実情はどうでしょうかな——ちと亭主に尋ねてみますかね、これがどこの海軍のつもりなのかとね。（店主、慌てて退却する）ほっ、オーストリアの海軍か！

（暗転）

第十六場

陸軍参謀本部の一室。四人の大隊長、登場。

アオフェンベルク　しかし諸君、手がないよ、ぼかあ第二のベネデクになる気はさらさらになしだ。そいつは引受けられんよ——

ブルーダーマン　まあそうこむずかしいことを言わずに願いたいね。言い分は無きにしもあらずとしてもだ。俺は八万の兵を失っただけだぜ。だのにとやかく言われとるんだ。

ダンクル　わしの指揮《もと》では七万だと言っとるよ。

フランツァー＝バルティン　気にせんこったよ、俺の方でもチクチク言われとるがね、構わんな、明日は一つ突撃をやらすつもりだ。でないとにっちもさっちも行かん。俺は突撃大賛成だな。一体、何故に兵が地上におるや、けだし名誉の戦死を遂げんがためさね！　突撃だ、要は突撃をやらすことだ——（急に咳こむ）

アオフェンベルク　おいおい、大丈夫か——意見には賛成だ。俺も部隊を常に果敢に出すのが好きでね。この日頃もその予備訓練中なんだ。突撃ってのは役立たずと言えど害もなしなんだな。や、そうそう、副官野郎、また俺に思い出させるのを忘れとる。何もかも自分で思いつかにゃならん——

ブルーダーマン　なんのことだ？

アオフェンベルク　どおって別に——つまらんことだが——つまり一枚、書き送らねばな——ルブリンの戦いの時にと考えていたんだが、退却のごたごたでこっきり忘れとったよ、ちっと失敬！（机に向い、書く）奴はさぞかし喜ぶぞ！
ダンクル　何を書いたね？
アオフェンベルク　ま、聞き給え、《この時に当り》——
フランツァー＝バルティン　お、敵方をワッと沸かそうという寸法だな、そいつは考えものだぜ、こちらには機動部隊と野戦砲があるんだからな！　明日、突撃させりゃ、それで——
アオフェンベルク　《この時に当り》——
ブルーダーマン　軍事命令かね？
アオフェンベルク　いや、お便りのハガキさ。
ダンクル　誰に宛てたつもりだい、そうもったいぶった調子でさ。
アオフェンベルク　ま、聞き給えよ、《この時に当り、君がかの親しき部屋に坐す思いにて、静かに君を思えらく、君の人となりをば思えらく、して君が御許に心底よりの挨拶をばここ遠き野戦陣営より送らんとする。アオフェンベルク拝。》
ブルーダーマン　誰に宛ててだね、クロバティンかね？
アオフェンベルク　何を言っとるのかね、無論、リードルにさ。
三人全員　お、リードルにか！
ブルーダーマン　アオフェンベルクの君はしかり慈愛の御仁だよ。こっちも嬉しくなっちまう。これ一枚で、君が殺したも同然のさ、例の九万のチロール兵とザルツブルク兵のことでとやかく言うまいさ。偶《たま》の犠牲となるだろうよ！
フランツァー＝バルティン　気にせんこったよ、万も百も変りなしさ。
ダンクル　どうだね、みんなでリードルに書き送っちゃ！
ブルーダーマン　そうさな、俺はむしろカフェ・オーパーが贔屓でね——むしろあっちに——（坐り、書く）
フランツァー＝バルティン　俺のおなじみはハインリッヒ亭でね、それでと——（坐り、書く）
ダンクル　そうだな——俺の方は二十九年以前からカフェ・シュタットパルクの通い客であればだ——毎日、

あそこの庭師と同席で総司令部公報を読んだもんだぜ――(坐り、書く)

アオフェンベルク (傍白) みんな俺の模倣《まね》をしやがる。作戦でも祖国との通信でもな。ポティオレクがこっちにいないのが残念だ。昨日、カフェ・クレームザーから絵葉書を送ってくれたが、リボリウス・フランクはプハロ・フォン・ブルロークとシャイドルの店に通っとるそうな。コンラットは結婚するわで、奴とのカフェ通いももう望めんな。ちぇ、みんな俺の模倣《まね》をしやがる。『フモリスト』(1)に配偶者《おあいて》探しの広告を最初に載せたのも俺だしな、あれ以来、流行だけど、気晴らしになったぜ。――いつもいつも世辞屋と組んでちゃ能がないや。此頃はみんな勇んでやがるが、将軍様でなきゃつまらないや。もうマンネリよ、女にもアキたし、そろそろ変り種の娘が現れてもいい頃《こ》なんだがな。今や誰もがどれかに一口嚙んでるが新聞を抱きこんだのも俺が最初さ、みんな手前《てめえ》の広告に忙がしいんだ。この葉書を『エキストラ・ブラット』に持ちこむだけの知恵がリードルにあるかどうか。心配無きにしもあらずってとこだな。お、忘れちまうとこだった、今週、突撃さすとすれば、あのことをどうしても――おい、フランツァー、どうだろう、すぐと突撃の要ありかね、少々延ばしても構やせんかね?

フランツァー＝バルティン その点に関して俺は何も言いたくないがね。ま、俺が君の立場なら、敢行《や》るね、それというのもさ――

ブルーダーマン 君の部隊はどうせ大方いかれちまってるのだろう、ひと思いに突撃させる方がいいさね。立て直すなんぞ手間がかかるぜ。やらせろやらせろ!

ダンクル 笑わせら。十二月二日まで待てんのなら八月の十八日(2)に降参《おてあげ》の方がましよ、すんなりとしているぜ。

フランツァー＝バルティン そんな御愛想の手はまっぴらまっぴら。俺はいずれにしても明朝、突撃だ。サイは投げられたりよ!

(フランツァー＝バルティンの副官、登場)

副官 報告致します。教授連が御越しで名誉博士号を授与したいそうであります。

フランツァー＝バルティン 待たしとけ――くたびれた

ら横になって休めと言え。（副官、去る）

アオフェンベルク　こいつは祝い事だろう？　どの学部の博士号だね？

フランツァー＝バルティン　チェルノヴィッツさ。

ブルーダーマン　おいおい、そりゃあ学部じゃないだろう、専門学校だぜ。なんの専攻でだ？

フランツァー＝バルティン　無論、哲学よ。

ダンクル　どこを卒業したんだ？

フランツァー＝バルティン　チェルノヴィッツさ。たいしたことはないが、しかし無いよりはましと――

ブルーダーマン　俺の方にはグラーツ大学から声がかかっとるんだ。あそこの学生諸君がわんさと俺の許にいたからな。もっとも大方は戦《ち》死ってしまったが。

ダンクル　俺には近々インスブルックから名誉博士号がくる予定さ。

アオフェンベルク　君たちはなんだな、地方《どさ》回りの博士様だな、そんなものは俺なら受けんね！　俺の主張はヴィーン、しからずんば無しさ。ところでそのヴィーンだがリードルめ、小おどりするだろうな！　こいつは俺の副官が伝令に忘れないようにってことを言い含めるのを忘れんよう、俺が忘れんように気をつけんとな。でないとリードル宛のこいつがいつまでも眠っとることになりかねん！

ダンクル、ブルーダーマン、フランツァー＝バルティン　そいつは名案だ。伝令に渡しとくのが一番安全だぜ。

アオフェンベルク（傍白）　ちえ、みんな俺の模倣《まね》をしやがる。作戦でも祖国通信でもなんでも！

（暗転）

第十七場

ヴィーン。カフェ組合本部。リードルを含めて四人のカフェ店主、登場。三人がリードルに急き込んで話しかける。

カフェ店主一　いかんよ、リードル君、君は愛国者兼得難い事業家だろう。その君がそんなことで済まんよ――

要するに戦争が続いている間だけなんだ、終りゃまた君の手元に戻るんだ。
カフェ店主二　リードル君、ね、われわれを怒らせないでおくれよ、君の名誉が懸っているんだぜ、君こそ名誉を重んじては人後に落ちん男だろうが——いやが応でも承知しなくちゃならんよ、なりませんとも！
カフェ店主三　あたしが言ってみよう、あたしは彼に利《き》くんだ。——ねえ、リードル君、そう骨を折らさずにさ、君はヴィーン子だろうが？　そうとも、生粋のさ！　ドイツ民族だろう？　そうとも、生粋のさ！
リードル　でもだ、しかしだ、あとでどんなに惨めになっちまうことかね——ヴィーン広しといえどもあたしくらい勲章を沢山持っている者もいませんぜ、あたしに及ぶ者があったら来てみろと——
カフェ店主一　君の気持はよく分るとも、リードル君、君はそりゃ辛いだろうさ、だけどだよ、犠牲も必要さ、ね、リードル君、そりゃあ恥辱かもしれん、裏切りかもしれん、しかしだよ、しかしだよ、戦場のお偉方が出入りするのは君のところが一番なんだ。その内の一人は定連なんだろう！
カフェ店主二　ね、君、この偉大なる時代のためにわれわれみんなが犠牲を払ってるんだぜ、あたしとこじゃ、四クローネ五十ヘラーのブラック・コーヒーを、四クローネ四十四ヘラーで出してるんだぜ。みんながお国のためにつくしてるんだ。
カフェ店主三　滑稽だよ、信じられんよ、かの有名なる愛国者のリードル君がだよ、海軍古兵にして司令上り(1)の君がだよ——ま、ま、聞き給え、テゲトホーフ提督がお墓の中で仰天しているぜ、こいつを聞いたらさ、信じられんよ、リードル君、君がだよ、われわれの中で生存中に記念碑を立ててもらった唯一の男がだよ——
リードル　ま、言わしとくれったら！　あたしは謂わゆるまったくの立志伝《セルフ・メイド》の男ですよ——わが家といわずわが魂といわずわが神といわず、ひとたび戻れば美しき紋章の喜びありというわけで——
カフェ店主一　するとなにかい、君は敵方の勲章《きんきら》がどうしても手ばなせんと言うのかね？　みんな出さなきゃいけないんだぜ、いいかい、みんなだよ、モンテネグロのだってさ、リベリア共和国解放の勲章《やつ》もさ！

リードル　あれも？　あれこそなかんずくあたしの自慢なんだ。去る一年、誇りと共にずっと胸に下げてたものなんだ。——いや、できんよ、おことわりだ！

カフェ店主二　リードル君、それはいかんよ！

カフェ店主三　リードル君、他に手はないんだ。

リードル　お終いにはフランツ・ヨーゼフ勲章を出さにゃならん？

カフェ店主一　まるで逆だよ、それなら『レーマン』紙(2)にゴジックで公表してもいいんだ！

リードル（逡巡の後、断乎として）　やむを得ん——出しましょう！　祖国に返却するとする。敵方の政府がとつ昔あたしに示した名誉の徴《しるし》を拒絶するとする！　そんな勲章《がらくた》と引き換えに金をくれなど言やせんとする！

三人全員（口々に）　リードル君、万才！——それでこそわれらのリードルだ！——ヴィーン万才、ヴィーン子リードル君万才！——シュテファンの塔よりわれらのリードルなお高し！——イギリスくたばれ！——モンテネグロくたばっちまえ！——リードル君こそ最高の愛国者！

リードル（額を拭いながら）　いや、どうもどうも。——早速、自宅に電話して赤十字に預けるように伝えよう。明朝紙を楽しみにしてくれ給え。（やや考えこんで、意味あり気に）われここに立つ、ただ一本の裸木として。

カフェ店主二　よ、リードル君の教養に気づかれたか。けだし古典風の言い回しだ。

リードル　これは古典じゃないですぞ、『エキストラ・ブラット』紙の記者先生《せんせい》の愛用句ですぞ、書き出しにつまった時のだ。いまや——（ワッと泣き出し）ワレ、——ツマレリ！

カフェ店主三　泣き給うなよ、リードル君、泣き給うなよ！　今日失う者は後日二倍三倍と得る者だよ、その時は君の思うほど後の日ではないとも。

（給仕がとびこんでくる）

給仕　リードル様、リードル様、葉書が参りました。アンナ嬢さまが早速持って行けと——すばらしいことで——店全体が興奮で沸いております——

リードル　一体、何だね、お見せ――（読み、喜びでふるえながら）諸君、この時に当り――これぞ歴史的瞬間ですぞ――愛国者として且つ誠実なる事業家としてはた同胞市民諸氏より数知れぬ親愛の名誉を授かる者として――古兵として――しかりしこうして――はた――ま、見給え――

三人全員　何事だね？

リードル　わが店の誉《ほまれ》の定連のお客さま――たぐいまれなる戦場の指揮官さま――その御方が――戦闘の合間に――あたくしめのことを――お考え下さった！――支えてくれ！　ひっくり返る！――これこそ――『エキストラ・ブラット』に――持ちこむべき――（三人、リードルを支え、かたわら葉書を読む）

カフェ店主一　なんだ、なに事かと思ったよ、なんて騒ぎをするんだ！　あたしんとこは昨日にもうブルーダーマン様からお便りをいただきましたぜ――（ポケットより葉書をとり出す）

リードル　そ、そんな、馬鹿な――

カフェ店主二　なんだね、なんだね、格別珍らしくもないですぜ――あたしはさらに驚かんね、というのは一昨日にとっくにこちらはフランツァー＝バルティンさま発信のこれを――（ポケットより葉書をとり出す）

カフェ店主三　なにをバタバタなさっとるのかね。あたくしなんぞ先週ダンクル様から――（ポケットより葉書をとり出す）

三人全員（同時に読み上げる）　この時に当り、君がかの親しき部屋に坐す思いにて、静かに君を思えらく、君の人となりをば思えらく、して君が御許に心底よりの挨拶をばここ遠き野戦陣営より送らんとする――ダンクル――フランツァー――ブルーダーマン。

リードル（激昂して）　そんなことあるかい！　デッチ上げだ！　捏造だ！　ペテン師ぞろいめ！　年寄りをだまくらかそってそうはいかんぞ！　あたしはまだ勲章を差し出したわけじゃなし、そ、そうはいかん！　アオフェンベルク様が事情をお話くださるまでは――手ばなさん！

（暗転）

第十八場

ヴィーンのドイチュマイスター連隊兵営。(1)　優雅に服装を着こなした四十歳程度の紳士が一人、兵営の椅子一つない汚ならしい部屋で待っている。曹長ヴァイグニィ、登場。

紳士　失礼ですが――曹長殿――お願いがありましてですが――私はつまり既に三時間、ここにこう待機しておりますが――誰一人、参られませんので――私は徴兵検査丙種の者ですが――召集期日前に志願致しまして、はい、省内の事務任務に就かせていただきたいと――すると直ちにここへ参れとおおせいただいたものですから――ここにこう待機しておりますのですが――

曹長　黙っとれ！

紳士　はい――ごもっともで――ございますが――何分とも――私は――実は家族に一言伝えておきませんと――このままでこうしているわけには――参りませんので――少なくとも着替えの下着とか――歯ブラシとか毛布とかそういったものを――

曹長　うるさい！

紳士　はい――ごもっともではございますが――失礼とは存じますが――私は志願は致しましたが――かようなことになろうとは――予想していませず――

曹長　つべこべとうるさい男だ！　もう一言でも言ってみろ、一発喰らわすぞ――

（紳士、チョッキのポケットから十クローネ紙幣をとり出し、そっと曹長に渡す）

曹長　おっ――つまりだな、あなた――帰宅さすわけには参らんが、ま、毛布くらいなら――なんとかしてみよう。（部屋から、去る）

（隣室から見習士官、登場）

見習士官　なんだ、曹長ともごもご言い合っとったのは君か？　よ、お久し振り、もう忘れたってのかい？　ヴェーゲラーさ、体操クラブで君と――

紳士　や、そうだ！

見習士官　丙種だって？――どうして君みたいなインテ

りが曹長なんぞに申し立てをしとるのかね？

紳士　しかしどうすりゃいいのかね？　もう三時間も立ちっぱなしなんだ。家に帰らなきゃあ――家の者は全然このことを知らないんだ――志願はしたんだが――

見習士官　いい手を使ったものだな、さては誰かに入れ知恵されたな。帰りたけりゃ、帰ってもいいさ。

紳士　でもどうすりゃいいのかね？

見習士官　君も利巧な男だろうが、それくらいのことが分らんかね――ま、手を貸すよ――まず大尉の許へ行くことだな――

紳士　大尉が帰宅の許可を出してくれるのかね？

見習士官　普通ならもちろん駄目さ、特製の堅物だからね。しかしだよ、簡明直截に言うんだな、単刀直入にさ、ずばりとこうね。（敬礼し）大尉殿、申し上げます。さる娘御が小生を待ち焦れておるのであります！――すると奴はこう言うに決ってるんだな。なんだ？　娘御だ？　消えちまえ、雄豚野郎！――それで君は悠々と帰宅していいさ！

（暗転）

第十九場*

戦争援護局。

フーゴー・フォン・ホーフマンスタール(1)（新聞を読みながら）　私への公開書簡？――これはバール(2)君の親切なんだな、こういう索莫たる時代にもぼくを思い出してくれるんだから！（読み上げる）《ホーフマンスタールへの挨拶。愛するフーゴー、ぼくは君が武器を手に立ち上ったことを聞いている。しかし今君がどこにいるのか、誰も教えてくれないのだ。だからぼくはこの書簡を新聞に載せることにした。おそらく一陣の涼風は君が立つ守りの陣地《ヴァハトフォイアー》に吹き渡り、ぼくの心からの挨拶を君が許にと――》（中断）

皮肉家　おや――どうして先を読まないの？　バールは相変らず名文家だよ！

ホーフマンスタール（新聞を丸めて）　バール君も陰険だ

――

皮肉家　どうしてだい？（新聞を広げ直し、とびとびに読み上げる）《戦線にあると祖国にあるとを問わずドイツ民族の各人がいまや軍服を着ているのだが、それこそこの時代の無限の幸いと言えるのだろう。ぼくは言いたい、神よわれらが頭上に！　と。――いま行く道はかつてはニーベルンゲンの歌のたなびいた道。ミンネ・ザンクの、マイスター・ザンクの、はたドイツの神秘家たちの、ドイツ・バロック人の、クロプシュトックの、ヘルダーのゲーテのシラーの、カントのフィヒテのバッハのベートーヴェンのヴァグナーの歩んだ道、あの古《いにしえ》の道に他ならず――ぼくの愛する詩人中尉殿――》

ホーフマンスタール　やめてくれ！

皮肉家（読む）《ぼくは知っている、君が快活でいることを。今のこの時代に立ち会うことの幸せを感じていることを。事実、今にまさる幸せはないのだ。》

ホーフマンスタール　君、いいかい、よさないとぼくは――

皮肉家（読む）《われわれは認めようではないか、この時代に生きることの大いなる価値を。そしてさらにここに生きることにより常に何ものかを得るよう努めようではないか。さすればわれわれはまさしくかのドイツ的道程の途上に位置するのだ。かのミンネ・ザンクの、ヴァルター・フォン・デア・フォーゲルヴァイデの、ハンス・ザックスのエックハルトのタオラーの秘密家たちのバロック人たちのクロプシュトックのヘルダーのゲーテのシラーのカントのフィヒテのベートーヴェンのヴァグナーのめざした目標の充されるべき道程の。――》これが君とどういう関係があるのだい？　バールの言ってるのはおそらくこんな連中から解放されるってことですぜ。《まさしくこれを偉大なる神がわれら弱き性《さが》の者たちに授けたのだ。》ありがたき幸せさ！――（読む）《彼らもまた間もなくにワルシャワに入るであろう！》

ホーフマンスタール　やめてくれ！

皮肉家　《そして君よ、君がまたそこに入る日、直ちに領事館を訪れて、われらのオーストリア＝ハンガリア

総領事、レオポルト・アンドリアン(3)の君がなおその地にいるや否や問うてみてくれ給えかし。》(プッと吹き出す)

ホーフマンスタール　何を笑っている?

皮肉家　戦争勃発の後にも敵国にとどまって出征する兵隊さんに旅券を交付せんがためにってわけだな、――戦時といえどもなおざりにはできんとね――でないと帰国がまかりならんとさ。(読む)《君たちが心やすらかに共にあり、大砲の轟く最中にも、われらのレオポルトがかの朗々たる声でボードレールを朗読する時にも、君よ、ぼくを忘れることなかれ、ぼくは常に君らが許にあればなり! 君たちの再会の健やかならんことを――》

ホーフマンスタール　やめてくれ!

皮肉家　《――君らのどちらにより多くの思いつきが生じているであろうか――》当人だよ、思いつきの親方《ベテラン》はさ!

ホーフマンスタール　どうかもうよしとくれったら!

皮肉家　君も間もなくワルシャワに入るのかね? 宣伝《プロパガンダ》要員としてとかなんとかでさ。もう一度、ヒンデンブルク賛美の演説をやるのかい?

ホーフマンスタール　やめてくれって言ったろ――

皮肉家　今日もまたちと冷えるぜ。――守りの火《ヴァハトフォイアー》を断やさんように言っとかなくちゃあ。

ホーフマンスタール　厭味が言いたいのなら――ほかに相手を探してくれ給え――ぼくは一人になりたいんだ! (レオポルト、登場)

レオポルト (朗々とした声で) よ、フーゴー、何か言ってきたかね、バールがさ。

(ホーフマンスタール、両手でおのが耳をかたく塞ぐ)

皮肉家　まさにおあつらえ向きのおこしで、男爵様!

レオポルト　よ、フーゴーったら、バールはもう入っとるのかね、それともまだ出征しとらんのかね、どうかね、知っとるかね?

皮肉家　ほほう、彼にまで召集が来た?

ホーフマンスタール　バールは陰険だよ――行こうよ――奥へさ――

レオポルト　よ、フーゴー、ボードレールは喰えたもんだぜ、二、三聞かせるか。

ホーフマンスタール　代りにぼくのプリンツ・オイゲンを見せるよ！

レオポルト　よ、そいつあ、いいや！

（暗転）

第二十場

ブコヴィナ[1]の前線司令部。陸軍中尉ファーロタとバインシュテラー、登場。

ファーロタ　昨日だが酒落たポーランド女を手に入れたぜ。——別品《トゥリィ》よ！　記念写真の仲間に入れてやれなかったのが残念でな、『ムスケーテ』に送ったら載っけたろうに。

バインシュテラー　へ、おつな娘《あま》っ子だろ！——従軍牧師が言っとったがもうちょいと映《は》えたポーズのところを撮してもらいたいとよ、馬上から瀕死の兵隊《やつ》に秘蹟を授けているところなんかをさ。そいつは簡単だろ、必要なら手を貸してそんな場面を作っても構わんしな。若い兵隊《やつ》を寝かしつけといてよ。それから編集部の注文によると兵士の墓前での祈りってのが欲しいそうだが、そんなのはお茶の子さいさいってもんだろうが。

ファーロタ　昨日、一枚撮ったがね、よくできてるぜ、瀕死のロスケだがね、頭に一撥喰らった奴よ、迫真の見本ってもんだぜ。奴は写真機をこうじっと睨んどるんだな、その視線《めつき》が十八番物よ、わざわざこしらえたみたいな場面さ、上出来だぜ。これを『インテレサンテ[2]』に送ろうと思うんだが、連中、載っけるかね？

バインシュテラー　勿論さ、掲載料さえ寄こすぜ。

ファーロタ　それにもう一つ、昨日、面白かったぜ、伍長が気を失っちまったんだな、なに、それというのもさ、スパイをよ、ルテニアの司祭だがな、こいつを処刑にする時、サッシャー・フィルム用に伍長にやらせたんだ、それでひっくり返りやがった。君はおしい場面を見損ったぜ。

バインシュテラー　で、伍長をどうした？

ファーロタ　縛りつけて幽閉よ、容赦はせんさ。——ま、ちっとは薬になろうさ。
バインシュテラー　俺にはロスケのやり方が分らんのだが、捕虜の話によると奴らのところではこんな処刑はないというんだな！
ファーロタ　疥癬病みの連中の話などよしなよ！　おい、カプスの詩を読んだかね？　詩句でよ、おまけに韻さえ踏んどるぜ！
バインシュテラー　『ムスケーテ』はこの頃、なかなか読めるぜ——シェーンフルークの画がいいや——
ファーロタ　そいつは別種さ！　俺は一つ送るのを考えているんだが——つまり日記を始めてさ、わが日々の経験譚は全てここにありってやつでね、一昨日《おととい》の大宴会のことから始めたがね、いい女だったたな、ポーランド女がさ、こうポチャッとして——（女の身体を表す手つきをする）
バインシュテラー　へ、そんなにでかい乳房《おちち》かい——そっちは実戦派だが、俺はむしろ理論派でよ、読んどるぜ、エンゲルホルンを間もなく読み上げるところだ。以前、下手《しもて》の陣にいたときだが——あっちでは毎晩飲んでいたものさ。楽隊付きでさ、とある城から蓄音器を徴収《めし》あげてきたぜ。君のポーランド女か、そいつを一晩貸してくれんかね、踊らすんだ。
ファーロタ　俺たちの仲間で誰がその方の一番の勇士《もさ》だか知っとるかね、十四連隊のノヴァクの君さ。以前、君の上官だったろう。毎日六十撥は射たんと御機嫌斜めって男でさ、最近プューリンガーが書いて寄こしたが、なんでも戦闘休止のときだったんだが、ドリナの河向うにセルビアの百姓を見つけたんだな。よ、あれを見ろと言う間もあるか、ズドンときたね、ノヴァクこそ殺し屋だぜ、見さかいなしに射つとよ。王冠勲章の候補に上ってるそうだ。
バインシュテラー　そいつはいいや！　平和教の腰抜け連には分らんこったろうがね。ところでシャリンガーだが、どううまいこと丸めこんだのかね、何か聞いたかい？
ファーロタ　突撃の時、雲隠れしたのだろ？
バインシュテラー　それは別にどうってことないやね、

よくあるこった。そうじゃなくてさ——

ファーロタ　肉を焼きすぎたって料理番を敵の弾の目標《まと》にしたことかい？

バインシュテラー　ちがうよ、マントのことさ——知らんのか、奴が、以前大尉のシュラハテントロイが使っていた陣営の後釜に入って引き移ったんだな、その時に、そこに残されていたマントをだ、失敬しようとして見つかったってことさ。知らんのなら話すがね、大尉が入ってくるな、マントは奴のトランクにつめ込まれとる、シャリンガーは言い逃れたね、敵方の城から徴収したマントとばかり思ってつい自分のトランクにしまいこんだとね、返そうと思っていた矢先だとさ。しかりしこうして《エルゴ・デッセン》——その後の一悶着は想像がつくだろう。ま、いずれにしても丸めこんだろうがさ。

ファーロタ　そんなことぐらいで騒ぐってのが——分らんね。俺はそんな下らんことで妙な係わり合いは今迄一度もなかったがね。徴収《と》ったのが金袋なら——騒ぎも分ろうさ！　前例《てほん》には事欠かんぜ！　ヨーゼフ・フェルディナント(3)自身がとびきりの四輪馬車と教会の祭壇掛毛氈を失敬したんだぜ、有名な蒐集家《あつめや》で飾り物には目のない男だからな。——俺もまあましな二、三は頂戴したがね——こないだも掘出物でさ、ピアノさ、徴収《いた》だいたね、一等品さ。

バインシュテラー　そりゃ、もうけものだな。

ファーロタ　将軍《れき》夫人たちは衣類から下着までひっくるめて徴収庫から持ち出したし、娘《すけ》連中は戦争省直々の配慮で頂戴していたさ。みんな個人用にだぜ。あの頃はまったくよかったな。野菜や肉やら山と積んで自宅に送り込んだぜ、入り用品は一切合財だよ、露顕したって高々おつねりのおさすり程度さ。近頃はそうはいかんがね。こっちの陣営はまったく割に合わんってもんだ。女は別にしてだがね。

バインシュテラー　しかし近々突撃がありそうな雲行きだぜ。うさ晴らしにはなろうさ。

ファーロタ　この前はありゃあひどかったな。戦死六百、負傷二千名とはね。——ま、俺は感傷屋でもなし、威勢のいいこそ花ってもんだ。——

バインシュテラー　どうしてああ散々だったのか俺にも

分らん。

ファーロタ　報告さえできりゃ、あとは墓石だけの問題さ。四週間、膠着状態ってのじゃ話は済まんぜ。

バインシュテラー　そうとも。ちと息切れがしてきたからな。乾燥野菜で文句が出だしたら突撃させるってことよ、慣れさせとかなきゃあな。幹部連中《でぶちん》が後で言うぜ、なんたる戦果だ！　とさ。兵士《やつら》たちも突撃以外に生かしがいのない連中だからさ。作戦会議メンバーの俺が言うのも変な工合だが、しかしこれは決してよい作戦とは言えんぜ！　やむを得んさ、人材節約ときたら――ま、最初《はな》に訓練済みの連中を流しこんで、後のは後で徴兵するさ。土片《つちくれ》と手榴弾も区別できん青なりどもをさ。しかしこれでいいってことかね？

ファーロタ　ま、間に合わせに植えこむって手合さ。

バインシュテラー　そうだな、退却の時、あんまり生き残りが多いと大尉はカンカンだしな。そうだろうが、訓辞に曰くだ。玉砕を大命と判ぜよ！　ときたね。フランツァー＝バルディン方式にしてベーム＝エルモリ隊のやったあれさ。

ファーロタ　この前は負傷者騒ぎで大変だったぜ、ああいうことになろうとは誰も予想しとらなんだろうが。衛生車は皆目足りんしね、おまけに使える車はみんな下《しも》の市中に出払っていてさ、将軍連中の劇場通いの御用を勤めとったぜ、無論、至急電話は入れたとも、車は一台も戻らなんだがね、かくして大混乱さ！

バインシュテラー　負傷者の収容が一番のやっかいものさ、手におえんよ。

ファーロタ　自分のことは自分でしろって言いたいぜ。人口削減の法にはおあつらえだが、とまれ軍隊の体をなすだけの人員は入用だしな。この一ヵ月に市民のうちの二十四人に死刑を言いわたして判決直後に処刑したがね、ま、これからが問題さ。

バインシュテラー　軍事犯罪かね？

ファーロタ　どっちつかずだ。

バインシュテラー　と言うと？

ファーロタ　騒いだのでね、いろいろとさ。

バインシュテラー　おやおや。

ファーロタ　俺は元来、軍事裁判に反対なんだ。役立たずの法律のお遊びにすぎんよ。——なんやかや書類を準備したりしてよ。ズドンとやりゃいいんだ。文句言わさずにズドンとさ！　君は判決を読んでからやるのかね、俺は読みもせん。サーベルだって伊達に吊るしているわけじゃないしな。

バインシュテラー　しかし処刑の時には少なくとも立ち会わにゃならんだろうが！

ファーロタ　始めは俺も面白がってさ、立ち会ったさ。この頃じゃ、ま、宴会でもあれば旗手を代りにやるよ。部屋の中でも聞こえるさ。最近、ヴィーンから調法な裁判官が二人出張して来てだ、事は簡単さ。下らん仕事だぜ。俺は勲功勲章の候補に上っとるそうだ。

バインシュテラー　そいつは目出たい。フローデラーはどうしているかな、相変らず手前の連隊の兵士《やつ》まで射殺したりしとるのかね？

ファーロタ　やっとるとも！　一年前、脳軟化症って診断を下されたんだがさ。——それもかいなし、放免してもすぐと戻ってくる奴でね、どうやってあうまい工合に復官するのか俺にも分らんよ、ついこの間は中尉が弾薬をとりに行かせた曹長を射殺しちまったよ、逃亡兵だと錯覚したのだとさ。声も掛けずに背後からズドン！と一撥、殺しちゃった。

バインシュテラー　ま、たかだか一人だ、咎めだてても始まらん。——こういう商売を一年もやっていると、死なんてものも何でもないやね。負傷兵ってのはどうにもこうにもやっかいだがさ。今年じゅうに戦争が終ろうものなら、街じゅう、オルガン奏きばかりになっちまうぜ、耳にふたしたいや。負傷兵《やつら》を一体どうするつもりかね、負傷兵ってのは——役立たずの壊れ物さ、名誉の戦死、もしくは五体健全でいることだよ、でないと手がつけられん。

ファーロタ　特に目を失くしちまった奴がな。連中、けったいな格好《なり》でぶつかりあったりしてこいつは妙ってもんだぜ。この間、休暇をとって汽車に乗ってたんだがさ、ある駅でちょうどお目にかかったんだが、そういう手合が互いにぶつかりあってえらい騒ぎさ。

バインシュテラー　ま、仕様がないや——この前、師団長がふるえのきたやつを慰みものにしたがありゃ傑作だったぜ。

ファーロタ　俺みたいに多感な人間にはパッとしない光景だな、いずれにしても、戦争は戦争さ、そう思えば気がすむね。

バインシュテラー　君のそばづかえの野郎はどんな奴だね？　大体、幾歳の奴だ？

ファーロタ　四十八さ、昨日が誕生日とかで祝いに一撥平手を喰らわしてやった。

バインシュテラー　一体、どんな出身《あがり》の奴だね？

ファーロタ　作曲家とか哲学者だとか言っとったが。

バインシュテラー　マイアーホーファーは先週テッシェンに行っていたそうだが、あちらの将軍《たいしょう》、散歩にも元帥杖をひきずって歩いとるとさ。

ファーロタ　便所の中まで持ちこむのかね？

バインシュテラー　ヴィルヘルムの皇帝《ばか》からも一本もらったそうだから、この頃はたぶん、二本にすがって歩いているぜ。

ファーロタ　さぞや、イザリそっくりだろうさ！

バインシュテラー　ヴィーン来の肥っちょのユダヤ女がまたもや徘徊してるそうだ、おえらいエゲリアさまがさ。——からかってみるのも悪くはなかろうぜ——

ファーロタ　君もまたもの好きだな。しかしだね、ヴィーンね——また夜ごとにガルテンバオにあってさ、その前にポテンツ・エッケをぶらつくなんてのができりゃ、俺は文句は言わんぜ。

バインシュテラー　ガルテンバオ？　望みなしさ！

ファーロタ　どうしてだ？

バインシュテラー　ヴィーンにあれ以後行って来たんだろう、ガルテンバオは今は病院に転用さ。

ファーロタ　あ、そうだった！（物思いに沈んで）そうだったな、そうともよ。——ま、ここも格別悪かないや、ピアノもあれば尻光り《ティッシュランペ》の女もいるし——

バインシュテラー　尻《けつ》光りの女か、尻光りのお光りさまか。

ファーロタ　どうやら雨らしいぜ。

バインシュテラー（空を見上げて）　お、降ってきた。行こうぜ。

ファーロタ　ドーデラーのこと、何かその後聞いたかね？　奴は全くの果報者だぜ。

バインシュテラー　そうとも、抜目《フェシャク》のない野郎だぜ。

ファーロタ　抜目がないな、たしかにさ、根っからの狡猾《ずる》狐よ、ヒャハッ！

（暗転）

第二十一場

戦場。何一つさだかに見えない。後方遠くに幾筋かの煙の柱が立ち登る。記者二名、登場。乗馬ズボンをはき、手には双眼鏡とコダック・カメラ。

従軍記者一　あなた、恥を知りなさいよ、恥を。そんなへっぴり腰でどうなさるおつもりですな。私をまあ御覧なさい。昔はバルカン戦線(1)を駆けめぐったこともあり、この通り、かすり傷一つ受けずにピンシャンしてますよ！（身を屈める）

従軍記者二　どうおっしゃられようとこれ以上は進めません、一歩たりとも進めませんよ。どうなさいましたね？

従軍記者一　いや、なあに、ただの流れ弾ですよ。（身を屈める）

従軍記者二　うわっ、また来た！（身を屈める）

従軍記者一　ほんの盲弾ですよ。

従軍記者二　わっ、盲弾！　こんなひどい目に会おうとはついぞ思っても見なかった。

従軍記者一　眼に当てい！

従軍記者二　何を当てますって？

従軍記者一　双眼鏡をです！　まあ、こっちにお貸しなさい。

従軍記者二　何か見えますか？

従軍記者一　ええ、さふらんの花が。これを見るとバルカン戦争を思い出すなあ。ぐっときますよ。（聞き耳を立てる）

従軍記者二　何か聞こえますか？

従軍記者一　ええ、カラスです。肺腑《はらわた》をしぼるように鳴いています。バルカン戦争そっくりですよ、あれは危険《ひとあれ》の前兆ですがね。

従軍記者二　戻りましょうよ。

従軍記者一　なんて臆病な方なんです！　それこそ危険の前兆ですよ。（流れ弾）わが同胞はあそこにはおらんのですかな？

従軍記者二　報道班？

従軍記者一　いや、わが連隊です。

従軍記者二　いると思いますがね。

従軍記者一　全員が勇士《つわもの》ですよ。おのれの恋人を想わずひたすら敵軍の出方を考えているのですからね。あすこにあるのは何です？

従軍記者二　何もないですよ。イタリア兵の屍体ですよ、わが陣営の前にころがっていましたね。

従軍記者一　ちょっと待った！（写真を撮る）戦場のまっ只中にいるなんてとても思えませんな、悲惨や苦悩や呻きや恐怖を思わせるものは何一つないんですからね。

従軍記者二　お、私は何やら戦いの息吹きを感じますよ。（流れ弾）戻りましょうよ。

従軍記者一　何でもないですよ、状況は前哨戦といったところですから。

従軍記者二　ヴィラッハ(2)にとどまっていた方がどんなによかったかしれません。――昨夜はサッシャ・コロヴラートと飲みましたよ。――私は言ったでしょう、私は別に実戦向きじゃないんですよ、よく御存知と思いますがね。

従軍記者一　こんなちょっとした前哨戦でびくびくなさるのは残念ですな。

従軍記者二　私は勇敢でもなけりゃあ、ローダ＝ローダでもありませんよ。

従軍記者一　私もガングホーファーじゃない。しかし申し上げますよ、恥をお知りなさい、シャレク女史(3)を御覧なさい！　ほら、やって来る！　隠れなさいな――

従軍記者二　なるほどね。（身を隠す。流れ弾）

従軍記者一　私だって女史のお目にとまりたくないや。

（伏せる）

シャレク（重装備で登場。一語一語はっきりと喋る）　わたくしはこの眼でしかと眺めたい、名もなき素朴な勇士たちの姿を！（去る）

従軍記者一　あなた、御覧になったでしょう、あれがあなたの鑑例《てほん》ですよ。（起き上る）女史は前哨真近まで行きますよ。敵の方々の塹壕掃討《グラーベンアオスプッエン》(4)振りをしかと見ようって腹ですよ。

従軍記者二　ま、それこそ女性の任務ですからね。しかしわれわれ男性はですよ、そんなことまでしなきゃなりませんかね？

従軍記者一　女史は経験をペンにしますよ、弾の雨の中での経験をね。――あなた、男として恥ずかしくはありませんか？

従軍記者二　なるほど彼女は勇敢です、しかし私の専門は元来劇評なんですからね。

従軍記者一　彼女は屍体を描写しますよ、その腐敗の臭いまでね！

従軍記者二　私の専門じゃありませんね。

従軍記者一　誰が側面攻撃を実地見聞しようと提案したか？　シャレク女史ですよ！　あなたは斥候を見ただけで逃げ出そうとなさる。以前はあなたもっと威勢がよかったじゃありませんか――

従軍記者二　記者連中はみんないきおいこんでいましたよ、はじめはね、しかし一年も戦争が続いた今じゃ――

従軍記者一　あなた御自身、南西戦線の戦場を実地に見聞したいってお書きになったじゃありませんか。ですからさ、ここですよ、よく御覧になることですよ。

（身を屈める）

従軍記者二　ロシア戦線は事情が全然別でしたよ、ホテルから一歩も外に出られませんでしたからね、私は実地の経験はゼロなんですよ。卑怯者と言われようと構いません。もう一歩も進みませんとも！

従軍記者一　大尉がまもなくこちらに来ますよ。何一つ起らないって彼が保証してくれたんですからね。

従軍記者二　進むのは御免です、報道なら書きますよ、二、三の技術的な用語を伝授くださいな。

従軍記者一　あなたはつまりバルカン戦争って戦線報道の小学校さえ御卒業になってないんですからね。無理もありませんかな。（身を屈める）

従軍記者二　書き方なら知ってますよ。つまりこの煙の柱ですね、死神を前にした聖なる忘我の瞬間ですね、私は書きましたよ、描写しましたよ、編集長は大満足でしたな、投書の山でしてね、みんな賞賛づくめのです。憶えてられるでしょうが？　私は勲功勲章の候補に上ってるのですよ！（身を屈める）

従軍記者一　御自分で確信なさっていることに満足できんってことが私には解せませんな。（流れ弾）や、今のは何だった？

従軍記者二　あなた、ねえ、もうそろそろ報道班の宿舎に戻った方がよかありませんかね。あそこじゃ少なくとも敵の目にはつきませんよ。

従軍記者一　あれはきっと応酬の弾ですぞ！　こうこなくちゃあね、こうなりゃあ兵士にとっちゃ義務をつくすのみ、頑張りあるのみですよ。大尉殿はわれわれ報道班のためにわざわざ破壊されていた橋を修復させてくださったのですからね。——今やわれわれがこの地にある限りです、身心一統、これぞ戦争《セ・ラ・ゲール》なりだ！（身を屈める）私の得意は情景描写ですがね、いざとなれば——情景を嗅ぎとるだけじゃ足りませんよ！　あなたは平和の時にはいつでも芝居の初日を追っかけ廻しておられたでしょうが。天罰ですな、しかし一体どうしてよりによってあなたが戦線報道班に志願されたのです？

従軍記者二　銃砲かついで出かけるよりましですから。

従軍記者一　そりゃそうでしょうが、少々は頑張られんと新聞に対しても相済まんでしょうが。戦争は戦争ですよ。

従軍記者二　英雄遊びは私の役じゃありませんですよ。

従軍記者一　しかしあなたのこの前の記事だとあなたこそ果敢に出向いてられる風に読めましたがね。

従軍記者二　記事は記事ですよ、あなただってそのあたりの事情はよく御存知でしょう。——や、今のは何だ？

従軍記者一　なに、ありゃあ、第四連隊付属B飛行隊発射旧型小口径砲用臼砲弾ですよ。

従軍記者二　技術用語を見事にマスターなさいましたな！　あのヒューヒューって飛ぶのがそのなんとかという弾ですね。

従軍記者一　全然御存知ないのですな。ピュッピュッて飛ぶのがですよ。

従軍記者二　おやおやそうですか、じゃあまた原稿を訂正しなくちゃならん。——早速戻ってやりたいのですがね、ね、戻らせていただきますよ。

従軍記者一　繰り返しますがね、それは駄目ですよ、私一人、こんなところにいられるものですか。

従軍記者二　でもここにいたって仕様がないでしょうが。

従軍記者一　でも笑いものになりたくないでしょうが。士官たちに笑われますよ。面と向っちゃそりゃあみんな親切ですよ、みんな自分の名前を記事の中に書いてもらいたいものですからね、しかしですよ、背後《うら》じゃこっそり私たちのことを笑っているんじゃないかって気がして仕様がないんですね、こっちも勇敢だぞってとこを見せつけてやりたいのですよ、それに報道班宿舎も、もう退屈で——

従軍記者二　生命《いのち》に係わるよりも退屈な方がましですよ。

従軍記者一　しかしいつもいつもそれでは済まんでしょうがね？　もう一年になりますよ、まったくのやっつけ仕事がね、士官連中《やっら》が話すことといったら大言壮語の嘘八百ばかりでしょうが。われわれのすることといったらそんな戦況報告を筆記して署名するだけですよ、士官《やっら》がデタラメを言いこちらが署名する。一体これでいいんですかね。

従軍記者二　無論、まったく滑稽ですとも。しかし私には関係ありませんよ、私は月に一回記事を送る——こりゃあ楽しみですね、諸人《もろびと》の経験譚をそっくりといただく。敵軍がいか様に撃退されたか、いかなれば撃退されないかを私が書かにゃならんのですか？　私はヘーファー(5)じゃありませんよ、世界大戦の書記長じゃありませんよ。

従軍記者一　ヘーファーだって、あなた、私ほど行動範囲は広くありませんぜ！

従軍記者二　いずれにしても私には向きませんね、私は師団長と会ってみますよ、前線での演劇関係はどうなっているか尋ねたいのですよ。

従軍記者一　前線での演劇関係？——とおっしゃると、あ、劇場のことね。

従軍記者二　この思いつきが編集長《やっ》の気に入りましてね、それでこちらに派遣されたわけですが、こんな任務は私の柄じゃありませんよ。

従軍記者一　ガングホーファーみたいな成功はわれわれには望めませんや。彼の場合みたいに、記事用に戦闘を始めたり休んだりって細工を、われわれの士官連中はやってくれませんからね。

従軍記者二　何のことですね、それは？

従軍記者一　御存知ありませんかな？　彼がこの前チロール戦場を訪れたときのことですがね！　わが軍の十七人の兵隊が盲弾で死んだり負傷したりしましたがね、彼の目の前でですよ、彼ほど真近でこういう場面に立ち会ったのはいませんな！

従軍記者二　しかしですよ、ガングホーファーが到着してからおもむろに戦闘を始めるってのは『ジンプリチスムス』(6)誌の単なる諷刺でしょう。

従軍記者一　ええ、最初は単なる諷刺でしたがね、それが現実になったのですよ。ヴァルタースキルヒェン伯爵ですね、陸軍少佐で出征《で》てらしたが、カンカンでしてね、あの人は新聞嫌いでしたからね、まだ一度も記事に名前を出してもらえなかったからですよ、なんでも一昨日《おととい》戦死なさったそうですがね。

従軍記者二　ま、われわれ如きにはそうは参りませんよ、私はともかく前線劇場のテーマでいきますよ、ガングホーファーほど派手じゃなくてもです。あなたは私にどうしろとおっしゃりたいのです？　たとえば画家のハオビッツァーですね、御覧なさいな——ほら、向う、直立して描いてますよ。私にはできんことですよ。彼は兵営のバーでプリンツ・オイゲーンを歌いましたがね。あんまり大声だったものですから彼一人いるだけでわが軍の勝利疑いなしなんて気がしましたよ。しかしですよ、今はね、ああして描いてはいますがね、筆の震えがとまらんのです！　われわれ以上に恐がっていますよ！

従軍記者一　あなた以上にでしょう！　しかしまあハオビッツァーをとやかくはおっしゃいますな、ともかくも彼には勇気がありますよ、屋外で戦闘場面を描いているのですからね、たとえ風邪ひきの最中にでもです。彼の絵《ビルト》が——つまり、彼が撮《うつ》っている写真《ビルト》ですがね、『インテレサンテ』に載っていましたよ、戦場にある画家ハオビッツァーって題でね。

従軍記者二　それはともかく——もう一歩だって私は進みませんよ。

従軍記者一　バルカン戦争におけるルードヴィヒ・バオアーを見習いなさいよ！

従軍記者二　彼は今度はスイスに行ってますよ、私もスイスに行ってればよかった！

従軍記者一　ヴォモリィの勇気をお考えなさいよ、あるいは兵士たちのね、歯を嚙みしめてですよ、腹に力を入れて——（身を屈める）なんですか、どうしても戻りたいとおっしゃるのですか？

従軍記者二　そうです、ヴィーンまでね！　戦場の情景描写ならあっちでもできますよ、私の得意なんですからね！　私の記事がです、イルマ・フォン・ヘーファーの記事の隣りに出たって恥ずかしくないですとも。しかし奴のね、あいつの記事とならんでだと——正直言うとやや面はゆいですな。

従軍記者一　私は恥じませんな！　わが義務の遂行のため私はここに毅然として立ちますよ。おっ！（慌てて地面に腹這いになる）

従軍記者二　あなたは以前から作戦談義に目のない方ですよ。（破裂音が響く）わっ！　助けてくれ！

従軍記者一　何をそうジタバタと？

従軍記者二　あんな——いやな響きは——まるで——主筆の声と——そっくりだ！

従軍記者一　ちょっと——唸ったにすぎませんよ！（両名、すっとんで、去る。二人の後より画家のハオビッツァーが画帖を小わきに白いハンカチを打ち振りながら、同じく全速力で、去る）

（暗転）

第二十二場

戦争省の前。楽天家と不平家の対話。

楽天家　あなたはです、戦争が呼び醒した高邁な精神や献身の様を故意に見まいとして、自分で自分の目に目隠しをなさっているのです。

不平家　私はただそういう結果を引き起こすためにどれほどの愚劣と堕落とが必要となったか見逃してはいないだけですよ。八十八人の不逞の住人が盗みかっぱらいに精出す間に、十人の高貴な住人がですね、二人の無邪気な住人を火炎から運び出せるかどうかを試験するため放火が必要であるならば、消防隊や警察の活動を賞讃して性善説を唱え出すなど愚の極みでしょう。善人の性善を証明するなどの必要はさらになかったのだし、そんなことを始めたばかりに悪人がますます悪辣になるだけの場を提供したのですから割に合わないことおびただしいのです。戦争とはもっともよくいって強度な対照の妙を利用した世界観の講義にすぎません。いつかは休講になるってことに意味があるだけの講義ですよ。健康と病いという唯一の対照は戦争によって強められはしませんね。

楽天家　健康なる者は健康のままに、病いの者は病者のままにとどまるからですか?

不平家　いいえ、健康なる者が病者になることによってです。

楽天家　しかし病者が癒《ゲズント》えるってこともありましょう。

不平家　謂わゆる銃火の洗浄《シュタールバート》によってですか?　それとも手榴弾が百万の不具者たちを手もなく《ゲズント》殺戮したってことによってですか?　何十万の錯乱者がのうのうと生き始め、同じく何十万の黴毒病みが無事帰還したってことによってですか?

楽天家　いえ、私の言うのは近代衛生学の成果によって戦争で傷つき病んだ者たちが癒やされ――

不平家　――再び前線に送りとどけられるためにです、病める者は戦争によって癒えるのではなく、戦争にも拘らず癒え再び戦争にさらされるために癒えるのです。

楽天家　とまれ戦争中だとしてもわれわれの進歩した医学のお蔭でチブスやコレラやペストの蔓延は防がれていますでしょう。

不平家　それは戦争のお蔭というよりむしろ戦争の途上に立ちはだかっている権力のお蔭です。もし戦争が起らなければもっと簡単に防げるでしょう。それとも戦争に附随した現象に少々ばかり寄与したからと言って戦争を讃えるべきなのでしょうかね？　戦争賛美論者はこうした現象をもう少々の敬意を払って取り扱うべきですよ。骨が粉々に粉砕されるのに諸手を上げて歓声を発し、義手義足の繁盛にほくほく顔の医学界の天才諸氏こそ呪わしいのです。今日包帯を巻く学問の倫理感は手榴弾を発明した学問のそれといささかも異りませんよ。傷を縫い合わせるのに満足せず犠牲者を再び戦場向きに仕立て上げることを目的とした学問に比べれば、戦争は或いは倫理的な力と言えるかもしれません。かつて神と権勢を競って威を誇ったコレラとかペストとか何年何月《いついつか》の戦争の恐怖とかは、今やかかる学問に打ち負かされ旗を巻いて遁走中でしょう。しかし梅毒と肺病がこの戦争の忠実な仕え女《め》ですね、その女《もの》のお蔭で偽りに染まったヒューマニズムが自足して自らと講和を結ぶわけにはいかないわけです。仕え女《め》たちは敬虔に足を運んで国民皆兵の義務につき添い、タンクとガスの雲霧に乗って駆けていく技術に手を貸しますね。どの時代も特有の病いを持っていました、時代の象徴たる病いをです、時代のペスト菌をね！

楽天家　おやおや、ちょうど戦争省の前まできましたよ、今日一日も戦果に満ちた日のようで、人の出入が——

（闇商売の一団が正門から出てくる）

新聞売り　号外——『ヴェルトブラットだ』！

逃亡者一　（連れの男と一緒に通りかかり）　おい、一枚たのむ（新聞を引ったくるようにもぎとり、読む）八月三十日十時三十分、戦線報道班報告。《戦況快調ナリ！　全線ニ渡リ戦闘継続中。総司令部ニ喜色アリ。戦況快調ナレバナリ。天気マタ晴朗ナリ。コールフュルスト》(1)

逃亡者二　こいつは指揮官のつもりかね！（去る）

不平家　この罪業の館の正面に刻まれた種々の顔ですね、右にも左にも目をいからせてこちらを見すえているあの顔の列ですよ、今日はことの外いかついですね、この恐怖すべき顔を眺めていると私は悪感がしますよ。

楽天家　あれは単に神話の軍神を象った顔じゃありませんか。

不平家　そうですとも。しかしあれは軍神を象りながら商業神《メルクーア》の使者の入場を拒めないってことがね。惨憺たる鮮血の牙城になおこのような神話的混乱がですね！

いつからマルスが商いの守護神になりメルクーアが軍神になったのです(2)？

楽天家　時代には時代に相当した戦争があるでしょう！

不平家　その通り。しかし時代はおのが愚劣の正体を見極める勇気を持っていませんよ。この戦争がどういう外貌を呈しているか御存知でしょうか？　ほら、あそこを行く、あれがそうです。自動車ほどの図体をしたユダヤ人！　あの腹は際限なく献物を要求する祭壇《モーロホ》であり、あの鼻は槍先ですね、そこからは血が点滴《したたつて》いますよ。あの眼《まなこ》は紅玉《カルフンケル》のように輝いていましょう、針金の鋏で完全武装した二台のメルセデスに乗ってデーメルへ行ってきたのですよ。今、寝袋さながら転がる如くにぶらついていましょう。なかなか愛すべき生活人そのままの姿《なり》を見せても、足跡は汚辱のそれに他なりません。

楽天家　あなたは何か恨みでもお持ちなんですか？　あのオッペンハイマー(3)氏にですよ。

（その間に戦争省の前の人の群がふくれ上がる。その大半はドイツ国粋派の学生団とガリーツィエンからの逃亡者たち。ともども腕を組み合わせ、やがて歌声が上がる。「雷鳴ノ如キ声アリテ――」）

（ネパレックとアンジェロ・アイスナー・フォン・アイゼンホーフ、登場）

フォン・アイゼンホーフ　これはこれはお久し振り《セルビトーレ》、その後いかがですね、大公殿下の御機嫌は如何です？　わたしたちがこの前会ったのはたしか――

ネパレック　はい、御機嫌さま、ま、異状なく過ごしております。大公殿下もなかなか御機嫌うるわしくいらっしゃいます。

フォン・アイゼンホーフ　そうそう、光栄にも御記帳の誉をお与えいただいて以来ですな。あの事件《こと》が殿下にはちょうどよかったわけでしょうね、今や大方の意見は一致して――

ネパレック　そうでしょうとも。――ところで男爵様、何かお働らきでは？　引く手あまたで慈善救済事業にお忙がしいものと思っていましたが。

フォン・アイゼンホーフ　いや、それほどでもありませんよ。わたしはもはや隠退組でしてね、勇ましい方々が沢山いらっしゃいますから安心しておまかせできますよ。私の趣味としてああいう連中と一緒に何かするのは――いや、なに、これは私に係わることでなし――つまり、その――

ネパレック　世に人多しですよ、男爵様、世に人多しですよ。しかしなんでしょう、あなたほどの方がすっかり隠退しきられるはずはございませんでしょう、無理もないとは思いますが、たとえ今は委員会からお退きになっておられると致しましても――

フォン・アイゼンホーフ　それがそうじゃありませんでしてね、私がいま仕切っているのはただ枢密院《ヘレンハウス》――いや、まちがった、そうじゃない、その、――家主協会《ハウスヘルンフエラライン》だけでしてね。あれだけでも手一杯、しなきゃならんことがありましてな。御存知でしょう、リードル氏ね、彼ももう年でして、元気ありませんよ、何か非常な落胆でもしたのでしょうかね、詳しくは知りませんが、どうもその戦争のお蔭でみんなからなおざりにされているという風に思い込んでいるのですね。――ま、新人がしゃしゃり出てきて旧来の人たちがわきに退けられている現在ですから――

ネパレック　しかしいずれまた旧に復しましょうよ。――わたしたちの方でも――

フォン・アイゼンホーフ　辛抱が要りましょうね、わたし個人としてもいろいろいやな思いをいたしましたですよ。慈善事業というのがまたいろいろ問題数多《あまた》でしてね、へっへっ、これは『炬火《ファッケル》』用のもっけの材料でしょうが――あれをやってる男などを真《ま》人間と認めた上での話ですがね。ひとえに犠牲ばかりですよ、ただ貢ぐだけ、これっぽちも感謝など得られないのですからね。もちろん、犠牲をことさら厭うわけじゃありませんが――わたしの友人のハラッハやシェーンボルンや他の連中は盛んでしてね、慈善会の案内を送ってくれますが――そう、ちょうど昨日のこと、シュタルヘムベルクですね、御存知でしょう、ヴルムブラントの娘のマリアと、その、仲がいいと評判の――

ネパレック　おや、そうですか、私はもっぱらキンスキーの娘とくっついてるのとばかし――

フォン・アイゼンホーフ　とんでもない、そんなはずはありませんよ、キンスキーの方はヴィンディシュグレッツの息子をね、追い掛け回して——これは少佐でしてね、親衛隊付きだそうで——これはまあ別の話ですが、ともかくですよ、驚くことだらけですよ、ちょうど、昨日ホーエンローエがミサのとき耳打ちして言うにはですよ、ほら、あれです、シャフゴッチュの娘と結婚した彼《あれ》ですよ、で、言うにはです、どうしてこの頃そう引っこんでばかりいるんだときましたね、わたしは答えましたよ、時代は変れり《テンポラ・ムタトウル》とね、いまや元気づいた連中がやっとることをわしは知らんとね。わたしは猛烈に静かなる独居が好きなんだとね。つまり人の目に立たないところがですよ。すると彼がどう言ったとお思いです、え、あなた、彼が言うにはですよ、そう、確かにそうですね！　ところですよ、驚くじゃありませんか、わが耳を疑いましたね、無論、わたしもお手伝いは致しますよ、しかし、おおっぴらにってのはわたしの柄じゃない、わたしはひっそりとするのが好きなんですよ、大々的にやると——お祈りのところを撮《と》られたりして翌朝は新聞にデカデカと出ますよ！

ネパレック　まったく、やっかいなことですね。しかし私は決心しましてね、名前を出さねばならないときには全部の名前を、こう、ずいとね、出させるようにしましたよ、式典長ネパレックとか式典長ヴィルヘルム・ネパレックだけではなくてです、私には元々ヴィルヘルム・フリードリッヒという名前があるんですから——つまり、式典長フリードリッヒ・ヴィルヘルム・ネパレックと、ことあるごとに言うことにしましたよ、この方が今は都合がいいのですよ、これだといつでもポツダムに移れますからね。——

フォン・アイゼンホーフ　結構ですねえ！　しかし——ポツダムとおっしゃるとドイツの宮廷《ほう》にお移りになられたいので？

ネパレック　いいえ、全然。ま、こうすれば名前そのものがニーベルンゲンの盟約を表現している如しですからね。私が——大公殿下の許を去るなんてとんでもない！　今でも例の告別式の時の大公殿下の御配慮に私は感謝の気持で一杯なのですよ。

フォン・アイゼンホーフ　実際、見事な出来栄えでしたな！

ネパレック　列席制限――告別式三等にて――

フォン・アイゼンホーフ　あなたのお手並は一等でしたよ。南駅では特別に御親切にしていただきまして、どうも。（通りすぎる人に会釈する）いま行ったの、ロブコヴィッツじゃなかったですか？　また嫌味を言われそうだ。ど忘れしとったろうとね。――それでと、そうそう、アルトシュテテンのことですがね――あちらではあなたの御指図通りにすんなりといったとはどうも思えませんでしたがね。やや俗でしたよ。

ネパレック　そりゃあそうですとも。――こちらの口を利かせまいとさせられましたですからね！　ベルヴェデーレの連中がとりしきりましてね、それでもわれわれは頑張ったのですよ、私は言いましたとも、スペイン式の埋葬式で！　とね、つべこべ言うなってわけですよ、それが通らなかったのです、連中のせいでしてね、アルトシュテテンはあちらの領分ですからな。

フォン・アイゼンホーフ　とおっしゃると？

ネパレック　細かく言いますとですよ。警備に来ていた消防隊の連中が、御棺の真横で弁当を広げたのです。ガツガツモグモグってわけでしてね、棺は貨物駅の事務室に安置してありましたが、連中、煙草さえプカプカやりましたね。いやもう大醜態でしたな。われわれのせいじゃありませんよ。南駅じゃあんなに見事に参ったのですからね。

フォン・アイゼンホーフ　ほんとに昨日のことのようにまざまざと思い出しますよ。私はあの時カーリィ・アオエルスペルクとレオポルト・コロヴラートの間に立っていましたが、あの二人とはあの歴史的瞬間以来会わずじまいですわ。

ネパレック　われわれはまったくできるだけのことはいたしましたですよ。あの記念の記帳式でもお口のおうるさい方々の口をまんまとふさぎましたからね。《ワレラガ趣旨ニ賛同アラレル方々ニ》とまず記しときましたですからね、あれだけでもわれわれが、つまり大公殿下がですね、どれほど告別式に心を案じられていたか一目瞭然でしょうが。私は暗記していますがね。《コノ日、我ガ最愛ノ甥、皇太子フランツ・フェルデ

イナント、トノ別レニ際シ、君ガ心ト変ラヌ愛情充チタル結ビツキヲ持ツ者トシテ――》

フォン・アイゼンホーフ　連中、グウの音《ね》も出ませんでしたろうな。

ネパレック　その通り。で、《――君ハ公務ヲ担イ、新タナル機会ヲバ――》

フォン・アイゼンホーフ　殿下は絶好の時に告別式によって新たな機会をば得られ、さぞお喜びだったでしょうな。心中の程、ようく分りますよ。

ネパレック　その通り。で、《――我ガ為ニ、我ガ皇室ノ為ニ君ガナセシ献身ヲバイヤ高ク胸ニト刻ミ――》とね！　熱烈な感謝と報酬ですよ、故皇太子が身をもってなされた任務に対するですね。これ以上何を望むことがありましょうか。あちらの連中、まさしくやられたと思ったでしょうよ。

フォン・アイゼンホーフ　しかし記念の記帳をするということ自体、殿下にとっては好ましいことではなかったのじゃありませんかね？

ネパレック　とんでもない。むしろ大公殿下がいちはやく御指図をなさったのです。――いや、つまり、私の言うのはです――

フォン・アイゼンホーフ　いや、分りますとも、あなたのおっしゃるのはつまりなんでしょう、諸事が続出したってことですな。なるほどねえ、あなた、今じゃ、戦争さえ起ってくれましたよ。

ネパレック　まったく正当な当然のつぐない事ですよ！ほんとに、もし大公殿下が率先していちはやく御指図を下されなかったら――

フォン・アイゼンホーフ　とおっしゃると、つまり、開戦の御指図を？

ネパレック　いえ、なに、私の言おうとしたのは、犠牲者の埋葬についての御指図をです。

フォン・アイゼンホーフ　とおっしゃるとつまり戦争による犠牲者の？

ネパレック　そんな馬鹿な！――いや、これは――とんだ失礼――あなたさまのことではございませんで。ともかくです、あのままでは参りませんでしたからな、臥薪嘗胆にも限度がありますよ、あのヘルシェゴヴィナ併合以来(4)――

フォン・アイゼンホーフ　エーレンタール(5)に予言してやったですがね。もう一年も前のことですよ、あれはパルフィが外国勤務に出かけるときでしたからな。私は外務省まで彼と連れ立って行きましたわ。

ネパレック　たとえ個人にとっちゃ辛いことであろうとも――

フォン・アイゼンホーフ　そうですとも、苦情を言う筋合じゃありませんよ、私も大分損をしましたが――

ネパレック　あなたが？　どうしてまた？

フォン・アイゼンホーフ　いえ、なに、募金をね、戦争協力援助募金につい応募して――それはともかくとして、トラオトマンドルフに会うつもりで――まったく今日大切なのは頑張ることですよ、頑張り通すことで――われらの兵士たちの頑張りですな、さすれば道はおのずから開けるというもので――永々とお邪魔をば致しまして――どうもどうも――大公殿下様にくれぐれも私からよろしくと――

ネパレック　はいはい、お伝えしますとも、はい、どうも、失礼をば、では御免ください、はい――

（歌声が聞える。《雷鳴の如き声ありて――》）

（暗転）

第二十三場

ヤノーヴの池のほとり。ガングホーファー、ヨーデルを歌いながら登場。チロール風のチョッキに皮の半ズボン。リュック・サックを背負い手には登山杖のいで立ち、第一等十字勲章を吊るしている。帽子には飾りにカモシカの毛の束が一つ。帽子の下から少々灰色がかったブロンドの頭髪がのぞいている。やや曲った鼻に金縁の鼻眼鏡をのせている。

ホロドリオードリオー
戦場だい戦場だい
ホロドリオードリオー

もうおなじみの戦場だい

自然児だい　そう
たんとはいない　だが
銃《てっぽ》とるには
老いすぎだい　だが

これこの通り
勇気凛凛　ちっと
ま　見ろやい
この狩り姿
ホロドリオー
本物本物　書き物も
なかなかの評判だい

ヴィーンの街では文士
ぶんぶん血の吸いっこだい
そこで鞍替え　手の稼業から
足商《あしあきな》いに

道具背負って
森に森にと
一目散だい

昔しゃ　新聞《かみ》の御文士で
今じゃ森の蚊士《ぶんし》様だい
頭髪《あたま》は半白
稼ぎにほくほく
郷里《おくに》に錦を
飾るも真近　そう
商いは上々だい

ベルリンでも大流行《おおはやり》
手振りうれしく
見真似　聞真似
チロールズボンに
飾りのお帽子　そう
ベルリンっ子にも
お気に入りだい

生《なま》と無骨でお歴々をば
夢中にさせたい
ヴィルヘルム低脳王《ていのうおう》も
こちらの意のまま
ヴィーンでは
『ノイエ・フライエ・プレッセ』に
大評判戦線通信継続中

ローダ＝ローダは
這いずり専門
会見記ならこちらの領分
狩り装束でまかり出でれば
ヴィルヘルムに随喜の涙
なかなか喰える
代物だい

文士の筆の見せどころ
愚問愚答　お茶のこさいさい
本日　ここにて

また　会見だい
ホロドリオードリオー（自動車の近づく音）
プープープカプカプー
世の皆様御贔屓の
そう　会見だい

護衛の副官（駆け足で登場）　よ、ガングホーファー、陛下は間もなくお見えだ、プカプカプーを聞いたろ、無作法でよいぞ、ありのままでな、知っとるだろ、礼儀作法は陛下のお嫌いのところだ、気楽第一でな、古馴染の狩人仲間を相手にしとる風でやってくれ、言うまでもないだろうが陛下は文芸道に三つの理想像をお持ちである、すなわち、絵画においてはクナックフース(1)、音楽においてはゼッキンゲンのラッパ吹き、及び《可愛イワタシノオ人形チャン》(2)、文学においては貴公ガングホーファー、それにラオフ(3)、ヘッカー、アニィ・ヴォーテ、並びにオトー・エールンスト(4)だな。故に——遠慮気がねは更に無用だ、いいな、ガングホーファー、貴公愛好の狩人スタイルでいけ、自然児スタイルでな、陛下は心からの喜びを顔に浮かべ握手をお求めになるからな、待っとれよ。（プープープカプカプーの響き）よ、来たぞ、ニュース映画のカメラマン同伴だ、大場面ができるぞ、戦場における皇帝と詩人の会見だ、共に人類の頂点に立つ者としてだな、ま、ガングホーファー、貴公の場合は頂点と言っても精神の頂上《てっぺん》だが——しっかりやってくれ——（さらに近くでプープープカプカプー——）精神一到何ゴトカナラ ザラン！ だ、いいな。

（お供を引き連れた皇帝。背後にニュース映画のカメラマン従う。皇帝、詩人に近づき満面に笑みをたたえて握手を求める）

皇帝　ほほう、ガングホーファー、ガングホーファー、こんな所で会おうとはこれは奇遇じゃ、な、ガングホーファー、おまえはよい奴《やつ》ちゃ！

ガングホーファー　は、陛下、手前はドイツ軍の勝利行軍《かちいくさ》にくっちゃいて行っとるです、や、舌が固いや、調子悪だい！（と、ひと跳び、跳び上る）

皇帝（笑いながら）ええわい、ガングホーファー、ええわい。お、お、——おまえ、昼食《ちゅうじき》をもう食ったか？

ガングホーファー　まだ食っとらんです、陛下、この偉大なる時代に昼食など言っとられんです。

皇帝　なんじゃいなんじゃい、何か放りこまんといかんぞ！（合図する。茶壺と堅パン二片が運ばれてくる。皇帝、ブリキカンを掴みガングホーファーのポケットにビスケットをつめこむ。その間にも絶えず繰り返して）何か放りこまんといかんぞ、放り込まんとな！（写真師、撮影）

皇帝　おまえ、プシェミズル(5)にも行っとったろ、な、ガングホーファー、食え、もっと食え、放り込まんといかんぞ！（ガングホーファー、食べる）

ガングホーファー　は、陛下、感謝感激、結構な昼食で。プシェミズルも結構でして。

皇帝　どうじゃ、食いたりたか？ いや、プシェミズルの戦闘をよ、いいわな、さあ食え、そら食え、放り込まんといかんぞ！

ガングホーファー（食べながら）うまいうまい、プシェミズルでもうまかった、いや、うまくいっとったです。

皇帝　スヴァン・ヘディン(6)を見かけたか？ え、どうじゃ、ま、食え、そら食え——

ガングホーファー（食べながら）　うまいうまい、は、会いましたです。

皇帝（目を輝かせて）　そりゃええ、あの男もええやっちゃ。今度会ったら――ま、食え、もっと食え――言っといてくれ、よろしくとな。

（ロシア軍の戦闘機が東方より飛来する。真赤な夕焼けの光を受け黄金虫のように輝いて見える。中空で砲弾が炸裂する。

皇帝、悠然と立ち、見上げたまま）

照準が足らん！

（砲弾はなおも炸裂するが機体の遥か下。皇帝、沈思の面持ちでうなずき）

飛翼ヲ持ツノハ飛行機ノ特長デアリ利点デアル。ま、食え、ガングホーファー、もっと食え。

（やや暫く沈黙。その間にガングホーファー食べる。突然、皇帝、詩人に向き直り、重々しい声で威嚇するようにゆっくりと、一語一語強調しながら）

ガングホーファー――どうじゃな――イタリアについての――おまえの――意見は？

（ガングホーファー、急いで咽喉にのみこんでから）

ガングホーファー　陛下、いかがなろうともオーストリアにとって良にしてわれわれにとり可であります。豊かなる家庭にとりましては純潔なる食卓こそ最良の家具であります故に。

（皇帝、満足げにぐっと息を吸いこみ、うなずく）

護衛の副官（ガングホーファーに小声で）　方言を使って！　方言を！　地《じ》の言葉で喋れ！

皇帝　どうじゃ、ガングホーファー、記事は書き上げたかな、ちょと読んでみてくれえ――ファ。

ガングホーファー　かしこまって候、さりながら、部分部分は標準ドイツ語にて執筆しておりまして――

副官（小声で）　方言で！　方言で！

皇帝　やむを得ん、かまわんで読んでくれ。

ガングホーファー　冒頭《とっぱな》はシュヴァーベン訛を用いておりまして。

皇帝　なおよいわ、読んでくれ。

ガングホーファー（ポケットから原稿をとり出し、読む）
(7)《道半ばにしてロツァーンの敵軍第一陣地が既に陥落したことを耳にした。それにまつわるシュヴァーベン気質の発露を一つ御披露しよう。すなわちわれわれを途中に出迎えた一人のシュトゥットガルト出の兵士は左手に白々と包帯を巻きつけていたが、笑いつつ私につげるのであった。「第一壕《でえいちほり》を取ったわいや。そりゃ苦労《くろ》したわいや。ロシアっぺは手榴弾《はなびい》をどかどか投《ほう》りよったわいや、構わんわいや、塹壕《あな》はこっちのものやわい！　こいで済みやわいや！」》

皇帝　ええぞ、ええわいや！

ガングホーファー（読み続けて）《早朝を利用し私はわれわれの勤勉なベルタ女史(8)の愛《め》でし子にして健やかに成長したるわが従妹たる者を訪れたのであった。（皇帝、笑う）まだうら若き乙女よな！　だがなんという健やかな成長振《そだち》りぞ！　彼女の口はわが脳天よりはるか四メートルの高みにあった。（皇帝、腹をかかえて大笑い）彼女の声を聞かんとすれば、しこたま両耳に海綿をつめこみ、鼓膜の破裂を防止せねばならなかった。彼女はやおら哮り立ち歌わんとする——ドイツ的創造心とドイツ的迫力に充ちた歌を——して、マストの高みに開閉するその口より目くらめく火柱はほとばしり、背後にてこの声楽を賞味しつつ——（皇帝、咽喉をごろつかせて大笑い）私は黒くして更に小さくなりゆく円盤を見た。それは教会の高塔を幾重にも積み重ねてもなおとどき得ぬ高天へと舞い昇るのであった。かくしていくばくか後、ロシア軍ロツァーン陣地は煙火立つ一地獄にすぎぬのであった。ああ、大いなるドイツの子よ、この鉄の処女よ！（皇帝、ごろごろと笑いながら左手でおのが膝を叩く）私はいやましに増したる信頼と心底よりの満足を抱きつつわが従妹の許を去らんとしたが、四百歩を離れてもなおわが耳なりはやまず、してかの大いなる乙女の雷声がむしろ珠を転がすが如き麗音なるを知ったのである。（皇帝、狼の吠える様で、大笑い）私は己が判断が極めて主観的な印象に基づくことを承知している。もしわれロツァーン陣地の司令官でありせば戦況は一変していたであろう。

皇帝（目を輝かせ顔をほてらせて聞いていたが、幾度となく左手で膝を叩きながら叫んで）ええ！　ええぞ！　大傑作！　ガングホーファー、ええ出来ばえじゃ！　ラオフは肥っちょベルタを歌にしたが、こんどはベルタ嬢口説の一節《ひとふし》じゃ、ウッヒ、ウヒヒ！ ウッファイ！ 笑うた笑うた！ ま、食え、ガングホーファー、もっと食え！ やい、食っとらんぞ――

（ガングホーファー、食べる。皇帝、ふと思いついた風でガングホーファーに口を寄せ囁やく。ガングホーファー、ガバッと顔を上げ、その拍子に口からパン屑がこぼれ出る。顔は喜悦の様《さま》。ごもっとも！ という様で指を唇に当て沈黙を約束する手振り、皇帝も同じ仕草をする）

ガングホーファー　協調の新たなる紐帯であります！

皇帝　実現の暁にはじめて発表するんじゃぞ！

ガングホーファー　その暁も間近いであります！

皇帝　ま、食え、もっと食え！

（ガングホーファー、食べる。伝令が彼に報告を手渡す）

ガングホーファー　ほ、マッケンゼン(9)から！（嬉しげに読む）《敵軍逃走中。ロシア軍タルノ陣地陥落セリ――》

護衛の副官（小声で）　方言で！ 方言で！

ガングホーファー　《――明朝、レムベルク攻撃ノ予定ナリ》　ヒャー！（こおどりし出す。やがて気を鎮め厳粛極まる面もちで虚空を凝視し）おお、陛下！

皇帝　何じゃい？ ひよこ踊りをもうちっとやってくれい。

ガングホーファー　私はなお沈黙を守るべきでありましょうか？

皇帝　何をじゃな？

ガングホーファー　陛下が先ほど私に耳うち下されたことをであります。――これ以上私は我慢できんのでありまして、陛下、――（感きわまって）へ、へ、ヘイカがわが勇敢なるオーストリア軍用に三台のバイエルン軍所属の御馬車を御貸与下さるという快挙をであります！

皇帝　ええ、ええわい！ 書いてもええわいや！ おまえの故里バイエルンの富裕《もっちょる》ということをじゃ！ そのまえに――まあ食え、そら食え、ガングホーファー！

ガングホーファー（食べる。食べながらこおどりする。皇帝、やにわに副官の尻をバンと叩く。供の一団、出発の用意。皇帝が車に乗りガングホーファーに手を振る間に、プープカプカプー。――この車笛が聞こえる間、ガングホーファーはこおどりしつづける。やがて立ちどまり、いま迄と全然別の声で）よ、これで当分、記事《ネタ》に困らん！

（暗転）

第二十四場

陸軍参謀本部の一室。コンラット・フォン・ヘッツェンドルフ(1)が唯一人、腕を組み、休め！ の姿勢で考えこんだ様子。

コンラット（天を睨んで）　スコリクがいてくれさえすればな！

少佐（登場）　申し上げます、スコリクが参りました。

コンラット　スコリク？　誰のことだ？

少佐　はい、バルカン戦争の時にバルカン半島の地図を御検討中の閣下の御姿を見事、写真に収めましたヴィーンの宮廷出入り写真師たるあのスコリクであります。

コンラット　ふむ、おぼろげながらな、覚えとる。

少佐　いいえ、鮮明でありまして、閣下、たしか照明付きで撮りましたものであります。

コンラット　知っとる知っとる、よう出来とった。

少佐　閣下がお呼びになったと申して参っております。

コンラット　別に呼んだわけではないが来るようにとは言っといたのだ、あれはなかなかの腕前だからな、手紙を寄こしてなんでも絵入り新聞用のがなくて困っとるとか言っとったし、この前の写真《あれ》は大好評だったので、それで、つまり――

少佐　他の将軍方も一緒に撮りたいと申しております。

コンラット　他の将軍方？　撮らせたければ自分で写真師を呼べばよろしい。

少佐　他の将軍方は足無しで――いえ、つまり半身像のを撮らせていただきたいと申しております。

コンラット　足無しなら話は別だ。よし、入れと言え！や、待て待て――今度もバルカン半島地図検討中でいくか。――まったくあれはよう出来とったからな――いや、待てよ、ちと趣《おもむき》を変えて、イタリア半島でいくか。――

少佐　確かにその方が時局《とき》にかなっておるであります。

（ヘッツェンドルフ、地図を広げてさまざまにポーズをとる。少佐と共に写真師が入ってきた時、既にイタリア半島作戦地図の検討に余念がない様《さま》。写真師、深々と一礼。少佐、テーブルの傍に立ち、ヘッツェンドルフにならって地図を凝視する）

コンラット　また何用だ？――無用の暇などないぞ――分らんのか、今後の作戦をどうするかと――

（少佐、写真師に目くばせする）

スコリク　ほんの一枚、特殊撮影でございます。お許しいただきたいのでございます。

コンラット　世界史の命運を按じておるこの大事の最中に――

スコリク　『インテレサンテ・ブラット』用に是非とも一枚撮らせていただきたく――

コンラット　この時代の記念としてか――

スコリク　はい、また次週の記念《ネタ》といたしまして。

コンラット　しかし何もわしに限らんでも、将軍たちも他におるし、わしばかりではないし、他におられんわけでもないし、よりによってわしを――

スコリク　閣下、この点では閣下なくして叶いませんのです。閣下の赫赫《かくかく》たる御名声に照らしますれば、閣下お一人が大見出しでお載りになることは言うまでもございませんことでございまして、他の将軍さま方は一緒《こ》でございます、はい、《われらが栄光の司令官たち》とかなんとか、ま、そいった見出しで一緒《み》くたにお出になります。個人個人といたしましてはせいぜいのところ絵葉書なんぞに使わせていただく程度でして。

コンラット　ほほう。しかし一つ忘れてもらっちゃ困るのはヘーファーのことだ。彼《あれ》はなかなかやる奴でな、二万クローネの戦線勤務特別手当をとっとるが戦闘報告の号外を街で、勿論ヴィーンでだ、買って読むときだな、自分の名前が出とらんと承知せん奴なんだ。

スコリク　はい、承知致しております。お名前を載せるでございます。第一番に載せるでございます。

コンラット　第一番に？　そんな馬鹿な！　するとわしを第二番につっこむつもりか？　わしの言うのは適当に、ということだ。忘れんように適当にだ、目立たん程度に適当になお且つ忘れんようにだ！

スコリク　もうページは予約済でございます。閣下の御姿をタイトル代りに御使用させていただく予定でございまして、ま、タイトル代りと言いましても次週号分のタイトルに代わるタイトル代りの意味でございますが、これは大評判の号となりましょう。ヴィーン仕立てのものとして専門のマネキン嬢と俳優トロイマンの写真を用意しておりますし、野猪狩り中のヴィルヘルム皇帝、これは本邦未発表の写真でして、それともう一枚、これが大物ですが詩人ガングホーファーと会見中のドイツ皇帝、という写真も使用する予定でございまして、さぞかしセンセーションをまき起こすものと――

コンラット　ほほう、悪くない、悪くはないが――しかしながらなにぶんとも現在重要なる――少々後になればあるいは暇が――見れば分る通り――簡単に言えば――つまりちょうど今バルカン戦線の地勢をだ――いや、元へ、イタリア戦線の――

（引き退ろうとする写真師に少佐が目くばせする）

スコリク　いえ、それこそあつらえ向きの閣下の御姿でございまして――世に類いまれな閣下の御精神から火花が発すと言うべき瞬間でございますれば是非とも撮らせていただきたいものでして、もう大見出しが目に浮ぶようでございます。総司令官コンラット・フォン・ヘッツェンドルフ大将、陸軍少佐ルドルフ・クントマンとバルカン戦線――いえ、あの、ええっと、そう！　イタリア戦線作戦検討中、とまあこういう見出しでいかがでございましょう？

コンラット　ふむ、まあまあ――クントマンを除くわけにも参るまい――

（コンラット、孑然として地図を凝視する。少佐も同じく一点凝視の姿勢でこれに習う。両人、急いで鼻髭を整頓）

どれくらいかかるかね？

スコリク　いえもうほんの一瞬、歴史的一瞬でございまして。

コンラット　こういう工合に地図の――ええ、――こうっと、そう、イタリア半島のだな――地勢検討を続けとかにゃならんかね？

スコリク　御気楽に――閣下――どうぞそのまま作戦の――御検討を――ゆったりと――自然に、はい、そう

——ちょっと不自然でございますようで、何かこう——故意《わざ》とにポーズをとったかに——見られますので——少佐さま、おそれいりますが少々後ろに——もそっと——いえ、頭《おつむ》をでございまして——はい、御結構——閣下、どうかもっと御気楽に——目を、御目をもっと輝かせて——ランランと！——総司令官の眼光というのを！——そ、そう！——もう少々——そう、はい、まさにこの偉大なる時代への歴史的記念《しるし》でございまして——も、ほんの少しばかり——、どうかお二人、も少しむつかしいお顔を！——そ、はい、いきますですよ——パチッと——どうも御退屈さま！

（暗転）

第二十五場

ヴィーンのとある街路。

相場師　御存知ですかい、全然、消えちまった男をね？

地所所有者　あいつでしょ、カール・クラウスね、『炬火《ファッケル》』を出している男《やつ》でしょう。

相場師　御名答——（1）赤表紙の例の雑誌も刊《で》てなきゃ、講演会もやってませんな。——街中にもさっぱり出てこんって話ですぜ。

地所所有者　クラウスのことなど構っちゃいられませんね。たしかに理想なんぞこれっぽちも持ってない男ですよ、彼《やつ》の義兄ってのを私は知っていますがね。

相場師　私は個人的に知ってますよ。

地所所有者　個人的に？

相場師　ええ、毎日毎日すれちがいの仲でして。

地所所有者　もって回った言い方はお止しなさいな。ま、なんですな、なんでもかでも糞の中にたたきこむ——あれくらい壊すのが好きな男もありませんわ——あれで、何かをよくしてるつもりですよ！　勿論、私にも分らんこともないですがね、いえ、若い頃さ、私もあれやこれや手当り次第に批判したものです。何にでもむしゃくしゃしましてね。ま、角がとれてから病いは直りましたがね、彼《やつ》ももう角がとれてもいい頃ですがね。
相場師　もうだいぶ参ってますぜ。
地所所有者　そうでしょうな、そのうちおとなしくなりますとも。
相場師　無論ですよ。きっとしこたま稼いだでしょうからな。
地所所有者　稼ぎどころか——！　大損してますわ！　いまもう破産寸前ですぜ。もう確かなところですよ、いまに分りましょうがね。ハルデンは戦争になっても刊《だ》してますよ、ありゃあテーマが豊富なんですな——（立ちどまり）ドイツ士官は抜目ないですな、われわれの士官連中よりずっと抜目ないですよ。
相場師　よりによって、いまこそ書きまくるチャンスに書かんのですからな。
地所所有者　彼《やつ》は書けんのですかね？
相場師　検閲のせいで？　それはあなた筆の力次第ですよ、彼にも、ま、ひとかどの腕前はありましょうからな。——
地所所有者　検閲のせいじゃありませんな——要するに書けんのです。書きつくしてしまったわけですよ。確かですよ、それに——彼もいまや別の問題が多々あることはうすうす感じてましょうしな、平和の時にはそりゃあ意気揚々としてましたろうさ——いまはちがいますよ、彼の手にはもう誰も引っかかりませんわ、以前のようにはやれますまいね、しっぽを巻いて出てきますよ。彼にすべきことはです——とっつかまえることですよ！　前線へ送りこむことですよ！　やりたけりゃ、あっちでやりゃあいいのです！　お得意の不平を鳴らしゃあね！
（不平家、通り過ぎる。両人、会釈する）
相場師　噂をすれば何とやら。これは驚いた！　ところであなた、ほんとに個人的に彼を御存知なんですか？　冗談は抜きにしてです。
地所所有者　たまたまです、彼の朗読会以来ですよ、会いたくない男ですな、交際《つきあい》べき男じゃありませんよ。
（ファント、通りかかる。両人、会釈する）
両名（同時に、意味深げに）　ファントですよ。
地所所有者（しみじみと）　偉大な男《かた》です！

相場師　どうして彼は朗読会をせんのでしょうな、彼こそすべき男ですよ。

地所所有者（我に帰ったかのように）　は?——あ、そう、そうですね。——マルセル・ザルツァーはベルギーにさえ講演旅行に出かけましたでしょう、今日、新聞に出ていましたがね、あちらではさまざまに活動しているそうですよ、フランス攻めの軍と同行したりですね、総司令部にも出入りしてるそうです、ヒンデンブルクの許にもです。

相場師　ヒンデンブルクが彼に手紙を送ったって言うじゃありませんか。きっと興味しんしんたるものでしょうな。ところで自動発火式手榴弾のことですがね、もう御存知ですか。今朝のに載ってましたぜ。空中でひとりでに爆発するそうでしてね、十ヵ月前からランス(2)の町の上空から投下し続けているんですな、それが結構破裂するんですすな！　効果莫大ってわけでね！　ザルツァーがあっちに行ってるのなら夜にはきっと爆音を聞いてましょうぜ。

地所所有者　ランスね、するとあの大聖堂《カテドラーレ》は——あれはどうなりましょうかな、あの大聖堂をまさか壊そうなどと——

相場師　おやおや、これは驚ろいた、あなたがそんなタワ言をおっしゃろうとはね。あれが御承知の通りフランス陸軍の作戦上の拠点であることが暴露されたからにはですな、やむを得ませんよ。フランス人の悪智恵ってのは限りがありませんよ！　瀆神もはなはだしい！　教会の背後《せな》に隠れて攻撃しようなんてですから。ああいう手合、まったく想像しただけでムカムカする！

地所所有者　そうがみがみおっしゃらずに。お気にさわりましたかね。私だってフランス人が名うての野蛮人であることはよく知ってますよ。しかしあの聖堂が壊されるとなるとやはり一抹のさみしさがですね、つまり地所を扱っている者としましては、不動産にはつい愛着が——

相場師　ごもっともです。ただ戦争にあっては感傷は禁物ですぞ、悪辣にしてやられますからな！　戦争は戦争ですよ、容赦は無用ですよ。

地所所有者　そ、その通り！

相場師　そうですとも！　眼には眼をです、一刀両断こそ最良の策ですよ！　や、御覧なさい、あれ——ほら、美しい光景じゃありませんか。

地所所有者　一声《ひとこえ》かけますかな。——よ、御両人、勇士諸君、万才！

（ドイツの兵士とオーストリアの兵士が肩と肩を組み合って登場）

曹長ヴァーゲンクネヒト　われわれ一同を整列させて上官たる下士官の爆弾投下大隊付特務小隊小隊長殿曰くだ、思う存分、気のすむまでだ、爆弾投下に励むべし、精神一到何事かならざらんや、とさ。

曹長ゼドラチェック（ぴったりと寄り添い不思議のまなざしで顔を近づけ）　へえー！

ヴァーゲンクネヒト　肩が痛いよ、君、そんなにもたれちゃ。ぼくの肩が痛いよ。

ゼルドラチェック　や、失礼《バトーン》。——（退く）

ヴァーゲンクネヒト　そういうわけでわれわれは思う存分に——

ゼルドラチェック　や、見給え、あれ、あの写真さ、われわれが失った戦線だがね、ありし日の姿だよ——

（ショー・ウィンドーを指さす）

ヴァーゲンクネヒト　え？——あ、あれ——なんだ、君の方のね、ぼくはまたわが軍の失った——いや、それはどうでもいいや、うん、それで——（と、もたれかかる。ゼルドラチェック、うしろによろける）

ゼルドラチェック　痛い、君、痛いよ、そんなにもたれるとぼくの肩が痛いですよ。

ヴァーゲンクネヒト　お、失礼《パルドンク》。で、つまりさ、つづめて言うとわれわれの上官たる下士官の爆弾投下大隊付特務小隊小隊長殿は——

ゼルドラチェック　口をはさんで失敬だが、さっぱり呑みこめんのです。

ヴァーゲンクネヒト　何がです？

ゼルドラチェック　何がったって、失敬だが——爆弾投下大隊小隊長がどうだとかおっしゃるが君だって爆弾投下中隊の中隊長でしょうが。するとむしろ上官たる君の下士官である上官の——

ヴァーゲンクネヒト　疑問の要点がさっぱり呑みこめんのですが、いいですかね、よく聞いてくださいよ――われわれの上官たる下士官の投下大隊付特務小隊小隊長殿が――

ゼルドラチェック　でしょう。すると中隊の中隊長たる君の下士官の大隊付小隊長は上官ではなくむしろ上官たる君の下士官の――

ヴァーゲンクネヒト　いや、そうではなくてさ、つまりさ――

ゼルドラチェック　爆弾投下大隊でしょうが――爆弾投下とくれば下士官で――それが上官と言うと――あ、そうか、なんだ、了解了解、なんだろ、君たち、爆弾を投げ上げたんだろ？

ヴァーゲンクネヒト　投げ上げる？　そりゃあ何だい？

ゼルドラチェック（身振りをして）　簡単さ――こう――こう持って――こうこう――こういう工合に――えい、とこう――上めがけて――

ヴァーゲンクネヒト　ははん、分った――ちがうよ、ちがうったら――大まちがいだ――そうじゃない――こうさ、こう持って――こうこうと――えい、とこう――下めがけて――

ゼルドラチェック（ボーッと眺めていた後）　――すると――やっぱり投げ下ろし？

ヴァーゲンクネヒト　そうとも、投下するのが下士官で、それが上官で――

ゼルドラチェック（凝視して）　――すると――やっぱり――投げ上げる？

ヴァーゲンクネヒト　投げ下ろしても上官でさ、それでも下士官でさ――どう言ったら言いのかな。たとえばだ、いいですか、君方では、下僕と言うでしょうが、お上の御用を勤めている連中《かたがた》を――

ゼルドラチェック　お、分った、なんだ、そういうわけか。お上に勤めるのが下僕、――つまり、下々《しもじも》から成り上った最低の連中――おや、ちがった――お上の御用を勤める下っぱの、――いや、まてよ――

ヴァーゲンクネヒト　お上の方がこちらにお出で下さる、と言うだろうが。

ゼルドラチェック（慌ててあたりを見回して敬礼の姿勢で）

ど、どこに？

ヴァーゲンクネヒト　いや、そう言うことがあると言う話でさ。お上と言っても下僕と言うが如しのたとえでさ――

ゼルドラチェック　でもお上とくれば下僕ではありえんし――

ヴァーゲンクネヒト　またどうしてだね？　いやさ、そうでしょうが。言うだけだとしてもさ、まさにその如く投下大隊の下士官が上官で、われわれは――

ゼルドラチェック　いや、分りました。ははあ、簡単だ。つまりそう言うことがあると言う話なんだね、話だけだとしてもさ。

ヴァーゲンクネヒト　君たちオーストリア人ってのは実に――愉快な国民だよ、まったくのところがさ――ちょいと失礼をばつかまつり――（便所に急ぐ。入ろうとすると中から男が――ハンス・ミュラーが――出てくる。ヴァーゲンクネヒトを抱きかかえるようにしてキス）

ヴァーゲンクネヒト　そうら、きた、これこそヴィーン式の御親切だ。こういう奇態な連中がうじゃうじゃといるんだからまったく――

ハンス・ミュラー　よ、よ、逃げ給うな、ドイツの君よ。日々毎日、かのビスマルク公の御言葉《おんことのは》が思い浮かぶんですな。ワガ民ハ抱キシムルベキモノナリと。故に我はそをなせしでしてね。ファアイ！　かくばかり勇気充ちたる青年を目にせんば、せずんばすまんばですよ。予ハ歩ミヲバ運ベリでしてね。果敢なる息子に想いを馳せる母の心もかくばかりとの心境でですよ。シテ何ヲバ見シゾときましたね。君たち御両人をさ。二国民連帯の生けるしるしをですな。ワガ朋友ヨときたいもの、ここより程遠からぬブリストルなる異国的名称の国粋的館にですな、お誘い申し上げたきもので、いやさ、ちょいと一献、盟友の御しるしにですわな、興のればです、こよなき食事と活発なる対話がわれらが行手に待つであろうとこう願えませんかな。時ヨ時、汝ガ歩ミヲ暫シトドメヨですな。ファアイ！　わが手の杖《ステッキ》を御覧になり給うや、これぞこれがわが歩行の友にしてされどわが歩みを蔑《あなど》るなかれでしてな。いかがですかな、共に卓を囲まんとするが、いかがなりやと申しましょうかな、イヤとツレなく申されはすまいな。同胞《ともがら》よ。赤ブドウ酒の一杯を永遠《とこしえ》の太陽にかざそうではござらんか。ビールまたよし、ベーメン産の憂き酒よな！ 心配御無用、一ターラーとも費やさせはせじ、いやおまかせを！ また君よ、上等の塩漬キャベツも忘るることなかれ、かの古館手造りのものなればなり、御存知ないかな、してまた煙草も吹かすであろうといきたいもので、ゆらゆらと煙たなびくその暁には飛び立つや忠孝の願《がん》、戦友への望《ぼう》、願望願望とこれなんぼ、いや勘定は言いっこなし。言うべくんば戦友に幸あれかしと。フランス豚はおっ死《ち》ねと、どうじゃな、御両人、病いのためしはおありかな。その身体《たけ》いざ弱くとも何かはたじろぐことかある。なに、健康そのもの？ 結構結構、いざとく闘え力の限りじゃ。艱難汝ヲ玉ニスと古人も言えり、かく偉大なる時代の最中、されど沈思黙考の時を忘るるなかれといきたいですな。ファアイ、なにをもじもじなされとる、イヤかいな、イヤとはそりゃあんまりな、ヤヤヤイとな！ 反戦をとつこうつとほざきおる輩をば吊る下げよ、何となればかく不吉の畜生めは祭りには不用の者なればなり、わが友よ、人生意気の聖杯を傾けようではござらんか。なんとなんと、眼《まなこ》を上空にしかめ面かい。こりゃまた不思議！ 汝、妄念よな、うろうろ出しゃばることなかれ、いやさゴロツキよ、友情の絆に猜疑の汚水をひっかける痴《し》れ者よ。こそ泥よ！ 出でよ、さて神妙にとっとと出てこい！ 今は汝が時ではないわい。君よ、わが同胞よ。馬鹿じゃなかろうが、われらは揚々前進せんとする、かの酒保めざし、速《と》く来たれでな。ファアイ、その手の銃《ぽう》を心して投げ捨て、いざいざ共に！ （馬車一台、ホテル・ブリストルの前で停車。馭者の声。《戦時ですぜ、倍額はもらわにゃ！》） ファアイ、御両人、なにをケロッとなされとる。君よ、驚ろくことなかれだよ、奴は田舎っぺじゃよ、田吾作じゃよ、馬車索き《ヴァーゲンクネヒト》はだ。

ヴァーゲンクネヒト　は？

ハンス・ミュラー　――そう真面目にとり申されるな。奴はさ、水あげ稼業で生きとるでな。神の僕《ゴッテスクネヒト》たる報酬だけでは食えんでな。我が身のために涙をふるって取らにゃならん、これも道理じゃ、日常茶飯の取引であろうがな——よ、よ、言っとるな、こりゃ壮観、なになに、くれなきゃただでは済まさんとな。ま、タダでは済むまいて、ほほう、言い返したな、とれるならとってみろとな、ふん、とらいでか。暴利じゃとよ、法外にふっかけとるとな、無茶苦茶だとよ、納得できんとな、規定外値段とは何ものだとさ、奴もなかなか敗けとりゃせんわな。時が時だと言っとるな、親方にしぼられまさあとな、こりゃ愉快、やや、なんじゃい、和睦はなったと見るがこれいかに、なになに、二倍請求、そのうえ怒り賃のつけたしかい。や、払ったぞ、盗っとに追銭とはこのことだとよ。ファアイ！　この偉大なる時代《とき》をまた偉大にも利用しよる。賢明こそわれらが守護神なるぞ。世の同胞よ、よもや忘れることあるまいぞ。御両人、御目にしかと入れられたかや、謝肉祭のランチキの才能を失くすまいぞ、栄光の扉《と》はその前にあればなり。（売春婦が通りかかり、目くばせして、《ねえ、先生、お出でにならない？　あたしといいことしない？》）　残念ながら今はその時にあらずでね。（ヴァーゲンクネヒトに向き直って）ファアイ、なにごとじゃい、そうポカンと口を開けてじゃな、汝がためのわが苦衷を知り給うやと言いたいね。可愛い娘子じゃろが、汝が女神となろうやもしれぬ。汝が欲望の仕え女《め》なればなり。とやこうと申す奴らは悪魔に喰われろと下世話にも申すであろう。無論、この厳粛なる時代にはかかる女性《めのこ》との係わり合いはよもふさわしくはござるまいて。朋友よ、頭《かしら》を上げい、ぺちゃくちゃのタワ言話に耳傾けることなかれ。学問芸術の絵空事に迷うことなかれ。ファアイ、手仕事こそ黄金の鉱脈よ。首《うなじ》を垂れることあるまいぞ、意を強く気を張って姫君の艶言に身を忘却せさせまいぞ、——ささ、腹蔵なく申してみい。もしや万一欲しいとあらば進ぜてつかわす。手も要らんわな。わしはさる小間物屋を知っとるが斡旋料無しでだ。ドイツの諸将諸兵をさある比類なき珍品もて召来せめしが、とまれ金《かね》こそ悪魔の化性、みだりに使うまいぞ。このお向いにさる御仁がお住いじゃが、願いとあらば聞いてもくれよう。（メンデル＝ジンガー、通りかかる。ハンス・ミュラー会釈する）よよ、彼を御存知ないのか。こりゃ奇態、メンデル様さ、ジンガーの君、皇帝お付きの気のよい殿御！　しかしとだ、話を戻して御両人、同道すべしだわ、食らうも飲むも意のままのあそこまで、さ、さ、行くべし、行かざるべからず、うろ暗い疑惑は捨てるべし、憂いの悪魔につばしてやれと言っとるのだな。わなわなもじもじは痛風の始まり、なにかはとまどうことかあるでさ、な、逡巡先生、いつまでもそこもとにてボヤッとお立ちかな、わしがまたこむずかしい御仁に見えるかいな、それともわしの財布が空っぽだともかんぐっておられるか。わが稼ぎを御存知ないか。戦歌ひとたび上がるときわが懐中に金の虫じゃい。札《ふだ》つきは札つきでも札《さつ》の札つき、安心さっしゃれ、昼の日中に狐に化かされる心配無用。君よ、勇気あるお方であろうが、さてその勇気を聖水にして洗わっしゃい。（ジークハルト、通りかかる。ハンス・ミュラー、会釈する）ファアイ、御両人、御存知ないか、ジークハルトの親分ですぞ。武具弾薬にて荒稼ぎ——悪くはないて、さもあらばあれでな、持ツヨリモナオ多ク与ウル者コソ悪人ナリと古人もまた言う通り、何じゃい、御両人、わしが奸策をたくらんどるとでもお思いかな、わしが悪ふざけをしようとしとるとでもな。それともぺちゃくちゃ喋って喋りまくってこっそりだまくらかそうと計っとる香具師とでもわしをお考えかな。ファアイ、そりゃかんぐりすぎじゃ、なんとなんと、ワガ生ハコレ忠誠ノ一ツナリ、しがなき者とは申せども心臓をば右側に鎮座ナセルが如く明々白々の身、太陽を喜び殿の御前で孑然と立つ者にて候。君よ、勇士諸君、立ちませい。（煙草の吸いがらを拾おうとして一人の男がしゃがみこむ）コンニチワ、ワタシノアナタ、コンチハイカガ？（向き直り）人こぞりて息ある限り汝がために祖国がためにつくされよとさ、いいかね、抗弁しても役立たず。マズ我ニ語ラシメヨ、サスレバ汝ガタメニ我ハ歌ワン、君たち、思っとるな、わしが悪ふざけを仕掛けとるとさ、見よや、陽は西方に沈まんと欲す。終《つい》の光輝は世にたたなびき疲労濃き吐息を洩らしおり、ある者は傷つきし身をもたげ歓喜の声を故郷の方に寄せんとし、またある者は愛《いと》しの妻子の待ちおる方へと視線を走らせておるやもしれぬ。荒れ狂う冬の只中の戦士たちが艱難辛苦、忘れまいぞ

忘れまいぞ、義務に忠たらんか一皿のスープ叶わず、そもひとえに古きニーベルンゲンの流れに沿いしヴィーンの雅都の婦女子の御ため、かの者たちに幸いあれかし！

ヴァーゲンクネヒト（夢から醒めたように）　こいつ、何者だい、え？

ゼルドラチェック（顔を寄せて）　どうもイカレとるらしい――

ヴァーゲンクネヒト　イヤんなっちまう、ユダヤの老ぼれが、永いことブツブツと言やがって――

ハンス・ミュラー（キッとして全然、別の声で）　なんです、お二人さん、わたしがなんですか、純粋な同胞愛からブリストルに御招待したいというのがお気に召さんとおっしゃるのですか。あなたは一体何者です、わたしがあなたに御恩義でもありましょうか。身分をわきまえなさい！　若僧のくせにですぞ。大口をたたいたり、何事です。この次会っても会釈一つ致しませんぞ！　素知らん顔をきめこみますからな！　わたしがあなたと語り合いたいとしたのもです、日曜版にニーベルンゲンの誓いについてです、一文を草すつもりがあったからですぞ！――残念ながら、あなたの名誉はこれで見込みなしときまりましたな！（去る）

ヴァーゲンクネヒト（仰天して見送りながら）　なんて奇妙な人間《やつ》がうろついてるんだ、君の愛《いと》しのヴィーンにはさ！　あいつはそっくりユダヤ人の顔つきながら喋る言葉と言えばだ、まだユダヤ人など一人もいなかった別天地の時代の古語《ふることば》そのままだぜ。ペンだこのできた手で抱きしめてキスしやがった。肉のしまったヴィーン娘ならいざ知らず、インク畑の抜け作にされるとはね。ワルシャワに行った連中、さぞかし苦労していることだぜ。これじゃ思いやられらあ。

新聞売り　号外――！　『ドイチャー・ベリヒト』！　同盟国側の大勝利！

ゼルドラチェック　よ、聞いたかね、あにはからんや、あっちの連中、肉のしまったヴィーン娘の御掌の中らしいや！

（暗転）

第二十六場*

南西戦線。千五百米以上の高地に位置した拠点の司令部。外に出された軍務机の上に花が飾られトロフィが並べてある。

偵察兵　やってきます！　目前であります！

シャレク（一団となった従軍記者連の先頭に立ち）　ま、なんて麗わしい準備をして下さったのかしら、みんなあたくしたちのためになのですわ、それに、花までも！　これはあたくしの同僚の男性方用、こちらのトロフィがあたくし用だわ、きっと！　勇士の皆様、ありがとうございます、あたくしたち、とうとう皆様のこの戦闘拠点までやって参りましたわ。ともかくも大いなる冒険と申せますかしら、少なくともあたくしたち、参ります途中敵軍に姿を見られてしまったという事実を嬉しく思っておりますの、あたくし、敵軍に包囲されたわが軍の拠点を訪れたいと申し出たのですが司令官殿は残念ながらお認めくださいませんでしたの。敵軍を刺激しすぎてわが軍がどうなるやもしれないなどと申されていましたわ。

狙撃曹長（唾を吐いてから）　歓迎であります。

シャレク　ま、興味しんしんだわ、絵に描いたように坐ってらっしゃるけれど、まるで生きるもののしるしを失くされたみたい、デフレガの筆そのまま、あら、あたくしとしたことが、もとへ、エガー＝リエンツの筆そのままだわ！　なんだかこっそり目の奥で微笑なさっているみたいな、単純素朴な男性の生命が躍動している！　ね、勇士の皆様、あたくしたちがここに到着する迄に経験したさまざまの冒険を語らせてくださいな。あれほど緊張に充ちた谷間の軍用道路はほんと、あたくしたち戦線報道班の進むのにふさわしい道でしたわ、連山の上に出ましてあたくしホテル・ドロミィテンが陸軍司令部の本部に転用されているのを見てやっと安心いたしましたわ。あの以前のお化粧好きの新らしがり屋だったシニョーラたちは今いずこ、イタリア人の伊達ボーイたちはどこに行きしやってあたくし思いましたわ。みんなあちこちに逃げて行ったのかしら、影も形もございませんの。勿論、それでホッといたしましたわ。あたくしたちの案内をして下さった士官様はどの拠点があたくしたちにもっともいいかお考え下さって一番敵軍から離れたところを御提案なすったんですの。みなさん男性ですけれど同僚の方々全員大賛成でしたわ。でもあたくし申しましたの、イヤですって。それでとことこ、ここの拠点まで上って参ることになりましたの。これでもあたくしにとっては妥協の場所ではほんとはもっと奥へ入りたいのですけれど同僚の方々許して下さらないですわ。あら、あたくしどうしても一つ質問したいことがございましたわ。戦争前にはどうして、あたくし、あたくしが現今毎日出会っているような素晴らしい男性方にちっともお目にかかれなかったのでしょうかしら？　単純素朴な男性方はほんと見物《みもの》ですわ！　街では——退屈ですのよ！　ここでは皆様の一人一人が忘れられない現象ですの。士官様は何処にいらっしゃいますの？

士官（中から）　執務中。

シャレク　気に致しませんわ。（士官、出てくる。シャレク、むっつりと口をむすんだ士官からこまごまと聞きただし始める。その後、尋ねて）偵察穴はどこにございますの？　偵察穴はございますのでしょう？　あたくしたち参ります途中、偵察兵の塹壕の中にコケで隠してカモフラージュした五センチ程の大きさの偵察穴を見ましたことよ。あ、あれね。あそこにあるわ！（偵察穴に近づきのぞきこむ）

士官（叫んで）　こらあ！　伏せい！（シャレク、伏せる）敵軍も一勢にこっちを偵察しとるんです。鼻一つつき出してもこっちの位置が分ってしまう。それが分らんのですか。（戦線報道班の男性連中、慌ててハンカチをとり出しヒラヒラと振る）

シャレク（傍白）　ま、弱虫な方々ね！（砲列の射撃、始まる）よかったわ。ちょうどよい時、これで舞台の幕が上ったってことだな——ね、中尉様、こんな迫真の、こんな情熱に充ちた舞台劇があるかしら。祖国組の人人には戦争を世紀の汚点だとかおっしゃる方がいます

けれど――もしあたくし、生涯あちらにとどまってい
ましたら自分でもあるいはそう言ったかもしれません
わ――でも、一度《ひとたび》この情熱の火を見たからには――も
う堪まりませんわ。そうではございませんかしら、中
尉様、あなたは戦争のまっ只中に直立していらっしゃ
る。あなたならお認めになりますわね、あなた方のだ
れもがこの戦争の末永く続くことを願ってらっしゃる
わね！

士官　いえ、誰一人、そんな者はおらんです。一刻でも
早く終れば、とそればかり願っとるです。

（砲弾の飛びかう音、シュシュシュ――）

シャレク　シュシュー！　手榴弾だわ。

士官　いや、榴霰弾です。知っとられんのですか？

シャレク　あたくしには音がごっちゃになって聞こえま
すの。ほんと、あたくしこれからもいろいろと学ばな
ければなりませんわ。どうもありがとうございます、
この音、よく憶えておきますわ。――あらあら、もう
一幕は終ったもよう、残念でございますわ！　ほんと、
よくできてましたのに。

士官　満足できましたか？

シャレク　満足したか、でございますか？　満足なんて
言葉、あたくしには不満足ですわ、理想主義者たちは
祖国愛と呼び、国家主義者は敵国憎悪と呼び、近代主
義者はスポーツと呼び、浪曼主義者が冒険と呼び、精
神主義者が力の陶酔と呼んでいるもの――あたくしな
ら解放されたる人間性と呼びますわ。

士官　なんとですと？

シャレク　解放されたる人間性。

士官　日曜祭日ごとに休暇がとれた場合の話ですな！

シャレク　休暇はなくても日々《ひび》日々《にちにち》の生命の危険という
得難いものを得てらっしゃるじゃありませんか。うら
やましいですわ！　あたくしの一番興味がありますこ
と、お尋ねしてよろしいかしら？　ね、あなた、士官様、
何をお考えですの？　どういう感慨をお持ちですの？
千五百メートルの高地であたくしたち女性側の手助け
一切なしに、いえもう女性一人だに必要とせずに悠々
自適なさっているなんてほんとに驚嘆いたしますわ。

伝令（駆けつけて）　申し上げます。ホーファー小隊長殿、

戦死されました。

シャレク　なんて単純明快に単純明快な男性が死の報告を完了なさることかしら！　この方、ナフキンみたいにまっ蒼な顔色をなすってるわ。おお、人よ、気の向くままに祖国愛とも呼べ、敵国憎悪ともスポーツとも冒険とも力の陶酔とも呼べ——ワレハ解放サレタル人間性ト呼ブナラン。あたくし、この情熱の虜《とりこ》なの、ね、中尉様、おっしゃって下さいな、いま何をお考えですの、どんな感慨をお持ちですの？

（暗転）

第二十七場

ローマ、ヴァティカンにて。祈禱中の法王ベネディクト(1)の声。

——御神の、天なる父にして主の、はたイエスの救済《すくい》のあかしとして流されたる血の聖なる御名によりて、おんみらに祈る、おんみら、御神の配慮によりて交戦国家の政府が中枢に位置する者たちよ。去る一年来、ヨーロッパの尊厳を汚しあるこの恐怖すべき殺人行為に、すみやかにして堅固たる目的をもたらしめよ。兄弟の血は野に海に既に満てり。ヨーロッパの玲瓏の地、世界の御園はいまや屍体と瓦礫に埋もれんとす。おんみら、御神の御前にはた人間の尊厳を御前にて和平の決断の重責を荷いつつある者たちよ、われらが祈願に耳傾けよ、われらを通して聞ゆるであろう永遠にして最高の審判者たる父なる声に耳傾けよ、おんみらを裁く者なればなり。創造主たる御神がその御手もて足下なるおんみらの国土に賦与し給いし富の充満に照らし戦《いくさ》の続行も、はたうべなれども、そが代価は何故にかくも高きぞ？　日々朱《あけ》に染む戦場にて若人の何千と死にいくを見れば、おんみらよ——

（暗転）

第二十八場

ヴィーン、編集部にて。口述筆記中の主筆ベネディクト(1)の声。

――(2)かくしてアドリア海に住む魚、ざりがに、海ぐも類にとって現今ほど幸運な時は久しくなかったのである。南アドリア海では《レオン・ガンベッタ号》の乗組員ほぼ全員の屍体を食らうという幸運に恵まれ、中部アドリア海では、わが海軍船《トゥルビーネ号》によっても救助し切れなかったイタリア軍海兵たちの腐肉によって近来にない会食の栄に浴したのであり、また北アドリア海にあっては浮遊し来る敵国海軍諸兵の屍体を前にさぞや舌づつみを打ったであろう。いまや潜水艦《メドゥサ号》及び二隻の魚雷艇に加うるに装甲巡洋艦《アマルフィ号》が巡行することとなった。これまで、臨時海軍小艇にまかされていた海軍陣容は大幅に拡大され面目を一新したのである。かくして今後ますますアドリア海海底は沈没せるイタリア海軍軍用船の入来を待ちそのにぎわいを増すことであろう。生命を共にせしイタリア兵の屍体は青き燐火を発しつつゆらゆらと海流のままに漂い、その朽ちはてる道程を魚たちに検証されて――

(暗転)

第二十九場

楽天家と不平家の対話。

楽天家　さすがのあなたもお認めにならないわけには参りませんよ。戦争がですね、死神と相対峙して過ごしている人々へのよき結果はたとえ除いても、なお壮大な魂の高揚をもたらしたということをです。

不平家　私はことさら死神を羨やみませんね。奴があれほど数限りない哀れな悪魔《れんじゅう》たちにです、国民総体絞首刑義務によっていやも応もなく形而上的水準にひき上げられているあの哀れな連中たちにです、大抵は途中で落っこちるという結果はたとえ除いてもですよ、眼の奥をしげしげと覗き込まれるからと言ってことさら死神を羨やみませんね。

楽天家　善人をさらに善にと誘い、悪人を善に返す、これが戦争の浄化作用です。

不平家　善人から生命でなければ信仰を奪いとり、悪人はさらに悪にと誘う、これが戦争の消化作用です。平和にはこの諸段階はもっと豊富でしたがね。

楽天家　しかしあなたは祖国にまき起った魂の高揚状態を、お気づきにならないのですか?

不平家　祖国にまき起った高揚のうち私がこれまでに気づいたのは掃除車が走った直後の埃の高揚だけです。すぐと地面に舞い下りるあれですね。

楽天家　じゃあ何一つ変化していないとおっしゃる?

不平家　なに、埃がやがて汚土になります、後から散水車が走りますから。

楽天家　あの八月始めの出征開始《アオスツイーウンク》以来、よくなったものは何一つないとおっしゃる?

不平家　八月始めね、なるほど、退出期日《アオスツイーウンク》でしたな、人類がクビを宣告されたのですから。宣告の無効を、最後の審判直前まで主張すればよかったです。

楽天家　われわれの勇敢な兵士たちが戦場へ出て行ったあの熱狂と、祖国組が意気高くそれを見送ったあの誇りとを否定されるのですか?

不平家　否定はしません。ただ誇らしげに見送った者たちが勇敢な兵士たちとよりも、勇敢な兵士たちが誇らしげに見送った者たちと代れるものなら代りたいと願ったにちがいないと主張するだけです。

楽天家　では戦争が突如呼び醒したこの偉大な国民の団結心も否定なさろうとするのですか?

不平家　誰一人、勇敢に出て行く必要がなく、皆がそのことを誇らしげに見やることができたら、団結心は更に偉大であったでしょう。

楽天家　ドイツ皇帝曰く、もはやいかなる党派だになく、ひとえに一人のドイツ人あるのみ。

不平家　ドイツでは通用しましょう。ドイツ以外ではおそらくもっと高貴な目標がある筈です。

楽天家　どうしてです？
不平家　国民性から言っても自明の理ですよ、ドイツ以外の国民はなにもどだいドイツ人ですらないのですから。
楽天家　戦前、いかに人間が怠惰に堕していたか御覧になったでしょうに。
不平家　怠惰を戦争に持ちこみますね。そいつで戦争を染め上げますね。一緒に丸めて丸薬みたいに呑み込んで、戦後にはまたひり出しますね。医者がペストを退治する前にペストが医者もろとも患者まで喰い殺しましたよ。
楽天家　しかし堕落した人間にとっては所詮平和より戦争の方がよくはありませんか？
不平家　もしそうなら平和がお尻にくっついてやってきますね。
楽天家　戦争が悪の息の根をとめるとしか私には思えないのです。
不平家　悪の息吹きを励ましましょう。
楽天家　必然悪たる悪を伴なう戦争としてしか戦争をお考えにならない？
不平家　必然的に、悪たる悪を伴なう戦争としてしか戦争を考えないのです。時代の堕落の諸条件をそっくり備えて登場し、そこに発酵するバクテリアによって飛び立つ砲弾は充ち充ちているのです。
楽天家　でもここに生れた壮大な理想をどうお考えです？　理想によって悪は亡ぶのではないでしょうか？
不平家　理想の背後こそが悪の馴染みの場所ですよ。
楽天家　犠牲心の数々の美しい例は戦争を越えても生き続けますよ。
不平家　戦争を越えてもなお生き続けますね、悪の数々の例がです。犠牲を食って肥えふとりますよ。
楽天家　あなたは戦争が呼び醒した倫理的な力を過小に評価なさっていますよ。
不平家　それほど私に縁遠いものはありませんよ。いまや死ななければならない多くの者たちはあるいは殺してもよいかもしれません。ともかくもいま暴利をむさぼる可能性は奪われているのですから。その代りに彼らを誇らしげに見送った連中に仕返しをする権利はあるでしょう。出ていった者たちは勝手気ままな取引に供された罪人です。こちらに残った者たちに操られた闇取引のね。

楽天家　堕落した大都会が呈する表面的現象と健全な核心とをあなたは混同なさっていますよ。

不平家　健全な核心とは表面的現象の集約にしかすぎません。文明の針は大都会としての世界に振れてますね。ヴェストファーレンの百姓を一皮剝けばベルリンの闇屋が顔を出しますね。その逆は正ならず、回帰も又不可能です。

楽天家　戦い守られるに足る思想《イデー》とはそのために死ぬに足るだけの思想を、つまるところ健康《よみがえり》をもたらす可能性の存することではないでしょうか。

不平家　ある思想のために人は死にます。しかしそれで癒やされはしませんとも。思想のために死ぬのではなく思想のせいで死ぬのです。平和時と戦時とを問わず、また思想のために生きるとか死ぬとかを問わず、思想のせいで死ぬのです。思想によって生きるのですから。

楽天家　それは単なる語呂遊びにすぎません。その思想《イデー》とは一体何ものですか？

不平家　思想ね、それを持つこともなく、それから何かを引き出すこともなく、そのために人々が飛んでいく思想です。その正体を知ることなしにそれによって人人が死んで行く思想です。資本主義の、つまりユダヤ・キリスト教世界の世界破壊の思想です。戦場に出向かない誰もの意中にあって思想のために、また思想を糧として生きているある世界のね、死ぬとすれば肥大症か糖尿病で死ぬであろうあの世界の思想ですよ。

楽天家　もしただそのような思想のためにのみ戦われるのであれば誰が一体勝利を得るのです？

不平家　願わくば意気揚々とこの思想に身をもたせかけているあの文明がではないことを。持ちつ持たれつ、この思想の実践を時の権力機構の恣意にゆだねているあの文明ではないことを切望しますよ。

楽天家　なるほど。すると敵国、つまり相手方はまた別の思想のために戦っていることになりますね？

不平家　そう願いたいところです。つまりある思想のために戦っているってこと、すなわちあの思想の重圧からヨーロッパ文明を解放するという思想のために戦っているということを切望しますよ。言いかえれば自らを解放するという思想、危険が息づいている道から引き返すという思想のためにですね。

楽天家　疑問の余地なく世界経済の暴利を独占し世界史に類のない市場独占形態を維持しようとする敵国方の政治家たちにそういう意識があるなどと主張なさるのですか？

不平家　世界史ならわれわれの所では日に二回、朝と夕に発行されていますね。連合国側に世界史として最少必要な権威をつくろうには多すぎる程度にです。無論、政治家にそういう意識が意識されたためしはありません。しかし人々の本能の中には、いつの日か政治家たちの取引に顔を出し、それによって全然別の相貌、そして全く異なったモチーフをとる迄、生き続けていましょうとも。イギリスの妬みと呼び、フランスの復讐心と呼び、ロシアの侵略欲と呼んでいるものがドイツの肥大漢の威風あたりを払う歩みへの嫌悪感に他ならないことに人は慣れなくてはならないのです。

楽天家　するとわれわれが計画的な急襲を受けたとはお考えにならない？

不平家　考えますとも。

楽天家　すると、どういうことです、それは——？

不平家　急襲とは通常は急襲を準備する側のなすことで急襲した側のなすことは極めて稀ですね。むしろこう言うべきでしょうか、急襲した側が少々唖然としたのを急襲とし、急襲した側がややたじろいだのを防衛とするとね。

楽天家　おやおや、また冗談をおっしゃる。

不平家　私は中部ヨーロッパに抗する西ヨーロッパ諸国のこの結果を、キリスト教文明の呈し得る最後のありのままの姿と考えますね。真面目にですよ。

楽天家　すると中部ヨーロッパではなく連合国側が防衛状態で対処したとお考えになるわけですね。しかしそれが現状の通り防衛しきれないとなるとどういうことになるのです？

不平家　その時にはこの商人戦争は一時的に、信仰がより少ない一方の側に微笑むことになりますね。そして百年後には大がかりな宗教戦争に突入するでしょう。
楽天家　一体どういう意味です？
不平家　ヨーロッパのユダヤ化されたキリスト教がアジアの精神世界に武器をつきつけるだろうと言うのです。
楽天家　するとアジアの精神界はいかなる手段で対処しましょう？
不平家　武器によってです。量という思想と高度な技術によってです。それだけですよ、中部ヨーロッパの悪魔的精神に寄与しているものはですね。量なら中国は既に備えています。他の武器をもいずれ手に入れるでしょう。日本の侵略術を範にとってですね。小規模ながら現在イギリスで進行しているのと同じ過程ですよ、軍国主義から解放されるために軍国主義の育成に万全に努めなければならないという過程ですね。
楽天家　しかし軍国主義はなくなりはしないでしょうが。
不平家　その逆を私は願っていますがね。さらに軍国主義を手に入れても軍国主義と心中などしないことを願いますね。精神の貧弱化によって物質的勝利を得るなんてことがないことをです。それはヨーロッパ全体がドイツ化されることに他なりませんよ。軍国主義とはおそらくはある状態です、ヨーロッパがそれでもって一度勝利を得た後、同じくそれによって敗北させられる体のある状態でしょう。ドイツ人は地球上の最初の軍国民たらんがために最初に身を引渡さねばなりませんでした。願わくば他国民に同種のことが起らないことですよ、たとえばイギリス人。これまで国民皆兵義務から適度に自己制御してみずからを守ってきたイギリス人にね。皆兵の義務強制を生じさせるただ一つの必然、それはどうにもならない状況におされてではなく、はなはだ疑わしい状況から生じてくるのです。イギリスでさえ条件が異なればドイツの轍を踏みかねますまい。技術の気ままを生き抜くだけの強靱な種族はヨーロッパにはいないのです。私はしばしばひとりごちますね、異民族を送れかし、とね！
楽天家　ははん、あなたの例の口癖、中国人ですね、最も反戦的種族だとかの！
不平家　そう、中国人は今日、近代の拾得物たる全てをなしですましていますよ、それというのも彼らはわれわれの知らない遙か前代に現今そのままの諸段階を通過し、生き抜いてきたからですよ。近代進歩の産物と言うもの、それをヨーロッパ人から奪回する必要があるならば彼らはいともやすやすと再び掌中にするでしょう。彼らは馬鹿踊りだってやりますが、常にある倫理的な目的を下地にしてですね。私はそれを作法を画した宗教戦争と名づけるのです。

楽天家　その勝利のためにはいかな思想《イデー》が役立つのです？

不平家　神は人間を消費人材だとか戦力材とかではなく人間として創造したという思想ですね、胃は頭悩《コプフ》を凌《ユー》駕《バー・デン・コプフ》するものではないという思想ですね、採算を度外視して生計を維持しなければならぬ必要はないという思想ですね、時《ツァイト》を規準に人間が生活するというのもその只中にみずからの余暇《ツァイト》を得んがためであって、本心は置き去りにして、とある所に一歩より早く四肢だけを突入させるためではないという思想ですね。

楽天家　原始キリスト教の思想を思わせますね。

不平家　キリスト教思想でないことは確かです。これはエホバの復讐に抗する力を持っていませんでしたからね。天上の報酬をこの地上において償わんとするまさに地上的な飢えの感情を満すためにはこの宗教の約束は弱すぎたのです。何故なら、この人間という輩《やから》は生きるために食うのではなく、食べるために生き、また食べるために、死にもする。淫売宿《フロイデンハウス》と兵士宿営《シュラハトハウス》が隣り合い、その後方に礼拝堂が位置しますね。法王がたった一人で手をもんでいる聖堂がね。

楽天家　するとひとことで言えばその思想とは物質主義に対する戦いのことですね？

不平家　ひとことで言えば、つまり、思想のこと。

楽天家　しかしドイツの軍国主義こそあなたの軽蔑される近代世界の傾向に孑然と抗して立つ保守的な牙城に他ならないのでは？　私はあなたのような保守的なお考えの方が軍国主義を非難なさるのを不思議とせずにはおられませんよ。

不平家　私は進歩的なお方が軍国主義を擁護なさるのを格別不思議とはしませんがね。しかしあなたの御不審ももっともです。その軍国主義なるものはあなたのおっしゃっているそれなのであって、私の言っているものではありませんから。まさしくそれは権力手段ですとも。各々の時代に支配的な精神傾向をいやはてにと導いていくのに奉仕しているもの。今日、軍国主義はジャーナリズム界の奉仕を受けながら、ユダヤ＝資本主義的世界破壊の思想に奉仕していますよ。

楽天家　しかし敵国側の表現では独裁制に対する自由の擁護という一点張りですよ。

不平家　つまりがそうでしょう。人々のですね、非自由の人々をも含めてですよ。人々の本能に生きているのは金《かね》の独裁に抗して精神の自由を、企業の専制に抗して人間の尊厳を護ろうとする願いですよ。この独裁専制の権力手段が軍国主義に他なりませんね。国家内にあってこの独裁専制に抗する道具となるという本来の機能を何ら果たすことなしにです。企業生産品が軍需品であることを始めるやいなやそれはその筒先を人類のこめかみに指し向けますね。その時、職業軍人は道具が一体誰を相手とするために作られたのか識別できなくなるのです。ロシアもまた独裁制に抗して戦っていますよ。最後の文化の本能から、精神と人間の尊厳をもって丸呑みにしようとする危険極まる権力に抗してです。キリスト教思想に原理的な服従観がいともやすやすと、また手のほどこしようもなく全面的にひれ伏したがるあの律法に抗してです。

楽天家　しかしこの戦争に結集したさまざまの国民が、おっしゃるような共通の願いを持っているのでしょうか？　ロシアの独裁制とヨーロッパの民主制は全然別物でしょうが。

不平家　まさにその相違こそ政治的な意図をつき抜け、より高度の共通点を証するものです。そして対照的な相違にさえ共通させるものを呼び醒させたものがすなわちドイツの拙劣な政治であり、進歩の必然的な表現である外交術の無能ですよ。

楽天家　連合国側の混成工合ほど色さまざまなものもありませんよ。

不平家　その多種多色が憎悪の一色を裏づけますね。

楽天家　虚偽に満ちた論があおり立てた憎悪でしょうが。

不平家　憎悪のあるところ常にそうですよ。しかしながら憎悪からくる虚偽に充ちた論は、また真実に充ちた本能を証すものに他なりません。

楽天家　ドイツ人は偽りを連ねても文化の新たなエネルギーをとり出す必要があるとでもおっしゃるつもりですか？

不平家　必要はありますね。しかし勝利がくればそれを余計なものとみなすでしょう。きわめて怪しい真実から癒えるすべはありませんね。宣伝されている謂わゆる《外国の虚偽》ですね。ま、これがまたメイド・イン・ジャーマニィでないという仮定のもとの話ですがね。この方が《ヴォルフ》(1)の真実より生気に充ちていやしないかの疑問は無視できませんからね。かの地にあっては自然発生的な虚偽と見通しによる真実との区別がつく一方、こちらでは印刷に付されたものを真実と語り、全てが紙から生じるのですから。ラテン諸国にとって偽りは陶酔であるにもかかわらずこのゲルマンの地ではそれは学問であり、生理にはすこぶる危険ですよ。かの地では嘘つきは嘘の芸名であって自らでは自らの嘘をいささかも信じていませんね。ただその嘘を始終耳にしていたいだけ、嘘の方がより明瞭に告げてくれますからね。自分が感じているものを、つまり自らの真実をです。われわれのゲルマン諸国では嘘つきのつく嘘はその嘘でもって意図している目的に必要欠くべからざる以上、一言も余計には出ませんね。けだし嘘の職人であり嘘によって自らの戦争の偽りと人生の偽りとを偽り通すのです。

楽天家　ドイツの戦争形態が野蛮きわまるという非難は妄言にすぎませんよ。

不平家　仮定しましょう、徹頭徹尾仮定ですがね、ドイツの戦争形態がある程度まで報復行為として発動された規制にすぎず、たまたま市民層に弾がとびこんだだけにすぎず、頑強に《偶発事件》だと主張されているルジタニア号沈没事件(2)が主張の通りにすぎず敵軍の戦争形態と比べかならずしも野蛮にはすぎないとですね。しかし相手が、ドイツの戦争形態は野蛮である、と述べ立てるとき、彼らはドイツの戦争形態は野蛮であると正確に感じるからであって、また野蛮であったにちがいありませんよ。でなければ何世代にも渡ってドイツ的戦術の育成に努めるなどという考えは思いもつかなかったはずです。

楽天家　とまれドイツ人は詩人《ディヒター》と思想家《デンカー》の国民です。あなたの説かれる物質主義こそドイツ的教養と相矛盾するのではないでしょうか？

不平家　ドイツ的教養《ビルドゥンク》とは内容を指すのではなくお飾りですね、それでもって裁判官《リヒター》と首吊り役人《ヘンカー》の国民が精神の空壁を飾り立てるお飾りを意味しますね。

楽天家　裁判官と首吊り役人の国民？　ドイツ国民がですか？　ゲーテとショーペンハウアーを持った国民がですか？

不平家　たしかに公然と名乗ってはいないです、しつけ《ゲビルデト》られていますからね。しかしその代りに自分たちのもっとも著名な刑法の箇条に、つまり乱雑極まるごたごたの故に世界審判の暁に断罪されるはずですよ。

楽天家　どうしてです？

不平家　ゲーテとショーペンハウアーは今日のドイツ民族の現状に対しそれぞれドイツの自分の同時代人に対して抱いたのと同じ感慨を抱くであろうからです。『マタン』[3]紙が槍玉にあげているよりもさらに痛烈にね。非国民として幸いにも国外追放にでもなれば二人とも大喜びすることでしょう。ゲーテはおのが同国人が解放戦争のさ中にあった興奮状態に対して虚無の感しか抱きませんでしたね。そしてドイツの日常語と新聞語は、当時ショーペンハウアーが唾棄すべき水準と断じたあの程度になおようやくとどまっていられるこの僥幸を神に感謝すべきでしょう。ドイツ民族ほど言葉から、つまりおのが生命の源から遠く隔っている民族もないのです。ドイツの教授諸氏がドイツ語に対しているよりもナポリ乞食の方が遥かおのが国語に近しくしていますよ！　しかしながらこの民族は比類なく教養を仕込んでいますね。博士連は例外なく、それはつまり戦争報道班にもぐりこまず、ガス・ボンベを投げつけ回る場合にもです、指揮官連中に博士号を贈呈しますからね。大量殺人の組織者に哲学博士号が授けられていると知ったら、さて彼は哲学部に対して何と言うでしょうね。たしかにこの民《たみ》は教養厚いですよ。イギリスの羨みを呼ぶほどにね。なんにでも決をとれないものはない程ですよ。また、この民の言葉は断を下す目的に仕えています。この民は今や番頭の手アカだらけのアンジ文を書き、もし《イフィゲーニィエ》[4]をエスペラントで救出でもしなければ古典作家たちの言葉は手のつけようのない野蛮のままに鋳なおされ、誰もが言葉の運命を予感せず経《けみ》もしないある時代にとなれば、愛書家用豪華復刻版とか何とかの唯美主義者の醜怪を知らねばならぬ破目となり、これがまさしく聖堂爆破に勝るとも劣らぬ野蛮性の生けるしるしと思い識ることでしょう。

楽天家　しかしあなた、ランスの聖堂は敵軍の偵察拠点だと判明したからですよ！

不平家　それが何です、人間自身、軍事的偵察拠点じゃありませんか――聖堂から射殺される拠点という意味で。

楽天家　それはともかく、ドイツ語についておっしゃったことは私にはうなずけませんよ。あなたじゃありませんか。ドイツ語と婚姻を結んだも同然のホレこみ方で、ハイネ非難の文章でラテン語系の言葉に勝るドイツ語の長所を賞揚なさったのは[5]。するとお考えを変えられたのですね。

不平家　私の考えが変ったとは、ただドイツ人だけが気づけるたちのこと、私がこの言葉と婚姻を結んだ身であれば余計そう思いますよ。私は依然としてこのドイツ語という姫君に貞淑ですよ。そしてこの戦争が私の貞淑を証してくれるものであり、ドイツの勝利ですね、神の御加護をたのんでも招来を願わない代物ですが、それこそ精神に対するまったき不貞であることを承知しているのです。

楽天家　ドイツ語が他国語よりもより深遠な言葉だとはお考えなのでしょう？

不平家　軽薄なこの言語の使用者よりも軽薄でないとは思っていますね。

楽天家　お考えなのでしょう、他国語はドイツ語の水準以下だとね？

不平家　他国語の使用者はドイツ語のそれの水準以上です。

楽天家　あなたは言葉と戦争との間に明確に呈示できる

関係があると主張なさるのですか？

不平家　ええ。たとえばですが、きまり文句や紋切型の表現に固定した言葉は、他人には当然非難に相当するものを、断乎としてそれ自体文句なしだと言いがちだし、言おうとするということ。

楽天家　それがドイツ語の質だとおっしゃる？

不平家　大体ね。それは今日威風堂々の骸骨と化した巨人にすぎません。悪業に励むにも暇がなく、以前に溜めこんだ貯蔵品を睨んで時を過ごすしかない悪党魂をわずかに残しているのにすぎません。

楽天家　どこからあなたはそのようなお考えを導いてこられたのです？

不平家　遠方から、つまり言葉からです。

楽天家　敵国側は戦争に商いを目論んではいないでしょうか？

不平家　生命《いのち》を商売と抱き合わそうとはしませんね。

楽天家　イギリス人は戦争によって商売の邪魔をさせないだけでしょう。常に傭兵《ゼルトナー》を利用してきましたからね。

不平家　イギリス人は理想主義者じゃありませんからね。商売を生命ととっかえようとはしないのです。

楽天家　傭兵《ゼルトナー》とは給金《ゾルト》の派生語でしょうが、あなたの弁証法をお借りすれば！

不平家　そう、文字通りです。しかし同じことなら兵士《ゾルダート》とおっしゃっていただきたい。違いと言えば言うまでもなく、兵士は祖国のために死んでいくとき給金よりもむしろ名誉の方を手にしますからね。

楽天家　しかしわれわれの兵士は祖国のために闘っていますよ。

不平家　そう、実際、祖国のために闘っています。幸いなことに感激からですね。さもなければ無理やりに仕向けられたことでしょう。イギリス人は現実派ですよ、彼らは商売をしたいときにはわざわざそれを祖国愛と呼びはしない程度に清潔です。ことさらに名づける言葉は要しませんね。輸出が危機に瀕したからと言って理想の美名で何ものかをかつぎ回りはしないですよ。

楽天家　彼らは商人族《ヘンドラー》です。

不平家　われわれは英雄族《ヘルデン》です。

楽天家　しかしあなたは、イギリス人もとまれある理想のために闘っているとおっしゃったでしょう。

不平家　私が言ったのは彼らがきわめて現実的な口実を掲げて理想を擁護できるのに反して、われわれはきわめて理想的な口実を掲げて商売に乗り出していくということです。

楽天家　ドイツ人の商売稼業の邪魔をすることを理想擁護の一つとお考えですか？

不平家　そう、われわれが競争国の妬みと考えるものですね。実を言えば、文化設備の拡大が誰にとって文化の拡大を意味し誰にとっては意味しないかそれを承知している知識のことですが。劣悪な文化の消化能力しか持たないばかりに大食を許されない民族があるのです。隣人は直ちにそれを察しますよ。あるいはそのことは当人より辛いかもしれませんね。ドイツ的教養にとってとっくの昔から無縁のものとなっているドイツ精神、これは世界貿易にとっていつの時代にも無縁のものですよ。世界と精神的につながりを保っているために、輸出の増大は決して欠くべからざる条件ではありますまい。イギリス人にとって事情は別です。われわれがイギリス人のそれときめつけている貪婪な魂に何ら支障をきたすことなしに世界と身を共にしますよ。彼らは必然のものをお飾りの贅沢同然といった調子でやりとげますね。皇帝国同様、整然たるものですよ。世界が癒やされる予定とかの《ドイツ的本質》にあっては、異質のものが瞬時に合してほどこしようもなく頑強です。イギリス人は文化人ですよ、少々の内面性をお得意様問題とすっぱりとこう切り隔てておくすべを知ってますね。馬鹿競争につっぱしりはしませんね。何の因果で六時間以上働かなければならんのだ、というわけです。残りの時間は御神が大ブリテン人用にと定め給うたよしな仕事、つまり神事かスポーツに没頭するためです。して神事がまた偽信くさければくさいほど内面の複雑化に作用しますよ。日常性を疑わせてくる体のものにです。一方、ドイツ人は一日二十四時間働き続けます。そしてこの刻苦勤勉によって手が廻らない魂のまた精神のまた芸術のよしなしごとを労働の中に意味づけますよ。けだし飾りものとし商標とし包装として利用するわけです。何一つ無駄にしたくはないというわけ。内面のことがらと日常性とのこの混合、日常必需品を人生の目的と見なそうとするこの思惑、また同時に人生目標を日常必需品の仕え女と転用するこの技術、たとえば《生活に奉仕する芸術》などのスローガンがこの辺の事情を如実に物語ってくれますが——これこそドイツの狂い花が花咲き、しおたれるつちくれの正体です。荷造り、包装、スタンプの呪詛すべき精神が世界大戦の問題点です。われわれは同じ一つの会社の商人にして英雄ですよ。

楽天家　世界大戦の問題点は、ドイツが他の先進国同様、おのが場所を太陽に一点画そうとしたことにあるのは周知のことですよ。

不平家　周知のね。しかしドイツが太陽におのが場を画した暁には太陽は西の方《かた》に永遠に沈んでしまうだろうということは知られてはいませんよ。勿論、それに対して『ノルトドイチェ・アルゲマイネ』紙流に解答はなきにしもあらずでしょうがね、しかりその暁には暗闇にてもなお闘うとね、勝利赫々たる夜明けまでと。

楽天家　あなたは不平家にすぎませんよ。

不平家　その通り、そしてあなたは楽天家でいらっしゃる。

楽天家　あなたはかつてドイツ独特の組織の才を賞賛され、それを少なくともラテン民族の秩序嫌いと比較して是とされたのではないですか？

不平家　かつて、そして今もです。謂わゆるドイツ的組織力ですね——このとらえどころのない戦争にこの組織力なるものが絶大な効果を発揮すると、ま、一応仮定しますよ——これはともかくも才能です。そして才能につきものですが時と場の制約ずみですよ。これは実用的かつ従属好きで、従属好きの人間が個性を獲得するような無秩序の環境により、むしろ自分自らに役立ってくれる個性の足元に膝まずくものです。しかしなんと見事にこの国民は、日常性を円滑な軌道に乗せる能力を得んがために、個性を一切合財振り捨てたことです！　これは無論、賞賛の言葉じゃありませんよ。人間の価値の決定という戦争にはなかった奇妙なコンテストに当っては、個性人間の痛々しい欲求など目くそ鼻くそ的に扱われるのが関の山です。個性はただ悪《あ》しき生活の中で、また個性が遭遇しなければならない悪しき生活の故にこの国が陥ったカオスの中で微かに秩序を望むしかない。この窮地において個性人間は自らの個性を維持するために技術を間に合わせの架橋《ポントンブリュッケ》として利用することもできたでしょう。周りの人間が車掌ばかりであれば無人の手にゆだねられた乗客の一人として不安の叫びを心ゆくままに叫ぶことで個性人間は満足もできた。だがいまや問題となっているのは民族の個性です。

楽天家　どの民族が勝利を得るとおっしゃるのです？

不平家　不平家の看板にかけても私は不吉を見ますね。もっとも個性の少ない者が、つまりドイツが勝つ、とです、それを恐れますね。ヨーロッパ・キリスト教世界の精神的境界内に黒雲が駆けるのを私は見るのです。この後に魂の飢餓が来ることでしょう。

楽天家　それが世界大戦の結果ですか？

不平家　それがヨーロッパ戦争の結果です。精神において一様化されたヨーロッパに世界の全面戦争が布告される迄のことですが。全ヨーロッパが存分にドイツ産のモラルとガス・ボンベと国民皆兵義務とを食らい、アジアから行儀作法《モレス》を学んだときには、スラヴ＝ラテン系国家とその援助国の蜂起は単なるエピソードにとどまるでしょう。このようにしばしば私は恐れるのです。しかし、おおむね私は楽天家ですよ、あなたとは性《たち》がちがうそれですが。終《つい》にはよくなるかもしれないと信頼を寄せてみたり、ドイツの全面的勝利さえ厖大な血と時との損失にすぎず、所詮はとどめようのない敗北に連なる一時期に他ならないのだと考えたりもしますからね。

楽天家　あなた、その種の発言には御注意なさいよ！

不平家　なに、あなたにも言い、公けにも書きますよ。あなたは他人に洩らしはなさらない、首吊り役人には私の文体の真意が理解できませんよ。私だってもっと明瞭に言いたいですよ。しかしプロイセン人には生涯このまま歩ませよ、です。私は私の世界で考えますよ。

楽天家　でもあなたが御自分の世界で考えたとされることにも矛盾がありますよ。

不平家　われわれの勝利を恐れ、われわれの敗北を願うことに何ら矛盾はありませんね。

楽天家　ドイツ的特性に対するあなたの賞賛とさきほどまで述べられたあなたの非難とに矛盾がないと言えましょうか？

不平家　ありませんね。日常生活を支障なくする文明、泥道をアスファルトに代え、気易い想像を割り振ってその無価値な跳梁を許さない文明の賞賛と、まさにその支障のなさと手っとり早さと抜目なさのために霧散してしまった文化への非難との間に矛盾はありませんよ。矛盾ではなく重複語《タオトロギー》にすぎません。私には転倒した世界にあって秩序づけられたところがもっとも心地よく感じられたのだし、社会はまた充分空洞化しましたね。私に単調な配役を勢ぞろいさせ、お蔭でどの役者もさながら一様、顔の特長を記憶する手間を省いてくれますよ。しかしこれが人類の常態であれかしとは思いません、願いませんとも。私の好むところを押して国家の安寧をわざとおとしめようなどとつゆ思ってはいませんよ。私の考えが安定して一糸乱れず粛々と歩むとしたらそれはすなわち不幸です。

楽天家　国家形態の中で、軍国主義的形態が相対的にはより清潔な形態であるという、一般の考えにまつわる矛盾を、あなたは説明なさらなければなりませんよ。

不平家　ここでも同じく矛盾などありませんね。軍国主義的形態はあり合わせの凡庸な形態の中で平和時の無秩序に際してはもっとも有効なものです。滅私奉公は無意味の意味を醸《かも》し出し、訓練と義務履行の行為は凡庸を作法づけますからね。それこそ金銭《おあし》に憑かれた市民性のノッペラボーの面貌に示される眼《まなこ》ですよ。呑みこむよりときによれば吐き出さなければならなくなる種の仲買人でさえ、顎を引き背すじをのばしてテンポ正しく登場してきますから。

楽天家　つまるところ《バイヲイベ》、とまれ戦争を賛美なさると理解しますよ。

不平家　いえ、骨折り損だと言うだけです。肉体《ハイ・ライベ》のね！　死神が、いかほどかのよき結果をも無に帰しますからね。

楽天家　そりゃあそうでしょうが、しかし、仲買人も死神の餌食となるとすればそれはあなたの意に叶うことでしょうが。

不平家　仲買人は死にはしません。それに死神の栄光が賞揚され訓練の価値を帳消しにしますね。卑しい連中が名誉の戦死をとげることこそこの戦争のもっとも戦慄すべき特長でしょう。これを背景として愚劣のままにとどまりながら、あるいは同類を増殖しながら、肥えぶとり綺羅《きら》をまとうのです。

楽天家　しかし実際死んでいますよ。新聞の《名誉の戦死者氏名》欄に毎日出ていますからね。

不平家　ええ、それはたしかです。以前には商業顧問官の称号授与者氏名欄であった同じ欄にですね。手榴弾破片による悲しむべき偶然死は、企業界の生き残りの代表者たちに――彼らの利益のためにあちらでは陸続として死者が出ているのですが――その連中にちょうど後光を与える役目を果たしていますね。

楽天家　祖国組の人々のことをおっしゃっておられる？

不平家　ええ、彼らはあちらの連中が身に負うた強制的義務の償いをいずれ償うことでしょう。強制的です、自分とは何ら係りのない思想を奉じて死ぬという義務、国民皆兵義務と呼ばれている死の義務の代償をです。

楽天家　帰還する戦士が祖国組の無知を啓蒙するにちがいありませんよ。

不平家　帰還する戦士は祖国になだれこんでここで新たな戦争を始めますよ。自分たちに叶わなかった成功をもぎとろうとし、そこに生起する平和という名の戦争に較べれば、殺戮と掠奪と凌辱からなる戦争の本質とは子供だましの戦さ遊びかもしれません。装い新たにわれわれを待ち受ける総攻撃から願わくば軍神さまよ、われわれに御加護を垂れ給え！　ですよ。塹壕から解放され指揮官の監視から逃れ出て生活のあらゆる階層にもぐりこみ、狂気のようにおのが武器を求め享楽に突進することでしょう。戦争が起したよりも遥か多くの死と病いとが世界に蔓延することでしょう。神よ、いとけなき子らをなにとぞサーベルより守らせ給え――それこそ家庭のしつけ用の笞の代用となるでしょうからね。またおみやげ品の手榴弾なる玩具から守らせ給え！

楽天家　子供が手榴弾を玩具にするなんてことはたしか

に危険この上ないですね。

不平家　同じことをしている大人が手榴弾で祈りの真似事まですることもです！　手榴弾の破片を細工して作った十字架を見ましたがね。

楽天家　それも単に附随的に起った現象にすぎませんよ。かつては戦争といえども、あなたの中にこれほど確信ある軽蔑者しか見つけなかったことはありませんでしたがね。

不平家　かつては私といえどもあなたの中にこれほど確信ある誤解者しか見出せなかったことはありませんでしたがね。かつては戦争といえども少数者の教練師の役目は果たしましたよ、力に充ちてもいましたね。だがもはや総体的な機械賭博にすぎません。それでいてあなたは楽天家です。

楽天家　武器の発達は近代の技術の進歩の数々に一歩を譲りはしないでしょうか？

不平家　一歩と言えど譲りませんね。近代の想像力は人類の技術的進歩の数々に大巾な歩数を譲りましたが。

楽天家　一体、想像力で戦争ができますか？

不平家　できませんとも。もし想像力を持っていたら戦争などは始めませんでしょうから。

楽天家　とおっしゃると？

不平家　死に絶えた理想の腐臭に他ならない常套句に暗示され脳髄を支配させるということなどなかったでしょうからね、想像だにし難いとかの戦争の悲惨を想像し得たでしょうからね、華やかな演説用語と熱狂にたなびく国旗から惨憺たる戦場地獄までほんの一歩の隔たりであることを察知できたでしょうからね、祖国のために悶え死ぬとか足をそっくり凍傷で腐らせるという見通しがパトスを沸き立たせることなどないでしょうからね、少なくとも祖国のためにノミに食われるだろうってことは確信して出て行けるでしょうからね、人間が機械を発明したにもかかわらず機械に人間が支配されるということを承知できるでしょうからね、機械を発明した愚昧からその同じ機械によって殺されるという一層の愚昧に落ち込みはしないでしょうからね、戦火が立ち登ればやおら鼻をつき出すあの敵から身を守る必要を感じるでしょうからね、自国の武器製造会社を自ら代表してみても敵方の武器製造会社の供給に対して充分な防衛とはなり得ないことを予感するでしょうからね。もし人が想像力を持っていたら、生命を偶然の手にゆだねることが犯罪であり、死を偶然のままに招来することが犯罪であり、対戦艦用に戦艦を建造することが愚かであり、ほんの一瞬首をつき出したばかりに生命を失う破目になる戦車用塹壕を掘る一方、戦車の増産に励むことが愚かであり、人類を人類の武器から守るために人類用の鼠穴に追いこむことが愚かであり、ただ土の下でしか平安に憩う場を与えないことが愚かであることを知るでしょう。もし人が新聞の代りに想像力を持っていたら、技術は生活を虐げる手段とは堕さず、学問は自らを否定する道には踏み出さないでしょう。そうです、名誉の戦死がガス雲の中に氾濫しており、体験は公式報告の中に封じてあるのです！　鉄条網にからみついた四万のロシア兵の屍体はただ一枚の号外と化し、喜劇役者が人類の高揚のためと幕間に朗読するものとなり、アンコールともなればやおら再び登場して《鉄ニ代リテ金ヲ与エタ》とか宣揚の文句を案じて即席の駄洒落芝居を演じますよ。人が直接に見て、触れ、把握できるもの、つまりおのが身とせいぜい隣席に坐す者に、一抹のはかない翳を与えて読み上げられた莫大な数は、無縁の量としてかすめるのみです。この総体的なアンサンブル、英雄の欠乏のために各人が死の英雄にならねばならぬこの世界から、各人がおのれの運命を荷ってしのび足で抜け出そうとしているのが、はたして感じられないのでしょうか？　限りあるはずのいやしさが今ほどに限りなく露呈された時代《とき》はないのです。巨人に扮した小人が世界公定の人型《ひとがた》となった時代は現在を嚆矢とします。現実とはつつましやかに正確を気取った報告からこぼれ落ちたものの謂です。行為とともに想像の種を運ぶべき伝令は行為に目くるめき行為への想像を不可能にしました。逃れようにも逃れるすべなく追いすがって耳の奥深く侵入する《号外だー！》と叫びたてるあの亡者たちの一人一人に、私はこの世界的破壊作業の指揮を司どる黒幕を見ないではいられないのです。これ、この遣わされた者こそ張本人ではないのかと思いますね。印刷された言葉は空洞化された人間性をおのずから願っていましょう。もはや想像し難い体の悲惨を吹きこみながら鼠算的に悪を生み出す言葉において呪詛を輪転させ日々新たにバラまくのです。現に起っている全てのことは、それを自ら経験だにしたくないが描写はしたい連中のためにのみ起っているのです。首吊り台におし上げられたスパイは長い道のりを歩まねばならないでしょうよ。映画《フィルム》に撮られ、カメラにさらされ、撮影者のオーケーするまで表情を凝らさねばなりませんからね。私のこの想像が全人類の首吊り台上の情景まで、その道のりを辿らせないでくださいよ——しかし、そう、辿らねばなりますまい。私は人類の半死のスパイであり、私の胸をつまらせる経験こそは、心情と機械に胚胎して前例もなく続々と起った諸事件を一切包みきったこの真空に対する恐怖に他ならないのです！

楽天家　偉大な事件に附随する汚ならしい現象も所詮は避けようのない附帯現象にすぎますまい。一九一四年八月一日にかけての夜、この一夜でもっては世界が一変し得なかったとしてもやむを得ませんよ。戦争に確証を見つけるあの人間の性格の一つが想像力だとは私にはうなずけませんね。私が正しく理解したとしてお説に従うと、近代戦争が人間性の質を高めるということを否定なさるのですね。

不平家　正しく理解していただけておりますよ。高めはしませんとも。近代戦争自体、人間性の否定を基《もとい》として生じるのですから。それに質などありません。

楽天家　すると何があるのです？

不平家　互いに帳消しにし合う量がありますね。またその量は機械的エネルギーに移しかえられた量をも凌駕することを証明したがっていますよ、臼砲も人材投入によって凌駕し得るとですね。この証明を登場させたのがまさしく想像力の欠乏です、人類の機械エネルギーへの変身からちょうど洩れ残ったものですがね。

楽天家　もし量的なものが相互に同等に帳消しし合うとすれば終《つい》にはどうなりますかね？

不平家　二匹の獅子の終には鬣《たてがみ》だけが残るでしょう。あるいは僥倖とでも言う以外言いようのない場合ですが、跳梁に至るべきより大きな力がね。原理的な量に跳梁に至る力が残存すること、それを願わなければならないことにわれわれながら戦慄しますよ。
楽天家　それは一体どういうことですか？
不平家　より少ない量のことです。より多い方は保有していた人間性の残りかすに弱められましょうが、より少ない方は唯一神をただガムシャラに信じて戦いますね。また唯一神はそうなることを望むのです。
楽天家　われわれが必要とするのは一人のビスマルクです。彼ならもっと早く戦争を終了させられるでしょうから。
不平家　そんな者はいませんよ。
楽天家　どうしてです？
不平家　世界は帳尻を砲弾《ボンベ》で合わせるまでに立ち至っているのです。そういう者の働く余地はありませんよ。
楽天家　では地獄絵的な飢餓作戦に人はどう対処すればいいのです？
不平家　地獄絵的な飢餓作戦も、国家の至上善に、つまり稼ぐことと喰らうこととに係わった戦争においては遙かに倫理にかなった作戦ですよ、火炎放射器や地雷や毒ガスよりもずっと調和的な策なのですから。戦争手段は今日の戦争の材料より採られていますよ。一方の占領地が戦場となり戦場がまた他方の占領地となることは文化の混和作業でしてね。お蔭で安物ローソク用の蠟によって寺院が建てられたり芸術が商人に御奉公する事態が生じるのです。企業は元来芸術家を雇い上げもしなければ不具者を生産する要もないのです。偽りの生活原理が偽りの殺人原理に転じて一人歩きし、手段は目的から一段と背馳しますね。二つの食料品組合がいがみ合うなら、食い手ではなくお雇いの警察を仲に割って入らせる組合の方が倫理的ですよ。さらにその組合が客を追っぱらうので、あるいは食料品をさばいてしまうので事足りるとするならば、もっとも倫理にかなうところです。封鎖が中央集権国家への警告であり、気狂い沙汰の戦争を終らせることにより、臣下たる身分から目をそらさせるということは別にしてですよ。帳簿係が武人《もののふ》の掌中に帰していないのならそうすべきですよ。たとえはっきりと、コトは肉体の運動に係わるのではなく生活必需品たる木綿にかかっていると見通せるとしてもです。

楽天家　この戦争の係《ハンデルン》わっているのは、——

不平家　その通り、まさしくこれは取引《ハンドルンク》の戦争です！ ただ双方の相違ならありますがね、一方は輸出拡大を意中に目して理想語を口にし、他方は輸出問題を意中にして商売語を口にする。理想と商売を分離するわきまえからだけでも後者に理想はあるとしなければなりますまい。仮にたとえ実の所はないとしてもです。

楽天家　あちら敵国の連中にも、理想が眼目だなどとよくもまあおっしゃいますな！

不平家　言いませんとも。ただ彼らはわれわれの理想を奪《と》ろうとしているのです、それによってわれわれを制しようとね。ドイツ人をその反文化的な傾向から匡正してそれを自分たちの既製品の包装用に使用しようとしているのです。ドイツ人にとって理想品目はそれ以外を運送屋に箱づめさせるところを見るとおまけですよ。神と芸術なしには地下鉄工事一つ始められないのですから。これこそガンですね。私はベルリンの紙問屋で一巻のトイレット・ペーパーを見ましたが区切り区切りに生活諸事万端心得がシェークスピアの引用つきで解説してありましたよ。シェークスピアは謂わゆる敵方の作者でしょうが。ゲーテもしくはシラー使用のものもあるにちがいありません。トイレット・ペーパーがドイツ人の古典知識を包含している仕組ですね。けだし詩人と思想家の国民と言えますか。

楽天家　つまりあなたは敵方の戦争行為には文化の本能不平家　が、そしてドイツのそれには企業力拡大の本性が息づいているとおっしゃるわけですね。しかし経済の繁栄こそドイツの精神生活を——

不平家　促進しませんね、反対です。精神生活が跡形もなく消え失せることが経済繁栄の前提だったのですから。満たされるはずの精神的飢餓状態とは、たとえ、もしなお想像力があったとしても、想像し得ない体のものでしょう。

楽天家　しかしあなたが量の戦争を口になさるのなら、それからしても現今のように立ち至った戦争をそれ自体承認されるはずのものじゃありませんか。この戦争が、人口超過の大問題を、ある期間の間解決する役目を果すことはお認めになるでしょう？

不平家　徹底して解決しますね。人口超過の問題が人口過少の大問題に席をゆずるでしょう。しかし堕胎許可の方が戦争を引起すことなしに、また世界大戦よりも遙かに苦痛少なくしてこの問題の解決に役立ったでしょうがね。

楽天家　それは現在支配的なモラル観が承知しませんよ！

不平家　承知するとは私だって想像したこともありません。支配的なモラル観が承知するのは、偶然から殺人に成功しなかったばかりに失業の不具者となり世をうろつく父親たちの存在であり、空中爆撃によって五体粉々にふっとばされる運命の子供を持つ母親たちの存在だけですから。

楽天家　そういうことが意図してなされていると、まさかおっしゃるわけではないでしょうね？

不平家　意図以上です、つまり、偶然にゆだねてですね！　どうしようもないのに起るのです、そしてどうしようもなく起るであろうことははっきりと承知の上でですね、遺憾ながらやむを得ずとね。この面での豊富な経験の結果、空爆殺人を考案しその実践に努めた連中はやっと気づいたのですよ、やろうとすれば兵営にまちがいなく命中できることをね、市民の寝室ならさらに簡単なことをね、軍需工場が少々難しければ女学校をやすやすとね、この繰り返しによってやがては知るでしょうよ、とある個所を戦果はなばなしく爆撃したと誇らかに報告し意を安んじるためには、この手の攻撃に限るとね。

楽天家　戦術の多様化は——とまれ戦争手段上許されることでしょうが。それに、空界が一たび占領されるや——

不平家　この人間という悪党は地界に目をすえ出しますね。ジャン・パオルの《カンパネルタル》に出てくるモンゴルフィエル蜂起の文章をお読みなさい(6)。あの五頁は今日ではもはや書き得ないものですよ、何故なら空中に舞い上る者たちはもはやより近くなった天界への畏敬を持たず、むしろ空界への侵入者として地上との間隔を利用し、いずれは自己にふりかかる攻撃をしかけるのですから。人類は復讐されることなしに進歩をわがものとはできないのです。助力となるべきものを生活への攻撃用に逆用するのです。安心を生むべきものので苦難を被りますね。モンゴルフィエルの蜂起《アオフシュテイーク》は美しい記憶ですが、飛行機の上昇《アオフシュテイーク》はその飛行を共にしない者たちには大いなる危険を意味するのです。

楽天家　爆撃兵にとっても大いなる危険ですよ。

不平家　そうですとも。しかし彼が殺す予定の人々から殺されるという危険はありませんね。彼が自分を狙っている高射砲部隊から逃れることの方が、彼の眼下に晒されている無辜の人々が彼の狙いから逃れるよりも遙か容易ですとも、同様に重装備した敵機との誠実な一騎打《ころしあい》から逃れ出るのもまた容易ですよ。誠実な、と言うのは両者の間に生じてくるある要素を思んばかってのことですがね。いかに《勇士》がこれを取り扱おうとも空中爆弾は卑劣の戦闘用装備化に他ならず陰謀の戦闘用装備化である潜水艦と同様にいまわしく非道のものです。装備した巨人に小人を登用して凱歌を挙げさせようという陰謀ですね。しかし飛行兵が殺す赤子は身に一つだに装備してはおりません。もしたとえ装備することができようとも、飛行兵と赤子との狙いの正確さはまさしく雲泥の差でしょうよ。人類を星に近づけるべく考案されたこの独自な発明品が、地上だけではまだ足りないかの如く地上の悲惨を空界にまでもたらすためにのみ役立っていることは、この戦争の汚辱の中でも最大のものですよ。

楽天家　飢餓に晒される赤子の方は?

不平家　その運命から自分たちの赤子を守ることは集権国家の政府指導者の掌中にあるはずですよ、大人たちが熱狂している殺しの学問の入門書をその手からとり上げることによってですね。経済封鎖という政策を採ったことによって、敵方の指導者たちも、われわれ方の指導者と同罪だと仮定しますよ、その報復として敵方の赤子の頭上へ爆弾投下——この思考上の飛躍こそドイツ的イデオロギーに栄光を与えることでしょうよ。精神的遁辞ですよ、たとえドイツの御神がしろしめすとも首肯されない代物ですよ!

楽天家　あなたはドイツの戦争形態の中からほんの一つ

をこれが証拠とばかりにとり出されますが、敵方だって同様の手段を行使しているのですよ。

不平家　たしかにそうですとも。ほぼ同様の英雄的悪党稼業に精出すフランスの爆撃機の戦果を人類の汚辱から度外視しようとはつゆ思いません。にもかかわらずあるところで違いを見ずにはいられないのですね、意味するところを知るや知らずして、一方では戦慄すべき殺戮に飛び舞いながら爆弾を投下するだけでは物足りないとでも言うように洒落めかし、《ナンシー市民にクリスマスの御挨拶》と口上する心情ですね、これがわれわれとあちらとを区別するものだと思えてならないのです。ここにも戦闘消費物品、すなわち爆弾と、心情生活、すなわち下手な洒落と、そいつをもったい振って得意がる性《さが》のいまわしい混成がありますね――これこそさらに恐怖すべきものであり、規制づくめで痩せ細った生活を景気づける空騒ぎの一つであり、規律と訓練と倫理との組織的壊滅法です。けだし首吊り役人のフモールであり、愛を判決台上に載せたモラルの放縦ですよ。

楽天家　規律の壊滅法？　しかしそれは、あなたにとっては不服従のすすめとして喜ばしいことじゃありませんか？

不平家　権力のテコとして働く限り論外ですよ！　人類を犠牲にした秩序よりもカオスの方が望ましいですがね！　体操のお時間たる軍国主義と精神のある状態たる軍国主義とは判然と区別されるべきものです。軍国主義の本質は手段であることです。自らは予期せずとも、自らの本質が反撥する権力の道具となり下がり、その権力によっておびやかされる人間性と対峙して自己自身の自己目的のために動き出すとき、軍国主義と精神とは嚙み合いの相剋に陥らずにはいないのです。そのとき、軍国主義の内実は卑劣な技術と手を結んだ遊戯となりおおせ、総体的な強制のワク内で自ら選ばれたおのが義務は偽瞞にと堕してしまったのです。機械力の背後に身を隠して哀れな暴力を振り回す奴隷根性的行為への遁辞であり見返りにすぎないのです。手段が自己目的となりおおせ、人は平和時にもなお軍国主義的にしか思考できず、そこにおいて闘いとは新たな武器に到達するための道すじにしかすぎません。戦争は軍需産業の維持育成するものにすぎず、人はより多くの輸出、それによってより多くの大砲を欲求するのみならず、より多くの大砲それ自体のためにより多くの大砲を欲求するようになり、しかりしこうして大砲は発射させなければならん、となるわけです。われわれの生活も思考も重工業の営利の下に置かれているのです。文字通りの重圧でしょうが。大砲の下に生きているのです。さらに彼らは現世神と盟を結んでいるのですから、われわれに遁げ道はありません。これが現状ですよ。

楽天家　現状をニーチェ的視点から見ることもできましょう。全然別の視野が開けるはずですよ。

不平家　できますとも。ただそうすればニーチェの驚愕を引き起すだけでしょうがね。セダンに向う《権力への意志》が精神の勝利としてではなく軍需工場の煙突の数の増加によってしるしづけられているのですからね。ニーチェはさらに《別の表象の下に表象》した思想家ですよ。すなわち一八七〇年の国情の高揚を契機としてです。一九一四年のそれなら彼は始めから信じもしなければ、自らの思想が勝利を得るなどを待望もしなかったでしょう。そしておそらく背嚢の中に《権力への意志》その他の教養書をしのばせて戦争の道に歩み出す侵略者を否定したことでしょう。

楽天家　もし戦争が文化的恩恵を全然もたらせないとすれば、その事情は交戦国の両方に言えることではないでしょうか。あなたはどうやらフランス義勇軍兵士が睡眠中の敵兵を殺戮するところには文化の可能性があるとの原理をおたてになっているようですが。

不平家　そのような報道を主張するためヴォルフが徘徊するような国には確かに文化の可能性などありませんよ。人間の今日的な状況の中でもまったく独特なことですが、眠っている赤子の上に爆弾を投下する爆撃兵が民族権利上許される手段を行使していて、一つの殺人への報復として殺人を犯すフランス義勇兵を、公定の殺人免許を持たないからといって、狩り集められた部隊の部隊長の指揮下ではなくやむにやまれない思いから、義務からではなく怒りから、殺人行為を半ば酌量する唯一のテーマからこれをなすからといって非難するということはですね、資格のない殺人者だからと言って、殺人用制服たる軍服を着用していないからといって、補充部隊司令部直属とか戦闘部隊隊員だとか特殊部隊特務兵だとかその他嫌悪をそそる称号を持つ者ではないからといってこれを難じることはですね、まさに珍妙きわまるところですよ。眠っている赤子を殺す爆撃兵と眠っている兵士を殺す市民との倫理的な相違を私に話せなどおっしゃらないでくださいよ。責任ではなく危険をあなたが思案なさるとき、あなたにも眠っている兵士を殺すかそれとも目ざめている赤子を殺すかの勇気要る選択が課せられるはずでしょう。

楽天家　その点ではあなたのおっしゃる通りかもしれません。しかし一方ではあなたもまた人間性の他の特長をもっと詳細《ミット・デア・ルーペ》に眺められる必要がありますよ。

不平家　拡大鏡《ルーペ》なら始終新聞用に用いていますがね。

楽天家　ではお目にとまったでしょう。《ガリーツィエンに於けるロシア兵の乱暴狼藉！》お読みになりましたでしょう。

不平家　あれだけからではポーランド各地の城に放火したのははたしてポーランドの百姓なのか、それともわが帝国軍のホンヴェッツ隊(7)なのか、この区別がつきませんね。ただこのような見出しの下には虚偽《でっちあげ》への強制からこぼれ落ちたようにロシア人の善行振りが見てとれることはしばしばですがね。

楽天家　乱暴狼藉の報告のことではないのですか？

不平家　さあね。ホンヴェッツ隊にせよドイチュマイスター隊にせよ軍帽をとって手に持ちコップ一杯の水をたのむときには自国の婦女子に限るとばかりは言っておれないはずでしょうからね。これかあれかの選択はあなたの楽天主義におまかせしますよ。あなたの主義の揺ぎない土台こそ戦線報道班の報告執筆の際に利用されているらしいですから。

楽天家　われわれの方じゃ敵方にも公正を努めているとはお感じにならないのですか？

不平家　愚劣極まる将兵絵葉書で満足すること多い状態ですからね。

楽天家　いえ、公正に努めていますとも。

不平家　公正が好都合だと公正に扱いますね。それ故に珍妙奇天烈なこととして――それというのもヨーロッパの誹謗を一手に引受けた民族についての真実に中部ヨーロッパの知識人は耳を塞いでいるわけにいかないものですから――けだし滑稽きわまることとして物語られるのです。ロシア人はカトリックの聖日には発砲しないことがです、その日には銃をおき塹壕の中で敵兵の平安と恩寵をも祈るってことがです。

楽天家　勿論、オーストリア人もそれに応《こた》えましたよ。

不平家　勿論です、例えばフィシュル博士ですね、八月一日迄は弁護士規定起草者の要職にあり、以後偉大なる時代の只中に出征して行ったという御仁ですが、野戦葉書に印刷させて曰く、《明日、ロシア兵ハ基督降誕《クリスマ》節《ス》ヲ祝ヘリ。――急襲絶好ノ時ナルゾ。》

楽天家　冗談でしたのでしょう。

不平家　その通り、冗談にしたのです。

楽天家　まともにとってはなりませんよ。

不平家　私はとりますね、まともにです。もっと私の不公平振りをアテにしてくださいよ。もし軍国主義が自国の禍に対して闘うものならば私は愛国者でしょう。もし軍国主義がおのが主義に適さない者を徴《ちょう》して人間の汚辱を敵方の権力に拭いつけるために戦争をするならば私は軍国主義者です！　しかしこの主義は価値を貢物にして下司《げす》に栄光を与え、情勢悪しと見れば、その足元にひれ伏して指導を仰ぎもするのです。それを見通せばこそ無数の人々は国民皆兵主義と呼ばれるこの人間への冒瀆をやむなく辛苦しているのです。禍はそれ自体一つの思想《イデー》となり上り、またそのために禍が出て行き、祖国というおのれとはなんら係わらない思想《イデー》のために闘うと豪語するのです。入門学的イデオロギーの菌《きのこ》の役立つところではありませんよ。自分とは縁もゆかりもない思想に死ななければならないということが祝福されてやまない帝政《ツァーリズム》の反動的な概念よりも、肉体において受けとめるには遙か熾烈なものであることを人々は感じなかったはずがあるでしょうか？　とまれその同じ人々が自ら許容した思想にはちがいありません。でなければ軍職という特権に浴したこともない人々が、元来はその者たちの危険に他ならない窮地にわざわざとびこむものでしょうか？　自分の仕事を放棄し給金を捨て家族と離別して兵営に割りづけされそのあげくブコヴィーナ防衛のために死ぬなんてことをです。ブコヴィーナのために死ぬのを拒むときには直ちに射殺されるということは、彼ら一人一人の行動を説明して余りある根拠でありましょう。専制独裁権力の飽くことのない貪欲の犠牲である彼らが、終局的には勝利者をも支配する存在であることを量的な機構が気づこうとしないからこそ、このような組織体が出来上るのです。お分りですか、私もまた楽天家ですよ、私は人類を、自分とは関係のない意志のあやつるままに苦難《ノート》と汚辱《コート》と死《トート》の中にとびこんでいくほど救いようのない痴れ者であると思いきれないのですからね。

楽天家　祖国がその叫びでもって招来させた民心の高揚は、強制とか利益とかでは説明できないものですよ。

不平家　祖国ですと？　なるほどね、この掛け声屋はどの舞台監督にも勝ってすぐれた暗示を与え役者を操つる者です。しかし人が素朴であればあるほどなんなく虜にしてしまう陶酔は、目ざめた知識人を巻き込むことには失敗したでしょうよ、もし知識人に勝利こそが自分たちを生活上の主《ぬし》たる身分に引き上げてくれるという計画が働らいていなかったらね。

楽天家　しかし直ちにそれが戦争につながるとは限りますまい。

不平家　陶酔の効用とは思考作業を省いてくれることです、これは救いですよ。想像するにも充分の想像力を持ち合わせていないわけです。敵とは一体誰のことなのか頭を悩ます必要はありませんや。戦争は人生の場を子供部屋に変じますからね、そこでは一人が悪党役で肩をいからしていますよ、他方が先に蹴とばしたと一方が言い張りますね、そこでつかみ合うのが兵隊ごっこのお定りですよ。戦争が始まると大人は子供の兵隊ごっこに目をくれなくなるものですが、大人《おとな》族の子供変身への準備は各人怠りなく済ましてきたと言えましょう。

楽天家　子供の兵隊ごっこはお説とは反対に随分注目されてきましたよ。御存知ないのですか、《世界大戦《せんそう》ごっこ》という遊びですがね？

不平家　それこそ厳粛とされているものの呪わしい裏面です、大人の子供部屋ごっこですよ。赤子が他人《よそ》の赤子を工夫して飢えさせ、砲弾をよいしょとばかりに投げつけ出したら、つまり乳母のしつけをせせら笑い始めたら、人類は手を打って喜ぶことでしょう。

楽天家　あなたのおっしゃりようだと、人類は戦争前に既に死滅の床に横たわっていたことになりますね。しかしありがたいことに人類はもりもりと《リュスティヒ》——

不平家　もりもりと軍備《ゲリュステト》に励んでいたと、こうおっしゃる？

楽天家　いえ、世代から世代にと成長しているのです。あなたはジャン・パオルの五頁のことをおっしゃった、今日ではもはや書き得ないことであるとね。しかし私はツェッペリン伯の発明(8)がドイツから詩人が生み出る可能性を奪ったなどとは考えませんよ。今日なお軽んずべからずの詩人が数多《あまた》いますとも。

不平家　にもかかわらず私は軽んじますね。

楽天家　まさに現今、戦争の最中においてこそ、ドイツ文学は生き生きとした刺激を受けたのです。

不平家　むしろ平手打を受ければよかったものを。

楽天家　あなたは否定面ばかりこと挙げなさる、真実を見ようとはなさらない。あなたが戦争をどうお考えになろうとも、われわれの詩人たちは火炎の渦から創作への何ものかを得ましたとも。かくしてこの偉大なる時代は日常性を眼下に見て飛躍するのです。

不平家　火炎の渦と日常性の間には直ちに一本の架橋がしつらえられましたね、常套用語《フラーゼ》ですよ。必要に敏なわれわれの詩人たちが早速創作に応用したものです。御注文主がむしろ驚くほど迅速に実物をお目にかけるという次第です。これがドイツの詩人ですよ！　あなたはたしかに練達の楽天家でいらっしゃるが、あなたがかの詩人たちの創作を偉大な時代の証明として私に推賞なさろうとするや、あなたの楽天主義も猿芝居の口上に堕しますよ。ただ私は、強制の故に事務所から離れて遠く塹壕の中へと出かけて行く哀れな民衆と、祖国にあっておどおどしながら気晴しに愚説をふりまく——つまり論説とか詩句のことですが——そんな連中との間に倫理上の差異を認めているのです。後の者たちのペンだこだらけの連中は又聞《またぎ》きのところで既に偽りであった事柄を又又又聞き的に筆にし、仰山な身振りをして、手あかにまみれた火炎の渦とかを珍重し、秘蔵品に作り変えるのです。これら《創作》の内の一行といえども平和時において既に黙示にあずかったという感情よりも、むしろ吐き気を催した結果と結論づけるべき表現をとらなかったものはありませんよ。私が目にした例外的に珍重すべき一行は皇帝の宣戦布告文中にありますがね、ま、自分を御老体同様に仮想するものか、なかなかに巧妙な代筆家の手になったものにちがいありませんがね、曰く、《朕、熟慮シ、惟ルニ》とありましたね。来るべき時代は熟慮セラレタこの表現のお蔭で比類ない悲惨の真相が見事にかわされたことを今よりは遙かにはっきりと示してくれるでしょう。だがこの一行が一行としてポツンとあるとき、詩同様の効果を持つじゃありませんか。この背後に思いを馳せて始めて正解できる代物ですよ。や、御覧なさい。ほら――ここ、この広示柱から、ここに立つとかの一行の効果が瞥見できますよ。

楽天家　どこです？

不平家　――おっと、残念、ちょうどその一行のある布告の部分が、ゲルストホーフのヴォルフ亭の親爺の顔で隠されていますよ。ま、よろしい、これがこの戦争のまことのティルトイス君《ぎみ》ですから。

楽天家　私はあなた独特の見方は承知していますがね、あなたにとって偶然など存在しないのです。ゲルストホーフのヴォルフですね、私にも気に入っているとは申せない男ですが――

不平家　そうですかね、ほんとですかね？

楽天家　――いずれにしてもなんの変哲もない広告用プラカードでしょうが、新しいものでもありませんね。戦争以前から立てられているものですよ。この場所は賃貸しのものでしょう、おそらくヴォルフ親爺の料理屋《みせ》はいまでも営業していますよ、よくは知りませんがね、一夜にして変るってこともありますまい。だけどこんなことはどうでもよいことですよ、私は確信していますが――

不平家　勿論、あなたは確信なさっていらっしゃるとも。

楽天家　——確信していますとも、ヴィーン人が一夜にして厳粛な市民に一変したことをです、新聞界がいみじくも看破した通り、《傲慢と脆弱からいや遠い》状況の深刻なることを理解したことをです！　私は確信していますとも、ヴィーン市民がさらに一年、必要とあればあのような料理屋に出入りするなどの贅沢を平然として慎むであろうことをです、戦争の継続いかんに係わらずです！　ええ、私は確信していますとも！

不平家　私は確信など持ちませんよ。あなたのおっしゃるようになろうとなるまいと私にとってはどちらでもいいことです。民《たみ》の評価がどうあろうと、あなたのように非難されようと、この狂奔がなお続く限りどちらでもよいことです。むしろあなたの確信に逆らって民の傲りの欲望を評価しましょう。

楽天家　するとあなたがますます分らなくなる。

不平家　いえ、私は確信していますがね、私が分らなくなるとはなりますまいよ。いいですか、一年経つとです、決して楽隊付きの高級演舞場兼レストランではなくむしろ象徴的な存在に他ならないゲルストホーフのヴォルフ亭はです、偉大なる時代の要請に応えてさらに大きくなっていることでしょう。どの街角ででも、《朕、熟慮シ、惟ルニ》の一行のみならず、さらにその上下の全ての行を隠してしまうことでしょう。そして偽りの人生の偽りない視点をかもし出しますよ。しかし一年経って外地の百万人が墓地に眠るとき、あとに残った者たちがゲルストホーフのヴォルフ親爺の顔を覗きこみますね、その面貌には血走った眼が、世界の裂け目のように口を開け光っていることでしょう。そこに人は読むはずです、時代がいかに困難であるかをね、そしてその当日、かの亭《やかた》では二重奏が奏されるゆえお聞き洩らしのなきように来駕されたし、との広告をね！

楽天家　——あなたのそんな話し振りは、堪え難いですよ——つまりあなたは、近視眼者《ちかめ》にさえ偉大に見えるにちがいない時代を故意に矮小視されようとなさる。もしこの時代が何か一つことをもたらしてくれたとするなら、それはあなたの視点とかをへし折るもののことです！

不平家　アーメン！

楽天家　救いをもたらし給え！　明日こそその日ですよ、あなたに救いが芽ばえる日ですね、モーツアルトのレクウェムが奏《や》られるのですが、御一緒にいかがですね？　入場料の利益はそっくり戦争基金に回され――

不平家　いいえ、結構ですよ、私にはあのプラカードだけで充分で――ヴォルフのやつの丁度横手のあれです！　しかしなんと奇妙な絵なんだろう、あれはそもそも教会の窓ですかね？――近視《ちかめ》の私の眼に見まちがいがないとすると――や、臼砲だ！　しかし本当かね？　一体誰がやらかしたのだ、一つ屋根の下にモーツアルトと臼砲《メルザー》とを収めるなんて！　なんという協奏振りです！　誰が巧みにこうくっつけたのです？　これは泣くべき以上のことですよ、ね、どうなんです、敵国の一つがわれわれへの攻撃増強軍用にと呼び寄せたセネガル・ニグロ人の文化にもです、これほどの瀆神があり得ましょうか！　いいえ、これこそわれわれに向けられた世界大戦そのものですよ。

楽天家（しばらく沈黙してから）　おっしゃる通りのようですね。ただあなただけですよ、こんな代物に目をつけておっしゃるのはです、私たちの目にはつきませんね、それで未来をバラ色の光の中に見るのです。あなたは御覧になる、だからそこにあるわけです。あなたはまず眼で呼び寄せて、それからしかと御覧になるのです。

不平家　私は近眼ですからね、輪郭だけが見えましてね、中は想像力がおぎなってくれますよ。それに私の耳は他の皆様がお聞きにならない騒音を耳にしましてね。これがこれまた他の皆様方は耳になさらない宇宙の楽音の邪魔をするのです。このことを考えてみてくださいな。そしてあなた御自身では結論が出て来なかったらまた私をお連れくださいよ、あなたとなら喜こんでお話したいものですから。あなたは私のモノローグの見出語辞典《シュテイヒヴォルトブリンガー》ですからね。あなたさえあれば民衆を前にしているのも同然ですよ。さてその民衆にです、いまはただ言えますよ、私は沈黙すると。さらに出来れば言いますね、何について沈黙するかを。

楽天家　たとえば？

不平家　たとえば、この戦争が善人を殺戮しないならば善人用の倫理の孤島を生みだすだろうということ、戦争がなくても所詮は離れ島の代物でしたがね。たとえば、この戦争は全世界を虚偽と堕落と瀆神の祖国と化してしまうだろうということ、すなわち、悪が戦争を通じて超え、生きのび、理想語の偽名の下に肥大するということ、犠牲者を土台にしてそびえ立つことによってですね！　たとえば、この戦争、この今日の戦争においては自らを更新することなく、むしろ首吊り役人から逼れるには自殺の一途しかないことをです。例えば戦争は罪悪以上のものであったし、欺瞞であったし、日々の虚偽であったし、それは新聞報道の黒インキから血の如く流れ出て両者は相互を養いながら合流し芥《あくた》を集め狂気の三角洲を形成したことをです。たとえば今日の戦争は平和の亀裂線外の何ものでもなく、平和によっては終了させ得ず、ただこの愚を極めた惑星に対する宇宙の戦争によって始めて終結するだろうということをです！　例えば厖大な犠牲者が生れるとしても、彼らには縁もゆかりもない意志によって殺戮銀行の口座に振り込まれたゆえに悲惨なのではなく、自らは知りもしない罪の償いをしなければならなかったゆえに悲劇的だということをです。たとえば、最悪の世界が発散する前例のない不正を、おのが甘受すべき苦難と感じる人にとっては――その人にとってはただ一つの倫理的使命があること、つまり石の如くこの不安な待機の時間を眠りすごすべきことをです。神の言葉か焦立ちに起されるまでね。

楽天家　あなたは楽天家でいらっしゃる。あなたは世界が滅亡することを信じかつ望んでいらっしゃる。

不平家　なに、世界は私の悪夢と同じ経過をたどっているだけですよ。私が死ねば、全ては終りですね。おやすみなさい！（去る）

（暗転）

第三十場

夜のグラーベン。(1)

仲買人二名(それぞれ女を連れ、全員腕を組み意気揚々と歌いながら) 夢みる人よ——夢みる人よ——御用心(2)——

新聞売り 号外だ——プシェミズル前線にロシア軍戦死者四万人——!

仲買人一 ——夢みる人よ——夢みる人よ——

仲買人二 ——御用心—— (去る)

第二幕

第一場

ヴィーン。リンク・シュトラーセの一角、シルケ・エッケ。

群衆はおおむねガリーツィエンからの逃亡者、闇商人、休暇中の職業軍人、病院勤務その他軽労働従事の祖国組、及び徴兵免除をとりつけた壮健な市民たちから成る。

ポーランド来のユダヤ人　号外《こうげえ》――お買得《けえ》――さ、皆の衆――

高利貸　こんな連中を救ってやるとはな、馬鹿なこった――そこいらじゅう、ユダヤ野郎ばかりだね！　住みついてこちらの商いにもぐり込んでくる！

代理人　ここ暫くは私の方には苦情をいう筋合なしですわ、オルンシュタイン(1)君に負けず劣らず私も稼がせて貰ってますからね、傾いてくれれば話は別ですが。

高利貸　オルンシュタイン君とおっしゃると例のあの男《ひと》？　免除組のですな？

代理人　勿論ですよ。ついこの前の土曜日に八千五百クローネだか儲けたそうですよ、電話一本入れるだけの手間仕事でね、大したもんでしょうが！

高利貸　いや、そのことなら聞きました、聞きましたとも、いやはや羨やましい話ですよ。あの男、戦争前は何をやってましたね？

代理人　おや、御存知ないのですか？　マッチ専門ですよ！　ラオザー&レーヴェ社の代表でしてね、そっちの方は今もなさってますよ、私も一口のせてもらうはずなんです、なんでも名前は言えませんが、ある少佐と懇意だとかでそれで――

（重傷者が松葉杖をつき身体を震わせながらノロノロと通り過ぎる）

高利貸　まったく今こそふん張らねばならん時ですよ。

新聞売り　号外――！『ノイエ・フライエ・プレッセ』だ！　ガリーツィエンではドイツ軍の大勝利！　血の肉弾戦！

高利貸　クネッフルマッハーもしこたま稼いでいるそうでしてね、お聞きになりましたかね、アイジィヒ＝ルーベルの奴、毎日酒類管理本部に出向いてましてな、いい仕事をやっとるそうですぞ！　ところで昨日の論説ですがね、民心の高揚を祝すというあれ、よく書けてましたな。
代理人　今日ちょっと小耳にはさんだことですがね、革が五十パーセントの値上りだそうですよ。
高利貸　おやおや、するとカッツの親爺はますますウケに入りますぜ、あれじゃ金の使い道に大困りって調子ですわ、今に貴族に出世の身ですな、羨やましい話ですよ、私もこの間一念発起しましてな、国土防衛のお守り人形に釘を打ちこむってあれですよ、ホテル・インペリアールの真横にありましてね、これから御一緒にどうです、あれをやりますとね、ま、一クローネは出さにゃならんが名前を記入されますしな、いずれはそれがまとめられて年代記に入れられますよ！
代理人　そういうタワ事に興味はありませんな。
高利貸　や、あれは、ベルマンだ、よ！
ベルマン　よ、よ！
高利貸　釘を手に人形詣でかね？
ベルマン　もうやっつけてきた。（去る）
高利貸　こっちもおっつけ行くぜ！
代理人　私はそういう馬鹿なことに手出しはしませんよ。
高利貸　馬鹿なことですかね？　まあ、御覧なさい、街の連中——以前は大したものでしたよ、張り切ってましてな！　こっちでは勇士の出陣に歓呼する、あっちでは偉大な時代の到来に小おどりするという工合で。お、あれあれ——（思いきりハデに着飾った婦人が通りかかる。両名、立ちどまり）
両名　内緒の話ですがね、あれは——
代理人　ラオビチェックとバルバーは、あなた、赤十字の勲章を手に入れたってことですよ。
高利貸　さては手を廻しましたな、どれほどの元手を出したんでしょうな。
代理人　大した額じゃありませんよ。もっとも大勲章の方を手に入れたいとなれば、はりこまにゃなりませんや。功労勲章ですがね、値が張ってますよ！
高利貸　そんなお飾りに投資するよりもです、むしろ肩書きですな、御存知ですか、エドゥアルト・ファイクルね、缶詰を一手専売にやっているあの親父、やり手ですぞ、男爵になるはずですよ、戦争が終ればすぐとなりましょうな。

代理人　いまどき誰が戦後のことなど考えていましょうな、手は一杯ですよ。

高利貸　あなた急に戦争づかれましたな、なんでしょう、あなた、この、お目当てがあるんでしょう？　え、どうです？

代理人　あなたもなかなかスミにおけませんな。その通り、大物ですよ、グッと稼ぎますぜ。

高利貸　そうですとも、戦争は戦争でしてな、持論ですよ、若い連中が車競争で首の骨を折るのとお国のためにおっ死《ち》ぬのと、別にさしたるちがいはなしで――私は感傷は嫌いですからな。

代理人　おっしゃる通り。反戦だとか戦争はイカンだとかのタワ言にはムカムカしますよ。たしかに物価は上りましたわ、何もかも高くなりましたな――当り前のことです！　戦争が終るなんてことを耳にしたら随分とがっかりする連中はあなた、沢山いるんですからね。

高利貸　無論です。われわれはいまこの時に全身全霊こめて――

代理人　ちょうど荒稼ぎのメドがついた時にどうして終らにゃならんのです？

高利貸　そうそう、このメドを逃すなんてじゃ、わが軍の勇士たちもふがいない。

代理人（腹をつき出して笑い）　おやおや――なんととりまちがえられたのです？　私の言ってるのは商売のことであなたは――（笑い、咳込んで）どうもほこりっぽいですな、――こいつは新聞に投書でとっちめてやらにゃ、《鉄の防衛体制とホコリ》と題しまして――いやいや、《お守り人形にたかるハエの群》――いや、これもいかん――

高利貸　戦争募金には献金しましたよ、ちょうど家の前で三カ月前からやられてましてな、どうにもこうにもやむなくに――

代理人　ほら、あそこ、こちらに来ますな、あの男、ありゃあなたヴァイス殿ですぜ、軍服を着てます！　こりゃ驚ろいた――（ヴァイス、うかぬ顔付で立どまる）よ、召集かい？

ヴァイス　そうよ、とっくの昔からよ。（去る）

高利貸　思いもつかん変り様だ！　一年前には予想もつかんことですよ――ヴァイスが出征！　あの男がよくまあ承知したもんだ！　奴《やっこ》さんには大分稼ぎの元手を出してやったが！

代理人　馬鹿な奴だな、まったくもって召集《と》られるとはね。

高利貸　昔はまったくの一文なしだったですがね、そいつが皇帝直属軍服佩用とはね、げに偉大なる時代なりしかですよ。

代理人　こいつはもう不思議千万のことですがね、一週間前から私はケーレンドルファーに電話のしつづめなんですよ、《フザール魂》の切符です、そいつがあなた向う一カ月売切れなんですからね。そうでしょうが、《フザール魂》を見ずじまいにこの戦争が終っちまうってことになりかねませんよ。家内がうるさく言いましてな――

新聞売り　――敵勢撃退――全陣地占領！

高利貸　《秋の陣地》とは比べものになりませんよ。《チャルダス大公夫人》は御覧なったでしょう？――上出来です！《大公の子供》はもうお済みで？

代理人　見ましたとも！　それについちゃあ、あれはと――そう、思い出した――途中で飛び切りの洒落がとび出しましてね、劇場中大笑《こや》い、つまりさ、《ロシア殺しのラマスリ沼じゃい》マリーシェカの即興ですがね、もう大喝采で――（去る）

士官一（三人の同僚に）　よ、ノヴォトニィ君、ポコルニィ君、ポヴォルニィ君、君だ、君――政治通だろ、御意見を拝聴したい、イタリアについてどうお考えだね？

士官二（散歩杖を振り回して）　簡単だよ、盟約破りさ、違約だよ。

士官三　イタ公にとっちゃ当然のことだろうさね――常習犯さ。

士官四　我輩の意見によればだ――昨夜は飲んだぜ、――シェーンフルークの絵を御覧なったか、大物ですぞ！

士官一　久し振りにだ、ガルテンバオに繰り出そうと思うんだが、どうかね、諸君。

士官二　どこか負傷でもされましたかな？

士官三　どうして負傷だね？

士官四　ピンピンしてるぜ。

士官一　この通りね。

士官二　御存知ないのかね、ガルテンバオはいまや病院に早変りですぜ！（全員、笑う）

士官一　そうそ、そうだった。――（暫く考えこんで）こっきり忘れてた――戦争もこう馬鹿ながいと――（松葉杖にすがった兵士が通りすぎる）

士官二　あいつ、呼び戻してとっちめるか、なんたる敬礼の仕方だ。

士官一　ま、ほっといてやれ、それよりさ、勲功勲章の方はどうだね？

新聞売り　肉弾戦継続中――血の雨だよ――！

士官二　候補に上っとるのだが――ちぇ、いつまで待たすつもりだろ。

士官三　戦争省もゴタゴタしとるさ！

士官四　しかし戦争は戦争さ、テキパキと出してもらわにゃな。今日はいやにここいら、さみしいぜ。

士官一　え、どうだい、ホフナーに出陣とするか！（去る）

知識人（連れの男に）　敵方の知能指数はどうみつもっても――（去る）

ポルディ・フェッシュ（連れの男に）　今夜はサッシャ・コロヴラートと飲み明かす予定でね――（去る）

（行進する兵士の歌声が聞こえる。《古里デ、古里デ、別レヲ告ゲテ――》ホテル・ブリストルのグリルから口に楊枝をくわえた三人の闇屋が出てくる）

闇屋一　昨日、マルセル・ザルツァーを見に出かけましたがね、こいつをあなた見送るって手はないですぞ。

闇屋二　そんなにいいですか？

闇屋一　いいですとも。なかんずく、詩の朗読ですな、何といいましたかな、あの詩人、ええっと有名なやつで、まてよ――そう、――ギンツカイ！（2）

闇屋三　なんとかの絨毯って詩《うた》で当てた奴ね。

闇屋一　何んでも当の詩人と遠縁とかの話もありますがさ。まず、タンネンベルクの戦闘がきますな、ヒンデンブルクが敵軍を沼にたたきこむところ――当時の新聞でお読みになったでしょうがね、まさに迫真の場面ですぞ。――

闇屋二　たしか見出しはですな《ドイツ軍、ロシア部隊包囲作戦、ラマスリ沼に敵兵陥没》でしたよ、憶えてますがね。

闇屋一　その通りですが、詩の方はもっと愉快でしてね、落ち込んで沈むところがブクブク、ブクブクって歌われておりましてな、昨夜の最高でしたよ、ザルツァーは目玉をこうむいてですな――名演ですわな。

闇屋三　あ、――御静粛に！――きますぜ、ほら、ドイツ兵が！（三人とも立ちどまる）

闇屋二（敬虔に）　光輝の防衛にある――

（それぞれフロックを着こみ山高帽をかぶったヴィーン市役所吏員につき添われたドイツ近衛兵三名、次々に登場する）

闇屋一　そう、ドイツ兵！

市役所吏員一　あれがオペラ劇場でございます。ただいまから参りますところがケルントナー・シュトラーセ、目抜き通りでございまして《鉄製の棒《シュトック・イム・アイゼン》》広場に参るわけでございましてその棒こそヴィーン最大の紋章と申すべきでございましょうか。かつては年期奉公を終りました徒弟たちが針を一本記念に打ちこんだものでございます。これは御覧になりましたでしょうが国士お守り人形に釘を打ちこむ愛国奉仕と原理は同じでございます。それから御案内いたしますのが通称ペスト柱、昔でございますがヴィーンにペストが蔓延いたしました節、ペスト調伏の祈りがなされましたのですがそれを記念して建造されたものでございます。

ドイツ近衛兵一　おほっ、こりゃ驚ろいた！

市役所吏員二　あれなるものがオペラ劇場でございましてただ今から参りますところがケルントナー・シュトラーセ、目抜き通りでございましてやがて《鉄製の棒》広場に参るわけでございましてそこの棒こそヴィーンの最高の紋章でございます。かっては年期奉公を終りました徒弟たちが記念に釘を一本打ちこみましたものでございます。それから御案内いたしますのがペスト柱、昔でございますがヴィーンにペストが蔓延いたしました節、ペスト調伏の誓いがなされましたのですが、御覧になりましたでしょうが、国土お守りの愛国人形と原理は同じでございます、それを記念して建造されたものでございます。

ドイツ近衛兵二　ふえっ、こりゃ驚ろいた！

市役所吏員三　あれがオペラ劇場でございます、只今から参りますところがケルントナー・シュトラーセ、目抜き通りでございまして《鉄製の棒》広場に参るわけでございましてそこでかつては年期奉公を終りました徒弟たちが釘を一本記念に打ちこんだものでございます。これは御覧になりましたでしょうが、国土防衛愛国人形に釘を打ちこむ愛国奉仕と原理は同じでございます。それから御案内いたしますのがペスト柱、ヴィーン最大の紋章と申すべきでございましょうか、昔でございますがヴィーンにペストが蔓延いたしました節、ペスト調伏の誓いがなされましたのですが、それを記念して《シュトック・イム・アイゼン》広場ができたのでございます。

ドイツ近衛兵三　うふっ、こりゃ驚ろいた！

新聞記者一（同僚に）　きみきみ、あれこそもっけの材料だぜ。盟友国民、肩と肩とを組み合せたそのままの図だ。

新聞記者二　互いに意気投合しているようだけど何を話し合ってんでしょうな。

新聞記者一　こっちの方があっちに説明しているんだな。ベルリン来の闇屋（ホテルのボーイに猛烈なベルリン訛の早口で）　ちょいとひとっ走りだ食堂の方に行ってだ紳士が一人お見えになっとらんか見てきてだないやまてまてそれよりも門衛まで大忙ぎで駆けつけるかあっちの給仕にでもいいがスヴォボダ局長がお見えになったかどうかをだツァデコーヴァー出身のお方だベルリンから月半ばにお伝えしといた方だが偉いお方だぞヴィーンを意のままにできるほどの方だぞお見えになったらもう少々お待ち下さいすぐ参りますからとお伝えするんだいらっしゃらなければ受付へ行ってだ調べてもらい伝言してもらいたいのはだ夕食を共にしたいということだがもし御都合が悪ければいいかまちがえるな悪ければだぞ今夜《ムーラン・ルージュ》だったかなあそこだほれミツァール嬢の踊りが見られるところ知っとるだろほれ可愛い娘よポチァッとしたなそこへ十二時十五分前に参りますからとだ伝えるようにとだその旨連絡をたのむいいな分ったな？（ボーイ、口を開け唖然して凝視する）おいキミ分らんのかねドイツ語ができんのか？

ボーイ（ヴィーン訛で）　なんがなんやらぜんぜん《アーヴォス・ヴァイス・イ・ヴォス・セ・ヴレン》——

闇屋（まっ赤になって、集ってきた野次馬連に）　お聞きになりましたでしょうええ皆さんこういうことがですこういうことがですぞ皆さんの愛されておるヴィーンに起っとるのですおどろくしかない私もここヴィーンにおいてはです帝国ドイツ臣民として滞在しておる間中おどろきの連続ですヴィーン式のいい加減さズボラ加減にはアキレてものが言えんいやまことに奇妙極まる国民ですこんな不思議があり得るのはヴィーンだけですぞわれわれ帝国ドイツ臣民が共に肩を組み盟約を誓った国民がかかる代物とはとんでもないことです今が戦時中だということがお分りになっとるのですかわれわれの方ではドイツでは事情は全然別ですぞ厳粛ですぞ人間間に信頼が充ちておる一方皆さんのヴィーンでは——ヒンデンブルグに言ってやらにゃこれこれしかじかと教えてやらにゃあいつは分っとらん——

野次馬の声　どうするどうする！

闇屋　どうする？　まだお分りになっとらん？　おかしな国民だ！　ここにボーッと立っとるこの男どう見ても正真正銘ボーイですなこの男にですぞ局長殿に伝える大事な連絡をたのんだにもかかわらずこの男は——諸君、只今は戦争中ですぞ、交戦中ですぞ——

群衆　それがどうしたな、ボーイのどこが悪いんだ？

闇屋　——この男は——こいつは——英語で返事したですぞ！

（足を踏みならして、去る。群衆、非難の面もちでボーイを見る。ボーイ、石のように立ちつくしていたが、やがて肩をそびやかして、去る）

群衆　イギリスくたばれ！

新聞売り　号外——！　同盟軍の大勝利！

（暗転）

第二場

楽天家と不平家の対話。

不平家　エスキモーとコンゴの黒人が心から理解し合ったり肩と肩を組み合せて共に闘うなんてことがですよ、可能性のワク内での問題として考えてもあり得ることだと思われますかね？　もしあり得るとすればせいぜい共にプロイセンを敵として立ち上るときぐらいでしょうよ。ベルリン人とヴィーン人が手をつなぎ合うなんてのは実用向きじゃありませんよ。

楽天家　どうしてです？

不平家　古代伝説にはありますがね、ニーベルンゲンの誓いもここから派生したものですが、驚異としてありますよ。しかしお伽噺以上に不思議に充ちたいまのこの血塗れた盟約に較べればものの数ではありませんね。いいですか、電話さえできないのと電話しかできないのと——二つの別の世界ですよ、この両者では電話によるつながりだっておぼつかないですからね。この二つの世界に、肩と肩とを組み合わせ思考せよと言ってごらんなさい、一方は無秩序が生活内容となりおおせ、そのデタラメさ加減にもかかわらず世界の体面だけは保っている代物です。他方は秩序以外の何ものによってでもなく、それこそ何ものによってでもなく成り立っている世界です。どうなりますかね？

楽天家　平和時につちかわれた組織を基礎としてです、盟約の模範たるこの——

不平家　その一方の組織が他方のデタラメの模範によって混乱しますよ、もしこの戦争でさえ壊滅しない場合の話ですが。ドイツ世界の内的および外的秩序は間もなく破裂する袋です、破裂の余波は肩を伝わってこちらにもずんと及んできますよ。

楽天家　なんですか、あなたはドイツの官僚機構が、義務感の試練に堪え得ないとか崩壊するとかお考えなんですか？

不平家　ドイツの発展の象徴としてですがね、ドイツとスイス間の国境で軍服を着た駅員に出くわしましたよ、つい最近のことですがね、彼は公定価格よりも割高の闇比率で外貨交換してやるがどうだと申し出ましたよ、窓口で囁き声でね。

楽天家　あなたが倫理的な堕落を御覧になるところに私なら——

不平家　そう、民心の高揚を発見なさる。幻想の眼鏡で現実を御覧になる。自らを欺いている戦争の欺瞞の庇護のもとにカオスは果てしなく拡大してころがり始めた量がレールの外側に突進するのです。

楽天家　オーストリア人たるわれわれは？

不平家　今さらことあらためて堕ちる必要はありませんね。平和時にとっくに済ましていましたからね、大混乱ならコンサートの終了のたびごとにいやとなるほど経験済でしょうが。頑張り通した方が得策でしょうな。

楽天家　誓いの盟約に競争意識はありませんよ、これまでしかと守られてきたのですからね。共に肩を組み合い最後の最後まで闘いますとも。

不平家　そう思われますね、私にも。ただ共に経《けみ》する混乱の中で言葉が通じなくなるでしょうがね。

楽天家　剣《つるぎ》の言葉が共通語ですよ、われわれはドイツ人と共に栄光と、そして——

不平家　堕落を共にする！

（暗転）

第三場

予約購読者と愛国者の対話。

予約購読者　お読みになりましたかね、市長ヴァイスキルヒナー博士は潜水艦第五分隊の赫々たる戦果を祝して祝電を打ちましたが返電が参ったですと。

愛国者　返電がね、ほほう。

予約購読者　曰く《祝電アリガタク拝受セリ》

愛国者　あなた御存知ですかね、ユダヤ人戦線説教団最高布教師フランクフルター氏が復活祭の祝いに一大愛国説教をなさったですがね？

予約購読者　ほんとですか！　これはうかつだった、見落しましたよ！　で、どんな説教を？

愛国者　テキストはヴィーン在の陸軍司令官を通してフリードリッヒ大公とカール・フランツ・ヨーゼフ大公にも回送されましたがね。

予約購読者　で、どんな説教を？

愛国者　両大公とも戦線布教師に感謝の返電を打たれましたよ。

予約購読者　それはまたうれしい限りですよ。ではお返しにお教えしますがね、バイエルン王ルードヴィヒ大公は、現在フランツェンスバートね、あの湯治場に滞在中のボルツォヴ地区説教師《ラビーナー》ベンツィオン・カッツ氏がワルシャワ奪取を祝してかの地より打電された祝電に対し、祝電感謝の返電を打電するよう指示されたそうですよ。

愛国者　知ってますとも、その他にもまだありましてね。

予約購読者　何ですね、それを聞かしてくださいよ、胸がどきどきしますよ。

愛国者　現在フランツェンスバート滞在中のボルツォヴ地区説教師ベンツィオン・カッツ氏はワルシャワおよびイヴァンゴロード奪還を祝し——

予約購読者　お、イヴァンゴロードも入ってますか？

愛国者　そ、入ってますとも。で、それを祝し陸軍総司令官フリードリッヒ大公に祝電をば打電され——

予約購読者　うんうん、それで？

愛国者　当祝電に対する感謝の返電が送られたが電文は次の如し。発信人、オーストリア＝ハンガリー帝国陸軍総司令部総司令官大将フリードリッヒ——

予約購読者　ははあん、分りました、護衛副官大隊長ロツル代理して——《祝電アリガタク拝受セリ》

愛国者　どうしてお分りになりましたね？

予約購読者　なにね、いやもっとありますぞ。バイエルン王ルードヴィヒ大公の返電の電文ですがね、やっとあとから知ったのですがね、御存知ないでしょう、つまりです、バイエルン王ルードヴィヒ大公は現在フランツェンスバート滞在中のボルツォヴ地区説教師ベンツィオン・カッツ氏がワルシャワ奪取を祝して打電された祝電に対し、次の如き電文の返電を打電されたの

ですね、すなわち、《ワルシャワ解放ヲ祝セル貴兄ノ祝電ヲバアリガタク拝受セリ　ルードヴィヒ》

愛国者　残念ですねえ、いつも返電の電文しか分らないことがですよ、ベンツィン・カッツ氏はどういう電文の祝電を打電されたのでしょうな。

予約購読者　そんなことより今はもっと重大なことだらけですからね、目が回るほどですよ、たとえば、そう、御存知だとは思いますがね、第九予備病院ですね、以前の国立病院ですよ、病院長は以前舞台演出家であったフランツ・ブルナー氏ですがね、彼の下にどなたが一緒に仕事しているかということですよ。

愛国者　順に言いますよ、敬称略、ヤルツェベッカ、ローザ・クンツェ、ヘレーネ・ゴード、マルタ・ゼーベック、エルザ・フォン・コンラット、マルタ・ラント、フェルゼン女史――博士ですからな――グスティ・シュレサク、ヘンリエッテ・ヴァイス、ミッツィ・オーマン、クリスティーネ・ヴェルナー、それに男性側よりエルンスト・ザルツベルガー並びにヴィクトール・シュプリンガー、以上。

予約購読者　御名答、そうそうたるメンバーですよ。次には第八予備病院、以前のロスチャイルド病院ですな、これは私がいきましょう、同じく敬称略、アンナ・カスティンガー、フィニー・カオフマン、――ピアノ演奏の時には芸名ヘラ・ラングーイラ・テッサ、アドルフ・ラープ、カルラ・ポルイェス、さらに合唱隊長ボッホダンスキーを指揮者に仰ぐエーデルヴァイス四重奏団メンバー、ウール軽音楽四重奏団団員一同、男性としてミヒル、シュタインヴァイス並びにツォーナー、以上。

愛国者　その通り。しかしこれは御存知ですかね、アホステル・ガッセの病院で地区視学官ホモラッチュ氏の発議によって《言葉と絵と歌と演奏によるドイツ歌曲》が実演されましたぞ。

予約購読者　ほほう、これは一本参りましたな。それではとっておきで参りますがプラハ出身のコリチォーナー氏とメーリッシュ＝トゥリュバオ出身ミンナ・フッサル嬢とが今月の十五日、婚約しましたぞ。

愛国者　知ってますとも、まったく重大なことずくめですよ。お読みになりましたかね、《連合国側に絶望感濃厚》？

予約購読者　読みましたとも、まったくのところがそうでしょうな、濃厚どころか、あなた、いまに固ってどうにもならなくなりますよ。

愛国者　まったく、楽しみですよ。（去る）

（暗転）

第四場

総司令部の前の通り。新聞記者と老将軍、登場。

新聞記者　閣下、恐れいりますが現下の戦線の状況につきまして閣下の御意見なり御見解を少々お聞かせくださるわけには参りませんでしょうか？

将軍（暫く黙考して後）　わが――見解としては――祖国――われらの祖国愛に――もとより――もとどおり――もと――もともと――

新聞記者　どうもありがとうございました、閣下、どうもどうも。閣下の意味深長な御見解こそ、栄光に輝く皇軍の指導者たる――（両名、去る）

（いま一人の新聞記者といま一人の将軍、登場）

新聞記者　閣下、おそれいりますが現下の戦線の状況につきまして、閣下の御見解なり御意見なりをお話いただきたいのですが、いえ、そう申しましても、作戦上どうしても公表しあたわざるものとおおせあること以外のことでよろしいのであります。いずれにせよ権威筋の発言とさせていただきまして、掲載させていただきたいのでありますが、如何でございましょうか？

将軍　知らん――わしは全然知らん――聞いただけじゃが――ドイツ人が――来よる――来れば――いかん――やつらは――やり手じゃ――よって――いかん――いかん――

新聞記者　なあるほど、いや、分ります、閣下の暗示的に申されております真意は分りますとも。ところで第三騎兵隊の突撃による戦果と申しますか見通しでありますが、閣下がわれわれもまた憂慮しております当問題について何か御存知ならば、お聞かせいただきたいのでありますが。

将軍　だだ――だいたい――だいさん――き――きへ――きへきへ――

新聞記者　どうもどうも閣下ありがとうございました。わが栄光に輝く皇軍の指揮官たる閣下のすこぶる重大な意味を含んだ発言を早速編集部において整理し――

（両名、去る）

（暗転）

第五場

南西戦線。

背後よりの声一　そちらは危険です、閣下、お退りください！

背後よりの声二　閣下、お退りください、そちらは敵軍からまる見えであります。御注意ください、閣下！

（年老いた将軍、登場。もの思いにふけっているさま。シシリア兵が彼に近寄り投げなわをひっかけて摑え、引きずって、去る）

戦線報道班の一人（これに気づき叫ぶ）これが一体あり得ることであろうか！――私はこの目で見たのである！――こいつは大特ダネだ！――イタリア戦線報道班の快挙！――解説不要！

（暗転）

第六場

敵軍より三百歩の距離に位置した歩兵連隊。猛烈な射撃の応酬戦。

歩兵将校　よ、背後《うしろ》を見ろ、従軍牧師がやってくるぞ、こいつあ、勇ましいや。

従軍牧師アントン・アルマー　勇士のみなさん、こんにちわ！　いかがですな、銃砲《てっぽ》の工合は？　じゃんじゃん射っとられますかな？

士官　ようこそ――われわれは誇りに思いますぞ、説教師殿の御勇気をです！　生命の危険をものともせず、弾の雨をくぐってお出でなされた。

従軍牧師　なあに、これしきのこと、それよか二、三撥、わたしにも射たしてくださいよ。

士官　御師の御勇気、お見事、いや、お見事！（銃を渡す。説教師、数撥発射）

従軍牧師　それ、ズドン！

叫び声　おみごとおみごと！　大した腕前！　われらの従軍牧師殿、万才！

（暗転）

第七場

砲台の傍。

砲兵将校　お、従軍牧師が歩兵陣地からやってくるぞ、なかなか胆の太い男だ！

従軍牧師アントン・アルマー　勇士のみなさん、こんにちわ！　どうですかな、大砲の工合は？　どんどん射っとられますかな？

将校　ぶち込みっぱなしですぞ。

従軍牧師　神に代ってわたしにも二、三撥やらせてもらえませんかな？

将校　結構ですぞ、よっく狙って威勢のいい砲弾《たま》を、どうぞ！

（従軍牧師、一撥打つ）

従軍牧師　そら、ドドン！

叫び声　おみごと！

将校（砲兵たちに）　心やさしい御立派な従軍牧師殿だ！　われわれの郷里と同じシュタイアーマルクの御出身だ！　早速、郷里《くに》の新聞にこのニュースを送ろうではないか！（従軍牧師に）同郷の連隊は御師を誇りにしておりますぞ。御師の戦闘心と勇気こそわれわれ連隊の手本であります。

叫び声　万才！

（シャレク、登場）

将校　従軍牧師殿の一撥でわれらの大砲は祝福されたぞ！

シャレク　これが最前線の基地ですの？　これが陣地ですの？　少し乱雑すぎはしないですかしら！

将校　ごもっともではありますが――ついさきほどまで砲の雨で――

シャレク　ね、少佐さま、あたくしも大砲射ってみたいのですけれどよろしいですかしら？

将校　喜こんでどうぞと申し上げたいところですが、目下のところは小休止でありましてわれわれもホッと一息ついたところなのであります。今一撥でも射ちますと敵の反撃を誘い、すこぶる――

シャレク　ま、ひどいことをおっしゃいますわ――牧師さまはよくってあたくしではいけませんの？――御存知でございますかしら、あたくし――自分の体験に基づいて書くことにしておりますの。――ね、お考えあそばして――あたくしの描写を生かすためにも是非とに射たさせてくださいな――日曜版の記事用ですのよ！

将校　それじゃあ――そう――結構でしょう――但し、責任は持ちませんぞ。――

シャレク　それはあたくしが持ちますわ！　これですの ね、――どうやって射ちますの？

将校　これを、こう――

（シャレク、射つ。敵軍の反撃、始まる）

将校　そうら、言わんこっちゃない！

シャレク　ね、すごいじゃありません？　興味しんしんですわ！

（暗転）

第八場

プラーター。中央通りの、ある芝居小屋。舞台には塹壕の模型。その中では小屋の役者たちが思い思いに射撃練習をしたり電話したり眠ったり食事したり新聞を読んだりしている。塹壕には国旗が装飾代りにとりつけてある。無数の観客が鈴なりになって立ち最前列には役人、勲章佩綬者、新聞記者が押し合いへし合いで並んでいる。

呼込人　――さあて皆様、親愛なるお客様、観客の皆様方に只今ここに御披露致しまするはわれら一座が苦心の新作、仮に名づけますれば愛国塹壕、本物そっくり非の打ちどころさらになし、御不審ならばお入りくだされ御覧になるもとんと構いは致しませぬ。さあて皆様、今日のよき日にヴィーン市高官御歴々の御臨席のみならずかたじけなくも皇帝様御名代御直々の御高臨を得まして只今より当塹壕を開場と致しまあす。

ドイツ国営通信社ヴィルヘルムの特派員（同僚に）　軍部及び市民界からのお歴々と言うと他に――

同僚（メモしながら）　アンジェロ・アイスナー・フォン・アイゼンホーフ、フローラ・ドゥプ、顧問官シュヴァルツ＝ゲルバー及びその夫人――

特派員　ほんとかい？　最後のは見当らんぜ――

同僚　来てるにきまってるさ。

特派員　しっ、開場式の挨拶だ。六時きっかりに開場、としとくんだな。

カール・フランツ・ヨーゼフ殿下[1]の声　塹壕ヲバ目ニスルコトヲ予ハモッテ喜ビトス。予モマタ一介ノ兵士デアルガ故ニ。

観客　万才！　万才！　万才！

顧問官夫人シュヴァルツ＝ゲルバー（夫に）　ここは駄目、駄目ったら、ちっとも目につかないわ、あちらにしましょうたら、あそこならきっと目立つから。

（開場式の行事、続行される。観客、行進し、その後てんでんばらばらに散って行く。あちこちに人の群）

シュトッケラオの薬局シューマンにて受付中の赤十字募金に匿名希望にて一クローネを献金した陸軍中尉（ある紳士に）　この催し物がですね、何かの記念とか志気高揚のためとか、ま、そういうことで催されたことはよく分りますが、それにしても入場料の方はたとえ一部でも慈善事業の方に回されることを期待したいですね。私は戦時救済募金の方に関心がありましてね、御覧の通り、御存知でしょうか、私でしてね、シュトッケラオの薬局シューマンにて受付中の赤十字募金に一クローネを献金したにもかかわらず匿名にしてもらいたいと言った陸軍中尉はです、この私でしてね。只今までのところ現金で集計一〇九一クローネでしてね、公定比率二〇〇〇クローネになりますよ、以前の報告にあった六七九・二五三クローネが加わって、これはもう六八〇・三四四クローネに達しているはずであり——

クンツェ博士　ほほう、もうそんなになってますかな?

シュトッケラオの薬局シューマンにて受付中の赤十字募金に匿名希望にて一クローネ献金した陸軍中尉　ええ、ずんずんとふえてますよ。私は実は永いこと迷いましてね、名前を出そうか出すまいかとです。しかし募金というからには公衆の安寧が目的であり、私はまたなんやかやと名前をとりざたされるのが大嫌いだもんですから決心しましてね、匿名希望を申し立てたんですよ、名前を出すなどは——人受けを狙っていることですからな。や、あそこ——あれはですね、ライトメリッツ出身のオットー・Nとテレージェンシュタット出身のローベルト・Bですがね、ルシー・N女史に、ほら、ヴィーン在住の女《ひと》ですが——お祝い言《ごと》を述べてますよ、《お目出とうございます、お生れになったそうで、初子《ういご》さまでございますな!》——あんなタワ言を述べるよりかです、募金に協力した方がずっといいですよ。たとえばあの二人が二クローネ七ヘラー出してくれていたとするとあのときで五七六・二〇九クローネと五十二ヘラーになっていたはずでして——ま、そうは言っても彼らは私とは別種の人間ですし、それに私は独身《ひとりもの》なんだから他人の安産を祈願して献金するような理由もなければ——

クンツェ博士　まったくあなたが羨やましいですよ。私も実はいろいろとやってみたのですが結果はゼロに等しいのですよ、御承知とは思いますが私ですよ、私こそ狩猟協会の集会で戦時救済募金用の催し物に参加する際、各人二クローネの献金をしてはどうかという提案をした当人ですよ。勿論、私は率先して出しましたし、少なからず賛同者を見つけましたな。このことは当然人に知られてよいことではありますが、私はなるたけむしろ知られないように努めていましたな。その間、随分迷いましたよ、知られるべきや否かをです。

しかし私が常に率先して範を示すべき立場にある人間であり、その点を考慮するならば無名性の限界、もしくはかなわざる点があるのであり、そこに思い至って公けに出ることに決意したのですよ。あなたとは少々考えがちがうようですがね。全部で二十六クローネ集まりました。つまり十三人が出したわけですな。これはなんといってもなかなかの額でしょうが。無論、あなたの方のと比較すれば——（両名、話しながら、去る）

愛国者　ロンドンでは、あなた、お歴々連中は塹壕を遊び場と心得ているようですよ。新聞で見ましたがね、《塹壕にあるウェルズ皇子》なんてね。あんなところでウロウロしているだけで前線には顔さえ出したことがないんですな！

予約購読者　奴らは戦争を遊戯事と心得とるのですよ。

（暗転）

第九場

セメリンク(1)。ジュートバーン・ホテルのテラス。山並みが陽光を受けて輝く。この地に逗留中の若い者や老《ふ》けた者や肥っちょや痩せっぽちの逍遥。その者たちの顔はジャッカルのようにもハイエナのようにも見える。その内の一人の婦人がいましもハイネをおもい入れよろしくうっとりと朗読し終ったところ。盛んな拍手が起る。一方、セメリンクの定連客はあちこちで観想に沈み、立ちつくしている。

若い者　ヴァイスほど足の早いのもいませんや。歩くも走るも自由自在、カルタを囲むとなりゃどこにでも駆けつけてくらあ。

老けた者　なんと見事な山肌の輝きじゃ。ホ、見なされ窓辺で片ひじついとられるホテルの支配人、お顔が輝いとりますわ。

ダンクル（息せき切ってやってきて）　皆様、わがホテルの御客様方、大ニュース、大ニュースでございます、ヴィーンからの電話によるとです、グラッツォ陣地占領——ヴェルダンでは大勝利(2)だそうで！

全員　でかしたダンクル！　ダンクル万才！

肥っちょ　蒼空もまたグラッツォ陥落を祝してピカピカ光っとる。

痩せっぽち　今夜は楽しみだわな！　全員の集合、お祝といきますな、セメリンクの贔屓の衆と同郷の士とのさ。

がやがやの人声　ヴァイスはどこだ？——大声はいかんよ、キミ、シュトゥカルトが聴耳をたてておる——諸君、御存知かね、グラッツォがだ、つまらんこったが——パノラマの実に素晴らしいこと、もうそりゃあ——彼が間に合ってくるかどうか、さあね——なんとおっしゃられようともハイネはドイツ最大の詩人ですわ、ハイネさえあれば——あたしがね、局長に会釈したんですな、すると局長も、あなた、会釈を返してくれましてな——戦死者は年代記に記されて生き続けますとも——ゾンベントシュタインでさ、奴は一旗上げるとかなんとか——ヴェルダンは永久にこっちのものですよ！——君、大食いかね？　私はその謂わゆる大食いでしてな——もうそりゃあパノラマの素晴らしいこと、実にそのう——徒歩でね、ゆっくりとさ——あちらの戦死者は可成りのもんでしょうな！——奴もバリバリ稼いでますぜ！——あの朗読は大したもんじゃった。わしはもうポーとして聞きほれとったよ——賭けてもいいや、大慌てでやってくるぜ——博士さまのおっしゃるには下《しも》の方がずっと奇麗なのでございますと——別に三台、馬車を持っておりますが——子供の洗礼をすませてから離婚したってさ——今日は間に合うものかね、誓ってもいいね——何かそのパッとしたいのを見たければさ、ヨーゼフシュタットへ行くことですよ——分隊輸送ってのは何のこったな？　カルタいじりならこっちの専門なんだが！——そりゃもうパノラマの素晴らしかったこと、実に——よ、きたぜ、きましたよ、ヴァイス殿の御到着だ、ほうら言ったでしょうが、ギャロップで来ましたぜ。（人々の群、遠ざかる）

セメリンクの定連客（去りながら）　ま、寝かしといてあげなさいよ、きっと鉄と金属供出のことで頭を痛められとるんですよ。

支配人（眠ったまま激しく拒むしぐさで）　穴蔵に隠すか！

（ハッと目ざめる）

（暗転）

第十場

楽天家と不平家の対話。

楽天家　これはもうはっきりと言えることですが戦争布告以来ヴィーンにうろうろとどまっている若者を見たことがないんですよ、うろうろしている者も無論おりますが、まだヴィーンにとどまっていなければならない不運に焦ら立って、うろうろしていない若者はいませんよ、一人だにいませんよ。

不平家　私は殆んど人々とは交わりませんがね、しかし名づけて社会電話というのを引き込んでいますよ。戦争前にも既になんなくダイヤルをくるくる回す必要もなく社会の津々浦々の会話を聞きとりましたね、ポーカーの計画や、商売の目論見や、さあるベッドの秘め言もです。まちがい電話ですね、電話の混線こそ私と外界とをつないでいる唯一のものですよ。戦争に突入してそれによって祖国の電話が改良される見込みがなくなって会話のテーマはさらに広がりましたな、お蔭で毎日毎日電話のベルが鳴りひびき、手にとるや他人の会話が聞きとれますよ、大体日に十度くらいこんな会話をです、つまり《グスタヴは出かけてってさ、徴兵免除をとりつけましたよ》、《ルドルフも出かけてってさ、徴兵免除をとりつけましたよ》、《で、レオポルトは？　とうとう召集《と》られましたの？》、《レオポルトの奴は風邪で寝てましてな、ま、風邪が直りゃ出かけてって徴兵免除をとりつけますよ。》

――

楽天家　そういうデタラメは注意しておっしゃらないと

不平家　どうしてですね？　証明だってできますよ、オーストリアにもまだ裁判官はいましょうしね。

楽天家　あなたの見地からだと個人個人の解放を歓迎なさることだってできましょうに。

不平家　なるほど、個人個人のね。私は自分の見地を固執しますよ、祖国は私の見地に一瞥だにくれませんよ。そして自分を例外視されたがっている人々は祖国教に改宗して同じく私の方に振り向いてもくれませんね。祖国がなす死の催促を私が汚辱と考えるように、つて
を通じて死をまぬがれる道を得ることをこの汚辱を感情にまで追いつめた状態としますね、この状態にあっては生きのびるにはただ一つ自殺を志願するしかありません。国民皆兵義務に対する最後の志願権ですよ。

楽天家　しかし例外だってあるでしょう。たとえば文学です、祖国は兵士のみならず——

不平家　叙情詩人をも必要とします。元来は兵士たちが持ってはいない勇気を鼓吹すべき詩人をも。

楽天家　詩人はより高度な目的にと使命づけられた者ですよ。戦争が彼らをもまた鍛えたということを詩人自身否定できませんよ。

不平家　大体の詩人の商売気を鍛え、二、三の性格豊かな詩人には愚劣を教えただけですよ。

楽天家　たとえばリヒャルト・デーメル(1)ですね、自ら志願して出征し率先して模範的行動を——

不平家　その戦争詩で帳消ししましたね。機関銃の銃撃の音を宇宙の楽音と名づけ、国民皆兵義務のお蔭で人間よりも、なおほどこすすべもなく危険にさらされている生物《いきもの》たちを、祖国の一員とみなして《ドイツの馬たち》に呼びかけていますよ。

楽天家　詩人といえどもこのような時代にあっては好むと好まざるとにかかわらず——

不平家　創造行為を凌辱する者たちの行為に言葉を貸し与えますよ。

楽天家　ケルンシュトック(2)を御覧なさい。

不平家　気が向きませんがね。

楽天家　キリスト教的慈愛の詩人ですよ。元来が聖職者ですしね。

不平家　たしかにね、認めますよ、異常に鍛えられたらしいですな。彼の詩の一節をすぐと思い出すのですが、

同郷のシュタイアーマルクの若者に呼びかけてイタリア人から血のワインを絞り出せとのことでしたよ。

楽天家　詩人のヴィルラム[3]は――

不平家　残念ながら記憶力が私を見捨ててはくれませんでね、ヴィルラム氏ね、キリスト教詩人、血をまっ赤な花の開花と見て血の春の到来を夢見ている詩人ですね。あなたがおっしゃりたいのはこの詩人教化師愛好のあの詩句、虫《むし》獣《けだもの》とのこの闘いに、いまわしいその幼虫《ひなむし》を刺し殺せ、でしょう？　それとも、敵兵の胸板にエイと剣を突き入れていざグリグリとかき回せ、ですかね？

楽天家　いいえ、私の言うのは彼のあの呼びかけですよ。卑劣なるイタリアの侏儒めが怪物に変じたり、というあれですよ。あるいは彼の一連の詩句ですがね、彼を乗せた軍馬が高々と嘶き、高貴な勇気に充ちて身ぶるいしてから一散に敵軍の中へ、流血の中にと駆け入るというのでしたよ。

不平家　しかしその騎士殿は逸早く下馬されてインスブルックの酒場を経て後、今頃は書斎にお戻りですよ。

楽天家　詩的幻想力を過小に評価なさってはなりませんよ。たしかに彼は天なる神に祈り、われわれが血の雨に浴すなら、敵には悪魔も身ぶるいするほどの苦難を降らせ給えと祈願していますよ。

不平家　司祭が身ぶるい一つなさらないのを目にして悪魔はさぞや身ぶるいすることでしょう。

楽天家　デルマン[4]をお忘れになっちゃなりませんよ。

不平家　彼はたしか司祭じゃなかったはずですよ。

楽天家　詩人ですよ！　昔のことですがまったく魅了されたものですよ。《蒼白きか細き汝《な》が身を愛す――》！　それがどうです、あれから二十五年を経て、かつての貧血病的詩人は自らの病的趣味を克服して今や血潮に染んだ――

不平家　お忘れですね、蒼白きか細きナルチスたちは血に染んだ紅の口を持っていましたよ。

楽天家　にもかかわらずです、以前の脆弱な詩人は跡かたもなく消え失せましたよ、彼のペンになる名文句ですがね、《ロシア奴《やっこ》とセルビアゴロを切り裂いてセロビロに！》とね。なんと彼は奮起したことでしょう。

なんと充実した決断力を見せてくれたことでしょう。かつての情緒の叙情詩人がですよ、戦闘の詩人に変貌したのです。彼の存在の影響力は甚大ですよ、優美好みの甘ったれ子を仮借ない感情の点検に、更には実践者の行動におもむかせるのです。

不平家　御当人は除いてですね。

楽天家　文学作品が祖国の要求に答える効果ですね、作家乃至詩人自身への効果も勿論ですがこれは軽視できませんよ。誰もが祖国に対する義務を果さなければならない時代においては祖国だって思い出してくれるのです、自分の最良の息子たちに応えることをです。こう言えばお分りの通り私はレハールのことを考えているのですがね、ネヒレディル行進曲の作曲家が従軍義務から免がれているとしても当然のことでしょうが。

不平家　ベートーヴェンなら難聴のためにおそらくは丙種合格、ムラチャックの店で将校パーティにピアノを奏く種の役目を与えられたでしょうね。あなたのお考えでは絵画や文学の代表たるどんな連中がこういった恩恵を与えられるべきなんです?

楽天家　まずシェーンフルークですよ、軍人の種々のタイプを鮮やかに描き分けましたね。それにハンス・ミュラーですね、あの眼を見張らせるような論説はまことの勇気を証明していますよ、頑張り通すことにも大いに寄与していますしね。

不平家　ヴィルヘルム二世がヴィーンのホーフブルクに招待した詩人がですね、それはそうとあの国営宴会場は相変らず大繁盛してますぜ、ま、それはともかくとして、かくばかり光栄ある詩人がですな、あい変らず軍事記録所であれこれ働らかされているとは私だって驚くしかないですよ。

楽天家　そうですよ、その通りですとも。このような偉人たちは自らの創作活動でもって存在の意味を公けに示しつづけていると言えますまいか。他にもいますよ、戦線報道班所属の従軍記者ですね、彼らが直接前線戦闘任務を免除されているというのも――

不平家　他人をそっちへそそのかす任務のためで。

楽天家　彼らの使命はまさしく軍医のそれと等しく――

不平家　合格者をふるい出すことによって自らの出征免

除権を手に入れ、自らの安泰を図り——
楽天家　民衆の肉体を、はたその魂を癒やすことによって——
不平家　——その生命を失わしめる。健康人の耳許に口を寄せその生の香を吸い出すのです。
楽天家　普遍化はまちがいの元ですよ。
不平家　いや、論議の始まりですよ。
楽天家　祖国は兵士のみならず戦線報道員をも必要とするのです。戦時であること、戦争のさ中であることを伝える者が必要なのです。
不平家

　　なんですと？　戦時だと？
　　私利私欲にくらんだ者らの
　　言いたてる闘いがそれ？
　　軍馬は後脚を蹴立て
　　その背に跨る御仁らの
　　意のままに駆け過ぎて
　　われわれをそのひづめにくだく
　　身内の敵を滅ぼす力は持たないと？
　　前線に送られ戦死公報一枚のため
　　苦難はすべて甘受すると？
　　なんですと？　戦時だと？　戦争だ？
　　いやしい者が書き立てるこれが？
　　これが戦争？　むしろ平和だ
　　善人が出征《でて》いき邪悪者が残り
　　ペンの操作で安閑と勝ちとる
　　これが戦争？　むしろ平和だ

（灰色の粗髭の新兵の一隊が通り過ぎる）

楽天家　御覧なさい。出征組ですよ。
不平家　いや、ちがう。
楽天家　とおっしゃると？
不平家　出征させられ組ですよ、召集《と》られたといみじくも言いならわされている通りにね。出征する組と現在分詞形ならまだ意思の残り香をただよわせましょうがね。いや、これは出征させられた組ですよ。間もなく出征させられてしまった過去分詞組が出てきましょう。

楽天家　いずれにせよ出征しなければならんでしょうが。
不平家　その通り、ねばならないのです。皆兵義務は人類から受身形をつくり出しましたね、以前は戦場にと出て行ったのです、今日では戦場にと出されるのです。ドイツでは受身形以上ですよ。
楽天家　なんですね、それは？
不平家　カールスルーエで大きなプラカードを目にしましたがね、しかも陸軍司令部のまん前でですよ。《兵士に自由を！》とね。
楽天家　どうしてそんなものが、それじゃまるで反乱じゃありませんか。カールスルーエの司令部がそんなものを許すなんて——
不平家　これはつまりです、司令部の事務職員を募集中でしてね、市民よりの奉仕を願うというわけですよ。事務に係わる兵士を自由にして前線要員に配属出来るようにですね、この《兵士に自由を！》をわれわれの所にあてはめれば《兵士に出征の自由を！》となりますね、意思の自由がありげじゃありませんか。とまれあのドイツのプラカードはその目的を充分達成したでしょうよ。もし達成しなくてもドイツ軍部は事務職員の空席を補充する配慮はするでしょう。志願者の不足が生じるのは志願に該当する兵士が全て自由な兵士になった暁ですからね。
楽天家　あなたの不平はカールスルーエ司令部の告示の前でもやまないようですね。
不平家　なに、別のも見ましたよ、ある警察署にですがやはりプラカードが掲げてありましたね、その文句なら一字一句忘れられませんよ。すなわち、——

ならず者をやっつけろい
ゴロツキ連をやっつけろい
エトナの噴火にたたっこめ
ヴェスヴィアスの灰を喰わせろい
やっつけろい　ドロを喰わせろ
やっつけろい　クソを喰わせろ
踏みつけろい　ゲーと腹わた吐き出すまでな
情けにゃそっくり蓋をしてな
谷にはダイナマイトをたらふく仕込み
おべっか人種を爆破しろい

手当り次第に脳天を打ち砕け
して誇れ　《蛮勇》を！

楽天家　他の国にだってあることですよ。

不平家　普遍化はまちがいの元ですよ。あるいはあなたのおっしゃる通り、イギリス人もこうやりかねませんね、もう二、三年、皆兵義務が続けばですね。谷間というのはただダイナマイトを高々と積み上げるためにあることが次第次第に他の国民にも了解されてきましょうよ。しかしこのうちの一行ですね、やっつけろい、クソを喰わせろ——これですね、地方色豊かじゃないですか。

楽天家　表現は野卑ですがね、それだけですよ、普遍化はまちがいのもとですよ。

不平家　勿論、そうですとも。白人と植民地人とを問わずイギリスにはまずありえない表現ですからね。

楽天家　ドイツででもやや奇異な表現でしょう。

不平家　しかしドイツでしか生れませんよ。この文句を草した男は事務所に坐ってましょうね。書類入が破裂すればとび上るでしょうよ。

楽天家　そりゃあ、無論——

不平家　その当の男がですよ、戦線に出れば熱心この上ない殺人者がですよ、瀕死の敵兵に剣を突っこんでぐりぐりと掻き回し帰還すれば誇らしげにそれを物語るでしょうよ。そして再び書類入が破裂すれば仰天することでしょう。

楽天家　あなたのおっしゃっていることが何のことだか理解できないのですがね。戦時といえども善人もいれば悪人だっていますよ。あなたはおっしゃったじゃありませんか、戦争はただこの両者のコントラストを拡大するだけだとね。

不平家　そう、それに私とあなたとのコントラストもですね。平和時でもあなたは楽天家でした、そしていまも——

楽天家　平和時でもあなたは不平家でした。そしていまや——

不平家　今や私は決り文句にさえ重罪を見ていますよ。

楽天家　そりゃあそうでしょう、戦争があなたからあなたの固定観念を追い払うなんてことがどうして起りましょう。

不平家　そうですとも、むしろそいつを強化してくれましたよ。私はより高い目標を眼にして縮こまりましたね、私は出征させられる者たちを見、言葉が凌辱されているのを感じますよ、鉄条網にひっかかっているのは血塗れた自然の残骸ですよ。

楽天家　するとなんですか、あなたは文法でもって戦争に対抗なさるおつもりですか？

不平家　そうじゃありません、文法上の規則などに興味はありませんね、ただ全体的な生ける意味合いがですよ。戦争の中で言葉の生死が問われていますからね。一体何が起ったのか御存知でしょうか？　楯《シルデ》と看板《シルダー》とがもはや区別されず、庇護《シルト》と利得《フェアディーンスト》を持っていた者が勲功《フェアディーンスト》に輝き勲章《シルト》を手に入れるのです。このように事物の世界は混濁し以前の世界よりも来る世界はより血に染んでいましょう。恐るべき新たな意味合いを自らは精神的にまだそこまでは成長していない古来の言葉のフォルムでもってさらに恐るべきものとするからですよ。言葉の入門書と火炎放射器の共謀ですよ！

軍旗と新聞紙のね！　剣に手をのばすように毒ガス銃にも手をのばさねばなりません。そして小刀を手に闘う争いまでやり続けましょうね。

楽天家　それはあまりに思念的ですよ。むしろ現実面に立ち戻ってですね、問題《ハンデルト》となっているのはまさに――

不平家　しかり、商売《ハンデルト》こそが係わっており――ですよ！

楽天家　戦士たちにもし何一つ理想がないとしたら決して戦争に出ていきはしませんよ。言葉が問題じゃありませんね。各民族は目前に理想を見るからこそ自らの肌膚を裂いても――

不平家　市場に売り出しますね！

楽天家　わが陸軍司令部の言葉の中にですよ、まさにそこに、あなたが軽蔑なさる商いの世界の浅薄な言葉からきわ立って異なる特長がありますよ。

不平家　その言葉が飲食娯楽慰安業界となんらかの関係を呈示する限りにはですね。分隊司令部命令の中で読みましたがね――勇気、献身、犠牲心に係わる限り、最高級部隊がなし得るはずのものを全力をつくし果した者たち、とね。……確かに師団長には平和時に崇めたてまつっていた最高級《おれきれき》の部隊《れんじゅう》が念頭にあったことでしょうな。純粋の商いは庇護筋《シルデン》と紋章《シルデン》とを絶えずとっかえるなかでなされるものですよ。

楽天家　文字通りにそうお思いなのですか？

不平家　事実上からも文字上からも、つまり文字通りにですね。

楽天家　それを言葉の担う十字架とすれば、言葉とはやっかいなものですね。

不平家　その十字架を人は胸に吊り下げていますよ、私は背に負っていますが。

楽天家　あなたは言葉を過大評価なさってはいませんでしょうか？

不平家　していますね。たとえばですよ、私の信じるところですが、ある国民がその母国語の紋切型用語を、その意味を体験とする生活の中にひっぱりこむとき、その国民はもはや終りですね。それこそその意味内容を二度と再び体験しない証明ですからね。

楽天家　どうしてそうなるのです？

不平家　あるUボート艦長が旗を高く掲げますね、空からの敵軍の襲撃が水泡《ツウ・ヴァサー》に帰したからですよ。比喩が安定するに従い中味は空疎になり行きますね。敵の陸上作戦が陸に乗り上げ海洋作戦が泡に消えわが軍の優勢は火を見るよりも明らかで軍勢は野火の如くに敵陣に襲いかかるというわけです。

楽天家　たしかにそういう言いまわしは徹頭徹尾《サムト・ウント・ゾンダース》、軍部関係者の口から広がっていますね。しかし、その中に生きているからでしょう。

不平家　生きてなどいませんよ。もし実際その中に生きているとすれば言葉の皮垢は自然に落ちていたはずですからね。ついこの間も目にしましたが、火事のニュースがヒーツィンクで野火の如くに広まったそうですよ、世界大火事のニュースもまたしかりですかね。

楽天家　燃えてないとおっしゃる？

不平家　いや、燃えてますよ、紙が燃え立って世界に放《つけ》火《び》しましたね。新聞紙が熾火の役目を果たしましたよ。体験されるのはただ最後《いまわ》の刻《とき》が告げられたことだけでしょう。なぜって教会の鐘が供出され大砲に鋳なおされるのですから。

楽天家　教会自身はそれをそう悲劇的にとってはいませんよ、むしろ率先して鐘を供出していますよ。

不平家　戦争がその晩鐘ですよ。挽歌と臼砲の親縁関係が次第に露呈されてきましょう。

楽天家　どの国でも教会はこぞって自国軍のため神の御加護を祈願していますよ。

不平家　――そしてその武器の増加のために身を献じていますね。敵軍のため神の御加護を祈願するなどいずれ望むべくもないとしても、自国軍の殺人武器に呪詛を念ずるほどのことはできなくもなかろうにとは思いますね。その時、教会は国境を越え相互に理解し得たはずですよ。今や法王はなるほど戦争を呪いながらも《正当な国家的奮励》を口にし、またそれを口にした同じ日にヴィーンの大司教を迎えて戦争を祝福し《粗野な国家的奮励》をせきとめるものとして語りかねないのです。霊感《インスピラツィオーン》が奮励《アスピラツィオーン》より強ければこのような発言もなく、また戦争だに起りはしなかったでしょう。

楽天家　しかし右翼《シュヴァルツ》は左翼《ロート》よりさらに説き立てましたよ。

不平家　本性通りに動いたのは明瞭に書き立て《シュヴァルツ・アオフ・ロート》たものだけ、つまり新聞だけですよ。――

楽天家　――うれしいですね、あなたがとうとう新聞の力をお認めになるとは――

不平家　――その影響力は過大評価していますがね。ベネディクトに較べて――

楽天家　較べてとは、また、何と――

不平家　つまり法王とですよ。一つの論説が戦争のために果たす効果と一つの説教が平和のために果たす効果とを較べれば――としてもただ戦争賛美を説く説教師しかいないのですから――

楽天家　なるほど、ベツレヘムでの世界救済の議決は異風でしたからね。

不平家　アメリカのベツレヘムは十九世紀以前になされた不正の訂正に精出していますよ。

楽天家　アメリカの？　何ですね。それは？

不平家　ベツレヘムとはアメリカ合衆国最大の大砲製造工場の名前ですよ(5)。われわれのところではどの教会も自らのベツレヘムに報謝していますよ。ベツレヘム寄金ですな。

楽天家　単なる名前の偶然でしょう。

不平家　信じられないでしょうとも。それじゃパーテルノステルだって御存知ありますまい。

楽天家　祈禱文でしょうが！

不平家　回転エレベーターですよ。(6) あなたって方は楽天家ですな！

楽天家　あ、そうそう、そういえばそうでしたね。しかしそれがベツレヘムで——？ つまりなんでしょう、ドイツの敵国が武器をあつらえさせているのがベツレヘムというわけで！

不平家　そう、ドイツ人にね。

楽天家　御冗談でしょう、鋼鉄トラストのトップはカーネギーですよ。

不平家　シュヴァプ(7)ですよ。

楽天家　あ、そうだ、するとドイツ系アメリカ人がいまや敵方に武器を供給しているということに——？

不平家　帝国ドイツ臣民がですよ！

楽天家　一体誰がそんな馬鹿なことを！

不平家　権威筋がです、『ウォール・ストリート・ジャーナル』ですね。経済専門紙としてはわれわれの『ベルゼン・プレッセ』(8)同様の地位を保持しているものですがね、それによると鉄鋼トラストの株券の二十パーセントはドイツ人の手にあり、しかもドイツ系アメリカ人ではなく帝国ドイツ人の手にですよ。まだそれ以上のことがありますがね、これですよ、ドイツの『ゾツィアリステン・ブラット』(9)が載せている記事ですがね。《数多の純アングロ＝アメリカ系会社の伝えるところによるとフランス及びイギリス政府よりの注文を拒否したそうであるが、ミルウォーキー発行の社会主義者系『リーダー』紙が発見したところでは幾多のドイツ系アメリカ人はドイツの需要のため協力することを公けに宣言したのである——

（ランタンを掲げた若者の一団が通り過ぎる。その歌声、《ワレラガ祖国ヲワレラニユダネヨ》）

——しかし当ドイツ系アメリカ人の経営になる会社はイギリス及びフランスに供給するための弾薬筒、弾薬その他軍需物資を生産しているのである。さらに悪いことには合衆国内には帝国ドイツ資本会社の支店があり、前述の業務の一環を荷っているのである！　当事実を前にしてアメリカはなおその中立性を主張できるであろうか？　われわれの純なる眼に照らして歴然たる利潤追求企業を継続させながら、いかなる根拠により自らを中立アメリカととなえ得るのであろうか？》

楽天家　信じ難いことです。——しかし純なる眼とは言いも言ったりですよ、まことドイツ人の眼ですからね。

不平家　純にして順にして心臓は右の汚点のま上にある。ま、それはよろしい。ところで御存知ですかね、イタリア製と言われている(10)オーストリアの地図ですね、イタリアの失地回復同盟者がその一部をイタリア領として塗りかえているとして、敵国の陰謀の証左用にヴィーンでも本屋の店頭にみせしめにされているものですね、あれは実はドイツ製ですよ。また、国歌マルセイエーズの成り立ちを絵にしたフランスの絵葉書、これはドレスデンで印刷されたものですよ。ある映画の広告を見ましたが題名がふるってますね、《誠実ドイツ——陰謀イタリア！》

楽天家　実際、またそうでしょう？

不平家　あなたが実際に御覧になっていたら御意見は変ってきましょうがね。悪魔(11)がどうやらあわてて一つ活字を落したらしく三番目の語が——

楽天家　ひどい悪戯《ヴェルヒエ・トユッケ》です！

不平家　その通り、なんたる陰謀《ヴェルヒエ・トユッケ》ですよ。幸いなことにその活字は良心的な校正子の手で手書きでですがね、訂正されていましたよ、真実に名誉を与えて語にSを与えたわけです。

楽天家　あなたはいつも御説通りに忠実な観察振りですね、単なるミス・プリントを——

不平家　——権威あるテキストと考えますね。

楽天家　その誠実こそ——

不平家　——なんたる陰謀《ヴェルヒエ・トユッケ》！

楽天家　しかしですね、さっきおっしゃった地図と絵葉書のことですがね、ともに実はドイツ製だとしてもそれはむしろドイツ人の勤勉さを説明し——

不平家　——しかして敵国はその憎悪をドイツより買上げ怒りで身を震わす仕掛けですかね！　敵国よりもむ

しろドイツ人自身の屈辱ではありませんかね？

楽天家　そうではありますまい。そうではなく、私の言いたいのはむしろです、あなたが木で言えばコブのところだけにこだわって自説を立てられるということですよ。

不平家　健全な木にはコブなどありませんよ。

楽天家　むしろです、ドイツ人はアメリカにさえ自らの要塞を建てたのではありませんか。

不平家　当人たちはその要塞の中で自らの同郷人をなぎ倒す弾薬作りにいそしんでいますがね。

楽天家　そりゃあ商いは商い《ビズネス・イズ・ビズネス》ですからね。

不平家　むしろ商いは商い《ゲシエフト・イスト・ゲシエフト》とおっしゃるべきですかね。

楽天家　政治においてはです、功を奏することが何をおいても第一のことですからね、だからこそルジタニア号の沈没事件でも非常な印象を与えたからには大成功と言うべきですよ。

不平家　印象ならたしかに与えましたね、世界中がまだ嫌悪する能力を持っているって印象をですよ、しかもベルリンでね。

楽天家　ベルリンでも？

不平家　従前通り証明なくしてじゃ、本当とはなさらんでしょう。（読む）《巨船の船体が水面に没したちょうどその瞬間、何百人もの乗客が海中にとびこんだ。その大半の者は沈没にともなう渦に巻きこまれたがそれでもかなりの者は爆発の際飛び散った木片にしがみついていた。…クイーンスタウンより悲しみの情景が見てとれたのである。妻は夫を求め母は子の名を呼び老婦たちはほどけ水のしたたる髪を乱して右往左往し、若妻たちは放心の様でただわが子をしっかと胸にかき抱いていた。ある港には一二六体の死体が打ち上げられていた。その中には年さまざまの男女子供たちが見られた。二人の子供は哀れにもしっかりと抱き合い死を共にしたのであった。まさしく悲痛に満ちた生々しい光景であった。》

楽天家　なるほどね。しかしベルリンででもとおっしゃったでしょう？

不平家　ベルリンででも？　そう、ベルリンね、あそこではこの事件の翌日既に実況を特写した映画が上映さ

れましてね、題名曰くです、《ルジタニア号沈没大特報、トリック無し、当フィルム上映中に限り喫煙許可》

楽天家　たしかにややたしなみが欠けていますね。

不平家　その代りトリックなしですよ。

楽天家　私はルジタニア号事件を感傷面から見たくないのですよ。

不平家　私もね、むしろ犯罪面から見たいのですよ。

楽天家　警告は前もって発せられていましたよ。

不平家　危険に対する警告は威嚇つきの犯行に他なりませんね。殺人に先立って脅迫が行なわれたのです。前もっておどしつけたのにといって犯行の罪が軽くなるわけでもありますまい。何のいわれもないにもかかわらず私があなたに何かをすること、あるいは何かをしないようにと死をもっておどすならば、私は警告者ではなく脅迫者であり、求刑者ではなくただの殺人者にすぎませんよ。喫煙許可ね、子供の死体に想いを馳せるならば祖国よ、暫しおとなしくしていなさいだ！

楽天家　しかし潜水艦としてはあれ以外どうするわけにも——

不平家　氷山に代えますかね。数年前、畏怖の代りに恐怖を教えこんだ人類の技術への傲慢による狂気に対し神の憤りが下ったさながらのタイタニック号(12)の場合のように。いまや技術は自ら判決を下し全ては順調ですよ。あの以前の事件の際には怒りを下した神の名は救いにも名ざしで呼ばれましたね。今度の場合の潜水艦の英雄の名は世界史にも秘められ語られませんよ、公報もその名を載せてはいませんね。この英雄たちに勲章が与えられたとの敵国の発表はヴォルフの事務局から虚報とされましたよ。しかも凡庸な決り文句によるありきたりの口調によってしても、心底を露呈する体の憤激をもって否定しましたね。

楽天家　艦長といえども勿論ヴェディンゲン(13)のような英雄と同列には——

不平家　なりませんかね？　行為は英雄化されますよ、行為者と同様に行為もどうして沈黙に付されなかったのです？

楽天家　行為はなるほど崇高とは言えないものでしたよ。

しかし効果は大でしたからね、ルジタニア号の甲板には武器が積み上げられていたのですからね、ドイツ兵に向けて発射される筈の武器が。

不平家　そう、ドイツ製のね！

(暗転)

第十一場

郊外の小路。食料品店の前に労働者の群。警官が中に割って入る。やおら《パン売切れ》と大書した掲示板が持ち出される。群衆、立ち続ける。

警官一　売切れというのが分らんのか？

群衆の中の主婦一　夜中の二時から待っていたのに！

警官二　さ、散った散った！

主婦二　こんなことあるかしら？　八時間も待たされたあげく売切れだなんて！

男一　よ、押し込もうぜ！

男二　そうよ！　そいでよ、一切れでもあったらよ、叩きのめしてよ、あおむかせてやろうぜ。

主婦三　あたしたち、税金払ってんのよ、ユダヤ人と同じにさ、払ってんのだから食べる権利だってあるわ！

主婦四　みんなユダヤ人のせいよ！

叫び声　パンを出せ！

警官二　もし命令に従わんのならだ、どういう目にあうか知っとるだろうな。

警官一　公務執行妨害だぞ！

叫び声　パンだ！　よこせ！

警官二　ぶち込むぞ！

叫び声　ぶち開けろい！

警官二　一週間待ちゃあ配給切手が貰えるはずだろうが。

主婦四　一週間も待ちゃあミイラになってらあ。

警官一　挙国一致で頑張り抜く時だぞ、分らんのか！

老婦（首を振りながら遠ざかって）　ああ、あ、いやだ　いやだ、男どもは鉄砲で狂い回り、女たちはパンで泣き回るなんて！

警官一　いいか、もう最後だぞ――帰れ帰れ！

男三　しかしよ、切手はもらってもよ、パンはどこでくれるんだ？
男四　パン屋さ！
男五　パン屋か！（大笑い。群衆、口々にののしりながら去る）
食料品店主（ドアを細目に開け、上品に着飾り後方に立っていた婦人に手まねきして）　さ、さ、早く入って、早く。
――
（暗転）

第十二場

ケルントナー・シュトラーセ。大食男と並食《なみぐい》男が出会う。
並食男　よ、ごきげんさん、どうだね、世界大戦を堪え抜けるかね？
大食男　聞いてくれるなよ、君、それよかだ、二、三枚パン配給切手を回してくれんかね、方々、駆けずり回って集めてんだ。
並食男　とんでもない、こっちだってきゅうきゅうだぜ、並食のぼくがだぜ！　ま、君が辛かろうってことは分るがさ。昨日も家内に言ったばかりだがトゥーゲンダート君には辛かろうとさ、有名な大食家だからとさ、なに、新聞で見たんだが、不平が沸くのも道理だよ。しかし大食家は並食家より大量に食わねばならんとしても、並食家も小食家に較べれば多く食わねばならないのだからさ。
大食男　君は小食家かい？
並食男　でもないんだな、中程度、並食の部類だよ。そのぼくだってバンドがゆるみっぱなしさ、このまま続くとすると戦争どころの騒ぎじゃないぜ。
大食男　まったくさ。御承知の通りぼくはなうての大食だろうが、ぼく如き男が一日にどれほど食わねばならんか食糧庁の方でも考えてくれにゃ困るよ。
並食男　そりゃあそうだがパン配給切手制の初日はえらい騒ぎだったよ。実情はどうだったかは知らないが新聞によれば一応平穏無事に事は運んだそうだぜ。
大食男　こと細かに載せてたがね、百人もの記者を各所のいろんな店に派遣したそうだよ、店によって反応はさまざまなんだな、たとえば《レーバー》では定連客はこぞって新制度を歓迎したそうだが——
並食男　——《ヴァインガルトル》じゃ給仕連が大忙がしで——
大食男　——色々説明せにゃならなんだ。どの店にも共通して見られた現象というのはだ、勘定係がポケットから鋏をとり出すたびに——
並食男　——黒山の人だかり、無理もないや、こんな奇妙な見世物もなかったってものさ。
大食男　まったくなんたることを頑張り抜かにゃならんのかってものでさ。
並食男　塹壕組もこちらを羨む理由がなくなったぜ。
大食男　正直言うとだよ、切手制の最初の日——出で立って初陣の身って気持だったぜ。ま、出デ立ッ我ハの場合には召集免除は簡単さ、なんとしてもとりつけるね。しかしだ、パン配給切手制とくりゃあ、処置なしだよ。君は大食の方じゃないのかい？
並食男　並さ、並食組さ。
大食男　君はさ、君はいいさ、ぼくを見てくれよ、世に隠れなき大食家だぜ——打ち明けるがね——分るだろう——ヴィーンの誰もが尋ねるんだな、ぼくが一体何をおっぱじめるか、みんな興味しんしんなんだ——
並食男　分るよ、分るとも、君のような大食家とすれば辛かろうさ。ぼく如き並食でも——
飢餓男（近づき手を差し出して）　どうぞお恵みを。せめてパンのカケラでも——
大食男　——ぼく如き名うての大食家はまったくもって——（話しながら、去る）

（暗転）

第十三場

フロリアニ・ガッセ。年金生活中の宮廷顧問官ドラオホベッキィ・フォン・ドラオホベッツと同じく年金生活中の宮廷顧問官ティベタンツル登場。

ドラオホベッツ　いやもう楽しみで楽しみで明日の『ミタークス・ツァイトゥンク』がじゃよ――わしの贔屓の新聞じゃがよ――待ち遠しいわい、つまりじゃ、わしの詩が載るかどうか、実は昨日送ったんじゃがどうじゃな、お聞かせ申そうかな、ええと、どこに入れたか、まてよ、こうっと、そうそう――（紙を引っ張り出す）

ティベタンツル　また作りよったか、今度はなんの詩じゃい？

ドラオホベッツ　なんの詩じゃかはすぐと分ろうがの。《旅びとの戦《いくさ》の歌》じゃ。つまりさ、《旅びとの夜の歌》(1)の代り種でな、読むぞ――

なべての梢に憩いあり
なべての峯に
風音もなく――

ティベタンツル　よよ――そりゃあ――そりゃあわしの作じゃよ！

ドラオホベッツ　なんじゃ？　あんたの作じゃ？　こりゃ驚ろいた、こりゃゲーテの作じゃよ！　ま、耳を澄ませてな、ゲーテのとも違《ちご》うてな、も一度始めから読むによって――

つまりなべての梢に憩いあり
なべての峯に
風音もなく
ヒンデンブルクは森に眠れり
待て　しばし
ワルシャワの陥落　いや近し

古典《ふるもの》ではなく、新作じゃよ、鳥の代りにヒンデンブルクを入れたんじゃがな、すれば締めくくりは言うまでもなくワルシャワとなるな。これが載ってもわしひとりのものにはせんわ、ヒンデンブルクに送ってやりますぞ、わしは、つまりその、奴の大ファンでな、崇拝者じゃよ。

ティベタンツル　これは妙な符合じゃわい、不思議じゃわな、それというのはつまりその、昨日じゃな、わしも詩を一つ作った、『ムスケーテ』用にじゃよ、しかし――

ドラオホベッツ　同じ詩を作ったなんぞと、そりゃあああんまり――

ティベタンツル　同じとは言わん、やや違《ちご》うとる。曰く、

《パン焼釜のほとりにて》じゃ。

なべての梢に憩いあり

パン焼釜に

煙りも立たず

ドラオホベッツ　お、違うとる違うとる、よう出来とるわい！

ティベタンツル

パン焼男は森に眠れり

待て　しばし　いざやがて

汝《なれ》の腹も空《から》とならん

ドラオホベッツ　まさしく思想移入の極致じゃ！

ティベタンツル　じゃがの、無駄な骨折りよ、貴公のが載るかどうか待ってからじゃよ、載るとなると『ムスケーテ』に送るのは見合わさんとな、でないとわしがあんたのをパロディにしたと思われますわい！（両名、去る）

（暗転）

第十四場

さる狩猟協会。

フォン・ドレックヴィッツ　諸君、口まかせ出まかせの自慢話は一時中止願いましょうか、ロシアにおける私の一カ年は諸君ののんべんだらりとした平時の三年に相当しますぞ！　敵地に獲物は手当り次第、申し分ない日々でしたぞ。敵を打ちのめし意気揚々と岩に腰掛け、なおも敵さんけしかけて、舌を出し這いつんばらせてマイッタを言わせるのはな。戦争はまことに男子のなりわいですぞ。しかし私がかの地にあったとき万《よろず》病《やまい》立ちどころとかの驚異的な傷創バルサムがあってな――つまり、リボンなしの鉄十字さ！　ときには身体をちと暖めるのに一滴二滴の古酒も飲まねばならん、精神の回復薬でな。お調子者の陽気なフランス野郎の

戦い振り、いやはや、見物ですぞ、われわれは怒濤の如くに蹴散らしたな、バッタバッタと倒れるな、そこでこう燦々と陽光の照る曠野の中をわれらの駿馬を駆けめぐらしたな。まったく、咽喉元を下る美酒の味わいそのものでな、血わき肉おどる思いですわ！　さらにひとっ飛び、敵軍をめぐって今度はベルギーの地、肥沃の土地よ、われらを待つは豊かなる街の連なりときた。目もさめる青色のグルカと二人のベルギー人自転車乗りをわが戦況日誌の一頁にスケッチし、して次は――ポーランド国境縦断の巻！　いまぞ待ち受けるは激戦また激戦、われらの銃に弾の切れ間はさらにあらずとは知れたことだ！

　はじめはしかし射撃すべき対象が皆目無しでな、敵の姿が見えんのだ。われらは馬を進めたな、粛々としてもやの中だ、果しない闇中の進軍の連続、また連続さね。して遂に敵陣を発見したな、奴ら特有の天幕小屋、いや、見もせん御仁には想像もつかん、描写もおのずからかなわん構えよ。すべからくおのが目で見、はた感得されんことを祈るしかない。それはともかくだ、コサック兵もなかなかの強者《つわもの》、橋を守護して渡橋はまかりならんときた。背後に大砲隊がひかえておる、わが軍の前衛は攻勢に出たは雨と降る砲火の反撃、夜も紅に染んだと見えたな。暁と共に全隊は大攻勢開始だ、二手に分れ、戦友の一人はたちまちに頭に一撥喰らってな、頭骸骨が八方に飛び散ったよ。こちらは足をしのばせ、這い寄ったな、敵の前衛をエイヤと殺した、ペン、ペン、廻りは弾の雨さね、ペンとくる、右に左に、また右に！　大砲の火ぶたが切って落されたな、ズドン、ズドドン！　わが軍も反撃にやぶさかならず、ドドドドドン！　陣屋の窓からはこすっからいロシア兵めが手榴弾を投げおるわ、路上は上を下への大騒ぎ、逃げまどう住民の群だ、味方も敵兵も区別のつこうことかは、われわれはさる大いなる館にとにじり寄ったな、勝利の女神の微笑がわれらの頭上に来らんときまで待機せんと企てたな。だが混乱はさらに激しく戦況はいずれとも判断のつかぬ有様、諸君、足の一歩も動かせばズドンとやられる窮地、絶体絶命の状態ですぞ、お世辞にも爽快にして結構と言えまいて。だがわれらは頑張り抜いた。辛苦ノ結晶ハ戦況ニ現ワルとの格言通り昂然としてな、路を伝うこと百五十歩の地点に暫時集結、勇気凛々、ロシア軍の出方をうかがったな、その最中、《ラインの守り》を朗々と歌ったのはわれら八名の勇士のみよ。もぐらの如く凝然として待機の姿勢だ、配下の者を信頼はしておった、命令なしには誰一人もぞもぞしまいとさ。我輩の横に年若い志願兵がめそめそし、歯をガチガチ鳴らしておった。横っ腹に一撥喰らわせたよ、して《射て、射ちまくれ》と命令を下したよ。高らかにプロイセン流の宣下の声だ、かなたこなたの戦友にとどけとばかりにだ。また大声を発さねばならん状況でもあったな、辺り一面、騒音、砲音、弾音の髪逆立てる響きでな、われらの大砲がズドン、ズドン、とどろくほどに敵は退却、死者、負傷者の山また山さね——瀕死のうめきは地にとどろき天にとどいた。われらは勝どきの声勇ましく突進したな！

さて、諸君、獣の一群さながらに第一の陣屋の扉を蹴破ったな、敵さんはもはや意気阻喪、声一つ上げられん始末、眠りこけたも同然よ。われらに不足したものと言えば乾杯のグラスを満たす酒だけだった。しかしだ、諸君、油断は大敵、敵軍にはたしてたくらみなきや、我輩はシッカとこの眼で視察したいと考えた。二、三撥、掩護射撃さえしてくれたらと、我輩は弾薬かかえ銃をひっ下げ唯一人進んで行った。ペン！　や、一人いた！　直ちにお返し、一撥で充分よ。二番手、三番手、バッタバッタと射ち倒せば、敵軍色めき立てどもさらに顔色既になく、銃をとっても射つを忘れる始末さね。や、四番手だ、おっと、我輩としたことが弾間ちと短かすぎた。だがそいつが幸いしたのだな、ロシア野郎め、身も世もない金切声を上げおった。わしは直ちに配下のカラビーナ銃をもぎとって次々にいと間もおかず五撥、庭の垣根のこんもりとした繁みに射ちこんだ。ギャーとの声から判断するに無駄弾ではなかったろうよ。最後の一撥は我輩にもちと気が進まなんだ、敵兵にもはや射つ意志なく危険はさらになかったでな、だが同情が何かある。廻れば我が身の運命だ。それに、戦さをおっぱじめたのは我輩でもないが故にな。敵陣は易々と掃討よ、我輩は気も軽く配下の許に引き返したな、われらの総員がたった六人であったと判明したとき、ロシアの将校はもうポカンとしてたまげとったよ。我輩は親愛をこめ配下をねぎらった。一人一人の掌をかたく握ってな、我輩の笑いはまさに勝利者の微笑といったところよ。まったくもってわが生涯最良の瞬時《とき》であった。戦果もまた上々、かくして意気揚々と市場まで進むほどにロシア人はわれらが姿をひとめ見んものと駆け寄った。砲兵隊長に我輩は掩護射撃を感謝し、分隊に戻り戦況報告、われらの壮挙の報は野火の如くパッと広まり、配下の六人も直ちに鉄十字勲章受賞、我輩は第一等級に進級だ、もっともこの進級は、ほぼ一年ほどしてやっと公報されたものではあるがだ。——そこでだ、諸君、諸君は如何なる手柄話で我輩を仰天させるお考えだな！　我輩のロシア戦線経験譚こそナンバー・ワンさね。我輩はわれらの協会の機関紙『野獣と猟犬』編集子に促がされ我輩のロシアにおける敵兵狩りの成功譚をまとめる破目になったのであるが、ことさらに拒むのもおもはゆく、さらば試みんと思っておる。これはまた仏伊兵狩りへのはなむけともなろうほどにな！　ま、それはさておき、よき獲物を念じ諸君と共に咽喉の渇きをうるおすとする。さあて、乾杯！

全員　ドレックヴィッツ殿、狩りの神様、乾杯！

（暗転）

第十五場

分遣隊司令部の事務室。

ヒルシュ(1)（《浪費屋》(2)のメロディで歌いながら登場）

ハイサ！　戦さは楽し
悩みもないし
明朝版記事出来上り
記者稼業　やめられませぬ
五体は健全
召集は免除
たんと稼ぐぜ

名誉の戦場で

今時祖国でしゃちこ張るたあ
能がないやな
ちょいちょいと頭を下げて
戦線報道班勤務ときたね
塹壕入りたあ
最低だあね　アクビものだね
楽な稼業よ
ペン先仕事

俺の筆たあ超特急
右向きゃ戦況報告
左向きゃ将軍様の御業績
尻にあっては前衛描写
キリがつくまでここにいらあな
収穫はたしか　大たしか
敵さん遁走一足飛びだぜ
俺がこうことペン走らせりゃ

この地こそ故里同然
申し分なし
勇士諸兄が射ち回り
勇士諸兄が駆け回ろうとも
何が次々あろうとも
弾は俺までとどきませんね
戦さ商売、ワリがいいやね
わくわくするね

（叫んで）よ、少佐殿、将軍にお会いになったら伝えて下さいよ、今日はインターヴュの日ですぞとね、将校の皆様にもその旨同様に！　今日は総ざらえでいきますからな！（去る）

ローダ＝ローダ（唱歌のメロディで歌いながら登場）

オー　ローゼンバオム
オー　ローゼンバオム
麗わしの葉の育つ木よ
戦場には

ちと無理な木よ
前線じゃ　筆の花咲く

自分のこの目で
なんでも見るよ
なんでも承知
知識でこの身が
破けるほどに

妻がなんだね
子がなんだね
人生とはそも何ものだ？
時間つぶしに
おあつらえの
塹壕全てローダ様御専用

敵さんの御前で
おしゃべり無用
百聞も一見に如かずとか

インターヴュなど
まっぴらまっぴら
それに小生にゃしゃべりませんね

元をただせば
小生とて将校上り
ひとつ釜の連中なら
うじゃうじゃいるし
今日の小生は
銃なしの防衛マン！

かつては誰やら小生に
コラ、何しとると言いおった
恥辱ですよ
だが今日
御注文ならざくざくだ
誰もが名前を書かれたいもので

軍隊は小生の

なじみの処
戦況報告入用とあれば
あっちこっちと
とび回ります
世界歴史はこの筆のまま

今日は
ヴァイクゼル
明日は
イソンツォ(3)
戦場の往来
慣れましたね
へっちゃらですね

憲兵殿
御報告
敵兵逃走
実の所は
大敗北

だが勝利の歌を小生は歌う

祖国には まず
足向けません
こちらこの なじみの寝ぐら
ローゼンバオムの一員といえ
名前は称してローダ＝ローダ

(叫んで) お、少佐殿、将軍にお会いになったら部隊長をとっ代えるようにとの私の伝言、たのみますよ。——奴はプシェミズル第五陣地への通行証を出ししぶったのです。小生を誰だか知らんとは許せんことです。軍規がたるんどる、けしからんことですぞ——コラ、分っとるのか？ (去る)

(暗転)

第十六場

分遣隊司令部のいま一つの事務室。

幕僚長（登場、電話に近より、手にとって）――よう、失敬、なんだ、プシェミズルの方の報告書のことなんだが、仕上げたかね？――まだだ？　寝すぎちまったのじゃあるまいな――早いところやっつけろよ、でないとお楽しみのあれにまた遅れちまうぞ、え？　なんだ？――またみんな忘れたと？――なんてこったい、耳に手をそえて聞くんだぜ、もう一度言うからさ、いいね――要点一、我が軍の陣地はただの石の山にすぎず元来が三文の値打もないものにて――え？　そうはいくまい？――かの陣地こそ我が軍の誇りであったこと？　今さら言い逃れはできまいだって？――君、君、出来るとも、言い逃れなら四六時中だ、出来いでかね！　それでだ、いいかい、三文の値打だにない石の山にすぎず――なに？　最新の軍事設備？　あんなものはへのつっぱりにもならんよ、分っとるだろうが？要点二、こいつは大切だぜ、敵軍の軍事力によってではなく飢餓によってだ！　しかしだよ、その際、不充分な兵士用食糧供給のことをことさらに強調せんようにな、なんとかかとかだ、ほどほどにだ、さりげなくだ、そこはそっちの筆の見せ所だ。飢餓の故にとしても餓えの苦痛ぞ何かある、うん、それでやってくれ、その通り、餓えでなくて敵軍の力によって――いや、ちがう、ちがうよ、敵軍の軍事力によってではなく、単なる餓えによりだ、――え？　それはいかん？　食糧不足の実体があからさまになる？――ふんふん、何故に兵士が餓えねばならなんだか問われることになりかねん？――なるほど、了解了解、しからばだ、こうしょう、つまりだ、必要充分なる食糧確保は不可能なり、何故ならば敵軍はいち早く我が陣を陥し糧秣を確保した故に――え？　すると敵がいかに我が陣を陥したかということが？　餓えによって我が軍勢が参っとったから？　そんな馬鹿な、そりゃあ、君、その際は無論、力によってだ、そういろいろ詮索し給うな、敵さんの軍事力によりてだ、力によりてだ、して糧秣を奪《と》るならばだ、さすれば我が軍に糧食はなく、しかあればだ、敵軍、我が陣を陥したりとはひとえに我が軍の飢餓に乗じてであり軍事力によるわけではなかろうさ。ようしと、この調子でやってくれ、失敬失敬、これから将校会食会さ、自分で糧食不足を証明する気はないやね――以上!

(暗転)

第十七場

アントン・グリューサーのレストラン。前方に婦人連れの紳士一人。テーブルからテーブルへひっきりなしに一人の男が会釈して回る。左手のテーブルに不平家。

給仕一　御注文はお済みで?

紳士　いや、まだだ。メニューをたのむ。(給仕、去る)

給仕二　御注文はお済みで?

紳士　いや、まだだ。メニューをたのむ。(給仕、去る)

給仕見習い一　お飲みものはビールでございますか、それともワインを――

紳士　結構だ。(給仕見習い、去る)

給仕三　御注文はもうお済みで?

紳士　いや、まだだ。メニューをたのむ。(急いで通り過ぎようとする給仕に)君、メニューを!

給仕見習い二　ビールに、それともワインを――

紳士　いや、結構だ。

給仕四(メニューを持ってきて)　御注文はお済みで?

紳士　いや、まだだ、メニューがきたばかりじゃないか。何ができるね?

給仕　メニューにありますものは全部、はい。

紳士　ここのこれ、《イギリスくたばれ》ね、こいつは遠慮したいね。

給仕　おあつらえは如何でございます。何か特別な――

紳士　ロースト・ビーフはあるかね?

給仕　残念でございますが外国種の肉は切れておりまし

て。如何でございましょう、御連れ様にはヴィーン名物シュニッツェルとかラムシュテッケルとか、変ったところではガンゼルとか――

紳士　もっと軽いものが欲しいね。これは何だね、《刺激食(珍味!)》ってのは?

給仕　食欲増進パンでございます。

紳士　あたしはとっくに増進しきってますよ。それじゃあ、と。《魚卵油汁》とは何だね?

給仕　魚のマヨネーズでございます。

紳士　《パン粉パイ》とは?

給仕　特製デザートでございます。

紳士　《混合食》、これは?

給仕　特選前菜でございます。

紳士　じゃあその特選なるものをたのむ――それと、えぇっと、何だい、こりゃあ、《オランダ野郎肉汁付き野戦将校式牛腰肉大塊》? 食べものかね、こりゃあ?

給仕　オランダソース煮込み団子でございます。

紳士　五十二クローネとは、高いよ、君、こりゃあ高いよ。

給仕　ではございますがただ今は戦時でございましてそれに今日は肉の配給日ではございませんで、はい。

紳士　仕方がないや。じゃあ、早いとこたのむ。(給仕、去る)

婦人　だから言ったでしょう、サッシャー[1]にしましょうって。あそこだとせいぜい五十クローネしかしないことよ。

給仕一　御注文はお済みで?

紳士　ああ。

給仕二　御注文はお済みで?

紳士　ああ。

給仕見習い　ビールにいたしましょうか、それともワインを――

紳士　いや、結構だ。

給仕三　御注文はお済みで?

紳士　ああ。

給仕四　(戻ってきて)　まことに申し訳ございませんが、ちょうど品切れでございまして。(メニューのほとんど全部を消す)

紳士　しかし、君、君はたしか――
給仕　申し上げました通り本日は肉の配給日ではございませんので。よくあることでございまして、はい。いかがでございましょう、カラ味ソース付きの《失ワレタル卵》などは？
紳士　失ワレタル卵？　何だね、それは？　誰が失くしたっての？
給仕（小声で）　戦前はエフ・ポシェと申しておりましたものでございますよ。
紳士　なるほど。国粋語に直してとり戻そうってわけだね？――どうも気が向かんね――ええっと、これは何かね？　《破約国ウドン》？
給仕　マカロニでございますよ！
紳士　ほほう、なるほどねえ――《悪党サラダ》？　これは？
給仕　フランス・サラダ。
紳士　ははーん、こいつは分りやすい。では、と――君、いいかね、まず《攻撃シ掛ケラレタルジャガイモ》と《失ワレタル卵付キ自家製雑物《ゾウモツ》》ね、それに《戦意昂揚混ゼ物料理》ね、その後でジャムパンに《グリューサー特製純血御菓子》二人前、しかしどんな代物かね、こりゃあ、以前はなんてったんだね、え、君？
給仕　グリューサー・泡立ちトルテでございますよ。
紳士　どうしてグリューサーとつくの？
給仕　そりゃあ、あの方《かた》のお名前をとってでございまして！（グリューサー[2]、テーブルに近づき、会釈して、去る）
紳士　ありゃあ何者だ？
給仕　御主人様でございますよ！（去る）
勘定給仕　御注文はお済みで？
紳士　ああ。
せむしの少年新聞売り（テーブルからテーブルにとび回り）　勝利に次ぐ大勝利！　号外！　イタリア軍殲滅！　勝利に次ぐ大勝利！
小娘二人（絵葉書と戦争援助資金用バッジを見せながらテーブルからテーブルへ）　戦争募金に清き御援助を――みなさまの暖かい御援助を――
給仕見習い　パンは如何でございます？　おそれ入ります、メニューをお返しいただきたく――

紳士（メニューを渡しながら）　――おやおや、メニューまで品切かね。

婦人二人（絵葉書を持ってテーブルからテーブルへ）　戦争募金にどうか――

花売り男（大股でドタドタと）　え――花はいかがで――花は――

花売り女（男の背後から）　スミレ――奥様におひとついかが？

新聞売りの女　号外！

客一（勘定給仕を呼んで）　大蔵大臣殿、ちょいとお越しを――

勘定給仕（頭を下げながら）　早速、新できの御名言でございますな。お返しにひとつ、その、なんでございます、ガリーツィエンからの逃亡とかけて――（客の耳に囁く）

客一（次第にニコニコし出し最後にはプッと吹き出して）　ひゃ！　上出来上出来！　それじゃ一丁いくがね、赤十字の看護婦とかけて――（給仕の耳に囁く）

給仕（皿を十八枚、手に載せて運びながら）　おおっと、失礼――！（スープが婦人にとび散る）　どうもどうも、わざとではございませんで、パートン！

客三　パートン？　さてはパルドーンか？　おい、君、グリューサー君、あなたなんですね、あなた御自慢の純ドイツ式のお店でですよ、給仕がパルドーンとは何事です！

グリューサー　フォン・ヴォシチェック様、重々ごもっともでございますがもう下の者には手が廻りかねまして、いや、まことに。つかまえまして注意いたしますと翌朝にはもう暇をくれと申すのでございまして、勤め口ならあり余っているとか申しまして、まことに難かしゅうございましてな。信用の置ける者はみんな出征してしまいまして残った者はもうタチの悪い連中ばかりでございまして。

客　そうだろうとも、そりゃあ分るがね、しかしだよ、それにしても――

グリューサー　はっ、パルドーン、フォン・ヴォシチェック様、御挨拶に参らねばなりませんので、はい、パルドーン。（去る）

客　パルドーン、パルドーンとね、その口の下で連発ですよ。
定連客　よ、グリューサー、どうだい、景気はさ。レーバルの方はなかなかの繁盛だぜ。
グリューサー　ま、あちら様はあちら様でございますよ、値段をむやみと上げておりますからね。こちらは、やりにくうございますよ、あっちからもこっちからも剣突くでございましてね。
定連客　ま、ちょいと一服、どうだね、同席でさ。
グリューサー　は、ありがとうございますが、もうひと回り回りましてからのちほどに。（去る）
定連客　それもそうだな。じゃあ、あとでな！
バンブラ・フォン・フェルトシュトゥルム（テーブルを叩いて怒鳴り）　畜生め、一体何をぐずついとる、おい、こっちだ、こっちだ！
給仕　はい、只今参ります、少佐殿！
グリューサー　少佐閣下、御注文はまだでございますか？
バンブラ・フォン・フェルトシュトゥルム　一体なんてザマだ、え、何一つ食わさんつもりか？　どうなっとるんだ、顔ぶれも変っとる、古い給仕連中はどこへ行ったんだな、この一年、さっぱり見かけんじゃないか。
グリューサー　召集でございますよ、少佐閣下。
バンブラ・フォン・フェルトシュトゥルム　召集だ？　どうしてまた召集されちまったのかね？
グリューサー　それは、はい、戦争だからでございます。
バンブラ・フォン・フェルトシュトゥルム　一年前から気づいとったんだが給仕はたった四人じゃないか。こんなに広い店でだぞ！　一年前から気づいとったんだ。
グリューサー　はい、戦争以来、もうずっとでございまして！
バンブラ・フォン・フェルトシュトゥルム　なんだ？　こんなザマで話は済まんぞ！　わしの同僚連中がみんな苦情を言っとる。このままだと誰一人寄りつかんことになりかねんぞ！　誰もかもだ、トロナー大尉しかり、フィービガー・フォン・フェルトヴェーアしかり、クライビッヒしかり、クーデルナしかり、大隊長ハーゼネルしかり、みんな顔見せせんようになっとる。昨日も昨日だ、六十六大隊のフッサール・フォン・シュラハテントロイが言っとったが、いいか、このままこの調子だと——

グリューサー　はい、閣下、それというのも何もかも戦争のせいでございまして、なんとか早く平和になってくれますれば——

バンブラ・フォン・フェルトシュトゥルム　なんだ、平和だと——何を一体口走っとる——わしは皇帝直々の陸軍大演習に参謀をやっとったのだぞ——そんな言葉が他人に聞かれでもしてみろ——滅私奉公を忘れとるのか——え、どうなっとるんだ！（給仕急いで通り過ぎる）おい、コラ、こっちが見えんのか、とんちきめ、待てと言ったら待たんか——言うことを聞かんと召集させちまうぞ——どうなっとる、こっちに回すお鉢がないとでも言うつもりか——

グリューサー　何を御注文になりましたのでございますか？

バンブラ・フォン・フェルトシュトゥルム　まだなんにもだ。焼肉はあるんだろう、カラ味にしてだ——

グリューサー　申し訳ございませんが本日はあいにくと肉の配給日ではございませんで。

バンブラ・フォン・フェルトシュトゥルム　なんだ？　肉の配給日？　そいつも最新流行の一つかね——

グリューサー　はい、只今は戦時でございまして、それで——

バンブラ・フォン・フェルトシュトゥルム　つべこべつべこべうるさい奴だ、戦争と肉が切れるのと一体どんな関係があると言うんだ。昔はこうじゃなかったぞ！

グリューサー　はい、そうではございますがなにぶん、只今は戦時でございまして——

バンブラ・フォン・フェルトシュトゥルム（カンカンに怒ってとび上り）馬鹿の一つ憶え同様に何度言っとる——貴様の戦時でございましてとかは食い飽きたわ！　今に見ろ、わしの仲間は一人としてここには来んようになるからな——レーバルに鞍替えだ！（あらあらしく去る）

グリューサー　でも——もし——閣下——（首を振りながら）変なお人だ！

客三（給仕に）　何もないんだな？　菓子一つなしかね？

給仕　いえ、それならございます、ヴィーナータッシェル、アンシャルテン、それにエングレンダー――

客　なに、英国人《エングレンダー》？　そんなものを置いとるのかね？

給仕　戦争前からもずっとでございます。

客　犬にでもくれてやれ、勘定だ！

給仕二　お勘定ですよ！

給仕三　お勘定ですよ！

給仕四　お勘定――

給仕見習い（独り言で）　勘定、ときたな。

グリューサー（不平家のテーブルに近づき挨拶し身をかがめ眼を凝《す》えて話す。その姿勢は死の天使のそれに似る。次第に生き生きした口調をとり戻しながら）　天候というものは鉱物学的調査で解明されるそうでございますよ、それによりますと、ま、段々にではございますが回復いたしますとか――おや、御旅行中でございましたか、それはそれは御結構、いえ、もう――はい、誰も手一杯でございまして、はい、戦争でございます。やはり悲惨でございますとも、もう到るところ、目にとまるでございます、中産階級がなかんずく――影響は見のがせませんです――はい、新聞もよくお読みの方でございましてお役所でもなかなかお偉い方でいらっしゃいますが、そのお方がおっしゃっておりましたな、――ほほう、そうでございますか、――いえ、もう、腕によりをかけてやるようにと申しつけてはおりますが――皆様にお褒めいただいておりましたですが、いえもう、この次にはそのような不始末はお掛けいたしませぬでございまして、どうぞお口汚しにでもグリューサー特製愛国一品料理を御賞味いただきたく――ほい、レオポルト、お給仕お給仕、あの悪タレめ、またズルけとる、どうもどうも失礼をば、はい、御免下さい――

給仕（ドタバタとすっとんできて）　残念ですが品切れでして！

（前方の紳士と婦人、眠りこける）

紳士（びっくりしてとび起き）　闇――闇取引で？――あ、そうか、なんだ、君か、じゃあ今日はよすとするよ。アデュ。

給仕　パートン。はばかりながら一言、御注意させていただきますが私どもの店は純ドイツ式レストランでございましてフランス語は一切口にしてはならないことに――（ナプキンで額を拭う）

紳士　ほう、そう――

グリューサー（背後から）　どうもどうもまいどまいどごひいきおひきたてくださりましてまことにどうも感謝感激つぎのお越しをお待ち申しあげておりますでございますのでなにとぞお近いうちに是非とお出で下さいませ！

（暗転）

第十八場

ショッテン・リンク[1]。ポラチェック夫人とローゼンベルク夫人[2]、登場。

ローゼンベルク夫人　あたくしたち、同志と申してもよろしいのですよ、遠慮することなどございませんわ、あたくしどもオーストリアの主婦たちは一致団結、頑張り抜いておりますのですもの、この食糧統制をですわね、なお今後に渡っても守り通し豚肉がたとえ木曜日と土曜日にしか買えないといたしましても泣言一つ申しませんわ。あたくしたち隣り組の主婦たちは一致団結、毅然として頑張っておりますの。肉のこま切れ配給のときにもですの！

ポラチェック夫人　あたくしたち、木曜日と土曜日にだけ豚肉とこま切れ肉の買出しに行くことにしましたのよ！

ローゼンベルク夫人　そうですとも！　あたくしたちオーストリアの主婦にとって只今のような時代のもっとも大切な問題でございますわ、つまり食糧問題ですわ、一致団結して当らなければならない義務がございますですわ。あたくしたち隣り組の主婦たちは腕をこまねいてばかりはいられませんわ、事態に対処しなくてはなりませんの、なかんずく、おかずのことに！

ポラチェック夫人　いま、なかでも大切なのは一致団結でございますわ、一致団結によって大団円へ、というのがあたくしたちのスローガンでございますの、つまり食卓のためにですわ！

ローゼンベルク夫人　お言葉におそえさせていただきますと、あたくし思いますの、あたくしたちいかなるイヤラシイお行いにもたじろがず毅然として対処しなくてはなりませんわ。不動位置《ペル・アスペラ・アド・アストラ》でございますわ。すくなくとも豚肉の薄皮が問題となる限りゆずれませんわ。あたくしたち隣り組の主婦たちは――

ポラチェック夫人　ね、ちょいと、ほら、あすこ、こちらにいらっしゃる方、御存知？　隣り町のバッハシュテルツ夫人とフンク＝ファイクル夫人ですわ、お二人ともそれはそれは陰険であたくしの悪口を蔭でこそこそ言い回ってらっしゃるのよ。

（相方、挨拶する）

バッハシュテルツ夫人　ま、これはこれは、隣り町のみなさま、あたくしたちちょうど市場会館見物の帰りですの。何があったとお思いになるかしら、嗜好品特売でしたのよ、お出でになればよろしかったのに！

フンク＝ファイクル夫人　あたくしたち、いろいろ知識をふやすことに心がけておりますの、だれもがお国のためにつくすべき時でございますもの。男の方ばかしに御苦労を背負わせるわけに参りませんわ、ほんとに大変でございますわ、ある一部の方々とは大違いでございますの。言いたくはございませんのですが、あたくし始終思いますのよ、つみのない者がこんなに辛い目に会っておりますのですもの、つみ深い方々がどうしてのほほんと――

ローゼンベルク夫人　でも奥様――

フンク＝ファイクル夫人　あたくし、あなたさまにとってはただの奥様に見えるかもしれませんけれど、はっきりと申させていただきますわ、視察官の妻でございますの。どうぞお忘れなくね！　そちらさまではみんなすんなりいっているそうでございますが、でもこれからはどうでございましょう？　シラーの申したこと、御存知かしら？　生活《たつき》ノ辛苦堪エ難ク――

ローゼンベルク夫人　それじゃ申し上げさせていただきますわ、あたくし、残念で堪まりませんの、あなたが悪口なんぞに、人身攻撃なんぞについついお乗りあそばしたことがですの。あたくし、ようく存じ上げておりますわ、昨日の新聞に投書あそばしたこと、あたくしたち隣り組の先頭に立って頑張っている者への誹謗であることは一目瞭然ですわ。それにあなた、まだあたくしたちの組にも加わっていらっしゃる身であんなことをお書きになるなんて――

フンク＝ファイクル夫人　ま、おどろいた、嘘、大嘘おっしゃる！　あたくし、夫に申しますわ。あたくしの夫ならあなたを告訴しますことよ！

ローゼンベルク夫人　ま、おもしろいこと！　あたくし、ちゃんと証拠を握っておりますのよ、あなたがどれほど身勝手な方かってことならいますぐにでも証明できますわ！　せめて一度くらいほんとのことをおっしゃったらどうかしら！　あなた、まだあたくしたちの組にも加わりながらあたくしたちをおとし入れようとなさったのよ！

バッハシュテルツ夫人　証明なさるとおっしゃるのならなさったらどうかしら！

ポラチェック夫人　それじゃ申しますわ、よろしゅうございますわね、お耳にこころよいことではございませんわよ、御承知くださいまし！　あたくしたち、身勝手な方をおだてたりいたしませんの、あたくしたちの組に入るってことはですよ、全身全霊をあげて団結することですの。あたくしたちの機関紙『モルゲン』を御存知ですわね、時代は大変深刻でございますのよ、一致団結こそ何をおいても大切なことですのよ！

フンク＝ファイクル夫人　あなたが一致団結の御講釈をなさるなんて！　ま、厚かましい――！

バッハシュテルツ夫人　まったくあなたの組そのままですわ！　裏に回ってこそこそおっしゃってるくせに！　あたくしたち、小食運動をやってますのよ、倹約の手本を示しておりますのよ！

フンク＝ファイクル夫人　あなたがこそこそ、何かしらなさらなかったら、あたくしたち喜んで御協力いたしましたわ。あなたたちの策動のおかげであたくしたち、やむを得ず隣り町の方に移りましたのよ！　あたくし、ほんと、あっちやこっち《フォン・ポンテイウス・ツウ・ピラトウス》に駆けずり回りましたわ。はっきりとこの場で申しますけれどこれでやっと秩序が戻った状態ですのよ。あたくしたちの汗の結晶にやっかみ半分で中傷なさるなんて許せませんわ！
バッハシュテルツ夫人　あたくしたち、小食に努め倹約して――
ポラチェック夫人　蒼鷺《あおさぎ》の羽根付きのお帽子をお買いになるためね！
バッハシュテルツ夫人　ま、そんなこと、証拠をお見せあそばせ！
ポラチェック夫人　土曜日、国民劇場の初日のとき、おかぶりなさっていたじゃありませんか。
バッハシュテルツ夫人　ま、ひどい！　あることないこと口から出まかせ、恥ずかしくないのかしら！
ローゼンベルク夫人　証拠証拠とおっしゃいますけれどあのお帽子が証拠じゃございませんの！
バッハシュテルツ夫人　あれは昨年にとっくに買っていましたとも。ようく御存知のくせに！
ローゼンベルク夫人　それこそ駝鳥と同様だわ、頭かくして尻かくさずの逃げ口上ですわ！
フンク゠ファイクル夫人　ひどい！　駝鳥ならあなたのお帽子のそれこそ駝鳥の羽根ではありませんかしら！
ローゼンベルク夫人　これは昨年とっくに買っていたものですわ。ようく御存知のくせに！　あたくし、愛国ブラウスを着ていますのよ！
フンク゠ファイクル夫人　それがどうだとおっしゃるの！
バッハシュテルツ夫人　あたくしのブラウスとあなたのブラウス――昼と夜との違いようですわ！　愛国ブラウスの流行の先端を切ったのは誰かしら、あたくしたちよ！
ポラチェック夫人　あなたが？　そのおデブで？　ま、ステキね、趣味の違いですわ！
バッハシュテルツ夫人（金切声で）　よくもまあおっしゃったわね。もし只今がこんな偉大な時代でなかったらあなたにとびついて八ツ裂きにしてますことよ！
ローゼンベルク夫人　自己宣伝合戦など止しましょうよ。幸い、この厳粛な時代にはもっともっと大切な問題が山とございますわ。あたくしたちが協同戦線を張ることができたら内輪もめなどお笑い草だわ。ね、あたくしたち、怒りは敵に向けるべきですわ。

バッハシュテルツ夫人　あなたがね、あなたがさっきの言葉をお取消しなさったらの話ですわ！

ローゼンベルク夫人　それ、どういうことですの？　あたくしの言葉がお気にさわりましたの？　そうですの？　昨日、検査官の方が協同組合共同台所であなたよりあたくしたちとずっと永く話されたからって、そうプリプリなさることございませんでしょうに。ま、お可愛らしい、そうでしたの――！

バッハシュテルツ夫人　（ヒステリー状で）　なんてことをおっしゃるの――なんて――なんてこと――アキレてものも言えないわ――いまに見てらっしゃい。主人《たく》に言いつけて――どういう目にお会いになるか、おたのしみになさいまし！

ローゼンベルク夫人　あたくしの主人《たく》のこともお忘れなくね、どうぞどうぞ御心配なく！　あたくしの夫の後楯を御存知かしら！　ちょっと指図すればあなたこそどうなるかしら――あたくしの夫は行政顧問官ですのよ！

バッハシュテルツ夫人　それがなんでございますの、あたくしの夫は枢密院議員ですのよ！　あなたの旦那様とやら、いつまでいまの所にいられることかしら！

ローゼンベルク夫人　それがでございますわ、御懇意の方をたくさん持っておりますの――ああら、ま、何をそうビックリなさいますの？　御存知にならないのね、あたくしの主人、当局のみなさまとおいおまえの間柄ですのよ。いいえ、あたくし臨時総会ではっきりと申しますわ、不隠分子のことで誰のお名前が出ますことやら、せいぜい楽しみにして下さいな！

フンク＝ファイクル夫人　あなたこそ不隠も不隠、大不隠の張本人じゃございませんこと？　追い出されるのはあなたですわ。あたくし、保証しますとも、あたくしたちの力で――あたくし、顔がありますのよ、早速、新聞に――

ポラチェック夫人　『モルゲン』のこの次の号、とっくりとお読み下さいましな、あたくしたち、隣り組の者は――

（四人とも口々に金切声で叫び合う。ただ、《隣り組》の声が聞きとれるのみ。つかみ合いせんばかりの様で、去る。傷痍軍人が松葉杖をつき、通り過ぎる。子供の手をひき、赤子を胸に抱いた乞食女、登場）

乞食女　号外――『ノイエ・フライエ・プレッセ』――

子供　ノイエ・ファイエ・ペッセ――

赤子　ライエ――ライエ――レレ――

（妊娠中の女、通り過ぎる）

不平家

死の季節の中に芽ばえる生の息吹きか
いやむしろこの幕間劇は無くに如くまい
非人間性を去りやまぬ
自然の最後の跡を示していようとも
死神にあやつられてもなお生を拒否し得ない
より善きものが尻えにつくなどたまさかだ
目を外《そ》らせ、軌を外した人間性の残り香
この忌わしいものより眼を外らせ
この女、内に生を秘め
そこばくの希みを胎し
そぞろ歩く歩みの静けさ
聖なるものの刻印を受けたさながらの
苦痛と恩寵の宿り女《め》さながらの
いずれは召集待機兵に仕立てられる者の
生み女、その歩みの不思議
母性の誇り、揺ぎなく他人の共感を拒み
ただ誇らかに、未知の視線のままに
生《あ》れ出るものの傲慢を宿し
しなだれた人類に不似合いのそれ
眼を外らせ、母よ、眼を外らせ
誇りは恥じらいに変わる時が来る故に
一人ではおまえは弱きに過ぎる
またつつしみを忘れてもいる
これは幸便の試みだ、してまた要求だ
果てしない苦痛を経てきた無数の母親たち
その者らを思い、つつしみを知れ
家へと戻れ、おまえの荷うものは
市場にと出される宿命《さだめ》のもの
既に失われたものたちよりも
価値多きかの思いを捨てよ

新たな終《つい》の救いの到来とする思いを捨てよ
待ち受けるものこそ虐殺の定めなれば
われわれは悪《あし》きに過ぎる過去を経《けみ》した
好奇を捨てよ、期待はその身を形どるのみ
見返ることとの報酬を知るにとどめよ
家に戻れ、新たな生の酬いの時を
その最悪を失うことのなきように
母性の呪詛により死への召集を払え
生こそ犠牲の始まりに他ならぬ
家に戻れ、時代《とき》を待て
何故にまた生を急ぐ
死の検査合格を得んがためか
生れるをやめよ
日々は死の面貌にすぎぬ
何故にまた死を急ぐ
（暗転）

第十九場*

ベルグラード。破壊された家々。シャレク、登場。

シャレク　あたくし、とうとうやり遂げたわ、ここまでやっと来たのだわ。ここでもあたくしの興味をひくのはなんと言っても総体的な人間性、これ一つ。でもこれ、この情景、これが(1)一体文化だろうか？　これを見ていると五軒屋商店街を思い出すわ、破壊されたのももっともじゃないかしら。この哀れなことといったら写真ではとっても出せない代物だわ。あたくし、いつもイヤに思うのは街路がちっとも舗装されていないこと、土から土に返すには都合よいでしょうけれど。コナク宮殿だって大したものじゃないわ。記憶に残りそうなものなど言うに足りない。ヴァリスから陶磁器を送らせている王様なんて笑いものだわ！　運命の女神の公平な裁きがあるのももっともじゃないかしら。ベルグラードにいる間中、この考えが頭から離れない。この家々が、ほんとにあのような狂信的ナショナリズムを抱いた人々の家かしら？　こんな家《うち》には個性ある人ならとても住めやしない、あたくしの経験からの確信だわ。

（セルビア女が数人、登場。シャレクを指さし、笑う。一人はシャレクの頬を愛撫するかのように撫でる。とたんに女たちは一勢に喋り出し、明るく、高らかに、喜ばしげに笑う。シャレク、傍《わき》に寄り独りごちて）

この笑い、どうしてだかはあたくしには分らないけれど神経にさわるわ。なぜって人間性の感情の楷梯は種々さまざまに可能なのだし、破壊されたベルグラードがこの笑いの原因でないことは確かなはずですもの。

（セルビア女の一人がシャレクに塩漬の漬物を差し出す。そして微笑む）

神経にさわる不思議の謎だわ。

（通訳、登場）

通訳（女たちと話した後に）　女《あれ》たちの申すには、ほんの二、三日、恐ろしい日を過ごしただけで、ベルグラードの占領は一時的なものにすぎないそうです。われわれが間もなく、すごすごと退却するだろうと信じこんでおり、お気の毒さま、といった気持で笑っているのであります。

シャレク　それだけの理由であるはずがないわ。どういう感慨を持っているのか聞いて下さいな、それからどうして漬物をくれようとしたのかも。

通訳（女の一人と話した後に）　セルビア一流の親愛を中止したくはないからだそうです。

シャレク　でもどうしてよりによって漬物などを？

通訳（女の一人と話した後に）　なんでも自分たちはどちらも女であり漬物は女の領分であるためだそうです。

シャレク（漬物を受けとり）　この方たちとは二度と会いたくないわ、きっとこの人たちが味わうにちがいない灰色の失望を見たくないから。破壊された家々や道路よりもっと悪いこと、敵軍の占領や街の崩壊よりもっと悪いこと――もっとも悪いことがセルビアを待ち受けているのですもの。

（セルビアの女たちは高らかに笑う。シャレク立ち去りながら）

戦慄と共にわたしは去る、笑いの空ろに響くのを後にして。

（セルビアの女たちはめいめい思い思いの方角に去る。高らかな笑いがなおも聞こえる）

（暗転）

第二十場

郊外のとある通り。荷を山と積んだ荷車を腹を空かしよぼよぼの軍用犬が二匹、引っぱって行く。

老婦人（叫んで）　ま、ひどい！　動物愛護協会に通報ものだわ！

陸軍中尉　止まれ！　証明書を持っとるか！　これは陸軍侮辱に等しいぞ！

群衆（集まってきて）　馬鹿な女め！――やれやれ！――何事だね？――なんてことないさ、スパイがとっつかまった！――おまんまはなくとも獣《けもの》の世話はしろってんだぜ！

（暗転）

第二十一場

郊外のある住居。ほぼ十歳程の少年が半裸の身体で皮紐で吊ら下げられ、身体一面にみみず脹れやアザが見てとれる。ぐったりとし、半ば飢え死のさま。低くうめいている。隣家の女が気づかわしげに手をもみながら見守っている。軍服姿の父親はソファに坐っている。

隣家の女（暖炉の上に壺を置く母親に）　リーバルさんリーバルさん、どうしてこれほどなさらなくてはなりませんの？　公けになると裁判ものですよ！

母親　ですけれどシコラさん、あの子ったらほんとに手に負えませんのよ。どんなにわがままか御想像にもなれませんわ。暖かい朝食が欲しいって言い張るのですもの！

父親　こんな餓鬼に御同情は御無用ですよ。今朝も今朝で聞き分けんのです。ついこの間、銃剣でこらしめてやったばかりというのにですぞ。せっかんしてもなかなかおとなしくしよらんのです！

隣家の女　リーバルさんリーバルさん、そんなことおっしゃっても、相手は子供でしょう、あなた、いまに裁判ざたになりますよ、御用心なさらないと！

（暗転）

第二十二場

総司令部の衛戍地。大通り。軍部御用商人、将校、売春婦、新聞記者が群になっている。戦線報道班担当の大尉と新聞記者、登場。

大尉　そういうわけで書き下ろしの《われらが勇将たち》の概要をですな――もし、お聞きになっとるのですかね、そうきょろきょろせんでいて欲しいですな、只今は戦時ですぞ――で、つまり、その概要をですな、私が仕上げておきましたが、あやまりがあれば正していただきたい。（読む）《世界大戦の血汐が流れ去り、その傷を慰安の時が癒やす時、はた眼《まなこ》の涙が乾く時、その時にこそわれわれは清浄の目もて栄光の日々を、鉄拳もて世の定めを匡《ただ》せし日々を回想するのである！》ときて、この次は強調の傍点つきでたのみますぞ、よろしいな――《そして頭上高くかの勇将たちの姿が、けだしわれらが祖国の運命にほかならなかった勇士たちの姿が、立ち現われるのを見るのである》ゴチでたのみますぞ。

（背後に一人、頰髭を生やし鼻眼鏡を掛けた肥満体の老人が、元帥棒を手に右から左に通る）

《尊敬と愛情のこもった視線《まなざし》でわれわれはかの人々を見やるのである。天命により、激しく猛り立つ戦いの只中へとびこみ、前線にある兵士と共に肩に肩を組み合せ祖国の命運を決定すべく――》

新聞記者　ちょっと失礼、そうすると前線にある兵士たちと同数ほどたくさんの将軍たちがいらっしゃるわけで、共にその命運とかを決定されるのですな？

大尉　ふざけてる場合じゃありませんぜ、前線勤務に回しますぞ。

新聞記者　あなたが——わたしを？

大尉　ま、いずれにしてもあなたには関係のないことですよ、これがうまくまとまりさえすれば私も内地勤務の保証がとれたも同然でしてね。で、次だ、《この勇将たちに感謝と心からの感激を——》

新聞記者　最前線の祖国命運運搬者にですかね？　いや、あ、そうか、分った、将軍たちのこってすな。

大尉　あたり前でしょうが。で、《——各人が心中深くこの勇将たちの記念碑を建て至高の義務遂行者の手本としまた祖国の支柱とし敬愛の火をたやすことなく燃やし続けよ。》ゴチで傍点つきですぞ。

（背後で一人、頬髭を生やし鼻眼鏡を掛けた肥満体の老人が、元帥棒を手に左から右に通る）

お聞きになっとるのですかね、そうきょろきょろしてもらっては困りますな！　それからだ、《画家オスカー・ブリュッフは記念碑たる至高の御姿を筆にて描きとめたのである。迫真の描写にて極めて精巧に描き上げ、《われらの勇将たち》に歴史的意味合いを賦与したのであるが、これぞまさしくわれらが時代の偉人の姿並びに名前を後世に遺すのみならず——》ここはゴチ、傍点、下線つきだ！

（背後に一人、頬髭を生やし鼻眼鏡を掛けた肥満体の老人が、元帥棒を手に右から左に通る）

《——のみならず、全国の図書館、はた各家庭に収められ大切にされるべきものと考えられる——》ここから勇将の一人一人の歴史的な意味内容に入ってくるのだが——や、まただ、そうキョロつきなさらんように何度も申したでしょうが。お分りですかな、ここは陸軍総司令部の一部ですぞ、売春宿ではありませんぞ、よろしいな！

新聞記者　あなた、ね、あれ、あすこの女、あれは少佐のごひいきの女ね、カミルラ嬢じゃありませんかね？

大尉　ああいう女がお好みならお話なすって約束をとりつけることですな。しかしまず概要に眼を通していただいてだ――

新聞記者　眼なら通しましたよ。

大尉　ついでに推薦文の方ですがね、こういうのはどうですな、《非ノ打チ所ナキ描写、詳細ヲ極メタル分析ナリ。オーストリア＝ハンガリー帝国陸軍省推薦》と、これでどうですかな？

新聞記者　大尉殿、ほとほと感心いたしましたよ、まったく非の打ち所のない描写ですよ、まさに本職顔負けですよ。

大尉　ま、そういうことで。で、これにですな、世界の命運の概念を一望のもとに捉えられるようにですな、イラストレーションを入れてです、これこそ最大の献上品でしょうが、表紙にかの人の顔写真を付けるのですからな。われわれに至高の手本としてあらせられるかの人のですな！

（背後に一人、頬髭を生やし鼻眼鏡を掛けた肥満体の老人が、元帥棒を手に左から右に通る）

（暗転）

第二十三場

ヴィーン市内。足と腕を失った盲目の兵士が、傷痍軍人の押す手押車に乗せられてやってくる。狭い歩道を暴露専門新聞の記者と代理人が立話中で塞いでいるため、その前で立ち止り、待つ。

傷痍軍人　すみません、ちょっと道を空けて――

暴露紙新聞記者　一体どういう訳ですかね、御説明をいただきたいものですよ、この前の日曜版ではあなた、私の記事が八十行もけずられていましたよ。

代理人　ブディコヴスキー社攻撃の記事ですな、武器供給のことで？

暴露紙新聞記者　そうですよ――以前はです、なにか都合が悪いことがあって掲載されない場合でも稿料はいただきましたぜ。稿料なしの場合にはともかく載っけてですな、次回の稼ぎの場は提供してくれたもんですよ。攻撃文は載せないわ、稿料は出さないわとは一体どうなっとるのです？

代理人　ブディコヴスキーはこのことを知ってますかね？

暴露紙新聞記者　そりゃあね――しかし検閲ってことがありますぜ、勘定ずくで検閲してくれますからな。事情が変れば話も別ですよ、しかしそれ迄は検閲官もこちらの身内ですからな。ま、この次には目にもの見せてくれんですよ、大トクダネでいきますぜ！

代理人　そぞろ楽しみですよ。

暴露紙新聞記者　こいつは先に検閲官に渡しておきますよ。政府筋の手際がこの点でいかに非理性的であるかと論を展開しますよ。検閲制によって守られているのは軍需成金であってわれわれではないですよ。して検閲官が必要としているのは成金族よりもむしろわれわれ筆一本で立つ者であるはずでしてな、われわれの立つ瀬がありませんや。新聞界はこの戦争に当ってはまさに模範的におのが義務を果たしましたぞ。これを書きまくりますぜ。われわれジャーナリストの任務は兵士の任務以上に責任あるものであり、われわれは塹壕の只中にあるのも同様、頑張っとるのですからな。しかも給金なしにです！

傷痍軍人　すみません、ちょっと道を空けていただくわけには――

（暗転）

第二十四場

郊外の劇場。上演中。舞台には女優ニーゼとその相手役。

ニーゼ（扮した役のセリフで）　なんですって、キスしてくれっておっしゃるの？　あなた、ただの兵隊さんでしょう？　だのにそんなことを思いつくなんて！　そりゃあ、あたし、みなさんにね、勇敢な兵隊さん全部にキスしたいわ、でもあなたひとりだけなんて、いやよ！　みなさん全部に（考えこんで）でも――みなさん全部の代表のひとりに――そう、そうだわ！　兵隊さんひとりだけにキスしてあげたい！　元気にしてあげるわ、ヴィーンの街がぐらぐらし出し、ステファンの塔が揺れ出すほど激しくキスしてあげる。そのひとり――ひとりの兵隊さんというと――（舞台のソデにやってきてあちこち見廻し）あたしたちの可愛いい――善き――老いたるシェーンブルンのお方に！　でも、残念――あそこまでは――口《くち》足らず！

（万雷の拍手、劇場使用人が舞台に現れ、号外を手渡す）

ニーゼ　はい、ありがとう。ゲルダ・ヴァルデに係わることはあたしにも係わること！

観衆　ブラボー　ニーゼ！

ニーゼ（観衆の緊張の中で読み上げる）――わが皇軍、チェルノヴィッツを奪回せり！（大喝采）

観衆　ニーゼ万才！　ウアーイ、万才！　万才！

（暗転）

第二十五場

ゲルストホーフのヴォルフの店。チェルノヴィッツが再びロシア軍に奪取された当夜。一つのテーブルに赤十字総裁、フランツ・サルヴァトール殿下、その侍従長、二人の貴族及びプッツィ嬢が座を占めている。伴奏と歌《――アリガタイ、調子ハイイヨ、マッタク俺タチャ幸セモンダ――》

客（ヴォルフに）――どうもサルヴァトール殿下に思えるのだが他人の空似かね？

ヴォルフ　そうですとも、御当人様でいらっしゃいますよ。

客　しかしそんなはずはなかろうってものじゃないか――どうしてまたよりによって今夜にさ――皇帝の婿でしょうが？

ヴォルフ　勿論ですとも！

客　ヴァレリー妃と結婚なさったな？

ヴォルフ　その通り。
客　偶然ここに来られたのかね？
ヴォルフ　いいえ、ようく参られますよ、今日の午後、電話で御席を予約なさいましで、おっと、失礼、あちらで何か御用とかで――
（ヴォルフと二人の歌謡歌手が、お歴々のテーブルの傍に直立。楽団が《気ノ好イ年老イタオ方》のメロディーを演奏し、歌手は代る代る殿下の耳許に口を寄せて歌う）
外のあそこのシェーンブルンの公園に
気の好い年老いたお方がいらっしゃる
そのお心は悩みで重く――
（暗転）

第二十六場

予約講読者と愛国者の対話。

愛国者　ところでどうです、あなたの御意見は？
予約購読者　意見とおっしゃると？　エドワード・グレイの眼病のことでしたらあの国民全体があゝなるとよろしいですな！
愛国者　同感ですよ。ま、それとは別題ですがイギリスにおける思想弾圧についてはいかがです？
予約購読者　承知しておりますとも、『レーヴァー・リーダー』の編集長が警察に召喚されたってことでしょう、なんでも新聞のどれかの記事だかがイギリス帝国防衛法の何条かに抵触するとかでね、ひどいもんですな！
愛国者　フランスでも似たりよったりですよ。あちらのことで何か新しいのを御存知ですかね？
予約購読者　フランスではあなた、真実の公表には監獄刑でもって対処されている有様ですよ。例の婦人ね、ついロにしたばっかりにでしょう――
愛国者　今度は女じゃなくて男ですぞ、紳士ですぞ、つい口にしたばかりにですよ――
予約購読者　あ、あれね、知ってますとも、さる紳士がフランスには弾薬が非常に不足しておると言ったばかりに二十日間放りこまれたってことでしょうが！　なんでもさらに言ったそうですよ、連合国側は最悪の状態にあり一方ドイツは戦争準備をしていたために——

愛国者　それそれ、それですがね、御説明下さいませんかね、そこのところが私にはよく呑み込めんのですよ、ドイツが戦争準備をしていたというのは真実でないでしょうが。正しくはドイツは戦争準備などしていなかったのであり——

予約購読者　ドイツは戦争準備をやってましたでしょう？

愛国者　どうしてそんな——？

予約購読者　一目瞭然ですよ、周知の通りですよ、ドイツは急襲されたのでしょうが。既に一九一四年の三月にシベリア連隊が——

愛国者　そうそう。

予約購読者　ドイツの戦争準備が完了していたというのは国土防衛のための戦争準備であり防衛戦争を虎視たんたんと待構えていたわけで、われわれ同盟国側はですよ、先制の攻撃戦をやりたかったのであるが攻撃の戦争準備などはしていなかったのですよ。

愛国者　なあるほど、いや、分りました。私はね、その、見かけ上のつじつまの合わんのにつまずいておりましたよ。何か少々こいつは本当じゃないかと思ったりするものですが、なあに、本当じゃないのですな。

予約購読者　新聞ではわれわれの側からの発表と敵方の発表とがうまいぐあいに隣り合って載せてありますが、あれは便利ですよ、一目で真実がどちらにあるか分りますからな。

愛国者　お読みになりましたかね、イタリア兵、略奪強奪ほしいまま！　という、あれですな。グラディスカ(1)ではあなた、商店《みせ》を襲って五十万クローネ奪ったというし、別の商店にも押し込んで一万二千クローネ盗んだってじゃありませんか！

予約購読者　まったく盗賊の一団と寸分変りませんよ！　それにつけても、ドイツ軍の大成功をどう思われますね？

愛国者　なんですね、それは？　見ませんでしたよ。

予約購読者　おやおや、これは驚いた！　ちょうどイタリア兵の記事の隣りですよ！　あなた、注意してお読みになっとらんようで――

愛国者　ちょうど隣りにねえ？　それじゃ、うっかり読みすごしたわけですな、で、大成功というとどんなことで？

予約購読者　ノヴォゲオルギエヴスク(2)のことですがね、《ノヴォゲオルギエヴスク没収品中の金《かね》》というのが見出しでしたな。

愛国者　金というと？

予約購読者　ノヴォゲオルギエヴスクの占領にともなって集めてきた没収品の中にです、二百万ルーブルの金貨があったってことが判明したのですよ。

愛国者　そりゃあすごい！　よくまあひっさらってくれたもんだ――！

（暗転）

第二十七場

ウツォク隘路近傍の衛戍地。

オーストリアの将軍（将校たちを前にして）　――諸君、当戦争はわれわれ各人に深い痕跡を残したのである。言い換えればわれわれは何ものかをば学んだのである。しかし、諸君、コトは未だ終了してはいないのである。――われわれの道はなお果てしなく長いのである。やれやれ！　われわれは勝利をわれわれの軍旗にはりつけたのも同然であり、この香《かぐわ》しき勝利の数々は敵の妬みを呼ぶにちがいないのである。次なる戦いにわれわれが一致団結しなければならんのは必須のことなのである。われわれはあまたの才能を持っているとは言え団結心は欠けておるのである。この一致団結心をわれわれの内に芽ばえさせることこそ諸君各人の願いであろうことを我輩は疑わないのであるが、諸君、諸君は気の済むまでドイツ人の悪口は言っても構わんが——一つ、これはわれわれの羨望に堪えんところであるが、かのドイツ人は団結心はとどこおりなく保有しておるのである。——我輩の終始説くところの持論ではあるが、もしわれわれにいくばくかの団結心あれば後顧の憂いさらになく——だが、現実には欠けておる。いかんせん無いのである。この点においてはドイツ人はわれわれよりも優秀なのでありわれわれは羨望に堪えんのである。無論、われわれとていくつかの点ではドイツ人より遙かに優秀であるのである。たとえば何かしらある点において、つまりイキと言うかなんと言うか、けだし言うに言いがたい情緒という点においてドイツ人はわれわれを羨望してやまないのである。——しかし戦争ということになればドイツ人は彼ら特有の団結心によって——

プロイセンの中尉（戸口に現れ、背後に向って叫んで） もう少々の辛抱だ、やっと終りそうだ！ （部屋にとびこんで、敬礼なしにズカズカと将軍に近づきその目をジッとにらみつけ、大声で）お宅のオーストリア軍はですな、一体いつになったら隊列に加わるつもりですな？ いつまでモゴモゴと長談義をやっとられるのだ、え？（去る）

将軍（暫くボーとしてつっ立っていたが） ええ、それで——ええっと、どこまでいったのか——（回りの将校たちを見回し）そ、諸君、大切なのはだ、重要なるものはひとえに——一致団結であるのである！

（暗転）

第二十八場

陸軍総司令部内の映画上演ホール。最前列に陸軍総司令官フリードリッヒ殿下[1]が坐り、その隣りにはブルガリア王フェルディナント[2]が着席している。サッシャー・フィルムの上演中。スクリーン上には猛烈な臼砲の射撃場面が映る。砲煙が上り兵士が次々と倒れていく。三十分間に同じ場面が十四度繰り返される。将校たちは専門家然とした注意を払って眺め入る。咳一つなし。ただ臼砲より砲弾がとび出し破裂するたびに最前列より声が上る。

ズドーン!

（暗転）

第二十九場

楽天家と不平家の対話。

楽天家　名誉の戦死について御意見はいかがですね?

不平家　不運な偶然ですよ。

楽天家　祖国はしかしそう考えちゃいませんよ!

不平家　祖国もそう考えていますよ。

楽天家　おやおや、祖国が名誉の戦死をですね、単なる不運だと、単なる偶然だと考えているとおっしゃるのですか?

不平家　本意はね、表現は違いますがね、重き運命の打撃と呼んでいますよ。

楽天家　誰が? またどこで? 軍部が寄せる哀悼文には常に述べられていますよ、祖国のために名誉の戦死を遂げることこそ兵士の恩寵であるとです。またどんなしがない小市民でも、重き運命の打撃を口にするどころか、むしろ誇らかにきっぱりと、わが息子もまた名誉の戦死を遂げたことを述べておりますよ。たとえばです、ほら、御覧なさい、今朝の『ノイエ・フライエ・プレッセ』ですがね。

不平家　見ましたよ、しかし頁をもっと繰り戻して御覧になることです、そう、そこです、元帥のコンラット・フォン・ヘッツェンドルフが《無慈悲な運命の打撃に際し》寄せられたヴィーン市長の哀悼の辞に対して感謝の意を表していますよ、彼の息子が戦死したのですね。公示欄に死亡通知も載せていますが同じ表現を使っていますよ。あなたのおっしゃる通りしがない小市民でさえ息子を戦死させてもお国のおすみつきの名誉の父親の姿態を採っていますがね、三軍の参謀長はそのマスクをかなぐり捨てて、さみしい老人の心情に戻っていますよ、それがここに紋切型の表現をとりながらまがいなく息づいていますよ。あるバイエルンの王女は近親のある人にですね、その息子が戦死したのに対して祝福の挨拶を送りましたよ。お歴々は社会秩序の中で擬態の手本を示す義務があるのです。三軍の参謀長は手本の姿態を採りながらもまたしても無慈悲な悲運を嘆いておりますよ。悲運の女神に組している男がです、兵士たちよりも、また兵士たちの父親よりも女神と足近く歩調を合わせて歩んでいた男がです、女神の旦那と言わずとも少なくとも情夫か兄貴分かの役割を――あるいは女神自身の役割を――果たしていた男がです、その男が無慈悲の悲運を嘆いているのです。その言葉は真実ですよ。みんなが偽りの姿勢に努めている中で彼は自分自身の苦痛の故に幸いにも名誉の袍衣を脱ぎ捨てましたよ。みんなが辛抱強くまといつづけ、偽り通さなければならない大勢《たいせい》の中でね。

楽天家　そうでしょうか、偽りでしょうか。民衆は名誉の戦死に情熱的ですよ、民衆の息子たちは戦地で名誉の戦死が遂げられるという期待に心をふるわせていますよ。

不平家　残念ながら母親たちもね、不名誉の時代を拒む力を放棄した母親たちもね。

楽天家　あなたのとてつもないお考えに従うほど世の母親たちは成熟していませんよ、あなたの祖国観に従うほど祖国が成熟していないようにです。あなたが先刻持ち出された例は例外にすぎませんね。コンラット大将はお定まりのことを書いたにすぎませんよ、つい従ったまでですよ。

不平家　そう、自らの感情に。

楽天家　いずれにしてもこの一例は証明にはなりませんね。私がお目にかけたい別のものはもっと明瞭なものでしてね、まさしく私の考えを証明するものですよ。あなたもお認めにならざるを得ない位の——

不平家　何をですね？

楽天家　比類のない一致団結振りをです、階層を問わず共に苦しみ共に悩む――

不平家　事実をおっしゃってくださいよ！

楽天家　これです――読み上げますからね、(1)一言たりともあなたの耳を素通りしないように。《戦争省布告。電報・通信局発表。オーストリア＝ハンガリー帝国戦争省ハ弾薬、兵器、軍需品等々ノ軍務関係業務ニ携ワレル全労働者ニ対シ本年八月十八日全日ヲバ特別祝祭日トシ作業休止ヲ許可セリ。当機会ニ際シ戦争省ハ勇敢類イナキ戦線ノ軍団ノ後衛トシテ勝ルトモ劣ラヌ勤勉ノ労働者タチノ労ヲネギライソノ義務心ヲバ賞揚セントス。》どうです？

（不平家、黙する）

さすがのあなたにも言葉が出てこないと見えますね？ 社会民主系の新聞はこれに誇らかな見出しを付して掲載していましたよ。《労働者の業績、認知さる》とね。労働者たちはしかり不幸ですよ、勤勉の報酬として一日の休日が認められただけですからね。ま、ちょうど、当日は皇帝の誕生日ですが、一日の休暇だけとは——

不平家　その通り。

楽天家　——軍需工場労働から解放する代りに——

不平家　まさしく、そう。

楽天家　——自らの手で作り出した弾薬や兵器を実際に前線に立って使う機会も与えられずに！　同胞に与するに手の労働だけで満足しなければならず勇敢類いなき戦線の軍団に加われないとは、血気にはやる労働者にとって堪え難いことでしょうよ。名誉の戦死を遂げる機会を——

不平家　同じ死でも死の質が問題らしいですね。するとなんですか、前線勤務への指令が最高の報酬とされているとおっしゃるのですね、つまり指令を受けとる側から？

楽天家　そうですとも、それが私の言わんとするところですよ。

不平家　あるいはそうかもしれません。考えを戻しますと指令を出す側でも最高の報酬として要請していることになりますね？

楽天家　当然ですよ！　おっしゃるまでもありませんよ。

不平家　事実はさてどうでしょうかね、自分の意見より布告文を読んで最前のあなたのそれにお返ししましょうか。読み上げますよ、一言たりともあなたの耳を素通りさせないために。

楽天家　新聞に出ていたものですか？

不平家　いいえ、これは公表される見込みが殆んどないものでしてね、謂わばまっ白なシミといったものですよ。しかしながら国営という恩恵の下にある工場で、労働者の不平不満をそっくり分解する役目を果たしているものでしてね。

楽天家　しかしあなたもお聞き及びになったでしょう、例の決定に労働者たちは大喜びでしてね、不満と言えばただ工場労働でしか奉仕できないことで、もし戦争省が勤勉振りを認めるならば前戦勤務も――

不平家　私には足らない言葉をおぎなってくださるおつもりらしいですが、戦争省自体に語らせるべきですよ！　すなわちです、《一九一五年六月十四日付、戦争省ニ寄セラレシ報告ニヨレバ挙国一致防衛体制令ニヨリ業務ヲ開始セル数多ノ国営軍需工場労働者ノ労働振リハ労働並ビニ倫理感ノ見地ヨリ見テハナハダ不満ナリ。怠慢、狡猾、不服従、機械破損、職場放棄等々不法行為ガ目ニ余リ、シテマタ当不法行為ヘノ懲罰ガナンラ効果ヲ発揮セザルコト明白トナレリ――》

楽天家　労働者たちは戦線にやってもらえないので不平で堪まらないのですよ。彼らには前線勤務の名誉が与えられていないので――

不平家　とんでもない、与えられていますとも。《カカル事態ニカンガミ戦争省ハ右ニ述ベシ場合ニハ直チニ法廷決定ニ処スベキコトヲ決議セリ。法廷決定ニヨル懲罰ハ効果多キモノナルベクシテ事態ノ深刻ナルヲカンガミ、スベカラク即効アルモノタルベシ。懲罰サレシ者ハ懲罰期間中、日給ソノ他イカナル俸給ヲモ与ウルコトナク、カクシテ懲罰並ビニ改心ノ効果ヲ上グルベキモノナリ。――》

楽天家　なるほど、それはまた厳しいですね。事によると前線勤務の資格を失いかねないですね。

不平家　そう簡単には失いませんよ。《法廷決定ニヨリ秩序攪乱ノ張本人ト判断サレシ労働者ハ懲罰義務期間ノ終了ノ後ハ再ビ工場ニ配属サセルコトナク該当工場担当ノ軍部派遣監視官ノ指令ノ下ニ直チニ補充編成部隊ヲ経テ正規軍ニ入隊サスベシ。軍事訓練ニ就ケシ後、後発ノ行軍部隊ニ補充スベシ。モシ入隊サセラレシ当労働者ガ監視軍務ニ適スト判断サレル場合ニハ相当セル訓練ノ後視察隊ニ編入サセ前衛部隊モシクハ当部隊

ニ近キ部隊ニ配属スベシ。戦争大臣代理、シュライアー歩兵大将。署名《エム・ペー》不要。》

（楽天家、唖然とする）

さすがのあなたも言葉が出てこないと見えますね。前線勤務に憬れる特典の持主は、刑罰的に前線にやられているのですよ。

楽天家　ええ、まあ——しかも懲罰強化の一助に！

不平家　その通り。祖国は祖国のために死ぬべき機会を与えますね。刑罰として、しかも最も重い刑罰としてです。そして祖国の民衆はそれを最高の名誉と受けとめているのです。名誉の戦死を待望しながらその代りに訓練され行軍部隊に編入される。出征したいのにその代りに出征させられる。

楽天家　よく呑みこめませんよ——刑罰とはね！

不平家　それにもいくつかの段階がありましてね、第一は懲罰動議です。第二が法廷決定です、次が留置刑でしてね。最後の、また最高の懲罰が前線送りですよ。改悛の見込み無しとなれば名誉の戦場に送るわけでしてね、張本人というわけで！　前科が重なれば名誉の戦死がいや応なく与えられますよ。三軍の参謀長にとって名誉の戦死とは、つまりその息子が死んだって場合のそれですが、重き運命の打撃ですよ。戦争省は刑罰と呼んでいますね。どちらも正しいのです——刑罰としての運命の打撃ですよ——戦時になってから口にされた最後の真実の言葉ですよ。

楽天家　お話を聞いていますと楽天家であり続けるのがはなはだ難かしくなりますよ。

不平家　どういたしまして、私は戦時でも真実の言葉が口にされることを認めているばかりですよ。なかんずく、中心問題が係わり合っているものについてですね。おっと、もっとも真実であることをつい忘れるところでしたよ。

楽天家　とおっしゃると？

不平家　出征されられ組を殆んどうめ合わせるほどのものですがね、人間が物量に下落した代償ですよ、つまり、弥次馬根性の蔓延です！　なんであれかんであれ、修羅場にはすっとんで行く根性ですよ。まったく国民一致団結して弥次馬となりおおせましたね！

楽天家　あなたの手にかかりますと祖国の光輝も色褪せますね。すべては偽りと、すべては売淫であるとおっしゃるのですか？　真実は一体どこにあるのです？

不平家　淫売婦の許に！

[2]堕ちた女をあしざまにする者に災あれ！
女たちは　より大きな敵に立ち向った故に
男に抗して　女たちは　その手に叶わぬ
機械の偶然を見すごし　自らの意志により
仮借ないモラルの嵐の中で
知りつつも　しかと堕ちた
讃えよ　名誉に死せる者を
より大いなる母国の性よ
名誉の犠牲者に　祝福あれ！

（暗転）

第三十場

アドリア海岸。水上飛行隊の格納庫。

シャレク（登場。あたりを見回し）　この戦争に係わる全ての問題の中で、あたくし、もっとも興味あるのは個人の勇気に関することだわ。戦争にも英雄的なことについてもいろいろ考えもし言いもした。人生を戯れと見るほどの気軽さで生きていた男性たちを見てきたのですもの――アメリカのカウ・ボーイとかジャングルや大森林[1]にいどむ探険家たち、それに曠野に出向く布教師たちとか。みなさん、謂わゆる英雄そっくりそのままの人たちだったわ。筋肉なんてモリモリしているし、なんですか、鉄腕って方々ばかし。でも今、戦争の最中に出会う英雄さんたち、全然ちがうわ、冗談が大好きで泡つきチョコレートに目がなくて、ほんと、何の変哲もない方々ばかしだのに、お話なさる体験といったら世界史にも類のない、ものすごいことばかしだわ――いま、戦線報道班は入江に錨を下した空っぽの蒸気船に陣どってますの。夜には大夕食会が催されるのだわ、音楽も演奏されるわ。眼をとじると――夜のカジノにいるみたい、でもドキドキするわ、巡洋艦の中尉さんと会見だわ――あ、いらした！（巡洋艦の中尉、登場）中尉さま、あたくし、あまり時間がございませんの、どうかかいつまんでおっしゃって下さいな、中尉さま、爆弾投下隊にいらっしゃるのね、ね、どんな感慨をお持ちですの？

中尉　通常、約半時間、敵軍の海岸上空を旋回し、軍事基地に二、三弾の爆弾を投下し、爆裂を確認して情景写真をとり、帰還するのであります。

シャレク　死の危険にいらしたこと、おありになるかしら？

中尉　あるであります。

シャレク　ね、その時、どんなお気持でしたの？

中尉　その際、どんな気持といいますと？

シャレク（傍白）　この方、あたくしを不審気にジロジロ眺めていらっしゃるわ、あたくしを軽んじてらっしゃるのね、そうはトンヤがおろしませんよ。（向き直り）あたくしたち非戦闘員は勇気と臆病との概念をお定まり式に教えられてきたものですから、最前線の将校さま方、御自分の内で絶えず姿を変えて生れてくる種々の感情の変化が、あたくしたちには到底分るまいと思っていらっしゃるのではないかしら？　ちがっておりますかしら？

中尉　なんでありますか？　あなたは非戦闘員でありますか？

シャレク　それは別に問題ではございませんの、中尉さまは戦闘員、あたくし、その御経験が知りたいのですの。特に戦闘直後、どんなお気持をお持ちになりますの？

中尉　それがまた不思議な気持を――まるで王様が突然乞食になったみたいであります。敵の手のとどかぬ上空、すなわち敵国の街の頭上を飛行中は一国の王といった気持であります。足下にいるのは無防備の連中でありそれが空手《からて》で眠っている、誰一人逃れられない、誰一人防ぐすべがなく助かる途《みち》がない、そう思うであります。自分こそ万能であるとであります。何か至上の権力者とか思うのであります。ただし、そのあとの感情は全く別物でありまして、おそらくネロもまた同じ思いがしたろうと考えるのであります。

シャレク　あたくし、おっしゃるお気持がそのままピーンとあたくしの胸に響くのを感じますわ。ヴェニスを爆撃なすったこと、おありかしら？　いかがでした？　憶えていらっしゃるかしら？　ヒントを申しますと、(2)ヴェニスはいろいろ考えてみる価値がある問題ですわ、つまりあたくしどもは感傷もまた豊かに当戦争に突入したのであり――

中尉　誰がでありますか？

シャレク　あたくしどもが。ですから騎士道的精神でこれに臨んだのですわ。でも次第次第に戦争観を切磋琢磨するうちに感傷を捨てることを知ったのですわ。以前ならあたくしたちの誰が一体、ヴェニスに爆弾を投下すると想像しただけで身震いしないものがいたでしょうか！　でも今では？　反対も反対！　ヴェニスからあたくしたちに向けて発射するならば、あたしたちもヴェニスに向けて射つべしですわ。堂々と、余計な感慨一切無しに。これはきっと焦眉の問題となりますわ。いずれイギリスが――

中尉　誰におっしゃっておるのでありますか？　御安心下さい、われわれは既にヴェニスを爆撃したのであります。

シャレク　ま、素敵！

中尉　戦争前は私は機会あるたびにヴェニスへ行ったものであります。私の大好きな街であるからであります。しかし私がこの手で上空から爆弾を投下した時――その際、私はいかなる偽りの感情も感じなかったのであります。意気揚々としてわれわれは帰還いたしたのであります。それはわれわれの名誉の日であり――われわれの日でありました！

シャレク　それで充分ですわ。これから中尉さまの御同僚でいらっしゃる潜水艦の方とお会いしますの。あなた同様、大胆な方だといいのですけど！

（暗転）

第三十一場

おりしも浮上した潜水艦。

甲板手　あ、あの連中、やって来ます！
士官　直ちに再び潜水だ！——いや、まて、潜水中止、手遅れだ。
（戦線報道班の一団登場。その先頭にシャレク女史）
報道班の皆様、あなた方がわれわれの目にします最初の人々であります。陽光の許に舞い上った気持は何ともまた格別であります。
従軍記者たち　下の模様は如何でした——？
士官　ひどいものであります。幸いにも浮上して——
従軍記者たち　詳しくおっしゃって下さいよ。
士官　それは甲板手《マート》に申し述べさせることに——
従軍記者たち　女《マート》だけに？　出しゃばりだけに？　われわれには無し？（誤解の釈明があった後、記者連中、甲板手《マート》の許に殺到する）これが覗き眼鏡かね？
甲板手　いえ、それは排水穴であります。
従軍記者たち　これはディーゼル・モーターかね？
甲板手　貯水タンクであります。
士官（シャレクに向い）　御質問はないのですか、本当に？
シャレク　あたくし、ほんと、どうおたずねすればよいのかと迷っておりますの。微妙な問題に触れてもよろしいかしら？　あたくし、知りたいのですの、あなたが巨船を、中に沢山の人間をしまいこんだまま撃沈なさったとき、ね、どんなお気持でした？
士官　最初は小おどりせんばかりの歓喜を憶えました。しかしやがて——
シャレク　はい、ありがとうございます、それで充分ですわ。あたくし、いまや一つの認識を得ましたことよ。アドリア海はわれらのものね！
（暗転）

第三十二場

戦時工場法の管制下にある軍需工場。

軍部派遣監視官　捕縛に乱打に留置だ、それに前線送りと——これしかないんだからな、これ以外に手がないんだ、どうしようもないよ。

工場主 （肩に皮ムチをぶら下げて） ま、こいつが役立つ限りは使っていますがね。（皮ムチを指さす） しかし組合の畜生どもがですな、労働条件改良だの給食問題だのとワメきだすと手がつけられんのです、こっちの苦労にお構いなしですよ！——法律の方でもです、労働条件をですな、戦時特別労働者権利規制とか——

監視官 そんなことは分っとるとも。遠慮なく前線送りに仕立て上げることよ、特に幹部連中をだな。戦時労働規制法や戦時総動員法をフルに使っとるよ、トヤコウ言われる筋合はどこにもなしだ。一九一四年の八月、あの頃はよかったな、今でも思い出すよ、鍛冶工に機械工はだ、午前中ただ働らきで、これで一人頭六クローネのただどりだ、正午に徴兵検査ときてこうなりゃあ、やっと兵隊さまで午後は同じ現場で兵隊賃金給付率でお働き願ったわけだ、誰一人、気づきよらん。しかしだ、考えてみるとだな、徴兵検査なんぞ余計なこったよ。——

工場主 おやおや！

監視官 いや、わしの言うのはだ、クロースターノイブルクでのわしらのやり方をみんなやるべきだということでさ、輜重兵補充部隊でな、わしはキッパリと言ったとも、お前らは只今より戦争協力者につき兵士給金以上ビタ一文も要求すべからず、とな。

工場主 なるほど、それなら話は分りますとも！

監視官 一度奴らも文句を言いおったよ、虐待されとるとかなんとかでな。わしは整列させて順に尋問したんだ、一体誰の煽動だとな、若いのが答えて曰く、われわれは組織された労働者であり労働組合に問題解決を依頼したのでありオルグ二名が遣わされたのであるとよ！ そこでわしは、それじゃその二名の方とかをお呼びしてお前ら同様汗を流してもらおうじゃないかと言ってやったな。すると若いのが言いおった。われわれは組織された労働者であり、われわれは国家に対する義務は果すけれども自らの保護は組織に求めるのだとな。そこでわしは——

工場主 そんなことではムチなどなんの役に立ちますかね。中尉がこちらに来られとるのも——

監視官　つまりわしがどんな手を打ったかということだろうが？　非国民めと一喝だ、それからわしは言ったとも、もう二度とこんな勝手はさせんとな、一ト月の留置刑だ、以上！　とな。
工場主　なんて温情です！　非国民行為にですぞ！
監視官　しかし余り痛めつけるのもどうかね、迷惑なのは市民裁判がこういう手合を支持しとることだよ。
工場主　知っとりますよ。トライゼンのレンツの場合ですがね、週に二十五クローネもらっていたのが二人訴え出てですな、当初は四十四クローネだったと言うのですよ、地区裁判所はレンツの非を認めましたぜ。二人の野郎がどんなに意気揚々と裁判所を出ていったか――全くシャクにさわる――
監視官　あれはわしも知っとるが――しかしその後二人の憲兵が野郎たちを連行してだな、十日間の留置と強制労働を言い渡したですぜ。まったく裁判所というのはやっかいなものですわ！　あの場合は幸いレンツの市長が独自に逮捕させることができたからよかったもののな、同じことをある女の労働者にも行使しよったよ。クリスマスの明けの日にパトロールを遣わして自分の自宅労働に使ってから留置刑にしたそうだ。
工場主　わたしの所でも一度ですがね、虐待と低賃金の咎で組合に駆けこみましたよ。時間当り三十八から六十ヘラー給与ですぜ、何が不足ですかね！　そこで私は張本人を連れてこさせて言いましたよ、君たちは何かをたくらんどるがわしにはこのムチがあるとね。これをこうニューと見せつけてやりましたわ、ところがそいつが言うにはわれわれは犬ではありませんとね。そこで私は内ポケットのピストルを見せつけましてね、それじゃこれととっ換えようかい、と言ってやりましたよ！　奴は何か――人間の尊厳だとか何とかモゴモゴ言っとりましたわ、それからとうとう賃金が低すぎるとぬかしましてな！
監視官　なんでしょうな、直ちに――
工場主　勿論ですとも、前線送りにしましたとも。あなたの前任者はこの点なかなか如才ない方でしてな。もう一人、低賃金がどうとか言った奴は私がこのムチでこっぴどくしごいてから、あなたの前任者の手で三週間の留置にしていただきましたよ。

監視官　わしの遣り口にも、ま、御期待下さいよ。わしの手の元にある限りは連中はいつもニコニコ、鉱山労働でないだけでも幸せと思わせてやりますわな。

工場主　ライトメリッツの陸軍司令部は鉱山所有者の都合を大巾に改善しましたな。抗夫全員は戦争宣言に誓約し不服従とはすべからく謀叛行為とみなされ、いかなる場合にも張本人または煽動者は法的に死刑を申し渡されても異議をさしはさまないということに承知させられましたよ。うらやましい話ですよ。まったく鉱山所有者は――

監視官　シュタイアーマルクのアイビスヴァルトの無煙炭鉱山では日曜出勤制でしてな、八時を過ぎると飲屋もコーヒー屋も空屋同然、五日留置の場合には三日間は食糧なしですわ。警護つきで炭鉱から地区の留置場送りでね、なかなかの道のりでな。オストラオでは戦争開始と同時に棒打ち刑を復活しましたな。以前とは違ってまともに打ちまくるわけで、警護室の長椅子の上へ二人がかりでおさえつけてでな。経験ズミの若いのでオルグに注進したのがいましてな、直ちに前線送りにしちまったそうだが――ウムを言わさずこの手に限るというもんだ！

工場主（溜息をついて）　まったく鉱山の方はうらやましい限りですわ、あちらは何ともしよいですわ！

監視官　ま、そう言いなさんな、まんざら手がないわけでもないですぞ！　現場長も自分から見回っておるし平手打ちにも熱心だし、留置組にはわしが毎日六時間はたっぷり痛めつけとるしな。大道を銃剣かざして現場からつれ戻してやっとるからには恐さは骨身にしみとるはずだ！　アカつきのままで髪を剃落してな。二十四時間の留置組には容赦はせんよ。給金より賄費をさっぴくわ――フロリンスドルフからヨーゼフシュタット(1)に報告にやれば給金の半分はふっとぶし、留置中の賃金カットやその他いろいろあるしな、それに第一、ま、とびきり手のかかる場合のことだが――前線送りの奥の手だ！　せいぜい御苦労はかけんわな！

工場主　なにね、こちらの苦労などさして苦にもなりませんがね、軍部の御威光に無闇やたらとすがらないのが私の主義でしてね。なに、私にだって手がありますからな、当分はこいつでいきますよ――

（ムチを指さす）

（暗転）

第三十三場

宮廷顧問官シュヴァルツ＝ゲルバー家の一室。夜ふけ。

顧問官シュヴァルツ＝ゲルバー及びその夫人(1)、登場。

顧問官（息を切らしながら）　あああ、やっと帰れた――もう、もう――くたくただ――

顧問官夫人　どうなさったの、まるで殉教者様といったお顔つきね。

顧問官　もういやだ――もうもう――我慢ならん！

顧問官夫人　あたくしだって！　我慢なりませんとも！

（顧問官夫人、着換えを始める。顧問官、倒れるように椅子に坐り込み、顔を手にうずめ、やにわにとび上り、部屋中をあちこち歩き始める）

顧問官　どうしてだ――言っとくれ、わしにな、どうしてだかをだ――みんなおまえのお陰だ――なんでわしが――こんな――こんな生活を続けにゃならんのだ――どうしてなんだ？――よりによってこのわしが？――ぐるぐるひき回されて――ま夜中までも――おまえのお陰で――わしをあっちやこっちに――戦争援助会だの――募金会だの婦人会だのなんだかんだ――慈善演奏会だの千人針講習会だのお茶会だの会議だの日がな一日、あまつさえ毎日病院の慰問だ――これが――これが生活と言えるかい――（夫人に飛びかからんばかりに）一体――一体これ以上何をしてくれと言うつもりだ――まだ足りんとでも――わしはな――わしは――わしは病気じゃい――わしは――健康を――そこねとる――

顧問官夫人（金切声で）　どうしてそうガミガミおっしゃるの？　あたくしが無理強いしてるとでもおっしゃるの？　まるで反対、あなただわ！　ゆっくりしたいのはあたくしの方ですわ！――あたくし――何から何まであなたの代りにしてますわよ——どうにかしてあなたの人気がよくなるようにと——それであなた副会長になれたのですわ！　あなた、自分一人のお力でなどとお思いかしら、あたくしですわ、あなたを盛り立てたのは！——どうなってましたかしら、あたくしがついていなかったらね、——ひとの苦労も知らないで——あなたはね、あなたは理想家でいらっしゃいますとも！　おっしゃることとったらからっきし実《み》のないことばかし！　あなた、お分りかしら、ね、あなたのお顔、それが少しでも頼りになると思ってらっしゃるの？　それともその頭《おつむ》？　ね、どうなのかしら、あたくしがいなきゃあ、あなたの御出世などあったかしら——みんな——みんなあたくしの力ですとも——リハルツィクが死んで——後任は当然あなたよ、あなたの番なのよ、だから一番前に出ていらっしゃればいいのに——ウスノロったらありゃあしない、口をあんぐり開けさえしていたら鳩が丸焼きでとびこんできてくれるなどと思ってらっしゃるの——あたくし、手でこうつついたわ、だのにあなた、ボッとして一歩もお歩きにならない——心の中じゃ前に出たくてムズムズしてらっしゃるくせに。機転一つ持ち合わせてらっしゃらない！

顧問官　たのむから——黙ってくれ——もうこれ以上とても——今の地位でも——わしは不安でたまらないのに——

顧問官夫人　今の地位だって、それが何ですの、お笑い草だわ！　地位ですって！　ま、誰のことかしら！　あたくしが駆けずり回ったからこそあなたこれまでなれたのでしょう！　誰のためにあたくしあんな苦労をしたのかしら？　ね、誰のため？　おっしゃれないの？

顧問官　そりゃあ、おまえ、言うまでもなかろうが。

顧問官夫人　なんて言い草かしら！　あなたの顔など見たくないわ！　御自分の嘘を御自分でようく御存知のくせに！——あたくし、今日はこちら明日はこちらと駆け回ってますわ、あなたを尻目にですのよ——あなた、ね、あなたがお出来にならないから——グリューンフェルトが奏《や》ったときあたくし一席ブたなければならなかったわ——我慢し通しなのよ——あたくし、もうフラフラなのよ、ベルヒトルトのところの会議なのやらビーネルト(2)宅でのお茶会なのやら分らないほどなの、クタクタなのよ、花の日の催しが亡命者のためだったのやら養親慰安のためだったのやらこんがらがってくるほどなのよ、それにコルンゴールトの初日のこともあるしお葬式にも出なきゃならないし慈善競馬会のことや国防ワラ人形のお世話や愛国勲章の売出しのことや、あたくし、目が回るほど忙がしいのよ、あなたったらイキり通し、あなたったら上ってしまってポーッとなさってあの様《ざま》ってないわ、お一人じゃなに一つお出来にならない、あたくし、申しましたわ、御自分でやって下さいなって。だのにどこまでもあたくしを追い回してお茶会だのコミテーの方だのにあたくしをつき出して、名誉の戦死者追悼式にだって御自分ではどうにもお出来にならず、あっちやこっちにあたくしを駆けずり回らせて、みんなみんなあなたのお為と思ってなのよ、分ってらっしゃるのかしら、ね、一体誰のため？　あたくしのためじゃないことよ！　今日はとっくりあたくし考えてみるわ——病院から病院に足をひきずって回らなくてはならない——そのお礼が何なの？　何なのよ？　ただお小言ばかり！

顧問官　やめてくれ！　やめろ！　黙れ！　おまえの言葉を他人が聞いたら隣人愛の鑑例《てほん》とでも思うだろうよ。畜生、カンシャクが起りそうだ——

顧問官夫人　あなたに対してよ！　カンシャクなんて！　あの人たちが今日あなたに気づかなかったからといってあたくしに何ができて？　あたくし、代表の方と話したのよ、あたくし、言ったわ、人々が集まってもあたくしたちが最前列に並ぶように気をつけてくれって、あたくし言っといたわ、だってこの前は運が悪くって人込みに紛れてしまったですもの、最後の瞬《と》間《き》まであたくしあの方に念をおしましたことよ、あたくしがヒルシュに顔が利くってこと、あの方も御存知でしたわ。ヒルシュはもう永いことあの方にもホされてるっていうけれど——あたくし、出来ますことはみんないたしましたわ。あの方が傷痍軍人たちに——盲になって戻ってきた人々に——これもみんなお国のためだってお話なすっていたとき——あたくし殆んどブランカと並んで立っていましたのよ——あたくしに当りちらそうとなさるのね？　ソラ、イマってときにアンジェロ・アイスナーがあの大きな身体で前に出てきて演説《おはなし》始めたのよ、それであなたのお姿が隠されてしまったからって——あたくしにどうしようがあって？　アイスナーはあなたより大きいのよ、どうしようもないわ、だのにあたくしが悪いってわけね！　あたくしに——あたくしに当りちらして——あなたって方なんか——あなたなんかお見通しよ——あたくしはね、あたくしは——バルダッハの血筋の者よ、（キーキー声で）あなたなんかとは生れが違うのよ。（コルセットを投げつける）——あなたなんか——あなたなんか、なによ！

顧問官（とびかかって）　おまえという女は——何を言うか！——わしをイラつかせるな——いいか——おぼえとけよ——何をしでかすか分らんぞ——もう勘弁ならん——何を——何をまだわしにしてくれと——いうんだ——いつでもおまえは——自分のことばかり言いおって——おまえの虚栄心のお蔭で——わしは墓場入りだ！——子供でも持っとったら、こうはなっとらんかもしれん、——この白髪を見い——（涙声で）——わしは——わしは——ホッホジンガーに診《み》てもろうたが——心臓が——弱っとる——おまえのせいだぞ——（唸って）本当のことを言ってやるがな——おまえはフローラ・ドゥプに敗けたんで口惜しうて堪まらんのだ——おまえの帽子代だけで財産がなんぼあっても足りんわ——もうこれ以上は——我慢ならん——

顧問官夫人（発作気味《ヒステリィ》で）　フローラ——ドゥプですって！——よくも——まあ——おっしゃったわね！——ドゥプなんぞと比べるなんて！——あたくし、バルダッハの血統よ！　あなたは何よ、成り上り者のくせに！　指名してもらえなかったからと言ってまっ黄《ゲルプ》なお顔をなさって！　出世欲で心中まっ黒《シュヴァルツ》けのくせに！　アイスナーのことをお考えになると寝てもさめてもじっとしていられないのね！　あなたを貴族にしてさしあげたからってあたくし叱られなくてはなりませんの？　あなた一体どこのお生れなの？　鏡で御自分のお顔をようく御覧あそばせ！

顧問官（威勢をなくして）　おまえ——何もそこまで言わ

んでも――な、落ち着いて――たのむから――わしは――わしはただの顧問官で――それに――それにユダヤ人だ！（せき上げながら椅子に倒れ込んで）――これが――これが――生活と言えるのか――いつも――いつも後回しにされて――この前の――この前の競り上げ《プライストライベン》の――いや、ちがう、そのう、慈善競馬《プライスライテン》のときには――さっぱり――さっぱり気づかれもせなんだわ――（気をとり直して）わしはな、肱でこうおまえをつついたんだぞ、それを――それをヴェデンブルックの妻君が見つけて――早速、言い回り――もう笑い種になっとる！――みんな知っとる――わしはもう終りだ――シュピッツィも笑っとった――

顧問官夫人　シュピッツィが何ですの！　あれはね、あれなんかこの戦争でやっと成り上った者ですわ、戦争前は誰も名前さえ知らなかった男よ、それがどお？

顧問官　フォン・シュピッツィの方《フォン》は毎日のし上ってる！

顧問官　フォン・シュピッツィ?!　まだなっとらんはずだ――そんなはずはない！

顧問官夫人　シュピッツィの方《フォン》はってあたくし言いましたのよ。

顧問官　あいつはいつも先頭《シュピッツェン》に出たがっとるんだ。

顧問官夫人　待望の人ってわけね！　自分でも切れ者《シュピッツァー》だと思いこんでるのだわ、きっと。

顧問官　金袋をあてに《シュピッツェン》しとるんだ。

顧問官夫人　あたくし、代表の方とも話しましたわ、その方も言ってらしたわ、どうしようもないのですって、まさしくヴィーンだっておっしゃってたわ、シュピッツィは新聞をおさえてるしそれに義足基金の方にも手を出してるって。

顧問官　代表の方にわしから厳しく言ってやる！

顧問官夫人　あたくしはもうまっぴらよ。

顧問官　ガルテンバオの以前と今とは大違いだ。思い返すとあの頃な、レンベルクの戦いの頃だ、おまえも知っとるだろう、あれな、『ノイエ・フライエ・プレッセ』が創刊五十周年の記念でそれにヴァイスキルヒナーが祝辞を述べて――この前わしはジークハルトに言ったんだが――

顧問官夫人　あなたが？　ジークハルトに？

顧問官　そうとも——憶えとらんのか、わしとジークハルトとの会見のこと？　世紀の事件だったぞ！　子供でも知っとる——あれはな、忘れもせんがわしら二人が戦争資金援護局の支局に加入するということでな、——これは知っとるだろうが、ジークハルトは《愛国キャヴィア》運動を提唱してな、言い出したのは元来はクルカだったが——ま、そのことでわしはジークハルトに意見したんだ、閣下、代表者がわたしには気に入りません、特に委員長が気に入らんとな。彼は黙っとったが明らかにわしの意見が作用しとることは見てとれたよ。さらにわしは意見してだ、閣下、時局は深刻でございます、とな。これ以上は機密に属するのでおまえにも言えんが、とにかくジークハルトはイヤとは言わなんだ。どうしてああいう者たちが選ばれたんですぞや、と彼に突っこんでやったとも。彼はただ肩をこうしてだな、戦争は戦争、致し方なしとさ。そこでわしははっきり見てとったとも、わしがせにゃならんのはただもう一押し——

顧問官夫人　あの時、創立総会のときよ、あのときヴァルハラにあんなへまな姿をお見せなさらなかったら事はとっくにかたづいていましたとも。

顧問官　おまえはそう言うがちょうどあの時わしには考えがあってな、むしろ目立たん方がいいと思っとったのだ。ヴィルヘルム通信局の男が入ってきたとき、みんな我れ勝に首をのばしとったし——

顧問官夫人　だからあたくし、あなたに合図しましたわ、だのにあなたったら縮こんだまんま！

顧問官　そうはいかんよ！　おまえにはあの時のわしの立場がはっきり分っとらんのだ！　そう事はトントンといくものかね、ま、わしの計画《かんがえ》をお聞き。アイスナーはだ、なかなかの者だ、時機を見て出掛けていってうまくやるだろう。しかしわしはだ、わしは予定しとるんだが——いまは時機を待つよ——この次に——この次には押しのけても——アイスナーはだ、あいつはヒルシュの悪口を言っとった！

顧問官夫人　あなたはね、あなたは計画などなさらなくともよろしいのです！　変な口出しなどなさらないで！　あたくしだって、あたくしの方だって少し待ちますわ、ドゥプはシャレク女史の悪口を言ったの、あたくしちゃんと聞いたわ――シャレクは戦場の屑拾いだとかなんとか言ったわ――これをあたくしオデルガになにげなく言うつもり、きっとあの人、傷痍軍人茶話会にくると思うわ、だからその時そっと耳打ちして――あなたったら、ね、聞いてくださいったら。あなたはね――あなたはイライラなさらなくともよろしいの――あたくしの言う通りなされば、手に入りますとも！　つまり――つまりなの、金曜日がチャンスなのよ、ほら、東シベリアで捕虜になって今度《こんたび》捕虜交換で帰ってきた兵隊さんね、あの人々のための昼食会があるわ。――もしこれが駄目でも、そうだわ、土曜日、こっちの方がいいかしら、ドイツ兵士との茶話会よ！　あなた、しっかりなすってくださいよ。上手にやってくださらなきゃあ！　艦隊退役軍人会のお芝居まで待つことなんぞないのよ！　あなたの能力《おちから》を示してくださらなくちゃあ。ほら、ハースさんね、あの人を見習って、いいえ、ハースの奥さんの方じゃなく主人の方――あの人もユダヤ人よ、だのに顔役だわ――あそこまでなってくださらなくちゃ！　今度こそコトが決まるのよ、あなたが今日みたいにボーとつっ立ってさえいらっしゃらなければの話、――あたくし、いつまでも世話が焼き切れませんわ――でも、あたくし、予感がする、あたくしたち、注目されていますわ――

顧問官　ほんとうにそう思うかね――それならいいんだが――もう永いこと辛抱したし――しかしまたどうしてそう思うのだね？

顧問官夫人　思うのじゃなくて事実そうなのよ！　あなたはもうみんな駄目になったってお考えですけれどあたくしは違うわ、何一つ駄目になどなっていませんとも！　あなたは以前もずっと戦争なんぞ起るまいって悲観なさっていましたわ。あたくしの計画《かんがえ》をみんな話してしまうわけにはいかないけれど『ゾンネ・ウント・モント』のフランクル＝ジンガーはルポミルスカと親しいのよ、いいえ、口をはさまないで、聞いて下さいよ、あたくし、あの人と話しましたのよ、ドゥプの顔色ったらなかったわ、どう言えばいいかしら、ほんと、大変なお顔なの、ジークフリート・ムヴィだってそれを見て首を振ってたわ、それであたくしみんな見通しましたの、これがうまくいくと大成功の部類ですわ、貧民救済会のときには何も気どられないようにしなくてはなりませんわ、でないと後援者たちが騒ぎ出すからってポラッコが言ってましたの。今日でさえあたくし予感しましたわよ、もう一息だって。ほら、えらい騒ぎでしたでしょう——みんなドーと出掛けてって——瀕死の兵隊さんの方に——あの人、暴れたのね、意識がモーローとしていて母親が目の前にいるなんて妄想したのよ、みんなでよってたかって兵隊さんをおさえつけたわ、だって規律上でも許されないことですもの、ヒルシュは演説しましたわ、汝は年代記に不死の生命であるとかなんとか——あたくし、その時、ふっと気づきましてね、キッと見ましたの、するとどうかしら、宮中の方々の視線がみんなあたくしたちに注がれていますの、あたくしたち、注目の的でしたわ——あたくし、肱でこう、あなたに合図しようとしたのですけれど——でもあの時あたくしあっちの方にも注意しなくてはならなかったでしょう、あの人、ほら、あのノッポの大男があたくしたちの前に出てきやしないかって——それからまた挨拶があって——ちょうどヒルシュがノートをとり始めたとき戦争未亡人と戦災孤児のためのコンサートの夕の話になりましたの——あたくし、ハッと思って——イマダって思ったのだけれど——（舌打ちして）あなたったら相変らずボーとなさっていられるのですもの！——どうしようがあって、——絶好の機会だったのに！——いいわね、今度こそしっかりしてくださらなければ——お分りなんでしょうね！

顧問官（考えこんでから意を決して）　明日の予定は何だ？

顧問官夫人（招待状を手早く繰って）　オルテルスブルクのためのヴィーン会議——これには出ます、でも大したことないわ。トゥルニィでの傷痍軍人昼食会、出てもどうってことないのだけど休むのもよくないわ、それからブルーメントイフェル戦傷回復者慰安会主催者実行委員会連絡会議ね——これはあたくしが提案者だからどうしても出なくちゃあね。それに、あ、これこれ、戦争資金援護局主催、音楽とお茶の会、フリッツ・ヴェルナー独唱。あたくし、是非とも彼と話すわ、彼の影響力はすごいのよ、だから——
顧問官　そんな馬鹿な！
顧問官夫人　馬鹿なって何が馬鹿ですの！
顧問官　影響力だなんて、滑稽きわまる——
顧問官夫人　ま、なんにも御存知ない！　あれね、ほら、殿下《あれ》、ヴェルナーにサイン入りの写真を送ったってことだわ。もう五十回も《フザール魂》を見たって。
顧問官　ほんのちょっとの知り合いさ。
顧問官夫人　なんて物知らずなの！　でも、いいわ、あなたがおっしゃる通り、フリッツ・ヴェルナーには影響力などないと仮にしましょう、すると、シュピッツァーはどうなるの？　あたくし、どうしてもシュピッツァーをあてにしてますのよ！　彼がくると空気がガラッとかわるわ、みんな右往左往し出すのよ、シュピッツァーこそいまでは一番の顔利きなのよ、あんな出世を他に誰がしたかしら。熱いうちに鉄は打てっていうわ、ぐずぐず見送る手はないのよ！　ね、お分りだわね、役立つことはみんなしなくちゃあ——しっかりして下さいよ！　元気を出して！　みなさんに好かれるようになって下さいよ！　何をそんなに考えこんでいらっしゃるの？　これまでだってうまく行ったでしょうが、これからもだわ、ね、いいわね、いまこそ頑張り通すときなのよ！
顧問官（頭をかかえて）　今日のことはまったく悪夢のようだ、わしはまだ自分でもどうしてああなったのかさっぱり分らん。ただなんとなくスックリいっとらんようには感じとった。始めからなにやらみんながわしらを厭《うと》んじとるとばかり思いこんでいてそれで終りのちょうどみんなが注視しとるときにわしはついうかっとして忘れてしもとった。な、おまえ、みんな心臓が悪いせいで——ホッホジンガーは養生が肝心だと言っとるし——養生専一にせにゃならんと——しかしだ、どうだったんだ、どんな工合にみんなシュピッツァーと話しとったんだ？——
顧問官夫人　シュピッツァーと？　それは今日じゃありませんわ！　それは日曜日のことよ！
顧問官　や、——そうだ——日曜日だった——何もかもがわしの頭の中でごっちゃになってしもうて——ま、今度のジークハルトとの話のことを忘れんようにせんと——これを忘れると一大事だし——シュピッツァーといえば、先の日曜日のあのことだが——

顧問官夫人　もう一息のところで代表が——あたくし、もうすっかり思いこむところだったわ——あなただってきっとそうでしょう？　確かなことなんですけど、ただ何かがね、不審《あやし》いのよ！　もし看護婦が邪魔さえしなかったら、ほら、あの人よ、ガリガリの骨だけって感じの人、みっともないくせにお化粧ばかりして、有名な変人なのよ、あの人、あたくし、ちょうど、寝てらっしゃる方の方へ行こうとしたとき、いやあねえ、あの女《ひと》がのこのこ出て来て——もう一歩ってときに——

顧問官　まてよ！——ええっと——どこにみんなは立っていた？　挨拶の言葉があったのはたしかあそこで、それでみんなもう一度集まらなくちゃならなくなって、ええっと、なんとかいった記念の日で、そうそう、戦時用ヴィーン・モードの発表会で、それで——

顧問官夫人　勿論ですわ。トレビッチュが匿名で二千クローネを寄付したとかなんとか言い回って——

顧問官　あいつは手のつけられん広告屋だよ、この頃はライツェスと親しいとか吹聴して回っとるが——するとなんだな、それがあの日だとすると——うむ、分った！　つまり、あのときでわしがこっち側に立っとったが、たしか、そう、病院の情景をフィルムに撮ろうという話が出たわけだ、サッシャー・フィルム用にだな、もう咽喉元まで出かかっとるのに思い出せん——どんな風にみんな立っていたんだったか、あのときの模様は——われわれは途中で出ちまったと思うんだが——

顧問官夫人　お思い出しになれませんの？　あたくし、まだありありと憶えていますわ！　兵隊さんのベッドの傍で——

顧問官　ベッドの傍な——するとお袋さんがつきそっていたベッド？

顧問官夫人　それは今日のことじゃないの！

顧問官　すると——盲目《めくら》の兵隊？

顧問官夫人　ブランカの盲目兵《めくらさん》？　それが今日のことで

すわ！

顧問官　しかしサルヴァトール殿下が――

顧問官夫人　サルヴァトールと盲目の兵士ってのは――火曜日、ポリクリニクでのことだわ！　盲さんね、憶えているわ、あたくし目の前に見るようだわ！　あのとき、ほら、ヒルシュがちゃんと名前を書きとめてくれて――

顧問官　ままて、それは駅頭での壮行会のときだろうが！　レーブル＝シュパイザーがしゃしゃり出てな、あの離婚した女がさ――

顧問官夫人　いいえ、ちがいます、あのときはあなたがあたくしがする通りして下さっていたらずっとうまくいってたのにそうはいかなかったときだわ、あたくし、シュティアスニィにぐっと近づいた方がいいって耳打ちしたのにあなたが――

顧問官　シュティアスニィに？　それはおまえ、国防お守り人形のときのことだよ！　おまえ、とっちがえとるよ！

顧問官夫人（大声で）　あたくしが？　いいえ、あなたですとも、とっちがえていられるのは！　国防お守り人形ですって？　誰がいまそんな話をしているのですの？

顧問官　そうかな――すると――ベッドの傍では――ちょっとこの挨拶して、それできり上げたんだ。

顧問官夫人　大違いだわ！　あたくしの記憶力にまちがいなど――

顧問官（大声で）　おまえの記憶力がどうしたというんだ！　おまえの記憶力が一体わしにとってなんの役に立つというんだ！――下らんことを言うな！

顧問官夫人　あなた、あたくしを虐《いじ》めようって魂胆なのね――あたくし、足が棒になるほど駆けずり回っていますのに――まだこの上あなたのぼんやりした頭《おつむ》の手助けまでしなくてはなりませんの！

顧問官　そんなにキーキー言わんでくれ――わしはもうどうなっても構わんぞ、みんな放っぽり出して――休日にはもう行かん――おまえは一人で行きゃいいんだ――わしはもう充分だ――戦争なんぞクソくらえだ！――以前だってちょこまかちょこまか動き回っとったのに、戦争になって環をかけたみたいに――わしの目のとどかんところへ行ってくれ――カンシャク玉が破裂するぞ！――わしの傍から離れんと――

顧問官夫人（キーキー声で）　御自分の頭《おつむ》が悪いからってあたくしに嚙みつかれるのね！　お一人では挨拶ひとつロクにお出来にならないくせに！　要のない人にペコペコして大事の人の前じゃつっ立っていられる。グラーベンを歩くときなどいつもいつもあたくしが合図してあげないと分らない！　あなたのためにこんな苦労までしているのよ――一体、お分りなの――あたくしがいないと、あなたって、社交界の余計者《あまり》よ！

顧問官（手で耳を塞ぎ天井を仰いで）　クダラン！――（部屋中を歩き回り）たのむから――ヒステリイを起さんと――あのときはだ――

顧問官夫人　あのときは――日曜日ね――みんなはベッドの回りに立っていて――あたくし、こう、一歩前に出て――みんなは――

顧問官　まてまて！　分った、思い出した――待合室全体に――

顧問官夫人（金切声で）　あなた、あたくしを気狂いにするおつもり――もうトンチキ以下なのね――あたくしがこれほど足を棒にして駆けずり回っているというのに――あっちやこっちに――

顧問官　それは分っとるよ、並大抵のことじゃないと思っとる。

顧問官夫人　それがお分りならもう余計な口をさしはさまないで――アレコレ知ったかぶりのことなどおっしゃらず――みんながベッドの回りに立っていたとき、あたくしたち、注目の的だったのよ――

顧問官　そうかね――ベッドの傍で――しかし、おまえ、ほんとにそうかね――

顧問官夫人　そうですとも！　兵隊さんのベッドの傍で――病院長がみんな見せて下さったわ――

顧問官　そうそう――やっと思い出した！　それを初めに言ってくれりゃすぐ思い出しとったよ、あの兵隊だろう、両脚を凍傷で失くした例のあれな?!

顧問官夫人　そうですとも――それで愛国勲章をもらったのだわ！

第三幕

第一場

ヴィーン。リンク・シュトラーセの一角、シルク・エッケ。うす汚い年寄りたちの往来。あちこちに人の群。

新聞売り一　号外！　ヴェニス総攻撃！　イタリア軍完敗だぁ！

軍部御用商人一　夕刊に載っとりますぞ、お疑いは御無用御無用。

軍部御用商人二　しかし確かな筋から出たものでしょうかな？

新聞売り二　号外――！　イタリア軍、戦死者十万だ――！

軍部御用商人一　いや、もう確かなことまちがいなし、一日よりマリーエンバートでクラーマーの客演ありと大見出しでね。

新聞売り三　クラクエファッツ攻略！

軍部御用商人二　ありがたいや、これでわが奥方の永逗留もまちがいなしだ。

軍部御用商人一　御目付役のお留守ってわけ？

新聞売り四　『ターグブラット』第二版！　ドイツ戦況報告だ！

将校一（三人の同僚に）　よ、これはこれは、ノヴォトニィ君、ポコルニィ君、ポヴォルニィ君、君だ、君――政治通だろ、ルーマニアについて一言、おうかがいしたい(1)ね。

士官二（散歩杖を振り回し）　我輩の意見によればだ――昨夜は飲んだぜ――！　シェーンフルークの絵を御覧なったか、大物ですぞ！

小娘　ロシア軍戦死者八千名、たった十ヘラーよ。

娘（腰を振りながら、ひとり言の如く）　イタリア戦線で大勝利！

女（真赤な顔で、小走りに）　ヴェニスを攻撃中！

士官三　何を言っとるんだい？　ヴェニスがどうとかこうとか――？

士官二　我輩は仰天したよ――君も仰天したろうがね

——さっきの娘《やつ》さ。

士官三　ほほう。

士官四　君は何かい、あれを御贔屓の誰かと——

士官二　いやさ、イタリアの飛行隊がやらかしたのかってことでさ、だって——

士官一　だから早呑込屋ってんだ。諸君、何を隠そう、我輩は昨日野戦郵便を受領したよ！

士官二　さてはファーロタ殿からだな！

士官三　奴は何をやっとるのかね？　相変らず思想家を気取っとるのかい？　それとも何か実戦の一つでも？

我輩は現在戦争省で獅子奮迅の活躍中だぜ。

（『ライヒスポスト』の愛読者二名、登場）

『ライヒスポスト』の愛読者一(2)　われわれは軍神マルスが提示した要求に見事《みごと》答えましたな。われわれはこれまでも重荷を背負ってきたしこれからも背負い続けましょうよ、栄光の終局までもですな。

『ライヒスポスト』の愛読者二　戦争もまた恩恵を与えてくれますとも。まさしく諸民族の仮借なき教師と申せますな、ムチをもって鍛える者ですよ。

愛読者一　戦争はまた安寧の授与者であり高貴なる人間性美徳の覚醒者であり光と純潔とのプロメトイスですよ。

愛読者二　戦争はさらに光明の使者であり豪気なる警告者であり真実の告知者であり真の教育者でもあるのです。

愛読者一　この物質主義とエゴイズムとで汚れた時代の中で死に絶えたと思われていた数々の美徳がこの戦争によって息をふき返しましたよ。

愛読者二　戦争公債はもうお買いになりましたかね？

愛読者一　あなたこそどうなんです？

愛読者両名　われわれは軍神マルスが提示した要求に見事答えましたよ。（去る）

『ノイエ・フライエ・プレッセ』の古くからの予約購読者（もっとも古くからの予約購読者と話しながら）　本日版にはなかなか興味あるのが出ていましたね、ハンガリー公報の明日版でブダペストのイグメッツ社の支配人エミール・モルゲンシュテルン氏に宮廷顧問官の称号が授与されるということが発表されるそうじゃありませんか。

もっとも古くからの予約購読者　世は挙げて意気揚々たるものですな！（去る）

不具者（松葉杖に身をもたせかけて口をダランと開けて、片手には靴ひもの束、いま一方には新聞を持ち、重々しい低音で）号外！　セルビア軍壊滅寸前！

士官三　また寸前かね——？

ポルディ・フェッシュ（連れの男に）　今夜はサッシャ・コロヴラートと飲み明かすつもりさ。しかしだ——

（去る）

士官四　ま、そうとがめ立てしなさんな。イタリア軍戦死者十万って言うぜ、大したものさ！（傷痍軍人二名、ヨロヨロと通り過ぎる）

士官二　目につくところ、これ全て徴兵ずるけ組だぜ。ヴィーンの様《ざま》は恥ずかしい限りだよ。

（年配の初年兵たちの行進。歌声が聞こえる。《古里デ古里デ、別レヲ告ゲテ——》）

士官三　どうだね、諸君、ホーフナーへ繰り出すのは？

士官四　今日はどうもうっとうしいねえ。街じゅう珍ちきりんな野郎ばかりで——

士官一（歩き出しながら）　ルーマニアだがね——ま、楽しいことってわけじゃないがさ——わが軍に代ってドイツ軍がさ、とり戻してくれるさね——（去る）

新聞売り五　号外——！　わが軍、全戦線で大勝利！ルーマニアに進軍中！

（馭者の声が聞こえる。《戦時ですぜ、十倍は貰わにゃ！》）

（暗転）

第二場

オーストリア軍砲兵陣地。

シャレク　ここに無名の質朴な男《かた》はいらっしゃらないかしら？　きっと素朴な言葉で戦争心理学の秘密を明かしてくださるわ。あれは臼砲の引紐を引くだけのお仕事ね——一見、単純きわまる任務だわ。でも、それが尊大な敵をコラしめ祖国を救う大業につながる！　御自分ではそのこと、御存知なのかしら？　精神的にも大業の只中にいるってことを？ 銃後組の人たちは引紐のことなどこれっぽちも御存知ない、勿論、臼砲の引紐を引くだけが任務の前線の質朴な一兵士が荷っている任務が、どれほど大きな歴史的意味を負うものかなどは少しも御存知なさらない。――（砲兵に向き直り）ね、おっしゃって下さいな、紐をお引きになるとき、どんな感慨をお持ちになるかしら？

（砲兵、唖然として凝視する）

つまり、如何なる認識を抱かれていますかしら？ ね、あなた、あなたは無名の質朴な一兵士でいらっしゃるわね、あなたはきっと――

（砲兵、仰天して黙したまま）

あたくしの申しますのは大砲を発射なさるとき何をお考えになるかってことですわ。何かお考えになるでしょう？ ね、一体、何をお考えになりますの？

砲兵（シャレクをジロジロと見回した後） なんにも！

シャレク（失望して背を向け） これを人は質朴な男と呼ぶのだわ。あたくしなら空馬鹿って呼ぶ！（さらに前線に向って、去る）

（暗転）

第三場

イソンツォ前線司令部。陸軍中尉ファーロタ及びバインシュテラー、登場。

ファーロタ（食べながら） 俺は菓子ってのが大好きでね、一つどうだい？

バインシュテラー（一つ手にとり） よ、ホカホカだぜ、こりゃありがたい。君は例によってなかなかの食通だな。

ファーロタ ところでだ、言いたいことは言やあいいんだけれどもだ、われわれは芸術愛好の民だよ、諸所方方の名所旧跡、一つとして傷つけたりせんさ。なに、ちょうど、こいつを読んだところだがね。『ドイチェス・フォルクスブラット』さ、わが戦線報道班通信によると、イタリア及びフランス新聞界ではオーストリア軍並びにドイツ軍がロシア国内占領地域内の教会や修道院といったギリシャ＝オルトクセ——いや、なに、オルドドクセ、つまりさ、正統派《オルトドクセ》教会をレストランやカフェや映画館に改造しておるというデマをばらまいておるそうだ、まさにデッチあげの中傷じゃないか。周知の通りわれわれオーストリア軍はだ——ま、ドイツ軍も無論そうだがさ——敵国の教会とか修道院をこれ以上はないといった敬虔の念で扱っとるのだな。特にわが隊では宗教上の建造物ってのは宝物あつかいでさ、当戦争においてもこの鉄則を無視した兵など一人だにおらんよ、明らかなる事実だぜ。

バインシュテラー　まったくだ。

ファーロタ　この俺が証人になってもいいがね、ロシアで一度俺は映画館に入ったんだな、戦争以前は教会だった建物だがね——しかしだ、それが全然気づかん程なんだ、分るかね、傷など一つだにないにさ、丁寧この上なしだったぜ！

バインシュテラー　そうとも、俺も二、三のユダヤ教の墓地を見かけたが——ま、少々は乱れとったがね、墓石を堡塁に使ったりしたもんだからよ。しかしギリシャで聖教会がどうなっとるか俺はあっちへは行ったことがないのでなんとも言えんな。

ファーロタ　芸術品に対してだよ、われわれ同様、何処でもが丁寧であれば言うことなしなんだな。こいつを読んだばかりなんだ、『ジュナール・ド・ジュネーヴ』紙の編集室は——

バインシュテラー　ド・ガネフ[1]かね。（と吹き出して大笑い）

ファーロタ　——全スイス市民の署名を集めてわれらの皇帝に請願するとさ、陛下の博愛と好意に訴え芸術品の保護を——

バインシュテラー　反古《ほご》にせよとかね。（大笑い）

ファーロタ　——特に同盟国軍に占領されたイタリア領土内の芸術作品に対してだな。これにわれらの編集部の註釈がついとる。——傑作だぜ、ここさ——《かかる請願は連合国側が同地区を占領した場合ならば当を得たものと言えようが、われわれにあっては余計なものと言うほかない。なぜならばわれわれは文化の国民であるのである故に》とさ。

バインシュテラー　なるほど、われわれは文化の国民さ、しかしそれが何の役に立つってのかね。——奴らに何百度と言ってやってもだ、相変らず野蛮の民とかわれわれを嘲っとる連中にさ。

ファーロタ　そのうちぞっぷり思い知らせてやるさ。われわれがヴェニスに乗り込めばだな、散歩杖片手に芸術散策とやらかすぜ！

バインシュテラー（歌う）

像と絵の並び立つ街
ヴェニスに揚々入門だい
観賞感嘆身体はホクホク
野営の天幕用にゃチチアンの本物
チャリン！　ドドン！
チンダドラ！
ほい　寄こせ
手榴弾《たま》もう一丁！

ファーロタ　そいつぁ、なんて歌だい、なかなかの傑作だぜ——

バインシュテラー　知らんのか？　近衛連隊の初年兵が歌っとる突撃の歌だ。歌詞はいろいろあってさ、どれもこれもよくできてるぜ、そのうち書き写して進呈しよう。

ファーロタ　ありがたいね、返礼としてだな、こいつは知ってるかね、イタ公行進曲ってのだ？

バインシュテラー　知っとる知っとる、第十大隊の部隊新聞に出とったそうだな、楽譜付きでさ——もっとも残念、売切れでね、手に入らないんだよ。

ファーロタ　なに、構やせん、俺はソラで憶えとるからな、伝授するぜ。まず《チッフ・チェッフ》ってのはなんのことだか知っとるかね？

バインシュテラー　知っとるとも、射撃反復のときの騒音《おと》のことだ。

ファーロタ　《タオホ》は？

バインシュテラー　マンリッヒ型機関銃の射ちどめの音な。

ファーロタ　それを承知ならばだ——ま、聞いてくれ。

チッフ　チェッフ　タオホ
イタ公がころがってら
チッフ　チェッフ　タオホ

イタ公がころがってら
見ン事　命中
世話はないやね　文句なしさね
チッフ　チェッフ　タオホ
イタ公がころがってら

イタ公のイタがふっとんだ
スッとんじまって行方知れずよ
チッフ――

ダヌンチオからヌンチが残り
ソンニーノにはただのノーノー
チッフ――

ヴィットリオ・エマヌエル公変じて
ヴヴィットリオ・エンマ様
チッフ――

イタリア　いただき

イタ公　痛かろ
チッフ――

トリエステ狙いにゃ
とり殺しの御返礼
チッフ――

チロール欲しがり
あげく　散りおーる
チッフ――

ヴィラッハ　ヴィラコと言いくるめ(2)
見ろ　やい　いまじゃ
チッフ――
イタ公　いただき

見ン事　命中
チッフ――

イタ公　いたいた
悪党野郎の白痴族《こけ》よ
世話はないやね　文句なしさね
チッフ　チェッフ　タオホ
イタ公がころがってら

バインシュテラー（一節ごとに合いの掛声を入れ、身振りして夢中になって）　チッフ、チェッフ、タオホ！　こいつはいいや！　なんとも――見事――見ン事だぜ！　このユーモアはだ、こいつはドイツ語において始めて表現できるものであってだ、奴らのすっとぼけた言葉でなんざ、とてもとても！

ファーロタ　そうとも、戦場におけるユーモアとくれば――この号に出ていたはずだが――そう、これだ、こいつは読んどかにゃならんぜ！

バインシュテラー　するとなにか――知ってたのか？　俺はつまり言うところの蒐集家《マニア》なんだな。（メモ帖をとり出し）こりゃ、リンジンゲン隊の部隊新聞からとったのだがね、《幸せ者》ときたね、恋人より結婚の約束をとりつけたるドイツ兵記す、《ボクの恋人よ、ああ、ボクはなんて幸せなんだ。こんな幸せな気持、永いこと味わったことがないよ、この前、とうとう虱を退治して以来ね。》

ファーロタ（小おどりして）　そいつぁ、いいや！　それにつけても、なんだ、新刊だがな、知ってるかね、《虱合戦》さ？

バインシュテラー　無論さ。

ファーロタ　それじゃあ――こいつはどうかね、俺も実は蒐集家でさ。（メモ帖をとり出し）これは第二大隊新聞からのものだがね、題して《継続すべし》、すなわちだ、つい三週間前、前線に来たばかりの新兵さんが用便をせにゃならんことに――

バインシュテラー　風雲急を告げ、一時たりとも待ち切れんというやつだな。

ファーロタ　まてまて、いいのはこの次だ。してかの新兵殿、村の通りの真横にあった肥溜めを背にしゃがみこまれた。時ぞ時、中尉二名御通行に相なりわれらの新兵殿は如何に対面せんやと苦慮せられしが意を決しすっくと直立、敬礼の姿勢をおとりになったね。中尉殿、笑みを浮かべて言い給いけり。《しゃがんだまま、しゃがんだまま、発射継続すべし！》こいつは、君、君の可愛いのに教えてやらにゃなるまいぜ！

バインシュテラー（小おどりして）　そうとくりゃ――こちらは別口でいくぜ、第十大隊の新聞に出ていたやつだがね、題して《子供の口》、とびきりの腹の皮、よじり用だ。すなわちだ、我輩は髭を生やしておるのである。或る日、我輩は少々散歩と洒落こんだ。三つか四つのなんとも可愛いチビがやってきた。我輩がこの若き紳士をしかと見るに――この方も我輩の顔をしかと見しが、やにわにチビ殿手をば差し出し、《おっちゃん、おっちゃんの顔のどちらが頭？》ツォイス作だ。

ファーロタ（小おどりして）　ツォイスね、あいつはユーモアの才がある！

バインシュテラー　戦場用新聞を編集しとるそうだが愉快だろうぜ、奴の名前が傑作よ――ミケランジェロ・ツォイスってんだ――ミケランジェロよ――

ファーロタ　そりゃあなんだろ、たしか画家《えかき》の名前だぜ、イタリアのさ。もっともそいつとツォイスとは縁もゆかりもないそうだが。

バインシュテラー　イタ公と係わりあいなどあってたまるかね！

（暗転）

第四場

イェーナ。イェーナ大学哲学部学生二人、出会う。

哲学部学生一　友よ、人生[1]とはけだし素晴らしいではないか、スカゲラク海戦の大将はわれらが学部の名誉博士だそうだ。

哲学部学生二　ゲーテに論及したことによって授与されたことは明白だな。

学生一　そうかい？

学生二　そうさ。知らないのかね？　ゲーテ自体を主題[2]としてたのではなくゲーテの有名な詩を採ってだね。

なべての水底《みなそこ》に――Uボートあり
英国艦隊に
煙も立たず
わが船もまた沈没したり
待て　しばし
汝が永遠《とわ》の休らい近し！

学生一　よよ！

学生二　イギリス艦隊の艦長作の如くだが元来はゲーテに負うものと言えようさ。

学生一　で、シェーア(3)はどう言ったね？

学生二　全く魅了されたと述べたね、傑作なりと折紙をつけてさ、当艦長の懸念が現実とならんことを願うと言ったよ。

学生一　なあるほど！　それで始めて分ったよ、何故にわれわれのこの由緒ある学部がさ――シラーだって賛成したろうと思うね。われわれの総長はついこの間、とんまな平和好きの愚者にさ、総司令部発令禁止事項を読み上げて軍需工場勤務を申しつけたぜ。《ラオターベルク世界観観想週間(4)》で総長がした演説文だがね、読んだかね？　見事なもんだ、前進あるのみさ。クルック(5)曰く、敵の胸元にピタリ命中ってのがわれらが目的だとさ！　しかり、げにしかりだとも。しかりして近くシェーアはわが大学の名誉博士さ。

学生二　シラーは野の戦士だったがヒンデンブルクは残念ながら芸術と余り縁がないってことだ。

学生一　しかしケーニヒスベルク大学が彼に名誉博士号を授与して以来だ――つまり、ロシア軍を泥沼で殲滅させた功績を賞してだな――ま、あれは礼儀上の報賞としても、以来、彼の口から出た名言が全然知られていないじゃないか――

学生二　時々はあるがね、一行か一句だがさ、《敢闘セヨ！》とか《前進ダ！》とか。

学生一　彼直々の言葉じゃないのじゃないかね。

学生二　ついこの間も名句を吐いたぜ、《余ハ悲観論者ヲ糾弾ス》

学生一　それに対してなんだな、ベルリン大学が名誉博士号を授与したのは。――しかしどうもドイツ的特長に乏しい表現と思えるがね。

学生二　するとどう言えばよかったと言うのかね？

学生一　簡単さ。悲観論者ハ犬畜生ヨ！

学生二　なるほど――ともかくだ、実際は海軍関係の連中だけだな、哲学の真髄に錨を下した感がするのは。

学生一　あるいはその逆だな。

学生二　と言うと？

学生一　ま、これを見給え。（新聞を読む）《キール[6]に於ては聖霊降臨祭当日、ショーペンハウアー協会は総会を催し、同協会の使命として、この著名にして誤解された偉大なる哲学者の思想を世に広く伝えることをその使命とすることを確認したのである。当総会のしめくくり行事として軍港見物がなされたのであるが、その際、帝国海軍側は、シャーパー海軍少佐を名代として一席の講演を供す一方、ショーペンハウアー協会総会参加者全員を停泊中の戦艦並びにUボート見学に招待したのであるが、なかんずくUボートは全員の注視の中に幾度か潜水の余興をなし、その性能と驚異とをあますところなく印象づけたのである。》

学生二　シャーパーがショーペンハウアーの信奉者だったとは――知らなかったぜ。

（暗転）

第五場

ヘルマンシュタット[1]。扉を閉じたドイツ書籍店の前。

プロイセンの歩兵（扉を叩いて）　開けろ、開けんとぶっ壊すぞ――俺たちドイツ人は書物に飢えとるんだ！

ドイツ書籍店主（扉を開けて）　はい、開けます、開けますとも。このような恐喝は嬉しい限りですよ。ドイツ書籍取扱者といたしまして多数のドイツの同胞にドイツ書籍を供給できることこそ私の名誉でしてな。われらドイツ人にとりましては最良のものこそ良かれと申しますか、いや、わが同胞の諸兄よ、祖国からかくも隔った所で良きドイツ書籍を用意した私の店《たな》を見て驚かれておられるのかいな！　諸兄の教養に対する純粋にドイツ的なる飢えを早々に癒やしてくだされ。私はちと御免をこうむって早速ですな、ドイツ書籍取扱業者新聞にこのドイツ的経験の吉報をしたためますぞ。

（暗転）

第六場

ヴィンツェンツ・クラモスタの食料品店。

クラモスタ（主婦に）　凝乳チーズですかい？　百グラムが四クローネだ！――なんです？　高い？――来週になりゃ六クローネはしますぜ、値が気に入らなけりゃ、もう一廻りぐるっと回って頭を冷やしてくるこってすな、へい、お気の毒さま！――（男に）なんです？　え？　味見をしたい？　なんと思うとられるのです？　いまは戦時ですぜ、喰いてえなら糞でも喰いな、遠慮は要りませんや！――（主婦に）ボーとつっ立ってもらっちゃ商いの邪魔だい！　え？　キューリの漬物？　一番重さでいきますがな、値はちと張っとりますぜ、一番小さいので二クローネだ！――（男に）何だ？　腸詰？　目は開いとるんですかい？　皿みたいにおっぴろげて探すこってすな、この時節に何処から仕入れろってんだ――ふざけなさんなってこってすぜ！――（主婦に）口をとんがらかしてごまかしでもあるってわけですかい？　計りは正確だ、つつみ紙だって値のうちですぜ、いまは戦時ですぜ！　気に入らないのなら買って貰わんでも結構、その代り二度とここへは来てもらいますまい！　とんちきめ！――（男に）そうウロウロされちゃ迷惑だな。あんた一人の店じゃありませんぜ、今日はあんたは売止めだ――ま、こっちから御免こうむりますわ、さ、出てってもらいましょう――（主婦に）野菜サラダは十二クローネだよ！　え？　正札が出てる？　ああ、出てますわ、八クローネとね、そうかもしれんが十二クローネなんでして、びた一文も値引きなし、ぎりぎりの値段でしてな。買いたくなけりゃ、明日寄って貰いますかね、十四クローネですぜ、まったく、間抜けたお方だ。（客の間からつぶやき声）なんだ？　暴利だ？　無茶苦茶だ？　もう勘弁ならん！

もう世話がやききれん！　みんなにお引取りを願いますぜ、御退場だ、店じまいといきますぜ！　何だ？　不当だ？　へっ、不当が聞いてあきれらあ！

（客、ぶつぶつ言いながら出て行く。市場調査員、登場）

市場調査員　検査だ！

クラモスタ（ビクッとして）　ケンサ？

市場調査員　野菜サラダの卸値、売値はどうなっとるかね？

クラモスタ（長いことあたりをゴソゴソしてから躊躇しつつ差し出す）　これは――ええ――並のやつで――仕入れにも割増金を払って手に入れたんで――戦時ですでな！

市場調査員（ノートして）　仕入れ価格四クローネ五十ヘラーだな。で、売り値はいくらだ？

クラモスタ　ええ――そう、八クローネで！　そこに正札が出てますがな、苦労に苦労して仕入れたものでしてな、こうとなりゃあ――値を決めるのはわれわれでがしょう？　文句はありませんやね？　いまは戦時でしてな！

市場調査員　調子に乗っとると容赦はせんぞ！　値段つり上げの咎で通知するぞ！

クラモスタ　なんだ？　なんだと？　威張りくさって！　こっちの首を締め上げようってのか？　敗けるもんけ！

（売り台にあった十二キロの固形チーズ入り陶器の入れ物を持ち上げ、投げつける）

市場調査員　この結果がどう出るか、いまに思い知るぞ！　通知するからな！

クラモスタ　なんだ？――てめえ、いま、なに言った？　思い知るのはどっちだかね、へっ、役人面《づら》しやがって――俺を通知する？　ちぇ、笑わせら、こっちはちゃんと戦争募金に応募しとるんですぜ、それにだ、一体ここで何用だ？　税金もきれいに払っとりますぜ。一つ一つ正札もつけとるしな、ふんぞり返りやがって――さっさと出て行きな、とっとと失せろい！　こいつを喰らいてえのか？（包丁を二丁とり上げる）

市場調査員（あとじさりしながら）　通知しとく！

クラモスタ　通知だ？　便通《つうじ》が無えんだろう？　糞づまりめ！　殺《や》っちまうぜ！（榛の実の入った籠を投げつけ

る）へなちょこ野郎！

（暗転）

第七場

商業顧問官二名、ホテル・インペリアールより出てくる。
傷痍軍人、ヒョコヒョコと通り過ぎる。

商業顧問官一（あたりを見回して）　車はないのか？　なんてこった！

両名（通り過ぎる自動車に杖をつきつけて）　おい、コラァ――！

商業顧問官一（馬車を呼びとめ）　おい――空いとるか？

馭者（肩をすくめて）　注文済でさ！

商業顧問官二　巷にあるのはただ食い物だけというわけか。（種々様々の乞食が二人をとり囲む）若きロスチャイルドも年と共に老いてだ、奴に出来ることと言えば――まだ待たすつもりかね、え――

商業顧問官一　これがヴィーンの情景かね？　民衆の心底はだ、ま、わしの考えだが、戦争に疲れとるんだ！　こいつは盲でも見きわめられるほど明々白々たるこったよ！（盲目の兵士が二人の前に立つ）お、君、君、見給え、あそこからくる女、誰かね、ありゃあ？

商業顧問官二　あれはだ――あれはたしか――踊りがうまいやつ――そ、シュパイジンガーって娘《こ》だ！　ポーランド産の赤毛だぜ！――ところで老ビアッハだが、戦争病ってことだぜ！

商業顧問官一　なんだね、そいつは？

商業顧問官二　ふた言目には社説がどうのこうのと言ってね――気の張りすぎだよ！

商業顧問官一　いつものことだろうさ。ニーベルンゲンの誓いに狂っとる。タヌキ親爺め！

商業顧問官二　ちと激しすぎる、興奮しきってますぜ、お国の盛衰はわが肩にありって調子でさ。それに気狂いの徴候も出ているし。

商業顧問官一　というとたとえば？

商業顧問官二　救世主と思いこんどる。

商業顧問官一　おやおや。
商業顧問官二　ところでお宅のぼっちゃん、ええっと、なんてったか——軍事記録所でしたかね、あそこへお出でだとか聞きましたが？
商業顧問官一　ええ、しかしうちのは脱腸でしてな、間もなく出されると思っとりますわ。もう少々、上の方を狙ってますでな、ベン・ティベールが劇評家に採《と》ってくれる筈ですわ、なにしろ脱腸ですからな。
商業顧問官二　わたしの若い方もなかなか才能がありまして、そのうち——ま、そんなことより明日のことが気懸りですわ、レオポルト・サルヴァトールに謁見の予定でしてね——そうそう、家内はやっとこさ、毛皮のマントを手に入れましたわ。
（乞食女、義足をつけ、腕を布で吊り、二人の前に立つ）
両名（通り過ぎる車に杖をつき出して）　オーイ、コラァ、とまれ——
（暗転）

第八場

老ビアッハ、もの思いにふけって、登場。
老ビアッハ　[1]クレオパトラの鼻は最高美の一つじゃった。シヴィルは労働者の娘じゃった。（用心深くあたりを見回し）テル曰く、各人各任務、ワガ任ハ殺シナリ。（暫くして毅然と身体を一揺りして）必要なる第一のことは旅行者が触角を突き出し客を確かめることじゃろう。（一息つき）イヴァンゴロドは喘鳴しとる。（嘲けりの笑みを口辺に）ポアンカレはうろたえグレーは参っとる。（ぶつぶつと）イギリス人とドイツ人、ストックホルムで遭遇じゃ。（去る）

第九場

軍事記録所。大尉及び文学者たち。

大尉　あなた、そこの、ええ、あなただ、賛辞見本の原稿を二、三ですな、やっつけて下さいよ、『フレームデン・ブラット』紙の劇評家でしたな、あなたは。じゃあ、これくらいは簡単でしょうが。――次にそこの、ええ、あなた。フランスの女彫刻家でしたか、オーギュスト、それに、ええっと、ロドンとか言いましたな、あれに関する論文は上出来でしたよ(1)、あの出来映えをもってすれば簡単なことと思いますがね、われわれの大冊ですな、《ハプスブルクの旗の下に(2)》のための序文ですな、書いてもらいたいのです。ま、御存知とは思いますが厳粛にしてこう感情にピタッとくる調子でですな、それにです、マリーア・ヨーゼファ皇太妃のお名前を文中に差し挿むことは忘れんでいただきたい、お分りですな！――次、ローベルト・ミュラー(3)さん、あなた、この頃どうなさっとるのです、いや、分っとりますぞ、ずっと以前のルーズヴェルトについてのあなたの文章、光っていましたな、やや、褒め言葉が多かったきらいはありますがね。あの調子をとり戻してですな、《わが皇太子への期待》をですな、なるたけ急いで出していただきたい！　あなたは少々アメリカ贔屓すぎますぞ、ま、いまはそれをとやかくは言いませんがね。――さあて、あなただ、なんですな、まだ《双頭の鷲》論は仕上っとらんのですか？　双頭の鷲の鉄翼の風に頭を冷やしてはどうですな！――一体、あなた、どういうおつもりです？　総司令部よりこちらに回されて以来、なまけっぱなしじゃありませんか！　あちらでなまくらの癖をつけられましたな！　申しますがね、かしこくもフリードリッヒ大公はあなたの戦争詩に御感激あそばされたのですぞ、あなたにはそれで充分かも知れませんが私には充分ではありませんぞ！　いいですか、同盟軍賛歌を早いことひねり出して下さらなきゃあ、報告させていただきますぞ！――あなた、ええ、ヴェルフェル[4]さん、ゲルッへの呼び掛けはどうですな？　気障なのはいけませんよ、ほどほど、ほどほどにです！　あなたは少々感激屋すぎますぜ、それは市民用にとっとくことですな。——次にあなただ、ええ、あなた、きまっているじゃありませんか！　あなたはたしか表現主義者とかでしたな、いえ、たしかそんな名前のふれこみでしたろう、ならです、表現にもキバっていただかんと大困りですぜ、お願いしといたでしょう、《人も馬も最後の呼吸《いき》のある限り》にですな、そろそろ手をつけていただかんと、いえ、延引は無用ですとも！　この前の《ゴルリチェ突破》は悪くはありませんでしたぜ。——（ちょうど入ってきた伝令に）なんだ、またか？　あ、そう、これね。（写真を受取る）よ、強烈だ！　こいつぁ、いい！　バティスティの処刑[5]の場だが、よっ、処刑官ランク殿もよう撮れておる！　それじゃあ、と。これはあなた用だ、ええ、あなた、これに文章を付けてですな、いいですな、チェコの反乱兵だとかウクライナ兵だとかにして——え？　こちら、これ？　これはだ、モンテ・フェにおけるマックス大公殿下[6]主催の大祝宴を主題にした叙情詩だがね、素晴らしいもんだ、わが国の叙情詩人が模範とすべきものですぞ。参考に読んでみますからな。

　フェにて司令官たるわれらの殿下
　いとおやさしくいとうるわしく
　始終ニコニコ会釈をなさり
　いとすばらしき接待振り
　食事とワインをたっぷり出され
　みんなきちんとテーブルに着く

始めはやや単調だが段々と調子がせり上ってきますからな。ここ、ここ、ここは最も愉快な個所でね、つまりみんないろいろと食べる。すりゃあ、もうこれ以上は入らんてことになるでしょうがな——

　ネクタイゆるめボタンを外し
　ズボンをすっとずり下ろし

こうなりますな、すりゃあ無論、無礼講とくる。まさに愉快欣快爽快だ！　こうこなくちゃあ！

　よ、見ろやい、伝令を
給仕女とまちがえて

そっと手をのべ頬ペタ撫で
それからぐいっと——
おっと失礼　お二人にゃ
マントをそっと被せておこう

いいでしょうが！　で、こうなりゃあ、翌日もう一日、やめられるかってんだな。

酒壷の最後の一滴　底をつき
さあて　如何に腹の虫をば鎮めんや
みんなパンにとかぶりつき
脂肪油をなめなめしては——

まったくだ、いや、分るとも、当然だよ、ま、すりゃあ無論、料理番が腹を立てるな。しかしわれらの殿下は御機嫌うるわしくあらせられる。全員が陣屋に戻ればだ、すりゃあ無論——

二日酔だよ　フラフラするね
これがどうして粋なこと

分るとも、大分りだ！——この詩が何故にわが軍事記録所に持ってこられたかというとだ、ただ戦場におけるユーモアという見地ばかりではなく、さらにまたこの詩の中で殿下の抜群の接待術が述べられているからでもなくひとえに貴重品であるからですぞ！　これは前線の印刷所に於て砲火の中で印刷されたものですぞ、なかなかよくできた印刷ですとも。——あなた、デルマンさん、これをあなたは模範としてですな、あなたの詩精神に拍車をくれてくださらにゃ。以前の御作ね、ロシアはコロシヤ、セルビアはセロビアだ、ですな、あれ以来、次作がちっとも出んじゃありませんか、どうなさっとるのです？　これも旧作ですがね、

ミスター・イギリスとムシュー・フランス
両名肱鉄一発くらい

いや、なかなかの出来栄えでしたよ、これがデルマンだって作でしたな。

与えてくりゃろ
目にもの見せてくりゃろ
大口開けて待ってろい
そこへカラシを放りこんでやら

あれをですな——思い出して頑張ってもらわにゃあ。——何をしょんぼりなさっとるのです？　いや、お気

持が分らんこともないですがね。こんな中にいるよりあちらでですな、実地に銃を手に戦いたいでしょうとも、そうでしょうとも。

デルマン　かの地にて倒れる者を我は羨やむ
義務に隔まれかの者に加わるを許されずして！

大尉　お、出ました、出ましたな。そうですよ、そうこなくちゃあね。――さあてお次、ハンス・ミュラーさん、あなたには小言など申しませんわ。申し分なし、ほほう、また一つ、手をつけられましたな、戦線風景物ですな、いや、大したものです、あなたのことはきっと所長にお伝えしますとも。

ハンス・ミュラー　われわれは偉大にして甘美なる義務を認識したのであります。われわれは整然たる歩調をもって現実よりもむしろまやかしに近接せる役立たずの生活を踏み捨てるのであります。

大尉　そうとも、その通り。ところでミュラーさん、ちと興味がありましてな、あなた御自身の口からお聞きしたいのですが、戦争勃発当時、どのようにして匹夫の意気をお示しになったのかということです。《戦線のカシアン》と題された大傑作ですな(7)、あなたがロシアの大地に耳をすりつけて云々というところ、勿論、あれをあなたはヴィーンの街中でお書きになったわけですが、まことにどうも真に迫っておりましたな。しかし勃発当時ですな――あなたは一体どこにおられたのですな、ベルリンでしょう？　同盟国軍賞讃に力をつくされ――それがなんです、ある連中ですがね、吹聴し回っとるのです、あなたが本当はヴィーンにいらしたなどとね、リンク・シュトラーセで見かけたなんぞとです、カール・クラウス一派がですな。御存知の通りあの連中は、その、いうところのゴロツキですがね、しかしまあ、あなた御自身に答えていただくと一等確かだというわけでして。あの当時、ベルリンにいらしたのですか、それともヴィーンにですかね、これはわれわれの記録所にとっても重要なことですからな！

ハンス・ミュラー　大尉殿につつしんで御報告いたします。私が戦争勃発と時を同じくしてベルリンに滞在し、その間の事情は《ドイツ立てり》に記した通りであります。われわれは敵国の急襲を予想だにせず、ちょうど、私がおりましたノイシュテティシェ・シュトラーセにおきましては——いまなお眼前に見るが如く記憶しているのでありますが——ロシアのスパイが民衆の怒りに八ツ裂きにされ——かつまた一群の素朴なる民衆が盟友オーストリアの黒黄の国旗を掲げブランデンブルク門に向って行進して行ったのであります。彼らはわれらの国歌を口にし、私もまた直ちにこれに加わり《神ヨ守ラセ給エ》を声高く共に唱したのであります。私の横に於て歩を進めておりました者は暫し私をしかと見た後にその腕を私の腕にまきつけ、同志愛に燃えて力強く私を引き寄せ——

大尉　なるほど、文字通り、肩と肩とを組み合せての盟友の図ですな。

ハンス・ミュラー　——そして私の口近くに口を寄せ我らは共に同じ国歌を歌ったのであります。この武骨者、——彼は髭もじゃの大男で、お世辞にもエレガントとは申せん男でしたが——この男の口に私はオーストリア＝ハンガリー帝国大使館の門前でキスを贈ったのであります。

大尉　まてまて！　そのことだがスツェギィエニィ(8)が窓から見ておったらさぞかし喜んだことだろうな。

ハンス・ミュラー　それは後日談の方に廻して——

大尉　なるほど。

ハンス・ミュラー　——さらには超然好きの美学者《ウルトラ・エステーテン》先生の拍手も得られましょうが——（文学者の間で不平の声。おーやおや、の叫び声）

大尉　静聴静聴！

ハンス・ミュラー　私思いますに、たとえジョコンダが額縁より抜け出し、あの不可思議なる永遠の微笑を浮かべつつ私を抱きしめたとしても、かの武骨なるドイツ男の唇に対する兄弟愛からの口づけほどには、私を陶然とさせることなく、また至福にもしなかったでありましょう。

大尉（感激して）　そうとも、よう言った！　それでだ、この偉大なる時代にその他どんな経験を積まれましたかな？

ハンス・ミュラー　大尉殿につつしんで申し上げます、

私にとって永遠に忘れ難きことは、かの夏の午後一時、男女こぞって聖堂の祭壇に歩みより、ドイツの武器の神に呼びかけた光景でありましょう。聖堂の高壇には皇帝陛下がすっくと御着席あそばされ厳として右手《ゆんで》に兜をお持ちになり、足下には打ち寄せる黒い波――

大尉　ほほう、するとあちらの皇帝《あれ》は同盟国トルコのコンスタンチノープルにいちはやく行ったのだな。

ハンス・ミュラー　――いえ、黒い群衆《ひと》の波でして。――オルガンの音は天井よりふりそそぎ、小窓を通って陽光は射し入り、やがて聖なる声がいともおごそかに――

大尉　結構結構、情景描写よりもむしろですな、当時あなたが何をなされとったかということを知りたいのですよ。

ハンス・ミュラー　男女こぞって堅く手を握り合い、オルガンの音は――

大尉　本題へ、本題へ！

ハンス・ミュラー　了解。私は咽喉元まで熱いものがこみ上げてきたのでありますが、これをぐっとこらえたのであります。私の廻りには勇気満ち、果断なる男たちが居並んでいたのであり、それもひとえに弱者たる気配は一つだに示してはならぬとの時代の要請があればなりと判じたのであります。しかして筆舌につくし難い高揚の只中に蒼白の頭《かしら》を沈め厳然と坐せる皇帝ヴィルヘルム陛下を迎ぎ見るに、かのひと、聖なる音色を晴やかに広き額に受けつつも――

大尉　よっ、ほっ！

ハンス・ミュラー　――突如、右手の兜をしかとその胸に当てられたのであります。私はもはや矢もたてもたまらず――

大尉　ふむふむ、なるほど、それで？

ハンス・ミュラー　――思わずも感涙の二、三しずくを――

大尉　さもありなんか。

ハンス・ミュラー　――しかるに見よや、わが傍らの勇士たち、半白の古兵《ふるつわもの》ども、これもこぞりて共に感涙にむせび始めたのであります。皆の衆、さて知り給うや、御身らの只中にあるいたいけなき非軍人の胸にこみ上げたる思いをや? 滝の如くほとばしる涙にくもりたる眼もて、私は見たのであります、現前せる皇帝のかたわらにいま一つの皇帝を――わがオーストリアの皇帝、われらの高貴なる年老いし心優しき御方を――

大尉　泣くな、ミュラーよ、な、泣くな!

ハンス・ミュラー　――して深き魂の奥底より会せる衆の祈りの中に我が祈りを挿入したのであります。すなわち、《おお、神よ、星座の上にあらせられる神よ、この時に当りフランツ・ヨーゼフ一世を祝福し給えかし、わが古き忠なる祖国のいやはてに強く盛んならんことを――永遠に、はたまた永遠に――艱難苦難をものともせず名誉の出陣にと出で立つわが同胞に祝福を垂れ給えかし、われらの未来を、われらの力を、われらの運命をもまた。――神よ、人と民の運命を御手に収められる主なる神よ、深き深き祖国愛よりわれらこぞりて汝《なれ》に呼びたてまつる――》――大尉殿につつしんで申し上げます、これが私の文章の結末であります。

大尉　まさに正真正銘の感情が流れとるな。ところで新聞社はだな、いくらほど支払っとるのかね、そういう祈り一つに、――いや、つまり――そういう祈りの文章一つにだ。

ハンス・ミュラー　大尉殿につつしんで申し上げます。二千クローネであります。しかし私は神の報酬のみにてでも書くであります、はい。

大尉　いいや、それればかりじゃあるまい。あなたには最高の名誉が与えられとりますぞ、新聞関係の者に与えられる最高のものですな――ドイツ皇帝が直ちにヴィーンのホーフブルクに於てあなたに会見の栄を与えられたのですからな。そっとお伝えする秘密ですがね、ドイツ皇帝はあなたの詩神の崇拝者ですぞ。人はあなたがラオフを凌駕しておるとも噂しておりますわ。いや、お目出たいことです、ところで皇帝の挨拶の言葉はどうでしたな? 大変美事にあなたは描写されとったが――

ハンス・ミュラー　皇帝は戸口のところまで迎えにお出で下さり、手をば差しのべ、優しい笑みをたたえつつかの大きな輝く御眼にて私をばじっと御覧になり、そしておっしゃったのであります、《おまえは戦時にあって美事なる文学を与えてくれた——平和時になれば、さて、更に何を与えてくれるな?》と。

大尉　はい、大悪戯《ふざけ》の滑稽譚を——と正直に言ったかね?

ハンス・ミュラー　大尉殿につつしんで申し上げます。私は剛胆なる御言葉に圧倒され、心は直ちになごみはしたれども——勇気を喪失しはてたのであります!

大尉　そうだろうとも。簡単な状況ではないからな。ところでどうだったね、皇帝の印象は? 何が一番印象深かったかね?

ハンス・ミュラー　大尉殿につつしんで申し上げます。——皇帝陛下のすべてがであります。

大尉　それだけかね?

ハンス・ミュラー　なにぶんとも私は感激の極に立っておりましたので残念ながら識別し得なかったのであります。すなわちかの御方の魅力あふれる個性の御力とか高邁なる品性とか御目の光輝とか、人をとらえてはなさず、さながら倫理的本性の奥底を見通すかの眼力の様とかをとても——

大尉　ま、やむを得んところだ、しかしだ、不思議なことがあればあるもんだな、まったくのところ——ブリュン出のユダヤ人をドイツ皇帝が手玉にとるなんてことはだ! ドイツ皇帝をブリュン出のユダヤ人がたぶらかすってのなら別にどうってことはないが——(伝令、登場。一通の手紙を手渡す)何だ、またか?(読む)よ、これはミュラーさん、あなたに関することですぞ!(ミュラー、仰天する)あなたを記録所より放免するようにとの所長の命令だ。(ミュラー、顔面蒼白)ドイツ皇帝陛下直々の御文が到着し、その中で皇帝は《諸王》の作者をオーストリア=ハンガリー帝国軍事記録所の用に使役することを免じおのれの創作活動に復せしめよ、との願を発せられておる。(文学者の間で不平の声)静かに!——それではミュラーさん、御機嫌よう! それにしてもですな、(声をふるわせて)いまお書きの、なんです、《ロヴツェン上の三羽の鷹》ですか[9]——それはわれわれのためにも仕上げて下さいよ! ま、今後は御気の向くままに御仕事をなされるとしても、つまり平和時の頃の作風に戻られるとしてもですな、——それにしても時々はわれわれと共に過ごしたときを思い出して下さいよ、すりゃあ、きっとあの頃はよかったとおっしゃられることでしょうな。願わくばこれからもです、精神的にわれわれの軍事記録所に御協力いただきたいもので。

ハンス・ミュラー　はい、盛衰を共にするであります！

（暗転）

第十場

ベルリンの化学実験室。

枢密院議員デルブリュック教授（瞑想にふけって）　ついこの間から、またもやイギリスの新聞は、ドイツに於ては食料事情が極度に悪化しておるとか何とか書き立てておる。こういったまったく事実に反するデマを広げることによって自国の戦意を高揚せんと企てるとは、とりもなおさず自国に於ては戦意高揚心が極度に欠乏しておると見る他はあるまい。医学的見地からでもはっきりと現今、男女を問わず疾病数が漸次低下しつつあることを例証として、戦時食料品の妥当なることが表明されておる。赤子はもとより充分にして適切なる食料の補給を受けておる。ヴォルフ国営通信でさえわが国の病院が平和時よりもさらに一段と空《す》いておることを報告しておるし、また簡明化される生活様式が多くの人々にとって健康増進の役目を果たしておることを伝えておる。ところで、そうそう、ドイツ帝国酒精品製造業者第六十六回定例総会のための講話のことだが、現今の良き兆候をミネラル滋養酵母のしからしむるところとのわれわれの見解をまとめねばならん。（演説者の姿勢で）さあて、諸君、滋養価を決定するミネラル滋養酵母の卵白成分はなかんずく尿素の使用によって得られるのであるが、ここに考慮さるべきことはである、われわれは粗野なる原材料をば純粋なる精神力の勝利でもって制せねばならんのである！　化学はしかり驚異を実現せり！　一九一五年来開始されしたゆまなき努力は、一大発見を成しとげたのである。酵母の生産に際し硫酸アンモニアに代えるに尿素をもってする。諸君、尿素をかかる利用に供するとあらば、尿並びに糞の絶大なる効果発揮の日もま近いのである。（去る）

（暗転）

第十一場

クレームスに於けるケルスカー[1]人集会。

ポガチュニック（通称トイト氏）――ヴォーダン神に誓約してもだ、ここに我、言明す。さ、皆の衆。糧食豊饒の日は間近いぞ。肥満せる豚の肉をである、内実円満なるジャガイモをである、真正純粋自然バターにて燻じ、ツナイスの沃土に産するキューリの漬物をである、さらにである、クルムバッハ産の黒ビール、鯨飲もまた意のままよ、いいかな、その日は我等に真近いぞ。（万才の声。但し、《マンザーイ》と聞こえる）――裸麦にて赤銅色に焼き上げられたるわれらがパンにシャキシャキのサラダとくるな！ 古きニーベルンゲンの流れのほとりのわが誇り高きヴィンドボーナの諸兄並びに諸姉よ、さ、その日まで堅忍不抜の辛棒だ！（ほいきた！ の声）われらのチロールの永遠の山容に薫育せられたる美味《うま》いの水を狙っとるイタ公どもへの総攻撃は、大成功を収めたり！（マンザーイ！ の声）ロスケの熊も尻尾をば巻き退散の途上にあるぞ！ 奴らのニンニク臭い跡を追い、われらの駿馬は一目散！

一人の声　いいぞ、ユダちゃん！（笑声）

ポガチュニック夫人（その言葉を捉え）　遊ブ身体ニ錆ガツクってドイツの諺がありますわ。ドイツ女性多しと言えど生粋のドイツ女性、バルバラ・ヴァッシャットカさまはどうおっしゃったかしら。『オストドイチェ・ポスト』紙にお載せになっていましたわ。編む手を休めず旧年を送り編む手を休めず新年を迎えた、とね。あちら、前線の方たちにあたくしたち、常に思いを寄せるのですわ、氷雨《ひさめ》と雪に苦難の方々、あたくしたち、わが身に問うてみるのですの、あの方々、あの勇士たちにとっていっとう辛いことは何かしらって。

如月《きさらぎ》の寒空にポワっとぶら下った月かしら、絶えずしとしと塹壕に流れこむ冷水かしら——ポトポトポトって落ちるあれ。（マンザーイ！　ほいきた！　の声）あたくしたち銃後の女性は、涙を隠して微笑を忘れない。苦難の中でも美のたしなみを忘れない。死の床でさえクレオパトラはお化粧をしなかったかしら？（したとも！　ほいきた！　よ、女傑マンザーイ！　の声）

ヴィンフリート・フロマトカ　尊崇あたわざる諸兄諸姉諸氏！　われらの青年団団長といたしましてわたくしは、われらの団結をばこと新たにすべく、ひと言述べさせていただくわけでありますが、すなわち、われわれに課せられましたる聖戦をば戦果嚇々たる終局まで完遂すること、すなわち《スチリチユト》、人馬の呼吸《いき》ある限り戦い抜くことを呼号したいのであります。（マンザーイ！の声）何故ならば、ドイツ的平和と申すものはわれらの老将ヒンデンブルク元帥がいみじくも看破した通り、決して女々しき平和ではないからであります。（そうだ！　の声）われわれのヴァルキューレをである、かのわれらの守護神をば想い起すことこそわれわれの神聖なる義務と心得るからであります。して、先ほど述べられましたポガチュニック夫人こそワルキューレ神の高貴なる化身と私は信じるのであります。（マンザーイ！の声）敵には反古を、女神には保護を！　こそ私の声を大にして叫びたいところであります。われらの女神、万才！（よ、よ！　女傑万才！　の声）

カスマーダー（立ち上り）　わが尊崇あたわざる同志諸兄並びに諸姉諸氏よ！　われわれは只今、純粋にして心情溢れたる純ドイツ的お言葉を拝聴したのであります。ドイツ郵便配達人連合幹事といたしまして私はつつしみの問題に関しましてひと言述べさせていただきたいのでありますが、いまやわれわれはイギリスの妬みとフランス、イタリアの憎悪とロシアの陰謀に囲繞されまして、ドイツ的生活形態の一つの突破口を見つけるべく余儀なくされておるのであります。（ほいきた！　の声）これに関しまして私は私案ではございますが一つの提案をしたく思うのであります。すなわち、ドイツ的生活形態におけるところの婦女子の労働担当範囲を撤廃することにより、ドイツ的実戦向け充当戦力を増大し、あわせて愛国奉仕の底辺を拡大せんというのであります。純ドイツ婦女子諸氏は帰還せる勇士諸氏に戦時中継続したりしおのが労働負担を心よく移譲せられるであろうし、また帰還せる勇士諸氏も婦女子諸氏の献身的奉仕に正当に感謝することを十分に知らせるでありましょう。（ほいきた！　マンザーイ！　の声）英雄の力足らざれば女性の力を借りるべし、さすれば女性もまた銃後にあっての愛国奉仕にとどまらざる奉仕の実感を得、ゆくりなく救国の任務を知らるることでありましょう。しかり、銃後にあっても各人各様に祖国愛に燃え愛国の戦いに参加しておるのであります。かく堅忍不抜を要請するとともに私は自作の詩を朗読させていただくことにより私の挨拶を終らせていただきたいのであります。（静聴静聴！　の声）

　石鹸を節約するは　よし（ほいきた、カスマーダー、
いいぞ！　の声）
煙草を吸わざるは　なおよし（笑声）
カラーをひゃらひゃら
編み上げ靴を足につけ（ヒャ！　フランス好み！）
かかる風体許すべからず！（そうとも！）
かかるところに浪費するより
金は戦争資金に供すべし（マンザーイ！　マンザーイ！　の声。握手の行列）

ユーベルヘール（立ち上り紙を広げて）
われもし願うとせば
願うところを既に知る！
ああ　団子汁
上等の小麦粉製の団子汁！
（笑声。おれもそうさ！　マンザーイ！　の声）

ホモラッチュ（立ち上り、金縁の眼鏡越しに暫し凝視。人さし指を立て）　わがドイツの女性《にょしょう》よ――わが古里よ――わが子よ――わが最愛の――者たちよ。

（すばやく着席。マンザーイ！　ホモラッチュ、マンザーイ！　の声）

（暗転）

第十二場*

ハーゼンポートの舞踏会場。バルト海の紳士とバルト海の淑女の会話。

紳士　おじょんさん。
淑女　へい、なんじぇすの。
紳士　おじょられましぇんすか。
淑女　へい、おじょりましぇんの。
紳士　どんして。
淑女　おじょるとあたしあしぇかきましゅの。あしぇかきましゅとあたしにおいましゅの。おじょらないとあしぇかきましぇんの。あしぇかきましぇんとにおいましぇんもの。

(暗転)

第十三場

ハイルブロン高等裁判所。

検事　──本年六月、当被告は一人の小児を出産したのでありますが、当小児の父親はフランス軍戦争捕虜兵でありまして、本国にありましては給仕の職業に従事しておった者で既に一九一四年以来、わが国の捕虜となっておる者であります。当フランス兵捕虜は一九一四年より一九一七年迄、城内労働勤務を申し渡され種々の労働、特に農作業並びに庭仕事に就労しておりましたところ、被告男爵夫人もまた同労務をときおり手伝っておったのであります。被告は地区裁判所に於ける取調べに際し先程述べましたフランス兵捕虜に強姦された結果であると主張いたしました。勿論、当主張は信憑すべからざるものと判断されました。注目すべきことは被告がそのような主張を事新らしく述べたてたことでありまして、フランス軍捕虜兵が被告の懐妊の後なお半年間も同領地域内にとどまっていたことからでも被告の主張の蒙昧なることは明瞭であります。かかる根拠に基づき地区裁判所法廷は被告男爵夫人に五カ月の刑を申し渡したのであります。逃亡の虞れにかんがみ、被告は直ちに逮捕され拘置せられたのであります。判決に当っては被告の自己弁護の陳述（犯罪転化未遂行為）社会的地位及び教育知能の点が特に有罪判決理由の要因となったのでありますが、被告が初犯であること並びに性的行為における被告の無知なる点を配慮する考慮がなされたことを付言せねばなりますまい。――被告の犯罪に比べれば極めて寛大な処置との印象は明白であり、ここに多言を弄す必要はさらにないのでありますが、物的事情に於きましては戦争捕虜との不自然なる交際という不祥事の実体は十分に解明されたと信じるのであります。いまはただかかる極めて遺憾な実例より生じるところの不道徳なる効果を指摘するにとどめたいと思うのでありまするが、当法廷の諸氏が当事件を知悉され同じ感情を持たれ、かつ、もしやすべてのドイツの主婦がかかる堕落に身をゆだねるとせば祖国は如何になるや？　との感懐を抱かれ、傷つけられたる倫理感の痛手に身震いなされているであろうことを私は疑わないのであります。（法廷内にざわめき）かかる意味に於て私は当高等裁判所法廷に被告の弁護理由の非なることを承認あって当被告に対する刑を二年にと引き上げられることを要請いたすのであります。

（法廷、合議のため一時休憩）

傍聴席の一人（隣席の男に新聞を渡し）　わが軍の大攻勢ですぞ。アラスの北西部とシャンパーニュ戦線にわが爆撃隊、三日間昼夜を分たぬ爆撃で二万五千八百二十三キロの爆弾投下と出てますよ。

隣席の男　物質的効果に劣らずですな、精神的効果も甚大でしょうな。

（暗転）

第十四場

楽天家と不平家の対話。

楽天家　毒ガス、タンク、潜水艦、一二〇キロメーター大砲等々の武器発達の結果――

不平家　――軍隊は敵を眼前にした際の卑劣さの咎で軍隊連合から除名されるでしょう。軍隊式名誉心にかけても世界は永遠に平和の只中にとどまるはずなのですがね。科学の堕落に精進する化学者の霊感が勇気と係わりがあるという主張、殺戮の虚名が自らの汚辱の毒ガスに窒息することなしに毒素赫々たる大攻撃にその盛名を負うということ、これらこそ前代未聞の大発達ですよ。

楽天家　如何なる武器が死をもたらすかということはどちらでもよいことではないでしょうか？　武器の技術的発達という点でこれにあなたはどのあたりまで従われるおつもりですね？

不平家　一歩たりとも従いませんね。ま、是非にとあれば、そう、弩《いしゅみ》まで。互いに殺し合うことを生活上不可欠と考えている人類にとって、殺し方いかんは無論どうでもよいことでしょう。大量殺戮法は実用的でしょう。しかし人類のロマンティックな要求は技術の発達によって裏切られるのです、それで対決システムに望みを託しているわけですか。武器を手にすれば湧き上る勇気は量的なものに堪えるのかも知れません。量の中に個が没するとき、勇気は卑劣に変じますね。個が量を目にしなくなるとき勇気は悲惨に化しましょう。ここまではあるいはわれわれも歩を共にしましょうか。しかし悪魔の知恵は実験室で培養され歩をとどめませんね。敵対する相互が互いに相手を凌駕しようとする間に、毒ガスとタンクはバクテリア用に道を拓き、人は悪疫をこれまでのように戦争の付随現象としてではなく、戦争の一手段として利用するという誘惑に抗しきれますまい。しかしながら悪行には大義名分を用意したがる傾向の故に、今日の化学者同様、細菌学を実用化するのに腐心している命令者たちは、なおも衣《ころも》をまといつづけますね。ドイツ人にとっては発明の美名が、他の者には実践の汚名が、与えられますよ。或いは反対かもしれませんが——あなたの希望次第によって。

楽天家　ドイツ人はその高度に発展させた戦争技術によって遂に証明しましたよ——

不平家　ヒンデンブルクの侵略戦と勝利行がヨシュアのそれとは都合よくも異っていることを。敵を倒し、踏みにじる目的に新方式は更にふさわしく、またイタリア軍三個師団への《毒ガス攻め》はエホバのあの奇蹟をたのんだ武器よりも勝っていますな。

楽天家　あなたはそれでも新ドイツの征服欲と旧ヘブライのそれとの類似を主張なさるのですか？

不平家　似てますね、神々しいまでに！　世界史的な役割を果たした民族の中でこれら二つの民族だけですよ。自らを国民守護神の誉れに価するとするのはですね。今日、相互に拮抗し合うこの気狂いめいた地上の全ての民族が、同じ神の名において勝利しようという陶酔だけを共通に持つのに反し、ドイツ人はかつてのヘブライ人同様、尊大な犠牲の献納を持ち受けている特製《セパラ》の軍神《ートゴット》の御前に膝まずいているのです。選ばれた者たる特権が彼らの上をかすめた如くで、おのが民族を単一国家と思い込む想像に憑かれた全ての国家の内で、自らを常にドイツ人と自問し自答し、絶えず些細に検討したあげく《ドイツ的》なる言葉を上等の同義語としてやまない唯一の国家です。しかしながら他民族を犠牲にした上での、全ドイツ並びにヘブライの民の生活様式と領土拡大傾向の関連は根深くむすびあっていますね。ただ旧ヘブライ人は少なくとも《殺すなかれ！》を合言葉にし、より高貴な神の誉れに対しモーゼの戒律でもってあれほど恐るべき相剋に——とはいえ常に実感情として後悔され続けた相剋に——陥ったのに反し、新ドイツ人はカント的至上律を事あらためて《堅忍不抜！》の哲学的弁明として宣揚しました。プロイセンの教義では軍隊の指揮官はプロイセン一流の概念規定により戦争行使の最高の主《おさ》であり、ヴィルヘルム二世の代理たるものに定着されていますよ。

楽天家　元来、皇帝の側近にすぎませんよ。それに、あなただけですよ。ヒンデンブルクとヨシュアとの精神的な関連性を問題とするなどのとてつもない思いつきをなさるのは。

不平家　いや、他にもいますよ、ショーペンハウアーが。彼は隣接の諸国を小売りしたり、《約束》する特製神ですね、略奪と殺人とによって、人はこれをおのがものとするわけですが、この神の設立と他民族の生活を犠牲にすることによって成り立つ国家守護神の設置とを、共に通じるものとして看ていますよ。(1) さらにカントがいますね。彼は軍隊の長《おさ》の勝鬨を正真のユダヤ的道徳律として非難し、自分と全軍の長とを同一視したがるあのヴィルヘルム某《なにがし》をとっくの昔に咎めていますよ。いわゆるカント信者が如何に上層部と意気投合しているか、そして、カントが、如何に人間の父たる者の道徳律と明瞭に矛盾する現今の盲動より目ざめさすために、また戦争の野蛮による全面的な犯罪を前にして、むしろ慈悲を懇請すべく、声を発しているか――私はこの殲滅的な、そしてそれ故に腐敗し切った対照(2)の様をこの次にです、それも《カント信者とカント》と題してベルリンの講演会で講演するつもりですよ。

楽天家　そんなことをなさると不穏な外国人として追放されかねませんよ。

不平家　自国でさえとっくにそうですよ。私は確信していますね、われわれの経験の後、《わがドイツ民族にこそわれらが主は意を構えある》ことを。さらにまた《御神の民》たる二民族の親和力は、両民族の文化の各々が金銭指向性浪曼的世界観という特有の精神を共にし、生活様式のくまぐままで類似性を求められるということを。いわゆる孫子の代までですね、人生観の結節点を共にし、ここでは世界は手の中で計られ、戦争は帳簿の記帳と同様に実践されるのです。つまり《お蔭さま》《ミット・ゴット》つきで。《眼には眼を、歯には歯を》の旧約聖書の原則は新ドイツ的戦術に文字通りに適用されており、お道化のアウグスト同様にこすっからしいわれわれの戦線報道班の公式発表の中に、つい最近、爆撃の名分として旧約の原則が使われたというのも単なる偶然では無論ないのです。《報復》の概念を赤裸々に暴露していますよ。この報復と壊滅への衝動がシナイ戦線の日々の報告に表現されているにもかかわらず、あなたは純粋に聖書的なこの蔓延のさまにお気づきにならないのですか？

楽天家　シナイ戦線？　そんな報告はついぞ目にしませんがね。

不平家　日に日をついで載っていますよ(3)！

（暗転）

第十五場

あるプロテスタント教会。

大教区監督ファルケ　――この戦争は神より諸民族の罪を罰すために下しおかれた罰であり、われわれドイツ人は同盟国の人々と共に神の下された判決を執行する役目を荷っているのです。この戦争のお陰で神の国がいやましにわれわれに近づき、われわれのものとなるだろうことに疑問の余地はありません。イエスの《汝の敵を愛せよ！》という戒しめは個々人の人間交際の範囲のことを指しており、民族間のそれを意味しているのではないことをはっきりと知らねばなりません。国家間の争いにおいては、敵への愛にも限度があるのです。この点で兵士の諸君が思い悩む必要は毛頭ありません！　戦況が活発な限りイエスの愛の教えは捨てなくてはなりません！　それは戦場の時間《とき》を目して言われた御言葉ではないからです。敵への愛という戒しめは戦場にあってはなんらの意味も持たないのです。この場合、敵を殺すということはいささかの罪でもなく、むしろ祖国への奉公でありキリスト教徒の義務であり神への奉仕であるのです！　われわれの敵すべてを仮借ない力でもって罰し、必要とあれば全滅させることこそ神への奉仕であり聖なる義務なのです！　でありますから繰り返し申しますが、この世界戦争に大砲がうなりを上げている限り、イエスの戒しめはいかなる意味も持たないのです！　良心の痛みはすべからく捨てさらねばなりません！　しかし皆さんはあるいは尋ねられるかもしれません、どうして何千もの男が片輪者になったのか？　どうして無数の兵士が盲目にならねばならなかったのか？　と。すなわち神がそのようにしてその者たちの魂を救い給わんとしたからです！　眼をすえ主の奇蹟をしかと見つめなさい、そして訴えるのです、主よ、われらを天国に導き給え！　と。

（暗転）

第十六場

別のプロテスタント教会。

宗教局評定官ラーベ　――であります、より多くの熱血を！　と言えましょう。臆病な人々に敢えて申すならば、契約その他これに類した事柄は一切戦争開始と共に一片の紙切れにすぎず、もし護国の為とあれば、これを破り捨てるか火中に投ずることは、権利のみならずむしろ事情によれば国家に対する義務であるということであります。戦争とは最高理性《ウルティマ・ラティオ》であり、民族がいかなる手段によっても神の御意志《みこころ》に叶わぬとき、力でもって理性に引き戻すための神の最後の手段であります。戦争は世界史における神の審判であり神の判決であります。それ故に諸民族がおのが裁判のため手に持った全ゆる力と全ゆる武器とを十全に活用することもまた神の御意志なのであります。であるからには私は再度言いたい、より多くの熱血を！　と。戦死された英傑のドイツの主婦並びに母親諸賢よ、決して戦争を感傷的に御覧なさるな。皆様方の最愛の者の倒れし地は嘆きの涙とは無縁なのであります。神はいまやわれらを厳然たる意志と力の世界にと導き給わんとするのであります。かくあれば私は三度《みたび》絶叫したい、すなわち、より多くの熱血を！　と。

（暗転）

第十七場

いまひとつ別のプロテスタント教会。

司祭ガイアー　――さて、皆の衆、眼を広く世にやられよ。わがドイツ人の実践力はさながら光輝ある真珠玉の連なりの如くあえかにもまばゆく発揮されておりますぞ。それがUボートなる驚異の傑作を生み出し、雲を突いて敵上空に舞い上り百キロ四方の広さに渡って敵軍を壊滅させる毒ガス銃を案出したのですぞ！　ドイツ的実践力はひとえにかかる武器を創出し得たのみならず、思想の防衛戦にも多大の成果を生み出したのであります。本日私が皆様にお伝えしたいのは、皆様御存知のわれらの同郷のシュルツェさんがただ今ハンブルクに於て外務省の命を受け《英・仏人による屍体と墓石破壊の現況》というテーマのもとに総括的な学問的労作にとりかかられているということであります。これこそ国際的な宣伝効果を目的としつつ、わが国に対する中立国の共感を呼び醒ますべき御作でありまして、この意味からでもこの御作がわれらの隣邦国に多大の反響を呼び起すであろうことをわたくしたちは祈ってやまないのです。われわれの正義に心寄せる人を覚醒させ、臆する者を励まし、変節者を改心させ、われわれの新たな友を獲得すべくドイツの津々浦々に精霊が目芽えております。わが国の政府はめざとくも看破したところでありますが、スイスは単にわがドイツ軍の弾薬輸送中継点としてのみ考えるべきではなく、その独自の戦況報道を通じてドイツ的戦争遂行形態報知の任務の一翼を荷うべきものなのであります。皆さんが映画で既に御覧になったようにわが海軍のUボートによって沈められた数千トンの食糧は、かかることにはなかんずく敏感な主婦を始めとして一般の民衆に多大の印象を与えることに成功したのであり、今や次第次第にわが国が敵国に与えた損害が如何に大きなものであったか、周知の事実となったのであります！　ドイツの表現力もこれに遅れをとりはしません。《シャンパーニュ戦》とはシュトゥットガルトの社会主義学生同盟書記局発行のパンフレットの題名ですが、主にスイスの知識人を対象としたものであります。当パンフレットにはわが国の政府を通じドイツ的思考の独自性を、ドイツ的本質の美点を、さらにはいわれなくわが国に寄せられる憎悪の念を親愛にと変化させんがため、逸早く中立諸国に送付されたのでありますが、私はその中に一つの見事な詩を見つけました。すなわち兵士の祈りを主題としたものでありますが、私はこれを比類なき傑作の一つとして皆さんにお知らせしたいのであります。

聞こえるや　兵士の祈りが？
神こそわれらが義務なり！
大砲の砲口より
われらが愛はほとばしる
アーメンの雨を
敵軍頭上に降らしめよ
して十字架の林を生《は》やせ
《ササゲ　銃！》

戦友よ　みそぎの水だ
榴霰弾をふりまけよ
散弾にきよめの煙を上げしめよ
罪人をわれらに叩首させよ
弾一つ射たざるは
一つの罪なり　心せよ
敵を見事にふっとばすとき
罪も早々霧散なり

手榴弾薬莢製の
十字架を胸に飾りとせよ
真珠玉一つはじければ
敵の退散疑いなし
声高く　いざ《ラインの守り》を
われらが怒りの祈禱となせよ
掌を胸にあて
敵兵の咽喉首狙え

われらこそ首切り人の末裔ぞ

神の愛でし子　選民ぞ！

さて皆さん、あたりを広く見回して主の奇蹟を御覧なされ。そして祈るのです。主よ、われらを天国に導き給え！　と。

（暗転）

第十八場

あるカトリック教会。

教会守　これは私たちの教会自慢のものでしてね、ラーナ出身の二人の兵隊さんが寄進下さったものですよ。バラ十字架ですが飾り紋章はあなたイタリア軍の榴霰弾の薬莢を細工なさったものでしてね。この軸は鉄条網を利用し、本体の十字架ですが、これはイタリア軍の手榴弾の外囲をこう、ゆわえつけたものでしてな。それにイタリア軍小銃弾が三個ぶら下げてありますですね。キリスト様の御姿はこれまた榴霰弾を切り抜いて下さったものだし、ほら、十字架の裏に刻んでございますよ。《感謝の念をこめて、イタリア戦線の記念に。チーマ・ドールにて、一九一七年七月二十五日、ラーナ出身、A・S、K・D両名》、とですね。重さはゆうに一キロありますな。ま、これを手に長時間祈るにはよほど強い腕が要りますよ。そこのお方、ためしに如何ですね？

男　（手にとってみて）　ヒャー！　――こいつは重いや。

（鐘の音）

教会守　や、鳴りましたな、お聞きになりましたでしょう！　これが聞きおさめです。榴霰弾でバラ十字架が作られ、教会の鐘で大砲が鋳られるのです。皇帝のものは神に、して神のものは皇帝に返すのですね。(1)　そして出来る限り、相互に助け合うのです。

（暗転）

第十九場

コンスタンチノープル。回教寺院。寺院一角のカーテンの向うより哄笑が聞こえる。

声一　なんだ、でっかい麦ワラ製の靴をはいてだと？
　へっへっ、そいつはいいや！

声二　ま、コーランの親方ちゅうのを見てやろうじゃないか――

（ベルリンの貿易店出張員の二人の若者が靴音高く登場。帽子はかぶったまま。二人の背後から頭《かしら》を垂れ両腕をそで口に入れ足音をしのばせて回教僧侶《イマーム》が続く）

若者一　よ、見ろ、寺院ってのはこんなもんだ――気をつけろい、でんぐり回るぜ、つるつるだい、この床よ！（大笑い）

若者二　寺院に入りゃ坊主もいらあ――こいつはいいや！

若者一　こいつは上出来！

若者二　上等の屑物だ！（麦ワラの靴をスケート靴と見立てて二人してアイス・スケートのまね。足を滑らせるごとに大笑い）

若者一　こういうのをだな、こう、あやういのをこうこう立直る、この要領でだな、この国の経済をだな――俺たちが手助けしてやらあ！（ぶつかる）お、ととと――

若者二　お歴々は来てないやな、大広間もこれじゃさみしいやね、たった一人の御婦人ときたね――（婦人を指さし、連れをつついて）見ろやい！――足長の姫御前だぜ――（大笑い）

若者一　（鼻歌まじりに）ボスポルス[1]でよ、こうだな、こうこうと滑りゃ痛快だがな――

若者二（吹き出しそうに）　そりゃいいや、よっ、おっととと――こいつはたまらん！

若者一　今夜のことか？　どんな玉でいくかね、半玉でか？（両名、大笑い）

若者二　ここの奴らな、善民よ――ま、ちと足らん、規律が欠けとるとも――俺たちがだ、ドイツ流のだ、規律を教えんとな。時は充てりよ、お膝で揺さぶってあげまちょうよだ。（高笑い。やや離れた所で二人を見守っている僧侶に道化た挨拶をする）コンツワ！

若者一　ヤ、御機嫌サン！（僧侶は何度も手まねで二人に帽子をとるよう合図する）おいおい、野郎、何やってんだな？

若者二　ありゃあ金つんぼのおし野郎だぜ――（吹き出し、互いにつつき合う）

僧侶（婦人に）　あの方たちにここはお祈りの場所だと注意して上げなさい。

婦人（二人に近づき）　ここは祈りの場所でございますから帽子をおとりになるようにと御坊様が申されておりますよ。

若者一　なるほどね、そいで気に入るとあればだ――いい、オコンニチワ！（帽子をとり、大笑い）

婦人　もう少し静かになさったらどうでございますの？　教会の中でもあなた方はいつもこうなのですか？

若者二（大声で笑いながら）　教会とここと何か関係でも？

婦人　ここも礼拝堂ですわ。

若者一　なんだ――この珍妙な建物が？

婦人　せめて信者の感情を傷つけるようなことは御遠慮下さいまし！

若者二　ハイハイ教の信者《パーック》がどうだとおっしゃるのです。ま、よろしい、それならばだ、ハイ、サイナラ！（両名、大笑いしながらドタドタと去る）

僧侶（婦人に）　ああいう無邪気な愚か者に御腹立ちなさらんことです。神のなせる如く、われらもあれらの所業には微笑みをもって当ろうほどに。

婦人　御坊様は御立腹なさらないのですね。

僧侶　神はヨーロッパ人には学問を与えわれら東洋人には威厳を与え給うた。至高の御神の陰を歩む我等に彼等は所詮無縁の徒じゃ。

（暗転）

第二十場

ベルリン。ある編集部の一室。

アルフレット・ケル[1]（机に向いルーマニア歌を作詩中）

これでと……出来上りだ。わがルー……マニア歌がだ。[2]

とありゅ　かたちゅみ
ロシアの小銭が落ちゅとった
そりぇで　裏切りゅ――
警察《おかみ》の御威光そのみゃみゃに

悪党稼業はおりぇりゃの習い
いましゃら仰天当りゃない
ハンガリー　ぐりゅぐりゅ
この手で締め上げりゅ

腐敗と堕落のただにゃかで
勝利の勝どきエャエャオリャ
ブカレシュトにゃ　見りょ
ひと一人　おりゃん

ブルガリアとドイツめぎゃ
追いやがりゅ　急ぎやがりゅ
韋駄天走りに退却退却
ドブロンシュルに仮住《かりじゅ》まい

もともとわれりゃルーマニュアは
札付きのウスノリョよ
今日はお馬のお尻《ちり》に乗りゅも
明日はま白《ちろ》お尻《ちり》が大好《ちゅ》き

ミュ……ズの神によりわたしはゲー……ジュッ並びに
バ……ターを手に入れる。当ショク……ギョウのため
わたしはいついかなる時にも世のチュ……モンをおろ
そかとせず、かくしてわがメ……セイは揺ぎなくしか

りしこうしてわがメー……カは生れる。

アルフレット・ケリュ様御作に
韻は陰陽　笑《わりゃ》いも生まりゅ
アルフレた三文詩《さんみょんし》とは大違い
珠玉の如きケルッ作

よっしゃ。

（暗転）

第二十一場

ベルリン。ある診察室。

モレナール教授（患者に）　やはり心臓がやられていますな、これじゃとても合格なんて望めませんよ。無論、あなた、煙草のせいですよ！　総司令部がですな、事あるごとに喫煙禁止の命令を出していましたでしょうが。にもかかわらずよす者がいない。規律のない喫煙の悪習のせいですよ。特に青年層のそれによってです、少なく見積っても二個大隊相当の補充兵の損失になってとるのです。どれほど多数の男性がですね、年若くして肺病病みになっているか、それによって徴兵不合格のみならず結婚も出来ず子孫も残せないという不名誉な始末になっているか、まさに恐るべきことですぞ。補充兵の状況にかんがみて喫煙厳禁令が急を要することでしょうな。戦争にあってはです、たとえば突撃の際にタバコが役立っているや否やの問題はまだ解明されてはおりませんが、仮に何千とは言わずとも何百もの非喫煙者がです、喫煙者同様に赫々たる戦功を上げている事実は否定できんのです。それに煙草が世に流布する以前に既に何千年の永きに渡って人類は立派に戦争をしてきたのですからな。それから考えても煙草が戦争には不必要ということは明らかでしょうが。今日、戦場にある喫煙賛成論者の意見を聞きたいものですとも！　ヘーゼラー伯爵とかコンラット・フォン・ヘッツェンドルフ将軍とかマッケンゼン大将が熱心なタバコ反対論者であることは周知のことでしょうが。

かの方たちは喫煙者と同様、見事な働き振りですぞ。つまりファルケンハインやボレヴィクやヒンデンブルクといったドイツの勇将たちと同様、いささかの見劣りもなしにです。祖国のための名誉の戦死によって多くの若人が軍務から解放されておる現況にかんがみれば、補充兵という点からでも生みかつ殖やすことは護国の急務であり、そのためにも喫煙の悪習を根絶やしにせねばならんのです。あなたはこの肺病の有様ではとてもとても合格は望めませんよ。しかしまあ、がっかりなさることもありますまい。きっと直りますとも。戦争も今日明日に終るという恐れもありませんからね。この肺はですよ、正常とは程遠いですよ。はい、大きく息を吸って！（聴診して）これじゃ、仕様がない。うまくいって宿舎内の事務勤務ですな。診察料？　ええ、ちょうど二十金。どうもどうも。

（暗転）

第二十二場

司令部の事務室。

幕僚長（電話中）　――よ、どうだい、プシェミズル戦線の報告書は？――まだ仕上っとらん？――また寝てたんじゃないのか――早いとこやっつけろよ、でないと宴《うたげ》の席に遅刻ってことになるぜ――そうとも、今夜もあるんだ――え？――忘れちまった？　またかい？――仕様がないぜ、じゃあ繰返すがだ、要点はつまりだ、わが軍は周知の如く敵軍の糧秣欠乏による所の飢餓に乗じ――いや、元へ、これは以前のだ――敵軍はわが軍の威力に圧倒されてだ――敵軍の飢えではないぜ、敵さんは飢えとらんとも、飢えとるのはこっちだ！ロシア軍は常に食料を完備しとるよ――にもかかわらずわが軍の勇敢なる突撃に堪まらずだ――わが突撃隊の突撃力にだな――次、かくして要塞をば損傷一つだになくわが軍の掌中に収め――最新の装備そのまま――え？　前の報告と矛盾しとる？　古くさい無益の陣？　奪《と》られた時にはこう言った？　事情が違うよ、君、事情が違っとるよ！　つべこべ言わずにだ、――最新設備の要塞――わが軍の誇りたる――完全に再び掌中にしたとな――戦力によってではなく飢餓に乗じ、いや、違った、元へ。飢餓に乗じてでなく戦力によってだ！　それでやってくれ――大向うに分りゃいいんだ――もう書きなれとるだろうが――よし、じゃあたのんだ！　以上！（去る）

（老将軍二名、登場）

将軍一　まさにドイツ人じゃよ。今度はファルケンハインに名誉博士号授与じゃよ！　わしらの方にはこういうことがとんと回ってこんわ。

将軍二　しかし、ほれ、ボレヴィッチュに――

将軍一　そりゃあそうじゃがなんにしてもわしらの方にはとんと回ってこん。

（新聞記者が通りかかる）

将軍一　や、先生、これはこれは！

新聞記者　閣下、これはよい所でお目にかかりました、お探ししていたのですよ――ブロディの方はどんな工合ですね？

将軍一　ブロディ？　なんじゃい、それは？

新聞記者　戦線ですよ、ブロディ戦線！

将軍一　ブロディ戦線？　そんなものをやっとる？

将軍二　こりゃ驚ろいた！

将軍一　戦線となると戦っとるな、なあるほど！　して先生の知りたがられるのは――（暫く考えてから）ま、なんとかなっとる。是々非々じゃよ。

新聞記者（急きこんで）　するとなんですか、ブロディはまだわが軍の手にある――？　いえ、御安心の程を、軍事秘密でしょうからね。なに、心得てますとも、書き様はです、ブロディはわが軍の掌中にあるも同然、と、この要領でいきますよ！（去る）

（暗転）

第二十三場

陸軍総司令部。

フリードリッヒ大公殿下（読み上げて）　――終りに――臨み――わが皇帝陛下に心からの――万才、万才、万才――（頁を繰って）万才。（万才の声。大公、歯を剥き出し薄笑いを浮かべながら、居並んだ将兵たちを見渡す。その内の一人に視線をとめて）あれは――たしか――ブクオイだ！　奴は――もう――勲章とっとる！（さらに視線を走らせ別の一人を目にして）あれれ――あれも――たしか――ブクオイだ！　奴も――勲章とってるな！（暫く考えこんで）とすると――ブクオイが――二人で――勲章一つ！

副官（陸軍総司令官に近づき）　殿下、ヴィーン大学総長及び哲学部学部長が殿下に名誉哲学博士号を授与させていただきたいと申し出ております。

（暗転）

第二十四場

『ライヒスポスト』の愛読者二人、登場。

『ライヒスポスト』の愛読者一　もうお読みになりましたか、例の、ほら、《戦場に於けるわれらの皇族――その英姿》[1]をさ。待ちに待った本ですよ！　かたじけなくもわが皇室の皆様の直接の御奮闘振りをです、鮮明なる一連の写真でわれらの眼前に彷彿とさせてくれますよ。戦場に於ては一介の兵士と共に苦難と危険を共にされている高貴の方々ですよ、かたじけなくも皇帝陛下を先頭にして――

『ライヒスポスト』の愛読者二　御冗談を――どうして皇帝陛下が先頭になど――

愛読者一　話は終りまで聞くものです。そりゃあ陛下の御年齢《おとし》と御健康《おからだ》を考えれば馬上高く観戦というのはとても数年前のようには――

愛読者二　数年前に観戦？　いつそんな戦争がありましたね？
愛読者一　話は終りまで聞くものです。数年前の演習のときですよ。とはいえです、精神的に言えばです、陛下こそこの戦争の最高にして最初の兵士というべき御方であると申せますな。その御慈愛と御配慮の御心ばせは日夜を分たず遠く戦場にあって、勇猛果敢なわが軍の支えとなっているのです。全兵士はです、わが軍の全勇士はです、陛下の御姿を胸に秘め、戦闘の喧騒の最中にも父たる愛情さながらの陛下の御心を耳にするのですな。さすればですよ、陛下は一介の兵士の苦難と危険とを共になされておると申せるでしょうが？　ね、あなた、これがお分りにならんあなたでもありますまい？
愛読者二　了解了解。すると皇太子殿下の方はどうです？　著者はどう書いてましたね？
愛読者一　魅力溢れたエピソードの数々をですな。たとえば敵弾の雨にさらされた高所にスックと立ち、兵士に微笑まれ作戦地図を按じておられる皇太子殿下といったあれですな。
愛読者二　殿下の機知と軽妙な御気性は回りにいわば感電せずにはいないのですな。
愛読者一　前衛の火の出るような戦闘の中では十倍もの感電振りですよ。エレキそのままの強電流ですね。
愛読者二　フリードリッヒ大公殿下についてはどう出ていました？
愛読者一　戦線の哲人とですよ、コンラット将軍と夜々作戦図を前にして長時間談合されておるとですね。陸軍での信頼は絶大なるものです。《大公殿下が片づけて下さる！》というのが兵士の口癖だそうですね。
愛読者二　勿論、片づけてくださいましょうな。
愛読者一　一般の呼び名を御存知ですかね？
愛読者二　知ってますとも、兵士の父、でしょうが？
愛読者一　そうですとも。この《戦場に於けるわれらの皇族――その英姿》の作者によるとです――是非と一読の価値がありますよ！　ま、この作者の体験談ですがね、またまた真近にいたのですな、丘に囲まれた地に位置した毳𥗝トンガリ髭を中央にする小隊の中にですね、旧き世代の代表たるその御方の歴戦の跡をそのままにとどめた老雄の御面貌《かんばせ》ね、お分りになるでしょうが、例の顔ですな。で、この作者も殿下の御顔をじっと眺めておったのですよ、そしてその厳正なる御顔の中に見てとったのですが——

愛読者二　厳正な？　あれが？

愛読者一　私が言うのじゃありませんよ、作者がそう書いとるのですよ。

愛読者二　誰のことを？

愛読者一　そりゃああなた、きまってるじゃありませんか！　耄碌トンガリ髭爺《じじい》をさ！

愛読者二　ああ、あれね、了解了解。

愛読者一　で、この《戦場に於けるわれらの皇族——その英姿》の作者はです、耄碌トンガリ髭爺の厳正な顔にある動きを見てとったのですな。明らかに爺さんが圧え殺そうとしたある感情の動きをですね。やがて殿下はその歴戦の跡をとどめた騎兵手袋をそっと眼に当てられたが指の間よりまごう方なく何やらキラッと光るものが——

愛読者二　さては電光信号ですな。それとも何か新式の——

愛読者一　話は終りまで聞くものです。——涙がですね、つまりしたたったわけで、そしてです、殿下にはおよそ珍らしく感動をそのままに《兵士の父として——》

（絶句する）

愛読者二（同じく声を震わせて）　じゃあ、ヨーゼフ・フェルディナント公についてはどう出てました？

愛読者一　麾下の兵士は殿下の御胸にあり全兵士の胸に殿下の御姿は宿っておるとです。比類なき名声の指揮官にして素朴にして忠にして神にまごうまでに敬愛されたる戦友としてです。この戦争の永遠の歴史にしかと刻みこまれる御方としてですね。

愛読者二　結構ですね。ペーター・フェルディナント公は？

愛読者一　それがです——すごいですぞ！　殿下がいかに敵軍を蹴散らされたか、殿下が如何に吹雪の中で見張りの役を果たされたか——感動と偉大さのエピソードがいくつかですね。

愛読者二　ヨーゼフ殿下にはなんにも？

愛読者一　とんでもない！　敢然としてたじろぎを知らない御方とは兵士の言ですよ。

愛読者二　ほほう！——さてはそれでですね、兵士もまたたじろぎを知らない筈と思いこんでうしろから機関銃でズドンと——

愛読者一　お黙んなさい！　みんな殿下を敬愛していますよ。ハンガリア兵もシュヴァーベン兵もルーマニア兵もセルビア兵も——みんなね。

愛読者二　へえー、セルビア兵も？　敵兵でしょうが。

愛読者一　無論ですよ！　きっと感激のシーンの数々があったからでしょうな、言うに言われぬことがですよ。

愛読者二　オイゲン公は？

愛読者一　高貴の騎士とね！

愛読者二　マックス公は？

愛読者一　粋中の粋人と！

愛読者二　アルブレヒト殿下は？

愛読者一　あの若さで兵士の艱難を共になさっておるのですよ。泥道を共にし、濡れそぼる軍服を共にし、ロクな寝床もなく石のようなパンを食べるといった生活の全てを共になさっとるのです。

愛読者二　まさに英雄的行為のひとですね。慈愛の英雄たちについてはどうです？

愛読者一　その方にも抜かりはありませんとも。フランツ・サルヴァトール公は赤十字総裁としての偉大な功績ですな。さらにはツィタ、マリ・ヴァレリィ、イサベラ、ブランカ、マリーア・ヨーゼファ、マリーア・テレジア、マリーア・アヌンツィアタ妃殿下を始めとする多数の皇女様方が慈善事業につくされた功績もですね。また最高の賛辞が慈愛にあふれ、犠牲心に充ちたイサベラ・マリーア妃殿下の献身的御行為に献げられていますよ。

愛読者二　レオポルト・サルヴァトール公については？

愛読者一　勿論、抜けてはいませんとも！

愛読者二　まだ二、三、欠けているみたいですがね。

愛読者一　カール・ステファン殿下は獅子奮迅の御活躍だしハインリッヒ・フェルディナント公は連絡係として縦横の御働らきだしマキシミリアン公は入軍されて

いるしレオ殿下、ヴィルヘルム公、フランツ・カール・サルヴァトール公、フーベルト・サルヴァトール殿下は中尉に任じられたところだし、いずれも勇猛果敢の方々ですよ。

愛読者二　たしかに月桂冠がこうずらっと並んだというところですね。

愛読者一　この著作はです、決して完全とは言い難いですがこの戦争文学にあって第一等の場を占めるものでしょうね。

愛読者二（胸をつまらせる）　む——

愛読者一　どうなさったのです？

愛読者二　義手義足専門病院のことをつい思いましてね。

愛読者一　だからって泣くことはないでしょう、戦争は戦争ですよ——

愛読者二　そのことじゃありませんよ。私はね、むしろ——

愛読者一　むしろ何ですね？　何をおっしゃりたいのです？

愛読者二（涙ぐみながら）　話は終りまで聞くことです。義手義足病院でのツィタ妃殿下のことを考えているのですよ！[2]　五月八日のことですがね。永い苦痛を堪えしのんできた戦傷者にとってはまさに待ちに待った喜びの日でしたよ。私は何度も耳にしましたがね、《ツィタ妃殿下がお出で下さったら！》、《ツィタ妃殿下をひと目見たい！》とね。その待ち受けた日が遂に到来したのです。病院全体に喜びの息吹きが満ち満ちていましたね。十時四十五分、妃殿下の御車は病院の前に横づけになり妃殿下はしずしずと御下車あそばされたのですよ。ちょうどその日は新たな負傷者がはこびこまれた日でしたがね。（せき上げる）

愛読者一　だからってあなた、何も泣かなくても——戦争は戦争ですよ——

愛読者二　それは知ってますよ——負傷者のことじゃなくて——ツィタ妃殿下のことで——言うに言われぬ気品のこもったお言葉を妃殿下は新入りの負傷者に寄せられましたよ。風雨に焼けた兵士の顔にはですね、苦難と苦痛を経てきたそれらの顔にですね。喜びの光が電光の如く走りましたよ、ドイツ兵にハンガリア兵にポーランド兵にチェコ兵にルーマニア兵にルテアニア兵がです、人種の違いを越えて妃殿下のお言葉によってしっかと一つに結びつけられたのですよ。

愛読者一　それというのも手足を失くしたせいですよ、何が幸いするか分りませんね。

愛読者二　誰もが喜びに胸を波打たせましたね。人種を異にする兵士がこぞってこの高貴なひとの中に自らの母を認めたのですね。両脚を失くして代りに義足をはめられた兵士たちはです、その義足でギクギク歩いて来たのですが――（泣く）

愛読者一　ね、あなた、感傷はいけませんよ、戦争は戦争ですよ！――

愛読者二　そんなことは知ってますとも――私の泣くのはツィタ妃殿下のことでですよ！　その兵士たちがギクギクと歩いて行くのを妃殿下は目で追われたのですがね、その目に喜びが輝いているのが見てとれましたよ。みんなが自分の苦痛を忘れ苦しみを忘れたのですね。妃殿下と共に感激と希望と喜びが訪れたのですよ。妃殿下が丁度午後一時に病院を去られた後にも、喜びを誇り高く浮かべたみんなの顔に輝きが残っていましたよ。

愛読者一　分ります、分りますとも。戦争はまた受難でもあるのです。運がよければ義足義手病院に入ることができ妃殿下と直々に――

愛読者二　そうです、幸運ですよ。――それにも増しての幸運は皇室の御為に死ねるってことですがね――！

愛読者一　そう、その通り。しかしそんな幸運が誰にでも与えられるってわけでもありませんよ。自分の分《ぶ》を心得なければなりますまいね。そうでしょうが！

（暗転）

第二十五場

戦争省の前。

若者一　よ、どこへ行くんだい？

若者二　ここよ。

若者一　何用だ?
若者二　免除をとりつけにさ。そっちは?
若者一　同じくの野暮用さ。
若者二　じゃあそろって行くか。(去る)
(暗転)

第二十六場

リンク・シュトラーセ。

徴兵免除組五十人(登場。お互いに指さし合って)　奴を召集しろい!　奴をよ!
(暗転)

第二十七場

戦争省の前。

若者一　よ、どこ行きだい?
若者二　ここさ。
若者一　何用だ?
若者一　輸入許可だよ。そっちは?
若者二　輸出許可の野暮用よ。
若者一　じゃあそろって行こうぜ。(去る)
(暗転)

第二十八場

戦争省分室。大尉が机に向っておりその前に市民が一人立っている。

大尉　あなたが免除されるや否はです、法規を御覧になれば一目瞭然ですな。念のために読み上げましょうかね、あなたの得心がいくようにですな。《一九一五年制定追加八六三条十六号ニ即シ国防省ハ帝国三軍総司令部承認ニナル戦時臨時体制ナルガ故ニ――既ニ一九一五年一月十三日制定セラレシ原規約ヲ踏襲セル十六条ノ一五九六並ビニ同号ノZL一〇六八、及ビ三十一条・三十二条（家長ニ係ワル特別条文）ヲ考慮シ――且ツ一〇九条第一号ノ一、一一八条第一号、一二一条第一号第二号、第四号ノ二、更ニ一九一五年六月附則サレシ追加条文ノ三十三条、三十二条（専農者特目）及ビ八十二条第三号ノ二（三十二条第三号ノ六参照。一八八九年制定条令有効特目）ニカンガミ、無条件徴兵免除者条件タルモノトシテ――一〇八条第十六号ノ二附則条件特記項目ノ三ヲモ十全ニ満タシカツ三十条・三十二条ニ抵触セザルコトヲ必須条件トシ並ビニ有効期間ニ係ワル追記条号ニ違反セザル場合認知スベキモノトス》、お分りですな――こういう次第ですからお引き取りをいただきましょうか。希望者はなにもあなた一人じゃありませんからな、以上。――（市民、深々とお辞儀して、去る）

（暗転）

第二十九場

インスブルック。とあるレストラン。一つのテーブルを婦人が三人かこみ、スウェーデン語で談笑中。隣席の連隊長、すっくと立ち上り激怒に紅潮した顔をつき出す。

連隊長　いけしゃあしゃあと英語を喋るとは何事か！許しませんぞ！（妻君が席に落ち着かせようとする）うるさい――陸軍総司令官の義弟としてわしは――

連隊長の妻　だってあなた、あれはスウェーデン語ですよ！

連隊長　あ、そう――（着席）

（暗転）

第三十場

グロドノ(1)の中央広場。雑多な人々の集り。先頭に娘たちの一団。

市議会事務官 (布告中) 第十二連隊連隊長発表の請願に副いまた一九一六年四月二十九日より実施されているドイツ軍軍政管理委員会発令六一〇六号にのっとり当市議会は当市在住の婦女子全員がドイツ軍武官・文官並びに当市の各種委員の諸氏と対面する場合、膝折りの姿勢で挨拶すべきことを決定した。(娘たち膝を屈める。役人たち通り過ぎる) 膝を折れ! (娘たち膝を屈める。ドイツ軍文官、通り過ぎる) さらに深く! (娘たち、さらに深く膝を屈める。ドイツ軍将校、通り過ぎる) ソレ、今だ、一番深く! (娘たち、深く深く膝を屈める)

(暗転)

第三十一場

ドイツ軍前線司令部内通信物検閲室。

検閲将校 やれやれ、今日はすごいや! 今朝は九時から一二八六通の葉書と五一九通の手紙を検閲したが大方はオトー・エールンスト(1)宛だぜ。これからのぶんは宛名、差出人省略でいくか。こちらはそろそろ参ってきたぜ。

(列に並んで順に読み上げ、検閲スタンプを貰う)

大尉 まさに神の御加護であります。貴兄の著作こそこの困難な時代にあるわれわれドイツ人にとって計り知れない恩恵であります! 貴兄は小生にとりましては現代の男性的且つドイツ的信頼の証明であり化身であります。でありますゆ故に小生はわが魂を貴兄に捧げる以外、なすすべを知らないのであります。

航空兵 単刀直入に申させていただきます。貴兄の御作こそ近年私が読みました諸本の内、もっとも美しくもっとも深遠でもっとも高貴なものでありました。
副曹長　貴兄が著《雷雨の祝福》拝読、心中爽快にして欣然たる思いす。すべからく反戦家・不平家切るべし！　心身高揚し、堪え難き程なり！
下士官　本日は復活祭の日曜日であります。午後は隣接の陣営を訪う《おとな》予定でありその際、御著《ドイツ人の日曜日》の朗読会が催される筈であります。われわれの生涯最高の復活祭の休みとなることでしょう！
国民兵　休憩時間にはきまって朗読合戦と名づけるべき騒ぎでありまして、だれもが貴方の御本のあれやこれやを読みたがり、只今は三冊を廻し読みしているのでありますが、戦友が読み終るのを待ち切れない有様であります。
九センチ砲（通称雷親爺）砲兵隊全員（一本調子で）　われわれの任務にあっては各人がひとりひとり砲にとっつかねばならず同様に貴兄の大小説にもひとりひとりとっ組んでおるのであります。
十七人の戦車兵　第十大隊戦車兵十七名こぞって貴兄が《ダヌンチオへの公開状》読了しました――われわれの感情があますところなく表現されているのを確認いたしました！
中尉　勇気満てる御言葉の各々が時限爆弾の如く正確なりと判断しました。
対空射撃兵　人生肯定論者たる貴方こそわれらが日々の単調をお救い下さる唯一の方です。
少尉　貴兄ノ魅力溢ルル機知ニ笑イコロゲタリ。手榴弾投下戦中ニモ、カクアランコトヲ欲ス。
軍楽隊隊員　わたくしの愛するかわいそうなわたくしの許婚がわたくしと離れている間、あなたの勇気と慈愛によって慰みを見出しているであろうことを確信しています。
上等兵　貴方はその神に祝福されたるペンもてわれらの銃剣より更に多大に祖国のためにつくされているのであります。
二等兵　世にドイツ的忠実とイギリス的不実とが存在する限り、貴兄の、勇猛心を揺さぶってやまない詩作の結晶は、傑作として存在し続けることでしょう。
軍医　貴兄がダヌンチオ宛公開状拝読済、感激また新たなり！　貴兄、ペンもて、小生、メスもて共に闘う。これなんの不思議ぞ。乞御健闘。イギリスくたばれ！

砲兵　何とお礼を申し上げてよいのか小生には分りません。

小隊長　貴方のユーモアがわれわれを悩ます憂欝をこっぱみじんに吹きとばしてくれるのであります。

将校代理　われわれは塹壕に寝そべっておった。再び攻撃があるや否や神のみぞ知るところであった。われわれは全身耳と化して聞き耳を立てておった。再び機能を回復したわれわれの神経を静止せしめんがため小生は思案のあげく何ものか朗読を実行することにより思考の方向を変更せしめんことを企てた。すなわち貴兄の《時間のつぶし屋》を選び読み上げたのであるが、意図した成功をかち得たのであった。次に《アンナ・メンツェル嬢》を読み上げんとした時、伝令より報告あり、森の一角に敵軍銃列発見とのこと。すなわち攻撃再開となった。敵兵森より突撃す。わが小隊と最前方に位置したるわが機関銃隊は攻撃を開始した。わが中砲隊も弾薬を雨の如く敵陣上に降らし始めた。小生、あたりを見回すに配下の若年兵達、たじろぎの色あるを発見した。敵の分隊はわが陣の鉄条網に押し寄せたのである。わが配下の兵はこれを初戦とする初年兵多く、これを鎮めしめ従前の冷静を確保させせんがためにはいかなる便法ありやと小生は瞬時黙考した。当瞬間、小生の脳裏に貴兄が著《時間のつぶし屋》所載の名句が浮かんだのである。すなわち《どっちりとおちつけおちつけ、やい！》である。身体を丸めにじり寄り、兵のひとりひとりの耳に、はた射撃兵の一団の背後より小生は声高く当名句を叫んだのである。当効果は顕著であった。わが陣の鉄条網を突破せんとしていた敵兵は、目に見えてどっちりとおちつきをとり戻したわが射撃兵の銃弾に射たれ、次々と撃ち倒されていったのである。かくて敵の攻撃をばものの見事に撃退したのである。わが軍の損傷は僅少であった。わが軍はまたもや持前の沈着と冷静のお陰で敵の鼻をあかしたのであるが、それというのも全て貴兄の名句の加護によると言う他はない。予期せざりしかも知れんが貴兄の甚大なる御力に深甚なる敬意をここに表する次第である！

工兵　ヴァルシュタットより、大作家にして青年の友たる大兄に心よりの御挨拶を申し上げます！　既にあらかたいためつけられた敵軍はわが軍の足下に伏さんとし、いまぞ時は充ちたのであります。大兄の敢闘精神こそわが国民の名誉心の背骨であります。大作家殿万才！

志願兵　電話室にオトー・エールンスト著の一冊の本があります。頁のところどころにはシミが出ています。あなたからぼくはどれほど多くの喜びをさずけていただいたことでしょう。とくに朝、ぼくの体内の春の目ざめを圧えなくてはならないとき、ぼくは遠くに行きたいのです。森を抜け広い世界へまっ直ぐに！　ああ、任務さえなかったら！（勿論、軍務は好きなのですが）では何をすればよいか？　歌う！　ええ、歌うのです。これが一番です！　次には？　何かやっつけるものはないか？——あるある——ぼくの頭にひらめきました——軍隊便箋がここにある！——オトー・エールンスト氏に手紙を出そう！　こんにちわ、エールンストさん！　あなたはぼくの旧友なんです。御存知ですか？　永遠の青年、それはあなたです！

（大佐、登場）

検閲将校　お、大佐殿も？

大佐（読む）　昨日、大兄の《クリスマスの祝い》読了。当著作のみにては大兄が執筆中——精力増強用に——赤ブドウ酒を飲み給うや、はたまた白ブドウ酒なりや分明ならず、ちと残念なり。（大笑い）さりながら大兄の精妙な性格描写術と機知にかんがみ——メクレンブルク出身たる小生は！——赤ブドウ酒なりと結論したり！　もしや天国にソファ室があるとせば、大兄こそその一斑を領せらるる御方と確信す！（種々様々の部隊の士官と兵士が続々と列を作る）

検閲将校　そうそう急《せ》かずに！　明日って日もありますぞ！

（暗転）

第三十二場

シュタイアーマルクの森。詩人の小亭。

ケルンシュトックの崇拝者一　し——静かに——あすこに坐っておられますよ。深い思いに沈んで——

ケルンシュトックの崇拝者二　あの方はこの小さな館から国中にあの見事な歌を送られたのですね。力強く、それでいて意味深く、なんとも言えないやさしい感情に溢れた歌の数々を——

崇拝者一　今こそ、なんですよ、きっと詩作の最中——

崇拝者二　そうらしいですな。し！　静かに！　あの方の詩篇に触発されてです、全ての読者はあの方の詩魂を導きの守りとし、またあの方が森に囲まれた寂しい小亭で数十年の努力の結実として歌われるものが若人の胸にしんしんと浸み込むのですよ。

崇拝者一　いや、まことに。それにあの方はフェステンブルクの司祭をも兼ねておられますよ。燃えるような恩寵溢れる雄弁でもって、生きとし生ける神の造り給うた地上の美を説かれているのですね。し——！

崇拝者二　やや——神霊が乗り移った如しですぞ。詩でしょうかな、それとも祈りでしょうかな？

ケルンシュトック（つぶやいて）

　汝が民は獰猛なる群により
　威嚇され脅されておる
　火炎と殺戮にさらされ
　傲慢と陰謀の只中で

崇拝者一　前に聞いたものですね、フン族の侵入にみたてた護国の祈りですよ。

ケルンシュトック（つぶやいて）

　十字架上にてわれらの罪を贖いし方よ
　われらをフン族のペストより救い給え！
　　キリエ　エレイソン！

崇拝者二　ヴィーンへの招聘をお受けなさったのも別に不思議ではありませんよ。司祭として貴族に任じられ、また一方人間として若い読者に深甚な影響を与えておられるのですからね。

ケルンシュトック（つぶやいて）

　天の使徒達ことごとくわが方にあり
　聖ミカエルはわが軍の連隊長なり

崇拝者一　フェステンブルクの司祭様は御自分のシュタイアーマルクの森の中の夢のように静かな館を出でて都会の喧騒に出られることを少々躊躇なさったようですよ。ほんの少々ですがね——

ケルンシュトック（つぶやいて）

　神の合図に——復讐者は起てり
　血塗れた剣をエイヤと突き出し
　して剣を逃れんとする悪人ばらは
　汚辱の沼に沈没の運命《さだめ》

崇拝者二　しかしあの方は直ちに自分の高貴な御任務に気づかれたのですよ。つまり倫理的芸術的文明促進的可能性をヴィーンの市中において究めるということをですね。そしてその崇高な目的のためフェステンブルクの樅の森から涙をふるって別離なさろうとしているのですよ。

両名　し——静かに！

ケルンシュトック（悄然と）

　シュタイアーマルクの樹々よ
　その梢もてセルビア野郎を叩け！
　シュタイアーマルクの狩人よ
　狙いを定めロスケめを撃ちとめよ！
　シュタイアーマルクのブドウ摘みよ
　イタ公の血を絞りとり紅の美味なる酒とせよ！

崇拝者一　別に新作のものではありませんが、まったく新奇の御作同様の迫力ですね。時は充てりですよ。燃烈なファンとしてこの辺りで名乗り出てですね、一筆書いてもらえばですよ、末代までの名誉ですよ。
崇拝者二　そうですとも。さ、参りましょう！
（暗転）

第三十三場

分遣隊司令部。

シャレク　あたくしたち戦線報道班がはるばると昨日この陣地に入ったとき、珍らしいことを経験しましたわ。毎夜毎夜、年とった労働者たちが食料を馬に乗せ前線の間を縫って陣地まで往復しているのだけれど、あたくしちょうどそれを目にしてヘナヘナとしてしまいましたわ。司令官さまはあたくしの驚きを尻目に叱咤なさってらしたわ。《おまえら、ノロ助め！　ぐうたらめ！　一発喰らいてえのか！　手榴弾をお見舞するぜ！　さっさとまともに働らけ！》　勿論、あたくしたち報道班の者にじゃなくて年とった労働者たちにだわ。なぜってあたくしたちにはにこやかに笑みを浮かべ《ちと手荒い挨拶の場をお見せして申し訳ない》っておっしゃったのですもの。あたくし、年とった労働勤務の兵隊さんたちに同情の念は禁じられなかったのだけれど、でも士官さんたちの率直さと男らしさを頼もしく思わずにはいられなかったわ。その後がまた印象深いことの連続。兵隊さんたち全員そろってあたくしたちを出迎えて下さった、あたくしたちが来なければ毛布をかぶって眠ってらした筈だわ。ここでは散歩ひとつできない戦況なのですから。先行の伝令の連絡で皆様ヴィーンの地下室の酒場にでもいるかのようにくつろいであたくしたちを待っていて下さったのだわ。いえ、それ以上、あたくしたちが陣地に到着する迄、射撃を中止していて下さったのだわ。でないと敵軍の反撃の弾であたくしたちの行程が不愉快なものになりかねないから。こういう取扱いはあたくしたち報道班の者だけにではなく士官さん達にも好ましいことだったのだわ。久し振りにのんびり出来るのだし、年とった運搬労働勤務の兵隊さんたちにしても、あたくしたちと同じ歩調で歩き、食料運搬をあんなに遅らせさえなさらなかったら叱責されることもなく、行程にも危険がなくて済んだ筈ですもの。これらをあわせ考えてあたくし一つの結論を得たのです。もし報道班の陣地訪問が毎日あるとするとあの人たちの状況はずっとよくなり、つまるところ士官さんたちにとってもあたくしたち報道班の者にとっても運搬労働勤務の方々にとっても戦争遂行上の危険がずっと少なくなるってことですの。

（暗転）

第三十四場

ベルリン。ティーアガルテン。(1) 交換教授(2)と愛国自由党議員、登場。

交換教授　われわれは国土防衛戦を戦っているのです。モルトケ将軍(3)がアメリカのインターヴュ記者に申された通り、ドイツ軍首脳部はいかなる軍事的征服の計画だに立てたことがないのですね。敵方がいかにこれを言い立てようともです。モルトケは述べていますよ、敵諸国の圧倒的な軍事的優勢を知っていてどうして戦争を仕掛けることなどあろうかとですね！

愛国自由党議員　その通り。われわれは強固な意志を持っとるのです。わが軍並びにわがドイツ兵士がこの戦争により得、且つきたらしめ、且つ英国の四海征服の野望が潰《つい》えし跡に生じきたるであろうものをしっかと捉えるに足る意志をですな。今日の時点に於ては戦争の結果とは、わがドイツの領土並びに領海を東西に拡大し、ドイツの世界政策が時代のかなめとなって終了する和平のみですよ。

交換教授　その通り。イギリスの四海征服の野望こそ潰《つい》えなければならず、われわれの平和への愛好心を疑う者はわれわれドイツ人のほんの一面しか知らないと言えますよ！　ドイツ人は自らの国土にとどまり植民地を経営する以外、いかなる野心も持っていませんとも。植民地の代りにはドイツ一流の教養を供給しようと言うのですからね！

愛国自由党議員　その通り。われわれドイツ文化の独自性に対しては、これまで世界の理解が少なすぎましたな。いまこそこれを存分に教え込まねばならんのです。

交換教授　それ迄はしかし残念ながらなお少々の時間が必要でしょう。それというのもアメリカが悪いのですよ。モルトケ将軍があるアメリカ人に述べたところですがね、アメリカがドイツの敵国に武器弾薬の供給を中止しない限り戦争は続くであろう、とね。モルトケもこのような供給がアメリカの私産業のなせる業《わざ》であるということは認めていますよ。しかしこれほど数多くのアメリカ人が物質的利益に目がくらみ中立の立場を犯しているということ、およびアメリカ政府がこれになんらの手も打たず放置しているということには、驚くほかはないと述べていますよ。平和時にわがドイツの軍需産業が現在の敵国に武器弾薬の輸出をしていたということとは全く別の話ですよ。軍需産業としては当然のことですからね。われわれはつまりわが敵方と同じ状態にあったわけです。相違といえばただ——ま、これもモルトケの言ですがね——われわれが自力救済の道をとらねばならなかったということですね。敵方はわがドイツ軍需産業界からのみならずアメリカの工業界からもどんどん武器弾薬を輸入していたにもかかわらずですよ。

愛国自由党議員　その通り。私もあの記事は読みましたがね、同じ日の新聞に『ワールド』紙の《真相暴露》の真相暴露記事が出ていましたな。われわれドイツ軍首脳部も敵国と同じくアメリカから武器輸入の交渉をしたとかね。世事にウトイ輩はこれを真相暴露と呼んどるのです！　まるでとてつもない異常の事とでも言う風にですな！　当然のこっちゃないですかね！

交換教授　当然ですとも。しかし交渉が不成功に終り武器輸入が実現しなかった限りはです、アメリカの中立破棄をなじる正当な権利があるというものです！

愛国自由党議員　当然ですとも。つべこべ言われる筋合いもなしですな。それにアメリカはですぞ、文字通り明言しとりますからな、われわれの敵国にと同様、わがドイツにも公平に武器弾薬の輸出に努めることこそ元来、中立国の本分なりとね。企業が輸出したがっとるのにこれを利用しない手がありましょうかな？　ま、これも『ワールド』紙の真相暴露を暴露しとった『フランクフルター・ツァイトゥンク』の論調ですがね。残念なのはわれわれがアメリカからの輸入を希望しておる弾薬ですな、それを生産しておるドイツの企業体、つまりアメリカ帰化ドイツ人のそれからも、純ドイツ・アメリカ駐在のそれからも手に入れられんということです、もっぱら敵国に輸出しておりますからな。

交換教授　ほほう？　ああいう軍需企業はなんですか、帝国ドイツ人の経営になっとるものですか？　イギリス資本のじゃなくて？

愛国自由党議員　おそらくなんでしょう、イギリス資本の侵入は拒絶されたんでしょうな。ま、イギリス資本とすればこちらに回ってくる見込みはありませんしな。わが同胞の会社は敵国に輸出しておるのにですぞ、敵国の会社がわが国に輸出してくれんとはまったく理の合わん次第ですよ。つまり言い換えればこういう手合の会社は中立原則のなんたるかをわきまえとらんのです。その点、帝国ドイツ資本によるものはまさに如実に中立の高邁なる精神を実践しておりますな。敵に塩を送っとるわけですからな！

交換教授　そりゃあ──そういえば──しかしです──いやいや──何やらこんがらがっておりますな！　この戦争に際しては全ての概念が混乱しておりますがね。平和が再び参りましたらこれを解きほぐせますし、そうなれば全て目出たしという次第ですよ。

愛国自由党議員　ま、落ち着かれるこってすよ、あなた、木ソビユルト言エドモ天ニトドカズとか申しましてな、こんな話もいまに笑い草ですよ。幸いアメリカも参戦に踏み切る如しですからアメリカ在住のわが同胞たる帝国ドイツ人も否応なく決断をせまられてですな、わが敵国への武器供給を中止してです、その分をアメリカに渡すようになりましょうさ。(4)

交換教授　さ、そうこなくてはなりませんとも！

（暗転）

第三十五場

ベルリン。ある講演会場。

詩人　——霰弾を分け鉄条網を裂き
軍靴にて肉片を踏みしめ踏みしめ
目標点をば陥したり——
武勇を言《こと》あげするなかれ!
これひとえにと義務遂行に励むべし
（そうとも!　の声）
——射て!　の声あり　火炎は上り
煙霧は登る　天にとどろく楽音ぞ
（その通り!　の声）
——やよ聞ゆるや神の声
進めや進め　祖国を守れ!
（万雷の拍手）
——神軍の艦には
白き牙あり
皇帝《みかど》に歯向う悪人ばら目がけ
星も降るよな弾の雨
ズドズドズドーン
（大拍手。ブラボー!　の声）
真中《まなか》にいますはわれらが皇帝
現人神《あらひとがみ》の御姿なりし——　（そうだそうだ!）
陰謀策謀の敵めを懲らす
これぞドイツの使命なり
われらが勇士に
紅の舌あり
大砲の口をちと舐めりゃ
敵さん地獄の門まですっとぶふっとぶ
ズドズドズドーン
（大喝采）
——進めや進め　臆せずに!
鉄条網を裂き分け切り分け
歓呼を常に胸に秘め

そら！　そら！　行けや行け！
敵の肉体《にく》のまっ只中に！
歓呼を常に胸に秘め！

（大喝采。どよめき）

——戦友よ　われに一つの歌許しあれ
地ニ満テル恐怖モマタ聖ナルカナ！

（万雷の拍手。声あり、デーメル、万才！）

（暗転）

第三十六場

ヴィーン。ある講演会場。

不平家　手には時計を。（1）《九月十七日、地中海ニ於テ、ワガ海軍潜水艦ハ敵兵満載ノ軍輸送船一隻ヲ撃沈セリ。敵船沈没所要時間四十五秒》

技術と死神のお見合いだ
勇気が力に手を貸すと？
時計は時刻《とき》を切り刻み　闇ばかり
猛々しき軍神よ　われらの難儀を救わぬや！

機械の使者たる者よ
身の程知らぬ仕え女《め》よ
威風堂々　屹立するからくりよ
無情の従者よ　軍神の猟犬よ

かなたにははた臼砲あり
ひとたび咆哮せば発明者《おやかた》も恐る
小人が巨人を投げとばす御世となり
きょつけい！　とて立ち止る　時間《とき》も時計の意のままに

眠れ　眠り過せ　平安を祈り過ごせ
さもなきゃ片輪が事務所に鎮座し

探り入れ　金かっさらい
ロンドンそっくり空中にふっとばしたね！
だがそれはいつ？　いつのことだった？
眼はおぼろ　毒ガスにやられましたね
だが耳は聴えます　ただ今ちょうど十三時
眼には見えねど嵐は分る　世の滅亡はついこの先
だ
ゲタゲタ笑いで世は発展――
神よ　みずからを救い給えな！
義足に乗っかり義手で這いずり
世は進展　手には時計を　胸には勲章
男（妻君に）　ま、なんとでも言えるがさ、あいつ、とも
かくも――ものの言い方は知っとるな！
（暗転）

第三十七場

予約講読者と愛国者の対話。

愛国者　ドーニング・ストリートには浴室さえないって
ますよ！　へっ、あきれたもんだ！
予約購読者　まったくです。ものも言えませんですな。
愛国者　浴室一つない！
予約購読者　こういう得難い報道もですね、彼のせいで
すよ、編集長ね、実になんともやり手ですよ！
愛国者　そりゃあそうですがね。しかし最初これに気づ
いたのはロイド・ジョージ(1)の妻君ですよ、そうでしょ
うが。
予約購読者　そりゃあそうですがしかし出したのは彼で
すよ。
愛国者　論理的に言ってこの事実から結論が出せますな。
予約購読者　そこのところもはっきりと書いております

よ。百数十年以来、ドーニング・ストリートの首相官邸に居住するのを常としてきた大英帝国総理大臣は当事実より判断するに、歴代、一度も風呂に入らなんだかもしくは公衆浴場に通っていたにちがいないとね。

愛国者　まったくアカまみれの連中ですよ、うれしい限りですな。

予約購読者　われわれの方はです、これはやむを得ませんよ。戦争中ですからね——これに比べ、やつらときたら百年以上も豚同然の生活振りだったわけですね！

愛国者　アスキス(2)はあそこで家族一同九年間も住んでいましたぜ。

予約購読者　とするとなんですね、九年間一度も身体を洗わなかったわけですね、奴の家族もですよ。

愛国者　ま、そうとは限りますまい、公衆浴場に出掛けていたかもしれませんよ。

予約購読者　しかしそんな記事は一度も出ていませんでしたよ！　それともあなたどこかでお読みになりましたかね——

愛国者　記憶にないですな。

予約購読者　それごらんなさい！

愛国者　しかし一体どうなんでしょうな。ドーニング・ストリートには風呂がない。して、公衆浴場に出掛けていたってことは全然証明されていない——しかしだからといって奴らが百年以上一度も身体を洗ったことがないとは言い切れんですよ。

予約購読者　どうしてです？　あなたはなんですね、随分と懐疑家なんですね！

愛国者　しかしですよ。ま、この通り、出ておりますがね、ロイド・ジョージは家族を引きつれてあそこに引き移った途端気づいたとこう書いてありますよ。で、気づいたとなればこれからどうするでしょうな？

予約購読者　さあね。こちらの知ったこってすか！

愛国者　そりゃあそうですがね。私、思いますに多分——多分アスキスの女房がやったことをやるでしょうな。——

予約購読者　とおっしゃると？

愛国者　つまりですよ、多分、——多分ですがね。私思いますにあそこにここ百年来代々住んできた連中がやった通りにですよ。

予約購読者　とおっしゃると？

愛国者　とおっしゃると？　じゃあ聞きますがね。シューンブルンの王宮に浴室はありますか(3)ね？

予約購読者　そんなこと、あなた、そりゃああるわけがないじゃありませんか！

愛国者　でしょう――さすればです――別に言いたくはないのですがね、ま――仮定の話として――われわれの皇帝がここ百年来、一度もお風呂に入られませんでしたかね？　公衆浴場にお出掛けになりましたかね？

予約購読者　なんたることを、あなた、あなたともあろう方が口になさるのです！　そりゃああなた、話がちがいますよ、われわれが問題にしているのはロンドンはドーニング・ストリートのことですよ。

愛国者　さ、そこですよ、つまりこう言えばですな、察しがつくと思いましてね――家来をつかわしてですな、水を汲んでこさせてです、桶ね、桶に浸かって身体を洗うってわけですよ！

予約購読者（手で耳をおおって）　そんなこと！　そんなことまで聞きたくありませんよ！　あなたはとことんまでヴェールをはがさないではいられない方ですな！

愛国者　いやさ、これは単なる私の推定ですよ。私もですね、新聞の主張の方が正しいとは思いますよ。つまりさ、連中、一度も風呂に入ったことがないか、もしくはやむなく公衆浴場に通ったかどちらかだという説ですね。

予約購読者　風呂に入ったことなしの方をとりますよ！　文句なしにですぞ。ポアンカレは震えおののきロイド・ジョージは哀れなるかな大落胆ね。イギリス野郎とわがドイツ軍、ストックホルムで会見といきますぜ。

愛国者　何のことです、それは？　どうしてそうなりますね？　あなたは老ビアッハに似てきましたよ。

予約購読者　あなた、また何をおっしゃるのです。これは結びの文句ですぞ、本日の社説のね！

愛国者　あ、そうそう――そうとも！　それにあなた、そろそろ気配がしていますぞ。

予約購読者　そうですとも！　しかし水道の流れる気配じゃありませんわな！　連合国側は思うに浴場など一

つだに無い有様ですぞ。

愛国者　そりゃああなた、言いすぎですよ、ロシアの女帝は浴槽にいたって話がありますからな。

予約購読者　それでもあなた、ラスプーチンと同じ浴槽を分けっこしなきゃなりませんでしたよ！

愛国者　私はこうじいっと考えてることがありましてね。

予約購読者　ほほう、また何ですかね？

愛国者　いやさ、ドーニング・ストリートに便所があるかどうかってこと！　それともここ百年来、代々に渡ってかかる糞所の贅沢を返上し続けてきたか、それとも公衆便所に通っていたかってことですよ。まったく、イギリスくたばれですな。

予約購読者　そう、イギリスくそたれですよ。（去る）

（暗転）

第三十八場

車内で。

旅商人一　新作オペレッタですがね、《なつかしの戦友よ》御覧になりましたかしら？

旅商人二　見ましたとも。そうそう、これは失礼、私は《ヒンデンブルク蜂蜜》製造会社の者でしてね。御存知でしょうが《トビキリ上等疑イナシ》って広告文で売り出しているものですよ。失礼ですがお宅さまは？

旅商人一　《ディアナ愛国チョコレート》を商っておりましてね。包装紙に、ほら、わが軍の将軍達の顔を並べたあれですよ。ま、おひとつ、どうです――（見本入れを開く）以前はあちこちの店の外回りを専門にやっておりましたがね。

旅商人二　ではお言葉に甘えてひとつ――味見をば。（食べる）こりゃあうまい。なかなかどうしてよく出来ておりますな。私は実は強力滋養食品小売りの方も兼ねてやっておりますがね、たとえば《ヒギアマ》など——

旅商人一　ほほう、《ヒギアマ》をねえ。そりゃあなた、大したものですな！

旅商人二（見本入れを開き）　ま、おひとつ如何です——

旅商人一　ではお言葉に甘えて。おやおや、使用法説明書付きですな。（食べながら読む）

　フランス野郎をいざ容赦なく
追い立てろ　ひっぱたけ
イギリス白痴《こけ》を見つけたら　いざ
蹴り上げろ　踏みにじれ
ロスケがうろちょろしておれば
それ射てやれ射て　ぶっ殺せ
（但シ近接射撃ハ避ケルベシ
同士射チノ危機アレバナリ）

よ、こりゃ傑作だ！

かかる武勇の戦闘に欠くべからざるもの
一に力　二に力　三にも力
力こそお国の宝　そのために
これ　この錠剤のこの一箱
三軍推賞　護国の母なり
咀嚼の必要もさらに無し
口中含んで溶かすだけ
力もりもり　射撃も正確
飢えを満して渇きを鎮め
肉パン腸詰一切無用
一粒一粒護国の柱
五体強壮凱旋確実
感謝感激　乞御愛用
御感想ヲバ御寄セ下サイ
　ドクトル・タインハルト強力滋養食品製造謹製
　　シュトゥットガルト・カンシュタット

味ともにこの詩も傑作ですねえ。こりゃ素晴らしい包装紙だ！　われわれドイツ人はまったく詩人の民族ですよ、一目瞭然ですな。

旅商人二　でしょう？　いずれイギリス人は例の猿真似根性でこれを真似し出しますよ！　ここには書いてありませんがメイド・イン・ジャーマニィとはまさにこれですよ、すべてが一丸となってこめてありましてね。愛国にして愛社精神の塊りですよ。言うべくは時が到ればですな、芸術もまた商売に奉仕せりですよ！　私

旅商人一　だって必要とあれば一句ひねりますよ。この傑作もあなたの自作ですか？

旅商人二　いえいえ、私の社では一級の詩人に注文する主義でしてね。今の所、誰と誰にと詳しくは申し上げられませんが。

旅商人一　プレスバーかあるいはベヴェーアじゃありませんかね？

旅商人二　さあ、どうでしょうかな、会社の機密ですからね。いずれにしましてもこれは戦地の方じゃ大好評でしてね。まったく、ドイツ人が奮い立つときユーモアの精神もまた起ち上るってとこでしてね。五体強壮凱旋確実ですよ。あなたの方じゃ戦死なさった方は？

旅商人一　実はわたしどもの方の若い御曹子が名誉の戦死をなさいましてな。この死亡広告、ほら、御覧下さい。

旅商人二（読む）《――生粋の商人たる氏の健やかな透視力もて当戦争の高邁なる目的を見通され、花々しく栄光と平和《プロ・グロリア・エト・パトリア》の戦地におもむき壮烈なる名誉の戦死を遂げられたのであった。氏のその祖国愛はわれらの胸に脈々と訴えくるのである。》こりゃ、あなた、包装紙にもってこいの文句ですな！

（暗転）

第三十九場

楽天家と不平家の対話。

楽天家　何か考え込んでらっしゃるようですね、また言葉の問題ですか？

不平家　ええ。今日目にしたことなのですがね、ドイツ人は敵方の前　陣《フォアシュテルンク》を簒奪せりというのですよ。そこで

思いついたのですがドイツ人はです、自らの表象《フォアシュテルング》も簒奪しつくし無用のものにしてしまいましたよ。あるはただ弾痕だけです。

楽天家　それはまたどういう意味です？　具体的な弾痕ですか、それとも単に比喩として？

不平家　具体的比喩として、つまり文字通りにですね。私は思いますがショーペンハウアーは権力への意志としての世界とドイツ的表象について思案したはずですよ。

楽天家　ではニーチェは？

不平家　権力への意志を偽りの表象として無念の念でしりぞけたはずです。

（暗転）

第四十場

ドイツの湯治場グロース＝ザルツァー。前方に児童公園。通りが見渡せる。そこに面した一角の入口右手に《兵士に自由を》の掲示。左手に《傷痍軍人入場禁止》の掲示。左方にヴァーンシャッフの別荘。縁どりや鋸壁、小塔つきの建物。軒にドイツ国旗とオーストリア国旗とがひるがえる。軒下の壁龕にヴィルヘルム二世の胸像。戸口に《神と皇帝と祖国のために忠誠》の刻み文字。前庭には鹿と小人の諸像が配置され中世甲冑類が並べてある。入口の左右に二基の臼砲展示。その一つには《忠烈無比！》、他方には《滅私奉公！》の飾り文字。正面の尖頭迫持窓に円盤ガラス。

別荘より商業顧問官オトマール・ヴァーンシャッフ登場。次なるクプレを歌う間、各章句ごとの後奏曲に舞台には登場しないコーラスが合唱し《外国の笑い》を表わす。

海面下　はた空中
戦さ嫌いはゴロツキよ　だが
ゴロツキ稼業で稼ぎましたね
あたしゃ前線免除でさ　でも
戦いますね　ちょうちょうと
祖国でずいとやり遂げますね
稼ぎましたね　朝は朝星夜は夜星でさ
勇猛果敢に！　あたしゃ生粋のドイツ人！

平和の時にも仕え奴《ぬ》でしてね
戦さとなってもあたしゃ仕え奴
これをこうしてあれをああして
戦さから幾多《いくた》の賜物
戦さ前にも仕掛けは上々
前線突破も上上吉でさ
兵器工場じゃ大顔役ね
クルップ万才戦争万才！　あたしゃ生粋のドイツ
人！

艱難辛苦　厭いませんね
一日二十四時間　短かすぎます
ラインの守りが続く限りは
日に日を継いで働きますね
好機一番　金《かね》の雨降る戦さであれば
えいえいと雄叫び挙げて
鼻先切って戦いますとも
艱難辛苦をものともせずに　あたしゃ生粋のドイ

ツ人！

ドイツ製金言曰く
《ドイツ帝国ハ輸出拡大ヲ必要トセリ》
太陽に一点を占めんがために
塹壕勤務も厭いませんね
お国のためには石の辛棒
金銀宝玉目もくれんのが
これぞドイツの兵隊さんね
新出来だろうと生粋のドイツ人！

戦さ稼業は武器《てっぽ》の売買
汗一滴が価千金
食料品がめあてとあれば
くさい苦労も苦になりません
祈りに商いをちと混ぜて
芸術は手代のお傭い職人
ヴァルハラは今や百貨店でね
理想の売上げ大繁盛　これぞ生粋のドイツ人！

ライプツィヒのいろいろ事に
敬虔にかつ窮屈に生き過ごし
義人は食わねど高楊子とか
その日暮らしの病み呆け
喰わずとも生きよとは
祖国の猛き御要請
頑張れとよ　堅忍不抜の精神で
理想を食えとよ　これぞ生粋のドイツ人！

御要請　おうと応えて
今日この頃の血なまぐさ
商品売買　相場も上々
お代は人類《ひと》の血で前払い
血とマルクとの取引に
抜目ないやね　手数料をいただきだ
ドイツの御神の申し子とは　いや
皆の衆先刻御存知　これぞ生粋のドイツ人！

こちらの事情をとくとわきまえ
真実とやらはヴォルフ通信一手売買
別製の真実《やつ》には知らぬ顔の半兵衛で
たしなみ深く　必要あれば
牛飼いの言葉を　ドイツ製のさ
そそくさと代用しますね
ここの手並みを母国語で言や
そう　あたしゃ生粋のドイツ人！

飢餓作戦　いや　お笑い草ね
世に名も高き権力意志を懐中に
Uボートにも楽々と鎮座して
申します　そりゃいけいけと
時は金なり　節約しまして
そ・い・いと　敵の謀略
ものともせずに　戦さ稼業は
お得意でしてな　生粋のドイツ人はさ！
下世話にも申します　君子世に

容れられず　いやその通り
世界に冠りたるドイツ　はい
かんむり工合にやっかみ続々
神国不滅は神のみぞ知るところ
神よ　乞い願わくはイギリスめを
くたばらせろい　祈りますとも
ドイツの御神に　あたしゃ生粋のドイツ人！

神の讃歌　転じれば
紙幣《かみ》の讃歌　その義のために
闇夜だろうと繰り出しますとも
闇商売には慣れてますから
金光りを目的《まと》にして　ドンと射ちゃ
胸はわくわく　ほい　ガウデアムス・イギトゥール
陽気なものでさ　生粋のドイツ人はさ！
おっと忘れちゃなんねえ　大事なことね
あたしらドイツ人こそ文化の民さ

文化ね　妙に切なき御国の宝
将軍隊長人気の的なれど
思想家の株も上りっぱなし
シラー　ゲーテにつかず離れず
《父なる方よ》と祈りはべる
教養で飾りつけます　生粋のドイツ人はさ！

ドイツ語こそ理性なり　魂なり
祖国よ　クルップよ　平安あれ！
国境の守りにゃヒンデンブルク
祖国のお庫《くら》はあたしが守る
ドイツ人こそ幸運児でさ
撤退後退　好みませんな
勝どきこそが慣いの雄叫び
フラー！　と言いまさ　生粋のドイツ人はさ！

艱難汝ヲ玉ニスですな
ハム付きのパンは欠乏すれど
うまずたゆまず　世の只中に
爆弾種を植え込みますね
新式ドイツ農学の新手法
神　ひとを創り給いしも
篩にかけて選り出すため　はい
神と瓜二つ　生粋のドイツ人はさ！

殺し文句もよりどり見どり
ワッと沸きます　ドイツ人はさ
とっておき　御披露すれば
終始敢闘　聖戦完遂！
宝の鉱脈手に入れるまで
平和にはとんと魅《ひ》かれませんな
世界をドイツに併合します
世界こそこの掌中　生粋のドイツ人のさ！

名誉を尊《たっと》び　体面《エーレ》を重んじ
大礼服《エーレンクライト》こそ常着のあたしら
これに誓ってベルギー永久にドイツの属国！
ドイツこそ共栄の盟主でしてな

四方八方　お得意様国
おしきせ製品の顧客様
極め付き　メイド・イン・ジャーマニィの
極上品でさ　生粋のドイツ人はさ！

太陽に一点　画さんものと
世界を闇夜に変じましたね
毒ガス塵埃煙霧とでさ
御神の雷声響く日までは
銃砲《てっぽ》の雷声轟かせます
轟々遠々　響きますれば
御神の怒りも聞こえぬたぐい
知恵者ですよね　生粋のドイツ人はさ！

炎の進軍　火の転進も
これすべて　総司令部発表の口一つ
ドイツの本性戦さごと
武装してなきゃ　下世話にも言う
憎まれっ子世に何とかのあたしらだ

騒ぎ立て　つっ走り
肩いからせて　ふんぞり返り
元気者でさ　生粋のドイツ人はさ！

破壊が終りゃ再建《たてなおし》の注文続々
舞いこみましょうな　これを称して
戦争の余徳　不幸の幸い
楽しみですよね　嬉しい限り
平和は退屈　眠うがすから
戦火に鍛えて技術の開発
Uボートの手並を　ま　御照覧あれ
進歩の国民　生粋のドイツ人はさ！

滅私奉公　国民皆兵
鼻たらしには火炎放射器大訓練
腰曲りをも容赦しません
突撃させます　たたっこみます
兵舎を続々建て増しましてさ
平和の眠りを打ち破るため

ラインの守りが仁王立ち
歴史より学びますとも　生粋のドイツ人はさ！
世界を打ちとりけずりとり
敵をそっくりおっ殺し
天下統一
御空は晴天
プロイセン万才　万万才！――
いや　こりゃ　ちと急ぎすぎた！
ラインの守りはいや厳重に！
一戦一戦勝ち抜きますね　生粋のドイツ人はさ！
（去る）

商業顧問官夫人アオグステ・ヴァーンシャッフェ、子供たちと共に登場。子供たちは直ちに児童公園に走り込み、戦争ごっこを始める。

商業顧問官夫人ヴァーンシャッフェ　あたくし、二人しか子供がいませんの。残念ですわ。軍務には未だ年足らずだし、一人は女の子ですもの、ほんと、口惜しいわ。ですからその代償ってわけであたくしよく想像しますのよ。あたくしの息子が出征して、無論、名誉の戦死を遂げたって。おめおめと生きて帰ってなどしてくれたらあたくしきっと穴があったら入りたいほど恥ずかしく思うことだわ。兵営勤務の方が安全だからってそんな事務仕事などして欲しくないし、そんなことやこんなことを想像していると、ほんとにあたくし、慰むわ。それになんと言ったってむらむら何かこう胸に起ってきてもすぐと想像で打ち消してしまえる。あたくしの主人がお国のために働いている間、あたくし想像でもって奉仕しているの。男の方たちが心から戦いに励まれるよう、銃後の守りに努めていますわ。たとえば食事だけれどあたくし、模範的な愛国の主婦としても想像力をフルに利用していますの。今日もそうだったわ。いろんな色どりをつけることが出来た。ヒンデンブルク式カカオ含有脱脂スープ固形《エクスツェルシオール》を使っておいしいスープもこしらえたし、代用野菜付きの人工ウサギ肉も焼いたし、パラフィン製ジャガイモをつぶしてケーキをつくったし、黒麦で滋養パンもこしらえたわ。勿論みんな愛国フライパン《オブ》を使って。食後に出した代用食《シラー捲毛》も工夫のかいがあったわ。このような厳粛なそして偉大な時代に、家庭の主婦たる者は夫のためにできる限りのことをして差し上げなければならないのだわ。あたしのおいたさんたら、人工卵団子が当らなかったからといってぐずぐず言ってた。でも甘やかしてはならない、帝国男子に育て上げなくてはならないのだわ。はじめ代用マーガリンにはやはり少し困ったけれど《オブ》を手に入れてからはもう大丈夫。この前の主婦連合会でも満場一致で決議したのだけれど、卵白養分を大部分尿素から人工的に作り上げたミネラル滋養酵母は滋養分の点でも醸造酵母に見劣りしないのだから、ただただ家庭用に消費してしまってはならないの。大衆の意向に迎合するのが流行みたいになっているけれど、愛国の気持ってそんなものじゃないわ。あたくしたち市民の指導層が頑張らなくてはならない。コゴト言いのコゴト屋さんたちったら代用食はニシンの臭いがするとか石油エーテルの味がするとか文句を言って、食えたものじゃないなどとおっしゃるけれど、あたくしたちドイツの主婦は、だからこそ料理の腕を振るって、そんな臭いや味を失くすように張り切らなくてはならないはずだわ。いいえ、あたくしたち確信しておりますわ、ミネラル滋養酵母は食欲増進に役立ってくれる筈だと。お昼が過ぎると夕食のことが頭に浮かぶ。夜はいつもと同じに一品料理。でも今夜は趣向を変えて強化糊と赤染め野菜混入ソーセージにチーズ代用人工パプリカ入りベルリン凝乳チーズを切ろうかしら。それにふくらし粉入り人工ジャム使用代用卵白加工アルダリンに代用サラダ油をふりかけて出してみようかしら。サラティンやサラトールよりかずっとおいしいお添えものになるかもしれないわ。大評判の食品《もの》ですもの。ドイツ家庭の食卓には量よりも質が大切なんだわ。この点、足りないものなど一つもない。見すぼらしく思うのは偏見だわ。おやつは昨日もルマローマ入り新式軽便ドイツ新茶を沸かしたけれど、意外といい味だったわ。子供たちがぶつぶつ言ったのも《わが勇士に最高品を》マークの手榴弾形ボンボンが当らなかったからだわ。主人には新発売のくわいの汁を出したら塹壕マークの《大評判人工粉末コーヒー》に勝るとも劣らない味だって褒めてくれた。残念なのは砂糖代用甘味水が手に入らなかったこと。それであたくしふと思いついて空のビンに甘味水の代りに代用水を入れようかとも考えましたの。でもこれは夫を欺くことになるし不貞の始まりになるって気がついてやめたわ。代用愛国コーヒーに砂糖代用甘味水を入れられたようないい時代はもう過ぎたのだわ。堅忍不抜の時代なんですもの。あたくし、こんなささいな不足など物ともしない。主人があたくしたちのために一生懸命もうけてくれるけれど、買うものがないんですもの、なおのこといいわ。お金、そのまま貯金に回せるのだし。のらくらの平和が余り早くくるとまたどんなことで費やすとも限らないわ。なんとかこの戦争がひとの怠惰《なまぐさ》な性質を変えてくれるまで、それまでは少しでも永く続いてくれるといいんだけれど。この前の愛国党の総会で主人はイギリスの妬みとフランスの復讐欲とロシアの侵略欲が引き起したこの戦争は平和契約がたとえ締結されようともずっと継続されるべきだって力説したわ。そして大喝采を博したわ。堅忍不抜の聖戦完遂、永ければ永いほどそれだけいいのだわ、やりますとも。あたくしたちを安らかな眠りに誘う吉報が日に日を追って舞いこんでくる。エミィ・レヴァルトはどう言ったかしら？《イギリス軍死者三千名、前線ニ放置中！ 大交響曲ノ幻音ニモ勝ル壮景ゾヤ！ コレヲ見ルニ心ウレシク、胸フクラム！ 嗚呼、見ヨヤ、イギリス兵死者三千名！――マサニ甘キ夢ヘノ誘イノ歌ニシテ、妙ヤカニ鳴リ、健ヤカナリ》ヴェルハーゲン・クラジンク出版社から出《だ》版されたのに出ていたわ。あたくしもほんとに同感だわ。それにアニィ・ヴォーテのも。愛国の主婦の姿を借りて健児出産の喜びを伝えたのね。《うれしいわ、あなた、生れたのよ、兵隊さんの世継ぎなの！ 名前は勿論ヴィルヘルムよね、皇帝様にあやかって同じようにたくましく勇気凛々天をつく男性となるように。あたし祈ってる、でもあなたの御無事じゃないことよ。それは神様におまかせしてあるの。あたし祈ってるのはあなたが弾などちっとも恐れず義務を果たして必要とあればお国のために皇帝陛下のために死んでくださることを。あたしたちのことなどお考えになってはいないことを。フランス兵をどんどん射ち殺して下さるように。上官様の御命令で戦死なさらなくてはならなくなっても、あたしたちのことなどお考えになってはなりませんわ。五人の子供たち、みんな健やかですわ。ヴィルヘルムの洗礼には勝利の花環を頭に冠してあなたの栄光を歌うのですって。あなたの貞淑な妻より》——あたくし、どんなに書きたくてもこのような手紙を書くことができないのは、あたくしの主人が——残念だわ——戦場に出ていないのですもの。幸いにも不合格で祖国にとどまっているからだわ。それにたった一人の息子しかいないからだわ。下の方は先にも言ったように娘なの。お国のための贖いができない代りに商いの大成功で償わなければならない。主人はついこの間また新しい、とっても素敵な愛国品を考案してくれたわ。ドイツでも、それにあたくしたちと肩と肩とを組み合わせ戦っているオーストリア＝ハンガリーでも、特許の許可が出て、この販売許可権は信用ある強力な商人にそれそう応の価格でゆずられる予定のものなの。《家庭用戦死者墓石》って名で遺骨入れと写真立て付きで、上品な装飾ともなり、宗教心高揚にも役立つものですの。でもあたくしの家庭では、この、本当に時代にマッチした戦死者礼拝記念品を飾ることができないなんて口惜しいわ。あたくしの子供は名誉の戦死を遂げるにも護国の柱となるにも年足らずだし、運が悪いわ、戦争が始まる前すでに生れていたのですもの。そうでなかったら男の子の方はワルシャワとし、女の子の方はヴィルナって名前にできたのに、それともヒンデンブルクとツェッペリーネの方にしたかしら！　上の子をヴィルヘルムにしたのは戦争前でも当り前のことだったわ、別に特に愛国心からって風にもとってもらえない。あらあら、走ってくるわ。おチビさんたち！　どうしたの？　戦争ごっこをしないの？

ヴィルヘルム（泣きながら）　母ちゃん、マリーのやつ、いけないいんだ！

マリー　包囲ごっこをしただけよ、だのに——

ヴィルヘルム（泣きながら）　太陽に一点画《かく》するの、ぼくちょっとだけしてみたかっただけなんだ——
マリー　ま、ウソツキね——
ヴィルヘルム　ぼく、マリーの方に爆弾をたくさん落したのにマリーのやつ、死なないんだ！
マリー（泣きながら）　うそよ、大うそだわ、そんなの敵一流のうそだわ、ロイター電だわ！　はじめ正面から来てそれから側面攻撃ね。あたし、簡単に撃退したわ、だのに——
ヴィルヘルム　マリーの大うそつき！　反撃はわが軍の砲火で粉砕されたんだぞ！　敵陣を掃討中だ。わが軍の行方不明、五名のみだぞ。
マリー　スモルゴンで大激戦よ。
ヴィルヘルム　大量の捕虜だぞ。
マリー　わが軍も又大量の捕虜をしとめたわ。わが砲撃に列を乱した敵軍は無数の死体を打ち捨てて退却したわ。
ヴィルヘルム　ロシア軍、情容赦なく人海戦術で押し寄せるも、わが軍は微動だにせずだぞ。わが砲弾はことごとく命中せりだぞ。
マリー　あたし、攻撃に移ったわ。
ヴィルヘルム　わが方は第三冬期戦線隊を準備中だぞ。
マリー　ま、ファッケ将軍の真似してる！
ヴィルヘルム　徹底抗戦を知らんのか！
マリー　お兄ちゃん、イギリス野郎のフランスっぺね！
ヴィルヘルム　ロシア軍、わが陣地に突撃せしも暁光と共に開始せられしわが反撃は——
マリー　功を奏せん。
ヴィルヘルム　午後となり敵軍数度反撃を試みしも——
マリー　わが鉄拳に無と帰せり。（兄を叩く）
ヴィルヘルム　マリーの大嘘つき！　これは総攻撃の前哨戦にすぎない攻防だぞ。（妹を叩く）
マリー　楽観するなかれ。
ヴィルヘルム　ロンドン基地への爆撃に対し——
マリー　——直ちに報復せり！　カールスルーエ爆撃にて——
ヴィルヘルム　子供一人を含む三名の市民が死亡せり。軍事的損傷言うに足りず。姑息なるイギリス軍のやり方よな。

マリー　お兄ちゃんの方だってそうよ。主婦を含む三名の市民を殺したわ！　軍事的損傷言うに足りず。姑息なるドイツ軍のやり方よな。

ヴィルヘルム　おまえは赤十字の旗を尊重しなかったぞ！　卑劣なるかな。

マリー　お兄ちゃんだってそうよ。卑劣なるかな。

ヴィルヘルム　戦争を始めたのはどっちだ？

マリー　敵国なり！

商業顧問官夫人ヴァーンシャッフェ（眼を輝かせ二人の言葉に聞き入っていたが）　マリーったら、おとなしくするのよ、お父さまがおっしゃってましたでしょ。二人ともね、戦争ごっこをするのはそりゃあいいんだけれど、人間尊重の大原則は守らなくてはなりませんよって。ヴィリィちゃん、心配しなくてもいいの。あなたは自分の領界を守っているのですからね。ヴィリィちゃんは神聖な国土防衛戦を戦っているのよ。

ヴィルヘルム（泣きながら）　ぼく、いやだったんだ。

マリー　ま、あんなこと言ってるわ！

ヴィルヘルム　堅忍不抜の精神だ！（妹を叩く）わが砲は命中せり。

マリー（叩き返す）　わが鉄の軍門にくるならこい！

商業顧問官夫人ヴァーンシャッフェ　女の子はもっとおとなしく！

ヴィルヘルム　わが火炎放射器の威力を知らんな！

商業顧問官夫人ヴァーンシャッフェ　ね、お遊びはいいのよ、でも大原則はお守りなさい！　ヴィリィちゃんがずっとこんなに勇ましいとお父さま銀行から鉄十字勲章を持って帰って下さいますよ。

ヴィルヘルム　わーい！　ベルギーにわが鉄拳の制裁をくれてやる！（妹にとびかかり擲る。マリー、泣く）

商業顧問官夫人ヴァーンシャッフェ　ヴィリィちゃん、ヴィリィちゃん、やだめ！　ほら、人間尊重の大原則！　忘れちゃだめ！　あなたのよいたしなみを忘れちゃ駄目！

（ハンカチをとり出しマリーに顔を寄せ）

愛しのわが子よ　陣に戻れよ
さ　その前に　お鼻をお拭き

マリー（泣きながら）

砂糖工場を閉鎖して
毒ガス製造とはこれいかに！
（跳び上り、逃げ出したヴィルヘルムを叩く）

ヴィルヘルム　退却にあらずして作戦上の戦術なり。（走りながら）敵軍と相対峙して膠着状態にありし状勢に一転機きたさんものとわが皇軍は巧妙にも徹底的打撃を与うるを避け、予定の作戦実践に赴いたにすぎぬ。敵軍、わが軍の迅速に及ばずなり。（遠くから）わーい！　こっちはもう安全地帯だ！

（傷痍軍人二名、松葉杖をつき通りかかる）

商業顧問官夫人ヴァーンシャッフェ　あたくしもそろそろお仕事にかかりましょう。今日は代用石鹼《愛国児》で洗濯しなきゃあ。（傷痍軍人に気がつき）ま、また来た！　ほんと、イヤになってしまう！　あの掲示板に気がつかないのかしら。今度は地区委員長に報告してなんとかしてもらわなくちゃあ。

（傷痍軍人、掲示を読み、引き返す）

傷痍軍人一　どこへ行くね？

傷痍軍人二　戦場へさ。あちらだとこんなことはないからね。（よろめいて去る）

（修道女が三歳の男の子を連れてくる。子供は鼻くそをほじっている）

修道女　フリッツちゃん、恥ずかしくないの？　そんなことをするとヒンデンブルク将軍に言いつけますよ！

（フリッツ、驚いて指をはなす）

（ハンスとトルーデが出会う）

ハンス　イギリスくたばれ！

トルーデ（彼をジロジロと眺めて）そうよ、くたばれよ！

（二人、肩と肩とを組み合わせリサオアー作の《イギリス憎悪の歌》を歌いながら去る）

（ハンス・アダルベルト〔三歳〕とアンヌマリー〔三歳六カ月〕出会う）

ハンス・アダルベルト　きみ、戦争公債《ちえんちようこうちやい》を買ったって聞いたけどほんと？

アンヌマリー　もちろんよ、あたち義務だと考えたの。大人たちのお話《はなち》聞いて戦争公債《ちえんちようこうちやい》の大切《たいちえつ》さが分ったわ。公債買付《かいちゅ》けは遊びではないのよ、厳粛《げんちゅく》なる愛国の奉任《ほうち》でありまちゅわ。（足を踏んばり手を振り回して）あたちのお願いにあたちの両親《りょうちん》はあたちの貯金全部をおろちて買ってくれたわ。六五七マルクよ——

ハンス・アダルベルト　担保なち？　ちょれとも担保ちゅき？

アンヌマリー　もちろん、担保ちゅきよ！

ハンス・アダルベルト　ちょれはちょれは！

アンヌマリー　どう、模範的でちょ。

ハンス・アダルベルト　たいちたもんだ！（去る）

（アウグストとグステ登場）

グステ　もう二カ月でイギリスは降参するわ、きっとよ。

アウグスト　そうかなあ、ぼく、弱虫じゃないけどね。ところでアメリカをどう思う？

グステ　心底見えたりだわ！

アウグスト　わが国情は厳粛にして——

グステ　——信頼に満ちてるわ！（去る）

（修道女が三歳の女の子を連れてくる。子供は鼻くそをほじっている）

修道女　ミーツェちゃんたら——参謀長様に言いつけますよ！（ミーツェ、驚いて指をはなす）

（クラウスとドリィが出会う）

クラウス　ぼくたちは包囲されていたんだ、それは赤ん坊でも知ってたんだ。

ドリィ　イギリスの妬みとフランスの復讐欲とロシアの侵略欲ね——それに対処したまでだわ。戦争責任の問題はおのずから明らかだわ。ドイツは太陽に一点を画さんものとしただけよ。

クラウス　ヨーロッパは弾薬庫だったよ。

ドリィ　ベルギー条約は一枚の紙切れにすぎなかったのよ。（去る）

（ヴァルターとマルガが出会う）

マルガ　あたしの父さん、知識人九十三名抗議声明に署名した一人よ、でも父さん、声明書は読んでなかったのですって、読まずに署名したかったのですって。あなたのお父さんは？

ヴァルター　ぼくの父さん読んでたよ。

マルガ　で、どうおっしゃったの？

ヴァルター　署名するって。（去る）

（パオルとパオリーネが出会う）

パオル　ベトマン・ホルヴェクは全面的降伏に傾いてるってさ。
パオリーネ　なに者よ、それ、お馬鹿さん？
パオル　そうだろうさ。そうだろう？
パオリーネ　問題外だわ！　射殺しなきゃいけないわ！
（去る）
（ヨッヘンとスーゼ登場）
ヨッヘン　ぼくたちがなかんずく必要とするのは海外領土ですよね。貿易の拡大ができなかったら戦果といえども何ほどのことやあるってぼく思うんだ。
スーゼ　当り前よ、併合しなくてはならないのよ。飛行基地にベルギーをどうしても必要とするわ。それにブリィの基地も——
ヨッヘン　最少それだけはだろ。（去る）
（母親、少女を連れてくる。少女の傍らに一人の紳士）
母親　エリザベートや、もう遊ばないの？
少女　いやよ。
母親　子供は遊ぶものですよ。
少女　いやよ。
母親　おかしな子ね。どうして遊びたくないの？
少女　われわれはイギリス人より一足早くそれを成したが故にイギリスは妬み心を起したのだわ。
母親　でもおまえ——キンディングはどうなの？　どうしてイギリス人が妬み心を起したか——それを叔父さんにお話して上げなさい。ね、いい子だから！
少女　ドイツの国力が増大し、イギリスの国力は減少に向っていたので、イギリス人はわれわれドイツ人を妬ましく思ったのであり、それというのもわれわれドイツ人は仕事の後にもなお仕事をするのに反し、イギリス人は仕事の後には遊んだりスポーツしたりしかしないからです。
母親　そう、その通りですとも、そうだよ、エリザベート、おまえは遊んだりしてはいけません。遊ぶ子はいけない子だとも。
紳士　子供は正直なもんですな。
母親　これは早速書いて『ベルリナー・ツァイトゥンク』に送りましょ！
紳士　いや、むしろ《子供と戦争》集にお寄せになった

方がいいでしょう。子供の言葉や作文や書きつけや図画を集めるって話ですよ。（去る）

（息子を連れた父親、登場）

息子　ね、パパ、『ベルリナー・ツァイトゥンク』にヴィーンの新聞の転載記事が出ていたよ。戦争によって赤ん坊の死亡率がずっと下がったんだって、すくなくともドイツの街々ではそうだって。田舎の方ではまだ統計が出てないから分らないけど、おそらく事情はもっといいだろうって予想できるんだとさ。戦争が平均年齢を下げるのに役立ったんだね、ね、パパ、赤ちゃんはお国のために働らくには年が足らないだろ、だから赤ちゃんが死ななくてもいいのは分るんだけど、でもまだよく分らない気がするんだ、戦争によってどうして赤ちゃんの死亡率が下がったの？

父親　戦争によって出生率の低下をきたしてだ、それで――

息子　パパったら、おかしいや、すると赤ん坊の数は以前よりずっと少ないことになって――

父親　だまれ。つまりだ、戦争による出生率の低下はだ、よりよい生育条件によって補われとる。

息子　変だよ、戦争で経済がガタガタになったのにどうして平和の時より生育条件がよくなったりするの？　ミルクなんてどこにもないのにさ。

父親　生意気言うな！　チーズ三つの坊主のくせに！

息子　ちがうよ、チーズ三つの坊主なんて古くさいこと言わないでくれよ。

父親　ほほう――どうしてだ？

息子　チーズ三つだって！　チーズ一つだって永いこと食べさせてくれたことないじゃないか！（父親、平手打を喰らわす。去る）

（息子を連れた別の父親）

父親　そうとも、分るな、堅忍不抜だ――シラー曰くだ、高貴なるもの、祖国にとワレかたく絆を結ぶだ！

息子　ね、パパ――

父親　なんだ？

息子　祖国はいまもやっぱり高貴なの？

父親　高貴だとも、そりゃあおまえ、うんと高貴だともさ！

（暗転）

第四十一場

楽天家と不平家の対話。

楽天家　『ノイエ・フライエ・プレッセ』が賞讃していますがもっともですね、ベルヒトルト伯爵は自らサーベルを腰に前線に出てです、あの方の政治をもっとも困難なものにした仇敵に立ち向かわれているのですよ。

不平家　もっぱら不忠の裏切国と名づけられているイタリアのことですかね？　コンラット将軍が数年前から急襲を狙っていた国ですね？　ま、それはともかくとしてベルヒトルトに関する限りよしとしなければなりますまいね。実際、これがわが国を優位に転じる契機となるやもしれませんな。もっとも私はあなたも御承知の通り、この戦争にあってはサーベル使用の有効性についてはなはだ悲観的な見方をとっている者ですがね。もしベルヒトルトが大方の期待に反してこのような機会をも捉えず、また敵方はなにもオーストリア帝国軍の食い合いに関係しているわけではないとしてこれを仇敵と認めないとしても、このかつての外務大臣はいずれにしても自らの義務は果たしましたよ。なぜって、ともかくも出征しましたからね。

楽天家　あなたは相変らずなんですね、このわが国の多難の時代《とき》に当っての英雄的な行為を目になさっても、それを引きずり下ろして、足蹴にしないではおれないのですね。まあ御覧なさい、ほら、『ヴォッヘ』紙(1)に出ていますよ、戦線のベルヒトルト伯爵ですね、この写真は——

不平家　戦争の原因です。

楽天家　どうしてです？　これが撮られたのは最後通牒のずっと後ですよ——

不平家　そうですとも。ただ、いま一つのオーストリアの面貌だと言うのです。事が起る前のと後のとの。これは後のを示しています。しかし所詮、両者は同じものですよ。セルビア政府が最後通牒を呑めなかったのもこの顔が脳裏にちらついたからです。セルビア政府があるいは最後通牒を呑みはしないか、とのオーストリア側の危惧は全然根拠のないものでしたね。また戦争の《限定化》ですね、それでもって公然と、労せずしてセルビア併合を意図し、またそう願いもしていたことが、およそ成功すべくもなかったというのも世界がこの顔を夢にまで見たからですよ。

楽天家　またもやあなたが分らなくなりましたよ。

不平家　当然かも知れませんね。ともかく、何十万もの生命が朽ちていったドベルドの丘はプラーター遊歩場の一部にすぎません。

楽天家　それは一体どういうことですか？　この写真をなんですか、あなたは——

不平家　——出歩き好きの洒落者が世界を死神に引渡したしるしと見るのです！

楽天家　なるほど、あるいはそう言えるかもしれません。しかし彼は何も謀ってそうしたわけでもありますまい！

不平家　ええ、謀っては何一つせず、また元来何一つ謀れる男じゃありませんからね。しかし重要なのは彼が充分に謀ってしたわけでないということです。そしてこの弁明が政治家や官僚ですね、法律上からも自らの行為の責任を負わなくとも済むようにされている連中の情状酌量の理由になるということです。彼らが、何も故意にこうしたのではなかったということ、それに対して国自体がどうしようもないのですよ！　それはただただドイツに、オーストリアを戦争に巻きこむという決意を与えたにすぎず、ドイツはオーストリアを戦争に追い立てましたね、こちらが尻込みしましたから。あちらは罪のない追い牛でこちらは無実の羊というわけですか、そしてどちらもどうしようもないとなる。

楽天家　この写真では良心そのものといった顔つきですよ。

不平家　連隊本部にふかふかのクッションがないとなれば早速にとり寄せさせる体の良心ですね。このさっそうと軍服を着こなした姿を見れば、塹壕の中でもオッに振るまう男だと思わずにはいられますまい。気障だとは言え敏速な連隊長ね、手を腰に当てまばたきして

《どうだ、俺を見てくれ！》と仇敵に見得を切るヴィーンのやさ男、ここぞとなればしゃしゃり出る徒《やから》ですよ。前線にある一介の政治家ね、耳飾りとは言わずとも麗麗と腕時計をはめ、時にはサーベルを打っちゃって散歩杖をたずさえて、葉巻を持たぬ時には勲章をぶら下げて徘徊するのです。言うところの罪なき羊を犠牲に供して手に入れた勲章をね。自分ではそんなつもりはありますまい、しかし要あれば自らの本分をつくしているわけですよ。そして一九一四年八月の彼自身の決断のお蔭で、それが歴然と衆目の触れるところになりましたな。とにもかくにも傲慢と脆弱にはいや遠く、前線からはなおのこと遠く離れてですね。卑劣漢ではないにしても抜目ない気取り屋ですよ。

楽天家　この写真はですよ――

不平家　世界史の犯罪人帳からとり出されたものです。最後の審判に当っては戦犯調査の段階で証拠品となるものです。被写体たる当人は非責任者もしくは状況予測判断力欠如の理由で無罪放免されるでしょうがね。

楽天家　どうしてそれが証明されますね？

不平家　まず第一に無邪気な厩舎所有者がオーストリア＝ハンガリー帝国へのグレイの提案をです、ベルグラード及び他の二、三のセルビアの都市を領土内に包含したいという帝国側の希望に対する一提案をです、競馬開催プログラムに挿み込んだということが証明されますよ。イギリスは実際、戦争の《限定化》を願っていたのだし、オーストリアもまた目論見は全然違うにせよ、対セルビア戦だけに限定したがっていたのです。にもかかわらずこの戦争勃発に係わって唯一の名誉の男を《嘘つきグレイ》と呼びましたね。この写真は犯人の無罪化に役立つでしょう。しかし犯人の全同胞の有罪化の証拠にもなりましょう。これは、この完全をきわめた無恥と厚顔さの故に、もしわれわれが現実に国土防衛の聖戦を戦うならばの場合ですがね、敵国の侵略的な意図を正当化するものです。われわれに、ハンガリーの搾取家たちがセルビア人の市場を閉したからと言う理由でセルビアを攻撃する権利があると、万が一にも証明されたとしても、それでもなおこの一枚の写真は息吹きをやめずわれわれの反証となり続けますよ！

楽天家　しかしですよ――たった一枚の写真でしょうが！　ほんの偶然に撮影された代物ですよ！　写真といえば他にも数限りなくありますよ。

不平家　数限りなく微笑を浮べて撮影させた写真がですね。横たわった戦傷兵を背景ににこやかに微笑んだ連隊長たち。戦中のこの微笑こそけだしすすり泣きより遙かに恐るべきものですよ！　写真師は注文をつける必要もなかったのです。彼らは世の事柄すべては順調なりと微笑んでいたのです。フリードリッヒ大公は絞首台三つも数えられない子供のように無邪気にね。カール・フランツ・ヨーゼフ、微笑の貴公子とかね、名誉の戦死を事あるごとに口にするのが大好きで、時代をワルツの夢の如くにうたた見過ごす男。ドイツ皇太子は《微笑せる蚊》と愛称されていますよ。到る所、微笑家の大氾濫です。メモを下さいな、この戦慄すべき事実を書きとめて置きたいです。にこやかに微笑し、いつもいつも微笑し、なおかつ将軍であるということ！　この戦場の仮面舞踏会の女性の御相手方はどうです！　たとえばです、兵士の母なるアウグスタ大公妃、《兵士の父》が息子たちを機関銃で追い立てた後、なお名誉の戦死の直前に献身的祖国愛の象徴としてたなびき下さる方ですかね。時にはハンガリーの利益のために死ななければならないという義務の強化に抗するすべはなく、ま、こんなのがまだいると仮定しての話ですが、人類の守護神がいるとすれば、眼をそらすであろう類の茶番劇ですよ。絵葉書産業界には大受けのね。

楽天家　赤十字の志願看護婦のみなさんの献身的な行為はまず第一の目的として重傷者の手術に立会い――

不平家　――そこで居並んで写真を撮ってもらうことにあります。

楽天家　それは必要に応じてわざとにポーズして撮ってもらった写真でしょうが！

不平家　なおさら軽蔑されてしかるべき代物ですよ。ベルヒトルトの写真もわざとにポーズして撮らせたものです。面貌の果てしない空虚を意味ありげに見せるためにですね――空虚ですよ、われわれが一様に落ちこみ、またわれわれを呑みこんだ空虚ですね。

楽天家　あなたは大誇張にすぎますよ。私も認めはしますよ、この写真はわれわれをとり立てて喜ばせるものではありませんが——

不平家　背後の屍体の野は人なつかしげな当人と相まってともにひき立ち、われわれのと胸を突くのです。この言うべくもない暗闇の中の唯一の照明写真のように私には思えますね。このオーストリアの面貌に漂うさまざまの特色こそオーストリアの断末魔の顔と考えて私は自分を慰めるのです。シベリアの戦争捕虜流刑地に送られたり、フランスの軍需工場で強制労働させられたり、アシナラに移され、またセルビアの捕虜収容所よりイタリアへと死の護送を受けている者たち、あの無数の受難者たちの顔とこの一つの顔とを対比させるとすればどうでしょう。ある者は飢えた鳥のようにガッと口を開いて既にそのまま骸骨と化した。その姿を人の眼《まなこ》は見たのです、そして私も繰り返しそれを見るのです。その姿をこの微笑んでいるベルヒトルトに対峙させるとすればどうでしょう。悲惨な強制移住の者たちや、生きながらに埋められ生きながらに追放された者たちや、拷問され強姦され、あげく哀れとおぼしめされて射殺された女たちと対峙させるとすればどうでしょう！　その者たちは家庭向きではないとかで撮られないのですかね？　ベルヒトルトはにっこり笑ってポーズしましたよ、敵前にある勇姿としてね！

楽天家　しかしあなた、彼個人に責任があるとは言えませんよ——

不平家　そう、われわれにです、こんなとんちきに、このような戯《ざ》れ事を勝手にさせたわれわれの責任ですとも。戦争をやりながら唯の一人もこの戦争に責任がないなどという、この世界に生き永らえているわれわれの責任ですよ。唯一つのことに責任があるのです。唯一つのこと、現実に責任を負わなくてはならない唯一のこと、隣人の生活と健康と自由と名誉と所有と幸いをわがこととする責任ですよ。しかしわれわれの政治家たるこれら金箔つきの白痴どもは——

楽天家　——われわれの敵方の政治家ども？

不平家　とんでもない、われわれ自身ですよ、敵方とわれわれが共にしているのは愚かさだけです。戦争を始めたことに対してわれわれ自らの責任を知る代りに、戦争の勃発を一つの同じ神のせいにする愚かさだけですよ。敵方の政治家たちはわれわれの方の政治家たちよりも愚かではないでしょう。本性から言ってもですね。

楽天家　しかしわれわれの政治家を見て気づくことですが――

不平家　もしわれわれが彼らを前線に、ということは、ベルヒトルトや彼の同僚たちが決して至らない所にですが、そこに送りこんでいたとすれば、われわれはこの戦争を知らずにすんだということをですね。彼らが前線から隔っているよりもさらに大きく、われわれは国家の機構から隔っているのです。われわれに勝るとも劣らず堅忍不抜の好きだったあのスパルタ人がわがものとしていた機構からですね。彼らはその未来の白痴どもを谷底に落したのに反しわれわれは国家の最上部に押し上げ、責任ある外交の官職に指名したのです。

楽天家　たとえそうだとしても彼らにしてみれば情勢次第で――

不平家　責任はとれない、でしょう!

(暗転)

第四十二場

ソンム戦の最中。別荘の前の公園の入口。疲労困憊した一部隊、最前線の塹壕に向けて列を組み出征中。

皇太子 (公園の入口に立ち部隊に向ってテニスのラケットを振って) オーイ、がんばれよ!

(暗転)

第四十三場

戦争省。リンク・シュトラーセに面した一室。大尉が机に向い執務中。机の前に市民が一人、深い悲しみの様で立つ。

大尉　まだ御不満なんですかね？　こんな場合、細かくいちいち憶えとくなどは到底できん話ですぞ。兵隊が一人ですな、戦死したかそれとも負傷して敵の捕虜になっとるか、そんなことが分る道理がないでしょうが。イタリアの戦争省に掛け合いに行かれた方が早いというもんです。そうでしょうがね！　一体われわれに何から何までやれとおっしゃってもですな、出来ん相談ですぞ！

市民　はい――それは承知しておるのでございますが――でも――しかし――

大尉　でももしかしも、もう聞きあきましたわ。それにもう三時ですぞ。勤務時間はこれで終了でしてな、まったくありがたいことだ。――え？　何です？――じゃあ個人的にひとこと言えとおっしゃるのならですな、なんでしょう、あなたはこの六週間、息子さんから一通も便りを受けとっておられんのですな、音信不通なんでしょう、ま、御安心なさることです、まちがいなく戦死なさっとるですよ。

市民　はい――でも――

大尉　そりゃあ確かめてとっくり安心なさりたいところでしょうがね、こういうケースは――数限りなくあるんですぞ！　あなたおひとりじゃありませんからな！　この重大な戦時に、あなた方市民もしっかり頑張ってもらわにゃなりませんな！　われわれを御覧なさい、われわれを！　こう一日じゅう端座して職務を果たしておるんですぞ！　それにだ――ま、あなたも御承知の通りにです――個人的見解かつ公けの認めるところですがね――兵士にとってですな、名誉の戦死こそ最高の名誉であり最大の報酬なんですからな。いやもう御安心なさってお引取りのほどを――（市民、深々と一礼して、去る）

（暗転）

第四十四場

カステルルート。機械部隊将校送別会の後。将校二、三人、テーブルの下にころがっている。

ヘルヴィク中尉　やい――もう――ないのか、食い物だ！　酒をもってこい！

給仕女　もう二時を過ぎましたよ、中尉さま、食事はもう――

ヘルヴィク中尉　酒だ――もってこい！

給仕女　中尉さま、お酒はもうございません――もう一滴も――

ヘルヴィク中尉　おい、こら――新米士官――こっちへこい――！（士官候補生の腰のピストルを引き抜き給仕女を射つ）

給仕女　ああ、マリアさま！（倒れる）

別の中尉　よ、ヘルヴィク――またやったな、ちょいと軽率だぜ！　禁足を喰らっても俺は知らんぞ！

（暗転）

第四十五場

ヴィーンのキャバレー。ロシア軍のチェルノヴィッツ奪回直後の夜。士官、女給、遊び人、赤十字理事、ポーランド人外人部隊兵、給仕たちが居並ぶ。専属楽団ネヒヴァタールとジプシー楽団ミスコルツィ・アンツィ、共に演奏中。

即興詩人ロルフ・ロルフ（メロディを口ずさみながら客から出された古典詩の引用によるお題と、居合わせた兵士の所属する軍団賛辞を共に含むべき即興詩に余念がない）

――　――　――

外人部隊の大働らきは　外題の本題
予想外の大当り　等外の大殊勲――
（叫び声。いいぞ！　いいぞ！）
さあて皆様――遙かあたりを見渡せば――
なじかは知らねど心ふたぐ――
そこなお方――貴婦人様のいられる故に――

ダイヤと真珠で埋もれた方よ！
してここなお方――ドイツの兵よ
さある昔(1)　二人の擲弾兵　フランスへの帰路を辿っていた
騎行した――そいつは昔――今じゃあ――
そいつは――実に――なんとも――危険きわまる！

（大笑い。よーよー！　いいぞ！　上出来上出来！　の声。二人の士官の入場と同時に楽団、連隊歌を奏し始める。《コレハコレ、ワレラ皇軍歩兵部隊ノ精兵ゾ、無敵ノ第四軍団ゾ》全員合唱）

歌手フリーダ・モレリ（登場。指で自分の胸と客席の方とを代る代る指しながら）

わが胸はヴィーンのもの！(2)
でもベルリンも素敵だわ！
なぜってあそこ　ドイツの中尉さん――
（指を唇に当て）
粋だわ　ハンサムだし
御一緒にランデヴーをしてみたい
でもよそう――やめときましょう
なぜってなぜってなぜってなぜって
男心は秋の空　女心は弱いもの
だからよだからよだからよだからよ
わが魂はヴィーンのもの
でもベルリンも素敵だわ！
（いいぞ！　そうとも！　の声）

声　お次は、《ローザよ、俺たちゃロッツに行くぜ！》

（楽団、このメロディを奏した後、《シェーンブルンの心優しい年寄りの御方》のメロディに移る）

ハンガリーの家畜商人（キャバレーの支配人に）　こりゃすごいですがな、ここんちの出し物はみんなすごいですがな！

支配人　おほめにあずかって光栄ですよ。もう第一級の楽団をそろえておりましてお客様はどなたさまも《四十二臼砲式大プログラム》の看板に偽りなしとおっしゃってくださいますよ。

家畜商人　いやなあに、四十二臼砲なんかこいつに比べれば子供だましですがな！

支配人　商売仇でさえもうちのが爆発的大人気だと認めておりましてね。
家畜商人　爆発が生ちょろい！　爆発は爆発でもここの大砲は大破裂ですがな！
支配人　はいです、商業顧問官さま、そうおほめにあずかりますと、お国のお歌でお返しさせていただかずにはいられませんよ。
（楽団、ラコッツィ行進曲を演奏。家畜商人がシャンパン壜を勢いよく壁に投げると共にラデツキィ行進曲に移り、士官の一人がシャンパン壜を壁に投げたのを合図にプリンツ・オイゲン行進曲を演奏、やがて国歌に移る。客、女給、全員は立ち上り、《凱旋ノ君ニ栄光アレ》及び《ラインノ守リ》が奏し終るまで直立する。手荷物預り口の女及びトイレ番の女もともにこれに参列）
野菜商人（ホールへ叫んで）　ニーベルンゲンの誓い万才！
全員　万才！　万才！　万才！
支配人（定連客に）　音頭をおとりになったあの方、御存知ですか？
定連客　もちろんさ、財政顧問官クネッフェルマッハー様だろ！
（支配人、ジプシー楽団の方へ急ぐ。楽団《ワレニ一人ノ戦友アリキ》を演奏）
酔っぱらった赤十字の理事　よう――ウィスキーのおかわりおかわり、ソーダーでわってな。それにトラ――トラブッコだ、口つきのな、おい――（げっぷを出す）
同僚　どうしたね？
赤十字の理事　わしの方で世話をしてやった負傷兵が来とる――あの野郎、もういけしゃあしゃあと――明日にも送ってやるぞ――再徴兵組に入れてやらあ――
同僚　ほっといてやれよ！
赤十字の理事　そうも――そうもいかん！――あいつはもう一度――ぜん――（げっぷを出す）前線送りだ！
士官一（隣りの士官に）　今朝の報告は読んだかね？
士官二　別に事もなしさ。
士官一　しかしチェルノヴィッツはまた奪《と》られたぜ！
士官二　別に事もなしさ。
軍医一（隣りの同僚に）　やれやれ、あいつだ、二番目の特等席に坐っとる男、昨日あの男にわしは丙種を出してやったが今日はもう飲んでやがる。まったくずうずうしい奴だ。ま、とはいえああいう手合も悪くはなかろうさ。若いし無理もなかろうさね。

軍医二　そいつは解せんな。わしは別の意見でね、不合格など一人も出さんよ。例外はそりゃああるよ、しかしおおむね総体的に言ってだ、こっちがこうジロッとにらむと若い連中慄え出すんだな。あれはなんとも痛快きわまるよ。慄え出す途端にわしは《合格!》と言うことにしとるんだ。するともうこっちのものですよ。それにどうしても合格率五十パーセントは上回らんといかんという至上命令だ、目こぼしもついついしにくいぜ、突撃兵選抜の場合は特にだな。

軍医一　昨日のことだが病院では大騒ぎさ! 看護婦のアデーレ嬢はだ、わしを見るとちぢみ上る小娘でね、昨日も昨日とて骨盤貫通のボスニア兵のおまるをだ、コトの最中にあわてて抜きとってしまいよったよ。他の奴らは大笑いするしまったくの見物だったぜ! わしが割って入ったがね、女たちはもっと教育しつけとかんといかんよ。昨日のことは——

軍医二　わしの方でも同様、ああいう看護志願の貴族婦人連の気持は全く分らん。他の女たちは洗濯や給仕をやっとるのにあの連中はそろっておまる当番をやりたがるんだな。

軍医一　正直言うとだな、ああいうお歴々の婦人《おんな》たちがああいうのをやりたがることにわしは——やめさせんといかんという説を持っとるのだが——しかし何故やりたがるか? 奉仕をしたいのは分る——愛国心とか何とか言ってだ。しかしわれわれ医者たる者があれをやめさせにゃならんという論文をわしは読んだのだな。ああいうのをやっている内に神経組織にショックを受けて妊娠不能になりかねんそうだぜ! こいつは大問題だよ! 色々問題もあるのにこういうのにも頭を悩まさんといかんとはな、われわれ臨床医としてはだ——

軍医二　わしの方でも昨日も昨日とて、ひどいものでさ。まるで気狂い病院におるような錯覚に陥るほどだったぜ。時間外勤務で痙攣のきた奴を五人も前線送りに仕立てなくちゃならずでさ。

軍医一　こっちも御同様、腸閉塞五人に脊髄病二人をさ。わしは怒鳴りつけてやるんだ、仮病を使おってもそうはいかんぞ！　とね。するとたいていはひと言も返答をしようらん、直ちに送りとばすんだな。（楽団、プリンツ・オイゲン歌を演奏）

軍医二　まったく世話がやけてたまらんよ。この間も左手に典型的な銃弾負傷の連中なんだ――実際、あちらじゃ何をやっとるのかさっぱり分らんよ、連隊軍医がいながらだ、背中にコーヤクを貼りつけるしか手当をしとらんのだ。

軍医一　さあさ、それが災難さね。腹いせに昨日わしは折紙つきの腎臓病みに甲種合格をつけてやったが、ま、どんな格好《なり》で今頃進軍しとるかと思うと愉快きわまるよ。今夜ここはなかなかのサービス振りじゃないか――

軍医二　今日この頃じゃ医ハ仁ナリとかなんとか言っとられんよ、事情が許さんな。

軍医一　名医とはだ、非常事態にあっても毅然として動じん者のこと。さ、このあたりに錯覚が生れとるよ。わしは最初から思っとったのだが、戦時最大の錯覚はこのあたりに胚胎しとるんだな。名軍医とは善人であってはならんのだ。善人これすなわち塹壕入りの時代だぜ。タイジンガー軍医総監だってわしにとやこうは言われんとも。わしは注文以上に続々合格にして送り出しとるんだからな。勲章ものさ！

軍医二　一夜にして数千のルテーナー人が縛り首でだ、こっちではまた数千のセルビア人が射殺されとるのを見るとだ、大抵のことには慣れるというもんだ。一個の生命とは何ぞや？　例のあのこと、知っとるだろう、ある兵隊が両親に手紙を書いてたな、御安心下さいとね、万一《いざ》の場合の用意に白旗用の布を肌身離さず持ってますから――手紙はとどいたが報告つきだ――

軍医一　そうそう、軍事裁判の結果、直ちに射殺された奴だろう。こっちも同様ぱっとしませんわ。

軍医二　こっち？　わしにはあっちもこっちもありませんな。あっちもこっちもわしは見ず、ただ前を見るのみでいきますからな！　わが身を殺して生き抜くってやつですよ。

（全員起立。楽団、《オオ、ワガオーストリアヨ》を演奏。続いて《コイツガ最後ノ一文ダイ》に移る）

軍医一　今夜はなかなか熱演してますぜ。

軍医二　おそらくチェルノヴィッツのせいですな。

軍医一　しかし、君、ロシア軍が——

軍医二　あ、そうか——なるほど——すると——どうしてだか——よっ、パオラ嬢を見給え、近衛軍団の中尉にくっついてやがる。お次はわしが御指名といくか。

軍医一　今度はあれに気移りかね？

（叫び声。タンゴだ！　タンゴをやれ！　ちぇ！　タンゴなんぞ糞くらえ！　ワルツでいけワルツで！　ここは愛国キャバレーだぞ！　ワン・ステップ！　ほいきた、白痴野郎！）

酔っぱらい　くた——ばれ——よ——ワルツだ——ここはヴィーンだぞ！

支配人（定連客に）　ほら、いま入ってこられた士官候補生、御存知ですかね？　ほほう、御存知ない。いえね、あの方ですよ、ほら、新聞に出てましたでしょう、沼に落ちこんだところをロシア兵になわばしごを投げてもらって救われたって人。帰還されましてからこの頃は毎夜、こちらにお出で下さいましてね！

（暗転）

第四十六場

夜。人気《ひとけ》の絶えたヴィーンの中心街グラーベン。ペスト柱の前。四方の辻が見渡せる。

不平家（登場）

今こそ地より雨が吹き出だす時
眠りと泥濘《でいねい》より古なじみの放恣生《あ》れ
ヴィーン名物　なまっちろい
方言は支離滅裂語の雄弁術
ヴィーンとユダヤの合《あい》の申し子
ここ　ヴィーンの心臓部
すっくと　おっ立つ　ペスト柱

（記念柱の前に立ち止る）

ヴィーンの心臓　純金箔の大入道

鉄の代りにくれてやる！
死に絶えた世界よ　夜だ　ああ
これに続くは最後の審判の暁だ
宇宙の楽音　この永遠の単調に
殺戮の騒音が入り混じり
最後のヴィーン人　わめくわめく
地上の汚穢にまみれた魂を陶酔させつつ
この世の最後の雨に濡れそぼりつつ
光った舗道にへどまき散らす
（一方の辻の真中でいましも酔人、小用の最中）
ここに立つ巨大な不壊《ふえ》の柱
かの男の象徴か！
かれは滅びぬ　生きのびるのだ

芥まみれの偽りの象徴をも
なべて創造の終焉をも
かれまた自らそれを知るのだ
死は耳をかすめる微風にすぎず
要るはただ自然の欲求を放出すること
描き出される地図模様こそ
思慮分別の結末だ
かの者の最後の意志の妙音を聞くとしよう
未《いま》だ宇宙に告げたい注文があるようだ
酔っぱらい（あい変らず立ったまま、鼻歌でリズムをとりつつ繰り返し繰り返し）　いま――この――時を楽しめや！
――それ、楽しめや！――楽しめや、とくらあ！

訳注

凡例

1　ここに収めたものは、本文中に登場する固有名詞・諸事象のうち、とくに注釈を必要とするもののみであり、それらにはいずれも本文において＊印またはアラビア数字が附せられているが、そのうち、＊印は、おおむね訳者の判断で、その「場」の観賞に必要と思われるあらずもがなの《補注》を意味している。

2　固有名詞のうち、地名・人名・作品名・新聞名などには、初出の場合にのみ注して、他は混同のおそれのない限り省略した。

3　人名に関しては特に作者・時代との関係を重視して解説し、おおむねの説明は割愛した。

4　地名に関しては本書の性質からしてドイツ語読みを採用した。

5　略　語

N.F.P.『ノイエ・フライエ・プレッセ』紙 Neue Freie Presse の略。

R.P.『ライヒスポスト』紙 Reichspost の略。

序幕

第一場

＊ ためしに第一次大戦勃発前後の《歴史的事実》を記せば、

一九一四年六月二十八日　セルビアの民族主義者によるオーストリア皇太子夫妻暗殺事件

七月二十三日　オーストリア＝ハンガリーのセルビアに対する最後通牒

七月二十八日　オーストリア＝ハンガリー、セルビアに対し宣戦布告

七月三十日　ロシアに国家総動員令発令

八月一日　ロシアに対するドイツの宣戦布告

八月二日　ドイツ、ベルギーに対し最後通牒

八月三日　ドイツ、フランスに対し宣戦布告

八月四日　イギリス、ドイツに対し宣戦布告

であるが、これにいささかの《側面》を加えるならば、オーストリア皇太子夫妻暗殺事件はそれが当時あたかもオーストリア＝ハンガリー帝国属領であったボスニアのサライェボにおいて生じた事件であったが故に、すくなくとも帝国側にとっては《帝国臣民》による《自国内》での《不祥事》に他ならず、すなわち事件は頭初内政問題として処理されようとした。たとえばオーストリア政府派遣の調査団団長フォン・ヴィースナーの報告書は「セルビア政府が当事件に関与せしや否や分明ならず。……皇太子護衛は万全なりし。暗殺準備支援の確認これなく、かかる疑惑は妄誕と言うべきなり」（七月五日）と述べ、また当時もっとも進歩的な論調を掲げていた『フォアヴェルツ（前進）』紙は「フランツ・フェルディナント殿下は欺瞞とともに生きのびてきた国家経営システムの——彼自らその維持者たらんとしたのであるが——痛ましい犠牲者であり、皇太子を射ち倒した銃弾はこの旧き、余りに旧きにすぎた国家存続への信仰をも射抜いたはずである。……サライェボの痛恨事はわれわれ帝国国民に対する警鐘であり、国運を国民の運命と同一視することを唯一の政策とした積年の愚策の結果である」（六月三十日）と説いている。だが自国内の複雑な民族運動と革命の気運に悩んでいたオーストリア政府にとっては、国内の動揺をおさえるためにも、また属国のスラヴ系諸民族にハプスブルク帝国の威信を示すためにも、ここにおいて強硬策を断行することこそ機宜の良策と映じ、すなわち政府は緊急閣議において一変してセルビア政府に対する「軍事力の行使を措いては到底受け入れられない筈の要求」を決議した（七月七日）。そしてこれを含んだ七月二十三日の最後通牒は、猶予期間を二日と限り、諾否の一点のみを求めたことにおいて、既に両国間の交渉をも他国の仲裁をも不可能とする体のものであった。『デイリー・メイル』紙はこれに対して、オーストリア政府が期日の延長を求めるロシア政府よりの要請を拒否するならば、紛争限定化の希望は失われたも等しい、と書き、『タイムス』紙は、「戦争の深淵に向って呼ばれた最後の言葉」と名づけている。

自国の利害から、明らかに開戦を望んではいなかったイギリ

スの外相グレイが「前代未聞」とし、バーナード・ショーが「狂気の沙汰じみたオーストリア的悪戯」と命じたこの最後通牒に対するセルビアの返答は以下の文章で終っている。「……王国セルビア政府は当問題解決には熟考をもって当ることを関係両国共通の願望と判断し、貴帝国政府がわが国の回答を不満とされるならばハーグ国際裁判所もしくは列国会議召集による平和的解決に対し用意あることを通告する。」これに対するオーストリア側の回答はない。ただヴィルヘルム皇帝がその側近に「僅々四十八時間の猶予期間にしては考えられる限り最高の回答とすべく、ヴィーン政府に対する倫理的勝利は明白なり。但し、開戦理由を失わしめず」の意を述べたと伝えられる。

1 Ringstraße 旧ヴィーン市を多角形にとり囲む全長約四キロの大通り。これを挟んで後出の「戦争省」、「市立公園」、「ガルテンバオ遊戯館」、「ホテル・インペリアール」、「ホテル・ブリストル」（この近辺が通称「シルク・エッケ」）、「オペラ劇場」、「国会議事堂」、「ヴィーン大学」、「市議事堂」、「取引所」などが立ち並ぶ。

2 Otto Schönpflug（一八七一―一九二九） ヴィーンの画家。特に軍人素描を得意とした。

3 ともにハンガリアの作曲家エメリッヒ・カルマンEmmerich Kálmán（一八八二―一九五三）作のオペレッタ。

4 Venedig in Wien ヴィーン最大の娯楽場プラーターPrater（後出）にあったカフェ、レストラン、ダンスホール兼業の大ホール。「ヴィーンのヴェニス館」と呼ばれていた。

5 次の「グラオコピス」と共にプラーター競馬場の競走馬の名前。

6 Karl Lueger（一八四四―一九一〇） オーストリアの政治家。キリスト教社会党党首、ヴィーン市長を歴任。反ユダヤ主義者としてユダヤ人排斥を政治綱領に強く打ち出した。

7 トルコ軍撃退の英雄プリンツ・オイゲンPrinz Eugen（一六六三―一七三六）を称えたオーストリア国民歌。

8 Sacher Kolowrat（一八七四―一九三二） 映画男爵と渾名されたサッシャー・フィルム社長。レオポルト・フェッシュ、マリーシュカ兄弟などの俳優を擁していた。

9 「野に広がる……」以下一九一四年六月二十九日、N. F. P. 朝刊の引用。

なお、文中に登場する『ノイエ・フライエ・プレッセ』Neue Freie Presse『ノイエス・ヴィーナー・ターグブラット』Neues Wiener Tagblatt および『ライヒスポスト』Reichspostはともに当時のヴィーンの代表的な新聞であるが、ジャーナリズム一般に対するクラウスの《思想》を今は措くとして、本書成立の経緯にとっても当時のヴィーン・ジャーナリズム界を一瞥することは充分必要なことと思われる。すなわち――

一八四九年、メッテルニッヒ失脚後一年にしてヴィーンだけで一七〇余種の異なった新聞、週刊誌が創刊された。無論、その大半は文字通り三号誌に終始した粗雑なものであったが、そのうち、一八四八年八月、アウグスト・ツァンクによって創刊された『ディ・プレッセ』Die Presseの、編集部の内紛から一八六四年独立して発行を開始した『ノイエ・フライエ・プレッセ』と一八六七年創刊された『ノイエス・ヴィーナー・タークブラット』は、——前者はオーストリア帝国上層知識階級に、後者はようやく頭をもたげ始めていた中流市民層に敏捷に食い入り——着々と部数を伸ばしていった。ハプスブルク政体の没落を前にして知識層を形成しつつユダヤ人は経済文化の分野に発展を企画し、ここに来てすべての既成道徳の観念は切断され、しかし、また同じくここに来て人間生活の理念はそのよるところを求めなくてはならず、人々は雑多な思想や感情や心理の干渉を受け、わずかに感覚を麻痺させる体の効果を求めて揺らいでいたのであるが、けだしこの心理的事情がジャーナリズムの跳梁に絶好の地盤を提供したと思われる。すなわちヴィーン・ジャーナリズムの拡大には、道徳的意味の剥奪されていく過程が紅白二本の絹糸のようにもつれ合い、よじ合わされていたのであった。更に一八九三年には『ノイエス・ヴィーナー・ジュナール』Neues Wiener Journal 翌年には《キリスト教社会党》支持を標榜した『ライヒスポスト』、また翌九五年には社会主義機関紙たる『アルバイター・ツァイトゥンク』Arbeiter-Zeitung が創刊されるに及んで、ジャーナリズム勃興時のヴィーンの冒険家たちの仕事の面目は、無慮百余種を数えた絵入り新聞、滑稽雑誌とあいまって、ここに定着したと言えよう。

　クラウスはその文学的出発を、せっかくのエネルギーが過飽和から散乱してしまい悖徳に堕したヴィーン・ジャーナリズムに対する縦横の攻撃から始めたのであるが、とりわけ、一八七九年、モリッツ・ベネディクト Moritz Benedikt が編集長の地位に就くとともに、大幅に紙面を拡充し、次第に名実とも《世界新聞》の実体を獲得し、権威化していった、『ノイエ・フライエ・プレッセ』は、クラウスにとって生涯、最大の《敵》であった。ベネディクトは同族の政・財界ユダヤ人を支援者に引き込む一方、たとえば一八九二年六月二十四日号に「ビスマルク侯会見記」の後日談として、記事を読んだビスマルクが 'Benedictus bene dixit'（「ベネディクトは、よう書いとる」）と述べたとの風聞を抜け目なく収録したように、いわば現代ジャーナリズムの初歩的手法を巧妙にも遠く先取りしていた。また詩人、作家を定連寄稿家として彼が精力的に育成した《文芸論説欄》(Feuilleton) は知識人の常識たる役割を帯び、新人の知的登龍門と化した。ステファン・ツヴァイクはその回想記『昨日の世界』の中で、若年期、如何な戦慄でもって彼がここに近づいたかを記している。

　とまれ『ノイエ・フライエ・プレッセ』は大戦前夜十一万二千の発行部数を誇り、その三十一パーセントを外国の購読者に直接送付していた。ちなみに言えば当時のヨーロッパの代表紙のうち、『ノイエ・チューリヒャー・ツァイトゥンク』は四万五千、『ザ・タイムス』は五万一千の部数しか勝ち得ていなかったのである。

第二場

＊　十八世紀以来、ヴィーンにおいては一般にカフェ Café と呼ばれる喫茶店が特殊な発達を遂げ、階層を問わず社交会議読書執筆の場をここに置き、定席を予約し、備えつけの数十種の新聞雑誌を閲覧するのを常とした。グリルパルツァー以後のヴ

ィーン文学の大半が二、三の《文学者カフェ》で生まれたとも言い得よう。

1 Extrablatt　一八八九年創刊のゴシップ専門紙。

2 「当事件ニヨリ……」　一九一四年六月三十日発表の政府コミュニケ。

3 Bombe　一八九一年創刊のヴィーンの絵入り滑稽週刊紙。クラウスはここで実際の《爆弾》と意味を掛けている。

第三場

＊ 当時のヴィーン宮廷内の勢力争いにまつわる詳細はこの場合なんら必要ではないのであるが、ただ、永年に渡るフランツ・ヨーゼフ皇帝とフランツ・フェルディナント皇太子間の確執が宮廷及び貴族層を二分し、ひいては政府上層部の政策に強い影響を与えていたことは知る必要があるであろうか。穏和策を持論とした皇太子に対し、皇帝の遠縁に当りかつ一九〇八年以来皇帝付侍従長であったアルフレット・フォン・モンテヌオヴォ Alfred von Montenuovo（一八五六―一九二一）はことごとに反対し、対露強硬策を主張した一人であった。皇太子暗殺の報が入ったとき、一時、皇帝側の策謀によるとの風評が立った。

1 Josef Nepallek（一八六九―一九三二）　モンテヌオヴォ在職中（一九〇八―一六）のオーストリア皇室式典長。なお電話の相手はフランツ・ヨーゼフ皇帝と考えられる。

2 「公国代表並ビニ……」、以下一九一四年七月一日付 N. F. P. 朝刊の引用。

3 皇太子妃ゾフィーのお里。

4 カプツィーナー教会地下の皇室専用墓所。　皇太子夫妻はここに入るを許されず、結局、ドナウ近傍の僻村「アルトシュテテン」の別荘の地下に葬られた。

5 皇太子妃ゾフィ Sophie von Hohenberg を指す。

6 Wolf in Gersthof　ヴィーン近郊ゲルストホーフにあった高級レストラン。

7 この前後は「皇太子殿下御夫妻随伴者による暗殺事件の真相」（N. F. P. 一九一四年七月二日号）の引用。筆者 Harrach 伯爵は皇太子の車に同乗していた。

8 Stephan Tisza（一八六一―一九一八）　ハンガリーの政治家。一九一三―一七年、ハンガリア帝国首相。対露強硬政策を展開したが、一九一七年退陣。翌年革命派の手で暗殺された。

第十場

＊ この「場」に登場する人物はおおむね実在した人物である。当時の新聞に散見し、確認できたもののみを挙げれば、すなわち、アンジェロ・アイスナー・フォン・アイゼンホーフ Angelo Eisner von Eisenhof（一八五二―一九二六）男爵。一八九四―一九〇五年、皇帝付副侍従長。ドーブナー・フォン・ドーベナオ Dobner von Dobenau マリア＝ターフェルの首席司祭。ベルヴェデーレ（東宮）御所食膳頭。フーゴー・ヘラー Hugo Heller オーストリア書籍店組合理事長。および一九一四年七月四日付N. F. P. 紙上、「……御柩の左手には見渡した視野

に入った限りでは……」の記事に人物のおおよその名前が記載されている。

1　皇太子暗殺の第一報が入ったときフランツ・ヨーゼフ皇帝が思わず口にしたと喧伝された言葉。皇帝の唯一の実子ルドルフは自殺し、皇帝妃は、先年、殺害されていた。

2　一九一六年刊行のクラウスの『第一詩集』収録の「悩みを抱ける者たち」Die Leidtragenden の部分引用。

3　Deszö Szomory（一八六九—一九四四）ハンガリー生れの劇作家、ジャーナリスト。一時、N. F. P. の論説家を勤めた。

第一幕

第一場

1　「現前したものは……」以下一九一四年七月二十八日付 N. F. P. 所載の「本日のヴィーン諸景」の部分的引用。

2　Fackel（『炬火』）カール・クラウスが一八九九年発刊し、一九一二年以後三六年まで個人雑誌として刊行し続けた批評誌。彼は作品の大部分をここに発表し、初期には最少、ほぼ月三冊宛刊行した。一九一四年九月—一九年、不定期に発行。

3　Roda Roda（本名 Sandor Friedrich Rosenfeld 一八七二—一九四五）オーストリア陸軍士官を経て、一九〇二年、作家生活に入る。ユダヤ人。第一次大戦には参謀部付従軍記者としてオーストリア軍全戦線に従い、大いに《愛国心》を昂揚した。一九三三年、アメリカに亡命。

4　Lemberg　当時オーストリア帝国属領ガリーツィエン Galizien の首都。現ソヴィエト領。大戦中、露墺間の抗争の目となった。

5　Theater in der Josefstadt 及び Theater an der Wien ともにヴィーンの代表的な劇場。

6　「プリンツ・オイゲン讃歌」の一節。

7　「戦争とは……」以下 R. P. 一九一四年八月四日—八月二十一日朝刊の社説の部分引用。

8　「ヴィーンは……」以下 N. F. P. 一九一四年八月十二日付朝刊。

9　Csardasfürstin　カルマン作のオペレッタ。一九一四年ヴィーン初演。四年余の続演を記録した。

第五場

1　Leopold Belchtold（一八六三—一九四二）ロシア大使を経て一九一二—一五年、オーストリア外相。開戦派の中心であった。

2　Conrad von Hötzendorf（一八五二—一九二五）開戦以来、ロシア戦線のオーストリア軍参謀長。

3　Demel　ヴィーン老舗の高級菓子店。

4　Temes-Kubin　ルーマニアを流れるドナウ河の支流。

第六場

1 Heinrich Friedjung（一八五一―一九二〇） オーストリアの歴史家。ヴィーン大学教授。ユダヤ人。週刊の「ドイチェ・ヴォッヘンシュリフト』を創刊し、国家主義を鼓吹したが、反ユダヤ主義者によって、晩年、ここを追放された。

2 Lewy Brockhausen（一八六〇―一九二五） オーストリアの歴史家、評論家。ユダヤ人。一時、歴史学研究所長を勤めた。

第七場

1 ヴィーン中心繁華街グラーベンよりホーフブルクに至る一帯の商店街。

2 Ernst Klein N. F. P. 派遣の従軍記者。一九一四年八月二十四日号「進軍とともに」以後、定期的に《従軍記》を発表している。

3 Dnjepr ヴォルガに次ぐ東ヨーロッパ第二の大河。キエフ近くの黒海に注ぐ。

4 Drina 現ユーゴスラヴィア領のセルビア地方を貫流する河。

5 Streffleer 陸軍士官新聞。

第八場

1 Westminster を Westmünster に変えさせたこと。

2 一九一五年五月二十三日、イタリアは三国同盟を破棄しオーストリアに宣戦布告。

3 以下ルビの言葉は全てドイツ語にとって外来語を意味する。

第九場

1 《おしっこにいく》の意味。

2 Ernst Lissauer（一八八二―一九三七） 詩人、小説家。ユダヤ人。第一次大戦中、戦線用滑稽新聞『フロント（前線）』及び『ドイツ・カルパート新聞』の編集長を勤め、一九一四年、広く愛唱された「イギリスに対する憎悪の歌」Haßgesang gegen England を作った。他に『時代に寄せる言葉』（一九一四年、パンフレット）、『火を噴く日』（一九一六年、戦争詩篇集）がある。

3 ホーフマンスタール（第一幕第十九場訳注参照）は一九一四年十月、『ムスケーテ』に絵入りで「プリンツ・オイゲン讃歌」の替歌を発表している。

4 元来A・E・I・O・U発音練習歌。この「場」はその替歌。

第十場

1 Muskete（『小銃』） 一九〇五年創刊のヴィーンの代表的な滑稽新聞。主な寄稿家としてローダ・ローダ、テオドール・チヨコールなどがいた。

2 Floh（『蚤』） 一八九八年創刊。オーストリアで最初に多色刷の絵を載せた絵入り滑稽紙。

3 当時のヴィーンのカフェではコーヒーに三十数種のメニュを揃えるのを常とした。

4 一九一四年八月三十日、『ノイエ・フライエ・プレッセ』は創刊五十周年記念特集号を発行した。

5　八月三十一日号には百二十余の祝辞、祝電が披露されている。

6　Maximilian Harden（一八六一―一九二七）文芸・政治評論家。ユダヤ人。一八九二年以来ベルリンにおいて週刊雑誌『ツウクンフト（未来）』を創刊しドイツの政治、社会思潮全般に亘ってその辛辣な諷刺と博識をもって鋭鋒を振った。ヴィルヘルム二世およびその側近政治家たちの政策を攻撃し、ビスマルクを擁護する立場をとっていたが、第一次大戦初期には併合論に傾いていた。戦後は国家主義者や反ユダヤ主義者の排撃を買い、一九二三年『未来』を廃刊しスイスに退いた。ユダヤ人で若年期に俳優生活を経験し、かつまた個人雑誌を経営したなど、ハルデンはクラウスがいわば模範的先行者と見た人物であったであろうし、またクラウスには意識的にこれを模したと思われるふしも多いのであるが、一九〇五年の論争以来、ハルデンは彼にとっては酷評の対象にしかなり得なかった。

7　N. F. P. の戦況解説欄。

8　一九一四年八月十八日付 N. F. P. の社説冒頭。

9　Raymond Poincaré（一八六〇―一九三四）一九一三年より一九二〇年迄フランス大統領の職にあり、反ドイツ政策を推進した。

10　Edward Grey（一八六二―一九三三）イギリスの政治家。一九〇五―一六年、外相。一九一四年七月二十四日、オーストリア・セルビア問題解決のための列国平和会議を提唱したが、ドイツの拒否に会い実現しなかった。

11　ともにドイツの軍事専門紙。

12　Pschütt 漫画・滑稽専門紙。一八九九年創刊。

13　Karl von Stürgkh（一八五九―一九一六）オーストリアの政治家。一九一一年、総理大臣に就任し国粋的政策を展開した。一九一六年、社会主義者フリードリッヒ・アドラーに射殺された。

第十一場

1　N. F. P. や R. P. は「外国紙再録」欄に外国の新聞記事を――時には捏造したと思えるふしもあるが――抄録していた。

2　Alexandre Milllerand（一八五九―一九四三）フランスの政治家。一九〇九―一九年、外相、蔵相を歴任。ポアンカレの政策を支持した。

3　Duma　一九〇五―一七年の間のロシア帝国議会の通称。

4　Il Messagero　ローマ発行の自由民主系日刊紙。一八七八年創刊。

5　ハーグ平和協定。Haager Friedenskonferenz 一八九九年と一九〇七年、ともにロシアの提唱によって開催された列国平和会議。十二の決議が採択された。

6　Hans Müller（一八八二―一九五二）作家、劇作家、詩人。ユダヤ人。『王たち』（一九一五）、『諸星』（一九一九）、その他多くの通俗小説で人気を博した。

7　ハンス・ミュラーが八月二十五日付 N. F. P. 朝刊に発表した「ドイツ立てり」Deutschland steht auf を指す。ベルリンにおける開戦当時の興奮の模様をルポルタージュ風に描いたこれを、ハンス・ミュラーは実はヴィーンのカフェで書いたことが後日判明した。（第三幕第九場参照）

8 Felix Salten（一八六九—一九四五） ヴィーンの小説家、劇作家、ジャーナリスト。ユダヤ人。大戦中の作品に『プリンツ・オイゲン大公』（一九一五）、『喜悦の子供たち』（一九一六）がある。

9 Ludwig Ganghofer（一八五五—一九二〇） 小説家、狩猟家、アルピニスト。バイエルンの人情風俗を採って数多くの通俗的な物語に仕立て上げた。

10 Cassian im Krieg ハンス・ミューラーが一九一四年九月六日付 N. F. P. に発表した論説。（第三幕第九場参照）

第十三場

1 Baden ヴィーンより約二十五キロ南の湯治場。

第十六場

1 Humorist 当時のヴィーンの典型的なユーモア誌。「紳士淑女近況録」や「身上相談」、「恋人紹介」などの欄を設けていた。

2 フランツ・ヨーゼフ皇帝の誕生日。

第十七場

1 Wilhelm von Tegethoff（一八二七—一八七一） オーストリア海軍提督。海軍大臣を歴任した。

2 カフェ同業者週刊機関紙。

第十八場

1 オーストリア陸軍最古の連隊。近衛師団を兼務していた。

第十九場

＊ 文学者のペンによる戦争協力についてはつとに他の「場」に詳しい（第三幕第九場参照）。ここではただこの「場」の理解に必要と思われる前後の事情を述べるにとどめよう。

ヘルマン・バールは一九一四年八月十六日付、バイロイト発信の「ホーフマンスタールへの公開書簡」をベルリンとヴィーンの諸紙に掲載させた。文面はその一部がこの「場」に述べられている通りである。仮にこの二、三にいささかの注解をつけるならば、「……君が武器を手に……」——ホーフマンスタールが現実に武器を手に前線に出ていたか否かはバイロイトにおいても容易に探知できた筈である。にもかかわらずいかにも「武器を手に立ち上った」かの如くの印象を与えようとする筆致は現実に武器を手に生命を賭した者たち——たとえばゲオルク・トラークル——への悪意に満ちた侮辱であろう。「……君がまた（ワルシャワに）入る日……」——その国にとって交戦国に当る敵国の総領事が——戦時！——その国に駐在し続け、征服者の進軍のため待機しているとは甚だしい愚劣の言葉にすぎぬ。またさらにホーフマンスタールが「守りの陣地」にではなくヴィーンはマリアヒルファー・シュトラーセの「戦争援護局」にいたことを、たとえ一九一四年八月十六日当日、バールが知っていなかったとしても、一九一四年十二月に『戦争の恩寵』

Kriegssegen を出版した時点では、無論、知っていた。にもかかわらず、バールは「公開書簡」を、原文のままそこに収録したのである。

クラウスは――リルケに対しての如く――相手の沈黙には常に沈黙をもって応えた。彼がホーフマンスタール批判を開始したのは、ホーフマンスタールがベルリンに赴き「ワルシャワ戦以後のヒンデンブルク将軍の勝利行」賞揚の講演をなし、「イタリアに対する聖戦」論を語ったとき以降、すなわち一九一六年五月であった。

1 Hugo von Hofmannsthal（一八七四―一九二四） 詩人、劇作家、エセーイスト。ユダヤ系。ヴィーンに生まれヴィーンに成長。若年にして典雅端正な詩篇を発表し、更には韻文劇に転じてシュニッツラーとともに若きヴィーン派の代表的な作家と見なされた。また特異な散文術を駆使した数々のエセーによってドイツ語文学にはまれなエセー文学を築き上げた。なおホーフマンスタールの早熟の才を逸早く世に紹介したのはヘルマン・バールである。

2 Hermann Bahr（一八六三―一九三四）作家、文芸批評家。自然主義より表現主義にいたる間の文芸思潮転回期に、主としてヴィーンを舞台にして多彩な役割を演じた。バールは一つの自らの批評的原理を樹立し、これをもって批判したのではなく、刻々と現れ来る作品や現象や思潮を、その時々の印象に従って論じ、これに恣意的な価値判断を施したにすぎないが、その観察の眼は、時には鋭く、予言性を秘めていた。後年、バイロイト体験を経てカトリック教徒となり反ユダヤ主義者に変じた。

3 Leopold von Andrian Werbung（一八七五―一九五一） 一八九五年、美的思弁の書『認識の庭』Der Garten der Erkenntnis を発表し、豊かな教養と文才を謳われたが以後外交官に転じて一九一二―一五年、ワルシャワ総領事。一九一八年以降はヴィーンのブルク劇場支配人。ユダヤ系。ホーフマンスタールの生涯の友であった。

第二十場

1 Bukowina カルパチア山脈の北東部。一八四九年来、オーストリア＝ハンガリア帝国の下に一公国としてあった。首都はチェルノヴィッツ。

2 一八八二年創刊の週刊風俗雑誌。

3 フランツ・ヨーゼフ皇帝の甥に当る。

第二十一場

1 一九一二―一三年、バルカン半島割譲をめぐってブルガリア・セルビア・ギリシャ・モンテネグロ及びトルコが起こした戦争。第一次、第二次に渡り、ひいては大戦の遠因となった。

2 Villach オーストリア最南部、イタリア国境まぢかの町。

3 Alice Schalek（一八七四―一九五六） 新聞記者、小説家。ユダヤ人。小説、劇作以外に『インド・日本・朝鮮紀行』などの旅行記もある。第二次大戦直前亡命。ニューヨークで死亡。

4 この語には《掃除する》《磨く》の意味もある。

5 Irma von Höfer（一八七五―一九二〇） 女流作家。《軍人魂』を好んで題材に採り上げた。

6 Simplicissimus 一九〇五年創刊の週刊政治諷刺雑誌。

第二十二場

1 Kohlfurst 従軍記者の一人であろう。

2 ローマ神話中、Merkur は商業の神、Mars は軍神。

3 Ernst Oppenheimer（一八七六—一九三二）であろうか？ オーストリア工業銀行頭取。ユダヤ人。

4 オーストリア帝国はロシアの膨張政策に対抗しまたバルカン半島への積極的な進出を期して一九〇八年、軍事力を背景にボスニア・ヘルツェゴビナを併合した。

5 Lewa von Ährenthal（一八五四—一九一二） ロシア大使を経て一九〇六年より一九一二年迄オーストリア外相。対スラヴ諸国強硬政策を主張した。

第二十三場

1 Hermann Knackfuß（一八四八—一九一五） 画家、美術史家。プロイセン美術アカデミィ教授。主として歴史画、肖像画を描いた。

2 Josef von Lauff（一八五五—一九三三） 小説家、劇作家。一八九八年、ヴィルヘルム二世に召されヴィースバーデン王室劇場演劇顧問に任じられた。代表作にホーエンツォレルン王族賛美の一連の歴史小説がある。

3 Paul Oskar Höcker（一八六五—一九四四） ドイツの作家、劇作家。大戦中、戦線用の『ソラー・クリークスツァイトゥンク』を発刊し、自ら編集長を勤めていた。

4 第三幕第三十一場訳注参照。

5 Przemysl ガリーツィエンの町。一七七二—一九一八年、オーストリア帝国領に属し北方要塞の役目を果たし、第一次大戦中、オーストリア軍とロシア軍の間に数度の争奪戦があった。

6 Sven Hedin（一八六五—一九五二） スウェーデン生まれのアジア探険家。第一次大戦に際してはドイツ協調政策を掲げたスウェーデン国民党の熱烈な支持者でもあった。

7 以下 R. P. 一九一五年十月二十二日号部分引用。

8 ドイツ陸軍特大臼砲の通称。

9 August von Mackensen（一八四九—一九四五） プロイセンの陸軍大将。東部戦線総司令官の任にあった。

第二十四場

1 第一幕第五場訳注参照。一九一七年三月よりイタリア戦線総司令官を勤めていた。一九一八年七月、アジアゴ攻撃失敗の後、引退。

第二十五場

1 クラウスは自ら《文学演劇場》Theater der Dichtung と名づけた朗読・講演会を生涯に七〇〇回催した。それは時として音楽が付き、時には演技が入る文字通りの《ひとり芝居》であり、おおむね千余の観客を数時間、彼の批評術でもって《薫育》するはずの極めて特異なものであったと言える。七〇〇回の内、四一四回はヴィーンで、一〇五回はベルリンで、五七回はプラハで、十七回はミュンヒェンで、十回はパリで催された。

2 Reims フランス、シャンパーニ地方の北部にある町。ゴシック様式の大聖堂で有名。

第二十六場

＊ この「場」のシャレク女史のセリフはすべて、彼女が一九一四年十月二十四日より一九一五年九月三日までの間に十三回にわたって発表した「イソンツォ戦線を行く」及びその他の従軍記のアレンジである。《戦争トハ解放サレタル人間性》はシャレクの《名文句》として広く喧伝された。

第二十七場

1 Benedictus XV（一八五四—一九二二） ボローニャの大司教を経て一九一四年、ローマ法王となる。大戦中は教会の厳正中立を呼びかけ、交戦国間の調停を試みたが成功しなかった。

第二十八場

1 Moritz Benedikt（一八四九—一九二〇） 一八七九年来、『ノイエ・フライエ・プレッセ』の編集長。（序幕第一場訳注参照）

2 一九一五年九月九日付 N. F. P. の社説冒頭文の引用。

第二十九場

1 ドイツ国営通信（WTB）の通称。なお、本書では「ヴォルフ（狼）の巣」、「フェンリス・ヴォルフ事務局」の名でしばしば登場し、ヴィーン宮廷人、陸軍将校、高級官僚を定連客としたヴィーン郊外ゲルストホーフのレストラン、「ヴォルフ亭」（序幕第三場訳注参照）としばしば意味が重ねてある。

2 イギリスの大型客船 Lusitania 号（三万四百トン）は一九一五年七月五日、アイルランド沖でドイツ海軍のUボートによって、撃沈され、多数の一般旅客が犠牲となった。

3 Matin 当時のフランスの保守系日刊紙。

4 Iphigenie ゲーテの韻文劇。

5 この前後の「不平家」の弁にクラウスは一九一〇年四月発表の『ハイネ始末記』Heine und die Folgen の数カ所を利用している。

6 Jean Paul（本名 Johann Paul Friedrich Richter 一七六三—一八二五） グロテスクな想像と軽妙な笑いを駆使した小説群の他に数々の予言性に充ちた哲学的、宗教的、美学的作品を遺した。なお『カンパネルタル』は「魂の不滅について」の副題を持つエセー風の散文。一七九七年作。

7 ハンガリー帝国陸軍連隊の総称。

8 Ferdinand Zeppelin（一八三八—一九一七） 飛行船の発明者。ツェッペリン飛行船は一九〇〇年七月二日、処女飛行に成功し、一九〇八年、《ツェッペリン飛行船製造会社》が設立され、各種飛行船の製造が始まった。

第三十場

1 Graben ヴィーン中心区の繁華街。

2 レハール作のオペレッタ「夢見る人」Der Sterngucker の主

題歌。一九一六年、ヴィーン初演。

第二幕

第一場

1 以下両名の対話に出てくる人名はおおむねユダヤ人に典型的な名前である。

2 Franz Karl Ginzkey（一八七一—一九六三）詩人、小説家。第一次大戦中「軍事記録所」に勤務し、後年『解放の時』（一九一七年刊）に収められた愛国詩篇を順次 N. F. P. に発表していた。功によりヴィーン大学より名誉哲学博士号を授与された。

第八場

1 Karl Frauz Josef（一八八七—一九二二）フランツ・ヨーゼフ皇帝の甥の子に当る。一九一六年十二月二十一日、即位。一九一九年十一月十一日、オーストリアの敗戦とともにスイスに遁れ、廃位された。

第九場

1 Semmering オーストリア東部の高地。ヴィーン名士の高級保養地として有名。

2 Verdun 北フランスの要害地。ドイツ軍の《ヴェルダン総攻撃》は一九一六年二月二十一日より九月九日まで続いたが遂にこれを陥し得なかった。

第十場

1 Richard Dehmel（一八六三—一九二〇）ドイツの詩人。ニーチェ風の象徴的表現の色濃い抒情詩を書き、時にはゲオルゲ、リルケと並び称される。デーメルは一九一四年、第一次大戦勃発とともに志願兵として出征。前線からは一六年に去ったが終戦まで各地で講演朗読旅行をする一方、後方で服務していた。従軍の体験は大戦日記『民族と人類のあわいに立ちて』（Zwischen Volk und Menschheit 一九一九）に遺されている。

2 Ottokar Kernstock（一八四八—一九二八）叙情詩人。オーストリアのシュタイアーマルク州の小都市フェステンブルクの司祭を兼ねていた。愛国的戦争詩集に『小城砦のあやめ草』（一九一五）、『シュタイアーマルクの武器祝福』（一九一六）がある。（第三幕第三十二場参照）

3 Anton Müller（一八七〇—一九三九）オーストリアの詩人。大戦中、ブルーダー・ヴィラム Bruder Willram の筆名で数多くの抒情詩を発表。インスブルックの司教でもあり宗教学教授であった。

4 Felix Dörmann（一八七〇—一九二八）オーストリアの詩人、小説家、オペレッタ台本作者。

5 Bethlehem Steel Co. ニュー・ハンプシャーに本社を置くアメリカの大製鉄会社。

6 Paternoster は元来《天に在ます我等の父よ》に始まる主禱

文であるが、《循環式エレベーター》の意味もある。

7 Chales M. Schwab（一八六二―一九三九） アメリカの大実業家。ドイツ系。一八九七―一九〇一年、カーネギー製鉄会社の会長。また一九〇三年以後はベツレヘム製鉄の支配人として第一次大戦中、英仏への軍需品供給の特権をほぼ独占していた。

8 Börsenpresse ドイツの経済専門紙。

9 Sozialistenblatt ドイツの社会主義系の新聞。

10 失地回復同盟《イレンデンタ》。第三幕第九場訳注「バティスティ」の項参照。

11 welsche Tücke（イタリアの陰謀）のsが脱落すればwelche Tücke（なんたる陰謀）となる。

12 Titanic イギリスの大型旅客船（四万七千トン）。一九一二年四月十五日、処女航海の途上、北大西洋で氷山に激突、沈没し、千五百余の犠牲者を出した。

13 Otto Weddigen（一八八二―一九一五） 海軍中尉。第一次大戦にUボート艦長として出陣しその功によって海軍の《鬼神》と謳われた。戦死。

第十三場

1 ゲーテの「旅びとの夜の歌」（一七八〇年九月）の戯作《パロディ》。ちなみに原詩を記せば、

なべての峯に
憩いあり　なべての梢に
そよとの風も吹かず
静けさあり
夕鳥のうた　木立にやみぬ
待てよかし　いざやがて
汝《なれ》も憩わん（大意）

第十五場

1 Otto Hirsch（一八七二―一九三三） ジャーナリスト。N. F. P. の寄稿家。

2 ヴィーン民衆劇の代表的な作者兼役者、フェルディナント・ライムント Ferdinand Raimund（一七九〇―一八三六）の笑劇『浪費屋』Der Verschwender の中で歌われるクプレの一つ。

3 Weichsel は南ポーランドの河。Isonzo は東アルプス山系よりゲルツ平野を経てトリエステに注ぐ河。ここを挟んで一九一五年六月より一九一七年十月まで、オーストリア軍とイタリア軍の間で十二回の激戦があった。

第十七場

1 Hotel Sacher ヴィーンのオペラ劇場裏のホテル兼高級レストラン。

2 Grüßer には《挨拶屋》の意味がある。

第十八場

1 Schottenring リンクシュトラーセのうち、ヴィーン大学よりドナウ運河に至る約一キロの大通りを指す。

2 この「場」に登場する婦人たちは名前よりしてユダヤ人であ

ることがほぼ推断される。

第十九場

* 第一幕第二十六場と同様に、この「場」のシャレクのセリフもまたすべて、女史がN. F. P. 一九一五年十一月三日号に掲載した見聞記「哀れなベルグラード」の引用による。無論、訳文は——この「場」に限らず——日本語の制約上、奇妙な《女性体》の衣裳をまとっているのであるが。

1 ヴィーン市十五区の下町一帯を指す。ヴィーン旧市郊外の下層民の住宅地として開発され、一八四八年の革命騒ぎに焼打ちを受けた。

第二十六場

1 Gradisca　イタリア・ゲルツ州の都市。第一次大戦前はゲルツ・グラディスカ公国として旧オーストリア帝国に属した。

2 Nowogeogiewsk　旧ロシア帝国南部の要害地。

第二十八場

1 フランツ・ヨーゼフ皇帝の弟に当る。

2 Ferdinand von Bulgarien（一八六一—一九四八）　ブルガリア公に任じられて後、一九〇八年、ブルガリアの独立を宣言しブルガリア王と自称した。一九一五年九月、連盟国側につき参戦。

第二十九場

1 一九一六年八月六日付布告。

2 クラウスは『第一詩集』収録の詩篇、「辻君がひとり殺された」Eine Prostituierte ist ermordet worden の中に同様の詩句を記している。

第三十場

1 シャレクは一九一四年六月より八月までN.F.P.にアメリカよりの現地ルポ「西部奇談」Wild-West-Karriere を連載した。

2 以下のシャレクのセリフは一九一六年十月二日、女史の N.F.P. 所載の「従軍記」の引用。

第三十二場

1 ともにヴィーン郊外の地区。それぞれに海兵、騎兵宿舎があった。

第三十三場

1 本書に登場する人物の内、数少ない作者創作の人物であるが、明らかに実在のモデルによると思われる。名前 Schwarz＝Gelber（黒＝黄）は同色のハプスブルク皇室旗へのもじりとも、開戦と共に、戦争資金用に大々的に売出された《黒・黄愛国十字勲章《バッジ》》(「勇気と祖国愛のしるし！　一つ二クローネ」N.F.P.一九一四年九月三日付新聞広告——）への諷刺とも考えられる。

2 オーストリア財務局長男爵夫人、アンカ・ビーネルト。《黒・黄愛国十字勲章《バッジ》》販売キャンペーンの主唱者。

第三幕

第一場

1 一九一六年八月、ルーマニアはドイツ、オーストリアに対し宣戦を布告、連合国側につき参戦した。

2 「われわれは……」以下 R.P. 一九一六年九月三日付社説の引用。

第三場

1 Ganef ユダヤ人の隠語で《盗人、詐欺師》を意味する。

2 ヴィラッハ Villach（第一幕第二十二場訳注参照）をイタリア読みすればヴィラコ Vilaco となる。

第四場

1 Skagerrak 北海北部の海域。一九一六年五月三十一日、六月一日両日の《スカゲラク海戦》は独英間の最大の、また最後の海戦であったが両軍ともに決定的な勝利を勝ち得なかった。

2 一九一七年二月十五日付『フランクフルター・ゲネラールアンツァイガー』紙掲載。なお「学生」の対話は『ドレースナー・ナッハリヒテン』紙の同年二月十八日号記事の引用。（第二幕第十三場訳注参照）

3 Reinhard Scheer（一八六三―一九二八）ドイツ帝国海軍大将。《スカゲラク海戦》を指揮し、一九一八年、海軍総司令官に昇進した。

4 Lauterberger Weltanschauungswoche 一九一六年十月二日より七日までハルツの景勝地、バート・ラオターベルクで催され、ナトルプ教授（マールブルク大学）、フンツィンガー教授（ハンブルク大学）他が「フィヒテと現代」「文明国民の世界観の類型とドイツ国民の文化的使命」などの講演をした。

5 Alexander von Kluck（一八四六―一九三四）プロイセンの陸軍大将。大戦初期、第一連隊を指揮して電撃戦を展開した。

6 『ライプツィッガー・ターゲブラット』紙の一九一六年十一月四日号記事の引用。

第五場

1 Hermannstadt 南カルパチア山系の北方の要害地。現ルーマニア領。

第八場

1 「クレオパトラの……」以下 N.F.P. の一九一六年十一月三日号その他の社説のコラージュ。

第九場

1 リルケ Rainer Maria Rilke（一八七五―一九二六）を指すのであろう。その『ロダン論』は既に一九〇三年、刊行されており、また彼は一九一六年一月より約半年間、ヴィーンの「軍事記録所」に服務していた。

2 Unter Habsburgs Banner 一九一六年刊。

3 Robert Müller（一八八七—一九二七）小説家、ジャーナリスト。ヴィーンの滑稽新聞『ムスケーラ』—前出—の主筆。大戦中の作品に『オーストリアと人間』（一九一六）、『ヨーロッパの道』（一九一七）などがある。

4 Franz Werfel（一八九〇—一九四五）プラハ生れの詩人、小説家。ユダヤ人。熱烈な抒情を歌い上げ、表現主義の代表的な詩人として出発したが、後年、戯曲と小説に転じた。クラウスは無名のヴェルフェルの詩作を逸早く『炬火』に載せ、その才を推賞したが、ヴェルフェルが、名を成して以後はその赤裸々な抒情の吐露と神秘的傾向を嫌い、絶えずこれを攻撃した。

5 Cesare Battisti（一八七五—一九一六）イタリアの社会主義者。当時オーストリア領であった南チロルより選出され、一九一一年以来オーストリア帝国議会議員であったが、イレンデンタ（チロル州をイタリアに回復させる運動）同盟の主唱者としてオーストリア軍部の手で処刑された。（巻頭の写真参照）

6 フランツ・ヨーゼフ皇帝の甥に当る。

7 ハンス・ミュラーの手記「戦線のカシアン」（第一幕第十一場訳注参照）は「星降るような夜空の下、野戦マントを枕代りに、鼻を打つ野の花の匂いに包まれて私は横になり眺めている。ここ、大いなるロシアの野に、夜がしらしらと明け初《ぞ》めるのを。……」と始まり、《ロシア戦線従軍記》の体裁をとる。

8 Marich Szögyeny 大戦勃発当時、オーストリア＝ハンガリー帝国のベルリン駐在ドイツ大使。

9 Drei Falken über dem Lovcen 一九一六年九月八日、N. F. P. 発表。

第十一場

1 Cherusker トイトブルク山系からエルベ河畔に散在した古ゲルマン民族の総称。但し、ここでは、純ゲルマン族の末裔を誇称する国粋的な人々を指すと思われる。

第十二場

* この「場」は、

Herr : Fräilen.
Dame : Was mäinen se.
Herr : Se tanzen nich.
Dame : Näin.
Herr : Warum.
…………………

といった《ドイツ語》で記されている。

第十四場

1 ショーペンハウアーの『パレルガとパラリポメナ』Parerga und Paralipomena II, Kapitel 15「宗教について」を指す。

2 クラウスは同名の題で一九一八年二月、発表した。

3 クラウスは「シナイ戦線について」Von der Sinai-Front（『世界審判』収録）で同様のことを更に詳細に語っている。

第十八場

1 「神のものは神に、皇帝のものは皇帝に……」（マタイ伝第二十二章）のもじり。

第十九場

1 Bosporus 《イスタンブールの道》を意味し、バルカン半島と小アジアとの間の海の隘路。

第二十場

1 Alfred Kerr（一八六七―一九四八） 劇評家。ユダヤ人。主としてベルリンの諸紙の劇評を担当し、警句風の皮肉な文体を駆使して、当時のドイツ演劇界の大御所的存在であった。ケルはハルデン―前出―同様、クラウスの文才を認め、世に紹介した一人であったが、クラウスは「ケル論争」（一九一二年）の後、彼の俗流権威主義を難じて自ら親交を絶った。

2 In den kleinsten Winkelescu
Fiel ein Russen-Trinkgeldescu
……………
以下ルーマニア語韻律の卑俗なパロディの形式を採る。

第二十四場

1 《Die Österreichisch-Ungarische Monarchie in Wort und Bild》 画家のエヴァルト・アルント＝ツェプリンの挿絵付きで一九一六年十一月刊。

2 「五月八日のこと……」以下R.P.一九一六年五月十日号記事引用。ツィタ妃殿下 Prinzessin von Zita（一八九二― ）はオーストリア＝ハンガリー帝国最後の皇帝カール（一九一六年十二月即位）の后。

第三十場

1 Grodno 白ロシア山岳地帯の町。一九一八年迄はロシア帝国領。大戦中、一時、ドイツ軍に占領された。

第三十一場

1 Otto Ernst（一八六二―一九二六）小説家、劇作家。《ハンブルク文学会》を組織する一方、小市民生活に題材を採った通俗小説を数多く発表した。作品に『花開く月桂冠』（一九一〇）や自伝風の教養小説『ゼンパー』（一九〇四―一六）がある。
なお登場人物のセリフをクラウスは「オットー・エールンストを巡るドイツ兵たち」Die Feldgrauen über Otto Ernst（一九一六年一月発表）より抜粋している。ちなみに言えば《ドイツ兵たち》Feldgrauen には《戦線の恐怖》の意味がある。

第三十四場

1 Tiergarten ベルリン中心区の公園。

2 大戦中、ドイツとオーストリアは《同盟》のしるしに双方の大学教授を交換し招聘していた。

3 Helmuth von Moltke（一八四八―一九一六） 独仏戦争当時のプロイセンの陸軍司令官モルトケの甥。一九〇六年、陸軍参謀長。マルヌの会戦の失敗の後、引退。軍事顧問の地位にあった。

4 一九一七年四月、アメリカは対独宣戦を布告、連合国側につき、参戦した。

第三十六場

1 一九一七年一月二十九日、N.F.P.掲載。

第三十七場

1 Lloyd George（一八六三―一九四五） イギリスの政治家。一九〇八―一五年、アスキス内閣の蔵相。一九一五年、軍事相、一六年末、首相に就任。

2 Herbert Asquith（一八五二―一九二八） イギリスの政治家。蔵相を経て一九〇八―一六年、首相。一九一五年五月以来は挙国一致内閣を組織した。

3 オーストリア皇帝の居住所であるシェーンブルン宮 Schönbrunn（一六八九年起工、一七四九年完成）に《バス・ルーム》及び《便所》が設置されていなかったことは周知の事実であった。

第四十一場

1 サーベルを下げ軍服姿のベルヒトルト（第一幕第五場訳注参照）のファクシミル写真をクラウスは『世界審判』に添付して公刊した。

2 ベルヒトルトは熱心な競馬ファンで自ら厩舎を経営していた。

第四十五場

1 「なじかは知らねど……」Ich weiß nicht, was soll es bedeuten と同様、ともにハイネ作。これは「二人の擲弾兵」Die Grenadiere の一節。

2 クラウスは一九一五年十一月発表の「性の対話」Dialog der Geschlechter の中でこの歌をも含めた戦時中の流行歌を揶揄し批評している。

カール・クラウスの手法——上巻のための解説

カール・クラウス（一八七四—一九三六年）は一九世紀末ウィーンが生んだ異才の一人である。天才というよりも異才のほうが、よりふさわしい。批評家、詩人、劇作家、さらに諷刺家がつく。寸鉄人を刺す警句（アフォリズム）を得意とした。端正な詩にも、長大なドラマにも、辛辣《しんらつ》な諷刺のトゲがひそんでいる。さらに「論争家」の一語をつけ加えてもいいだろう。その全作品が、具体的な敵に発した論争精神より生まれたとさえ言えなくもない。同時代のウィーンは、精神分析のフロイト、哲学のヴィトゲンシュタイン、詩人ホフマンスタール、劇作家シュニッツラー、画家クリムトやシーレなど、さまざまな分野で、多くの才能を生み出したが、カール・クラウスはとりわけ強烈な個性と才気の人だった。

一八歳のとき、すでに気鋭の論客だった。ウィーンやプラハ、ベルリンの新聞、雑誌に時評や劇評を書いていた。ウィーン大学卒業後、当時ドイツ語圏の代表的な新聞だった『ノイエ・フライエ・プレッセ（新自由新聞）』から文芸欄担当を誘われたが、これを断り、二五歳のとき、個人誌『ファッケル（Fackel）』を創刊した。ファッケルは「たいまつ」といった意味だが、語感からすると、語気鋭い「炬火《きょか》」が訳語としてふさわしい。当初こそ寄稿をあおいだが、やがて文字どおりの個人誌として、死の年まで九二二号にわたって継続した。予約購読者には「少なくとも月三回発行」をうたっていたが、ときに一号が三〇〇ページをこえて半年分を兼ねていた。ときには一ページの詩が一号を代理した。広告は一切のせない。つまるところ商業資本のおこぼれにあずからず、権威の借用をせず、書きたいことを、書きたいときに、書きたいように書く。そんなわがままな徹底した独行者を、最盛期には三万をこえる予約購読者が支えていた。

ワン・マン・マガジンの刊行に加えて、もう一つ、「カール・クラウスの文芸劇場」と銘打ち、定期的に講演と朗読の会をつづけた。こちらはワン・マン・シアターであって、ただひとり舞台に立ち、一〇〇〇、また二〇〇〇の聴衆を飽きさせない。よほど巧みな語りの術をそなえていたのだろう。多くの「追っかけ」が生まれた。催しを聞きつけると、どこであれ追っかけていく。若き日のヴィトゲンシュタインがそうだった。ノーベル賞作家エリアス・カネッティは、クラウス信奉者で明け暮れた青春期回想の自伝を『耳の中の炬火』と名づけた。文芸劇場はいわば「声の個人誌」であって、クラウスはそれを生涯にわたり、七〇〇回に及んで主催した。

著書を出すにあたっても、きわめて独自の方法をとった。出版社にたよらない。みずから炬火出版社をおこし、個人誌に発表したものからテーマごとにまとめ、訂正、加筆をほどこした上で順次、刊行していく。『炬火』は自分のための試し刷りにあたり、当局の検閲で差しとめをくらうと、これ見よがしに空白のまま掲載。あらためて手を加えて公刊本に収録した。アフォリズムの一つでうそぶいている。「検閲官にもわかるような諷刺なら、禁止されてもやむを得ない」。

あるいはこうも言った。

「私は誰にも火を借りない。借りたくもない。生活にも、愛にも、文学にも。しかし私はタバコをふかす」。

カール・クラウスの文業は、ほぼ四期に分けられるだろう。

I　初期の時評家時代。文芸一般、社会批判、文明批判、風俗その他、雑多なテーマにわたる。
II　第一次世界大戦と『人類最期の日々』の前後。
III　大戦後の混乱と、それに乗じて台頭してきた新興ジャーナリズム弾劾、及び言語批判。
IV　ナチズム批判。

一九三三年一月、ドイツでヒトラーが政権につき、オーストリア・ナチ党も急速に勢力をのばしていく。

『カール・クラウス著作集』第9巻「人類最期の日々」(上)(法政大学出版局、1971年)口絵(バティスティ処刑の場、第三幕第九場参照)

クラウスは一切を投げうってナチズム批判の書『第三のワルプルギスの夜』執筆に没頭した。書き上げ、印刷に付したが公刊を断念。代わりに『炬火』特別号「なぜ『炬火』は刊行されないのか」を刊行した。

一九三六年六月、カール・クラウス、脳卒中で死去。六二歳だった。

二年後、オーストリアはナチス・ドイツに併合された。ユダヤ人カール・クラウスの著書は禁書扱いを受け、九二二号を数えた個人誌ともに闇に沈んだ。

死後、約二〇年の空白がはさまる。一九五〇年代より再評価が始まり、著作集の刊行が開始された。その第一巻目が『第三のワルプルギスの夜』だった。長年にわたる言語批判が『言語』全一巻としてまとめられた。さらに『炬火』九二二号の覆刻版（全四〇巻）が引きつづいた。いまや著作集、各種選集、アンソロジー、評伝、研究書が数多く揃っている。

＊

ごく大ざっぱな紹介からも、一筋縄ではいかない人物像が見てとれないか。いかなる党派や集団にもよらず、どこまでも自己の流儀を押し通して、一人の独行者として生きた。そしてユダヤ人クラウスが仮借なく批判した大半がユダヤ人であったし、ジャーナリスト・クラウスはジャーナリズムの悪を容赦なく暴き立てた。こっぴどい警句で女を槍玉にあげた独身者の一方で、死後ただひとりの女に宛てた二巻本に及ぶラブレターが見つかった。手ひどく精神分析を笑いものにしたが、のちの精神分析家の仕返しを受けてもやむを得ないようなところがある。

さらにもう一つ、クラウスの文学活動は、きわだった特色をもっていた。つねに言葉を対象としていたことだ。日々、送られてくる新聞や雑誌、とりわけ当時「無冠の帝王」と称していた新聞メディアの表現を素材にして、社会の不正や時代の構造的なゆがみをあからさまにしていく。どこまでも現実の人物、事件、現象にこだわりつつ、それが情報化されたときの言葉、おなじみの常套句や情緒的な言いまわしを批判の糸口とした。相手のちょっとした一語、おもわずつけ加えたひとこと、意識してはさみこんだフレーズ、強調した文言、意味ありげに洩らした格言……。

それらが痛烈な批判の導火線になる。言葉の扮装を手がかりにして、そこに実態とのへだたりをミリ刻みで計っていく。美しい言いまわしや常套句にくらまされた現実。公正中立を装いながら、政府や軍部に不都合なことは、ペンを操作してすりかえ、カモフラージュして隠す。強者にはへつらい、弱者には厳しい。「無冠」の裏にひそんだ権力との結託と闇取引。クラウスにとって言葉こそ動かぬ証拠物件であったし、しばしば、言葉自体が期せずして使い手の正体を露呈させた。その一瞬をカメラで写しとるようにして『炬火』に収めた。アフォリズムの一つで述べている。

「ペンの森を見通すために、私の方法によれば一枝で足りる」。

一九一四年七月の世界大戦の始まりから、一九一八年一一月の戦争終結までの四年間に、『炬火』は二三冊、八二号分が刊行された。より正確にいうと、一九一四年七月二八日の戦争勃発直前に一冊出たあと、同年一二月まで『炬火』は沈黙した。以後の三年間に二三度の刊行を見たことになる。

大戦勃発の直前に出た号に、ある男の合成写真が掲載されていた。濃い眉、鼻下から顎にかけて黒い髭《ひげ》。右手をポケットにそえ、胸をそらして立っている。背後の豪壮な建物は、オーストリア＝ハンガリー帝国議事堂。議事堂前には勝利の女神像があるはずだが、前に立つ男にさえぎられて見えない。写真には「勝利者」のタイトルがそえられていた。

当時の帝国名士の一人、モーリッツ・ベネディクト（一八四七—一九二〇年）である。『ノイエ・フライエ・プレッセ』編集長兼発行者。三〇代で経営を手にするとともに大幅に紙面を拡大して、急速に大新聞の姿をととのえ、帝国きっての高級紙として権威化していった。

写真掲載の日付が意味深い。大戦の始まりの直前である。おりしも帝国議会は開戦論一色、いち早い戦勝気分でわき返っていた。

クラウスは真の「勝利者」が誰であるか、合成写真で示していた。「勝利の女神」ではなく、その前に立つ男。ユダヤ人ジャーナリスト、モーリッツ・ベネディクトは政・財界のユダヤ人に戦争の「利点」を説く一方で、「悠久の大義」、「聖なる戦い」、「帝国不滅」といった美しい比喩と常套句で開戦気分を煽り立てた。写真のコメントには「今際《いまわ》のきわ」の意味の見出しがつけられている。

「時代の臨終の床の前に私は立ち、私の両脇には新聞記者とカメラマンが控える。時代の最後の言葉を聞き届けるのは新聞記者であり、カメラマンは時代の死顔を記録する」。

美しい言葉で始まった戦争が、四年あまりにのぼる泥沼のような消耗戦に落ち込んでいった歴史的経過にてらすとき、クラウスのコメントは黙示録のように予言的である。彼はこの戦争が、いかなる「大義」ともかかわりのない物量の戦いであり、もっぱら経済原理と情報操作で継続していくことを、いち早く見通していた。だからこそ合成写真に「カリカチュアにあらず」と断りをつけた。真の勝利者の像であり、「現実の引用」そのものであれば、どうしてカリカチュアにする必要があるだろう?

第一次世界大戦勃発の経過を、簡単にまとめておく。

ことの始まりは「ヨーロッパの火薬庫」といわれたバルカン半島をめぐる情勢にあった。オーストリアとセルビアが半島の主権を争っており、一九〇八年、オーストリアがボスニアを併合すると、セルビアは猛烈に反発。一九一四年六月二八日、オーストリア皇太子夫妻の来訪に際して、セルビア人青年が皇太子夫妻をサライェボで暗殺する事件が起きた。

国内の複雑な民族運動と革命の気運に悩まされていたオーストリア帝国政府は、動揺をおさえ、帝国の威信を示すためにも、セルビアに対して「強硬策」を断行することこそ最良の策と考え、同盟国ドイツの支持を得た。一方、セルビアはロシアに支援を求めた。刻々と緊迫の度合いが高まるなかで、イギリスが調停に乗り出したが不調に終わり、ついに七月二八日、オーストリアがセルビアに宣戦を布告した。

開戦当初は二国間の戦争にとどまると思われていたが、背後のドイツ、ロシアとも強硬で、ロシアとフランスが同盟を結んでいたため、二面作戦を恐れたドイツは機先を制するためにも、参戦に向けて早々と動き出した。

八月一日　ドイツ、ロシアに宣戦布告。
八月二日　ロシア、ドイツに宣戦布告。
八月三日　ドイツ、フランスに宣戦布告。

明けて四日、ドイツ軍が中立国ベルギー国境を侵犯。これに対してイギリスがドイツに宣戦布告。バルカン半島をめぐる局地紛争だったのが、僅か一週間のうちに、ヨーロッパの大半を巻き込む未曽有の大戦へと突入した——。

一九一四年八月の開戦にあたっては、ドイツやオーストリアにかぎらず、どの国も熱狂した。ヨーロッパ全体が開戦気分に浮き立っていた。どの国も、どの国民も、この戦争が四年間もつづくとは思っていなかった。ナポレオン戦争このかた、戦争は基本的には戦闘員のみの戦いであって、戦線報道に市民は一喜一憂していればいい。長くても数ヵ月で決着がつき、かわって外交戦術に舞台がうつる。そのはずだった。

エーリヒ・レマルクの『西部戦線異状なし』は第一次世界大戦をめぐる反戦文学だが、冒頭ちかくでギムナジウム（中・高等学校）の老教師が白髪《しらが》あたまを振り乱して愛国心を説き、青年たちが熱に浮かされたように志願して戦場へ出ていく。それはヨーロッパのいたるところで見られた光景であって、老教師が口にする「悠久の大義」、「忠烈無比」、「護国の魂」、「高貴な勇気」といった大見出しが、日々の新聞に躍《おど》っていた。一九世紀のロマン主義このかた口にされてきたフレーズであって、ジャーナリズムは前近代の常套句で高らかに戦争を謳《うた》いあげた。

理想に燃えてやってきた青年たちは、戦場ではじめて、自分たちが野獣の前の小羊であることに気がついた。砲弾のものすごさに立ちすくみ、白兵戦のむごたらしさに息を呑んだ。「高貴な勇気」も「護国の魂」も、散弾一発で泡つぶのように消滅することを思い知った。

歴史年表をつづけると、次のとおり。

八月二三日　日本、ドイツに宣戦布告。

ヨーロッパを舞台にした第一次世界大戦は、日本にとって、はるかな「対岸の火事」であり、参戦後もおおかたの国民は、日本が戦争当事国だとは思っていなかった。ただし政府、また軍部はちがった。戦争勃発の報に接して、元老井上馨《かおる》は「天佑《てんゆう》」を叫んだという。天の助け。アジアへの権益拡張のチャンスが舞い込んできた。当時ドイツは中国の山東省、また南洋諸島に植民地をもっていた。日本とイギリスは日英同盟を結んでおり、これを名目に参戦できる。ドイツのもつ権益を一挙にわがものとして、大陸進出の足がかりとする。

九月二日　日本軍、山東半島へ上陸開始。

ヨーロッパの戦局で手一杯のドイツ軍が、遠い極東に援軍を差し向けるはずがない。勇猛で鳴る日本陸軍にとって、わずかな守備隊と民間志願兵が守るドイツ基地を落とすなど、ぞうさもなかった。海では日本海軍が早々とドイツ領南洋諸島（ヤップ島、トラック島、サイパン島など）を占領した。血で血を洗うヨーロッパの争乱に乗じて、大日本帝国は濡れ手に粟の「漁夫の利」にありついた。

問題は、このあとである。第一次世界大戦はこれまで人類が経験したことのなかった大戦争であって、四年もの長きにわたって戦われ、死者八〇〇万人以上、捕虜六〇〇万人にのぼった。戦車、毒ガス、潜水艦、空中戦など、あらゆる武力の総動員による「総力戦」は一般市民を巻き込み、直接の戦場となったヨーロッパに深い傷あとをのこした。はじめて経験した近代戦争であり、現在なお「大戦」といえば、ヨーロッパではふつう第一次世界大戦を指す。その戦後処理を誤ったばかりにナチズムの跳梁を許し、第二次世界大戦へとなだれ込んだ。

これに対して日本人は、膨大な犠牲も深い傷あとも知らなかった。ほとんど労せずして植民地ならびに大陸進出の足がかりを得た。第一次世界大戦はせいぜい歴史教科書で学ぶトピックであって「先の大戦」というとき、日本人には第二次世界大戦（太平洋戦争）を指している。第一次は、ほとんど国民の記憶に存在しないのだ。

そこから何が生じたか？

一九四一年一二月の日米開戦にあたり、まさに一九一四年八月にヨーロッパで起きたようなことが生じた。国民は熱狂し、ジャーナリズムが「聖戦」気分を煽り立てた。提灯行列とお祭り騒ぎのなかに、「悠久の大義」や「護国の魂」や「忠烈無比」といったフレーズがとびかった。前近代の殺し文句が、いまや始まった物量戦を美しく変造した。クラウスの『人類最期の日々』が、日本の読者には特別の意味をおびるゆえんである。ここに語られる一切が、「大東亜戦争」の名のもとに始まり、遂行され、破滅的な終結を見た経過とピッタリかさなり合っているのである。

先に述べたとおり、第一次世界大戦の始まりから終結までの四年間あまりに、『炬火』は二三冊、八二号分が刊行された。

さしあたりは戦時資料集だった。仮に言えば戦中言葉の見本帳。クラウスはせっせと時代の言葉を集めた。往来の号外売り、そぞろ歩く人のおしゃべり、新聞報道、雑誌の寄稿、宮廷日誌、官僚作製の公式文書、教会の祈禱、愛国婦人会決議文、夜ふけのカフェの会話、新聞編集室のやりとり……。オーストリア皇太子夫妻の暗殺を伝える号外売りを皮切りにして、ことごとくが公の場で口にされた言葉である。皇帝や大臣から闇商人や娼婦まで、わけへだてなく、それぞれの言葉を書きとめた。内閣発表のコミュニケ、陸軍参謀本部布告、戦時公債売り出しコマーシャル、流行歌、新聞の投書、作家や詩人による戦争讃美の詩文、愛国青年団規約、前線司令部の電話、従軍記者の報告、証券取引所の密談、皇帝語録……。

フシギな証言集というものである。精密な録音器をもった人物が、往来のわめき声から密室のささやきまで、どの声も聞き洩らさず、語り手の軽重を問わず、時代の声を何くわぬ顔で録音したかのようなのだ。ジャーナリズムが高らかに「偉大なる時代」と称した時代の狂態、愚かしく無意味にして無惨な、グロテスクな悪夢にも似た言葉のパレードだ。声の見本帳を編むにあたり、クラウスにとっては『炬火』の予約購読者が、ひそかな戦力になったと思われる。若き日のヴィトゲンシュタインやエリアス・カネッティといったクラウスの「追っかけ」たち。とりわけ熱心な読者であって、彼らは帝国内のいたるところの職場にいた。小学校、陸軍省書記局、公文書館、カフェ、劇場の舞台裏、食料品会社宣伝部、カトリック教会本部、高級ホテルのフロント、区役所市民課……。そこから時代の言葉が送られてくる。

クラウスは一つ一つに皮肉なタイトルやコメントをつけて『炬火』に収録、のちにまとめて『世界審判』のタイトルで炬火出版社から刊行した。現実の資料蒐集のかたわら、この言葉の見本帳から長大な劇を生みだした。生きた人間から出た言葉を、当の人間にもどしてしゃべらせる。

クラウスにとって劇作の試みは初めてではなかった。すでにオペレッタ仕立ての喜劇をいくつか書いていた。それよりも何よりも、生涯に七〇〇回にわたってつづけた「文芸劇場」があった。朗読と講演には、しばしば音楽がつき、ときには演技が入った。活字を声にうつし、対話をセリフにかえるひとり芝居であって、他人の、また自分のテキストを声調化し、立体化して、ドラマをおびさせる。さもないと、ときに二〇〇〇に及ぶ聴衆を、一時間、二時間とたのしませるなど不可能だ。戦時の資料、声の見本帳は十分に訓練を受け、つとに成熟した諷刺家に遭遇した。強靱なスタイルが、それにふさわしい素材を見つけたと言えるのだ。『人類最期の日々』はタイトルにそえて「序幕・エピローグ付き五幕悲劇」と謳《うた》っている。文学においてめったにないケースだろうが、劇で扱われている時間の経過と、執筆の進行とがほぼひとしかった。序幕は一九一五年七月、エピローグは一九一七年七月、そして第一幕から第五幕までがこの間に書かれた。まさしく時代の只中で執筆され、それぞれ『炬火』特別号として刊行された。

黙示的なエピローグは、大戦終了直後、一九一八年一一月の発表になる。翌一九年よりくり返し全体にわたる加筆・訂正を受け、一九二二年に最終的にいま見るような決定版が出された。まさにクラウス畢生《ひっせい》の作となった。

これがいかに破天荒な作品であるか。上演用の「幸福な」ドラマと、いかに縁遠いものであるか、作者自身の「はしがき」からもわかるだろう。

「当ドラマの上演は、地上の時間《とき》の尺度では十日余を必要とする。故に、むしろ火星の劇場《こや》こそふさわしい」。

原書・訳書ともに七〇〇ページにあまり、名前を受けた登場人物だけで五〇〇名をこえ、背後の人物を数えれば数千にのぼる。舞台はウィーンの繁華街に始まって、旧オーストリア＝ハンガリー帝国領から、東欧、ロシア、フランス、そしてヨーロッパの半ばをつくし、兵士や死の商人の足どりとともに、とめどなくひろがっていく。膨大に集積されたドキュメントが、グロテスクな人間の悲劇を演じていく。

しかし、このドラマの特異さはそういったことではないだろう。くり返し言うが、主役はあくまでも劇中の言葉である。

訳注でほんの少し示したにとどまるが、全セリフのほとんどは戦時下の新聞、ルポ、通達、広告文、社説、判決文、声明、投書等々からできている。これについても、作者が「はしがき」で述べているとおりであって、「ここに報告されるさながら異常の行為は原寸の写しである。ここに遺されるさながら異常の会話は原尺の控えである。作者は《引用》を唯一の創意としたにすぎない」。

印刷された言葉が、それぞれの書き手の口にもどされ、一つの状況、一つの定まった「場」に移される。「場」は戦争の拡大につれて、前線司令部や塹壕や潜水艦の艦内にまでひろがるだろう。しかし、その「場」自体が問題なのではなく、そこで交わされる言葉こそ、この悲劇の主人公である。

序幕以下、全五幕は、いずれもウィーンの繁華街の雑踏に始まって、各幕が大戦の四年間を追っていく。それはまず新聞の号外売り、つまりは時代の声で示される。序幕は一九一四年六月のオーストリア皇太子夫妻暗殺事件直後であって、「ある夏の祝祭日の夕。さんざめく人の波」のただなかのこと。

そこへ時代の声がとどろく。「号外だあ――！　皇太子が暗殺《や》られたあ！　下手人は摑まった！」

第一幕は数週間後、家ごとに国旗が立ち、行進する兵士たちに歓呼の声。号外売りが事態の急転を告げ、いまや「戦況第二報告」（第一幕第一場）の状況に立ち至った。

第二幕では、予測とちがって戦争は数ヵ月で終わらない。思いもよらぬ状勢になってきた。ロシア戦線の拡大につれて、東欧からの難民がウィーンへ押し寄せ、首都の人口が二〇〇万をこえるまでになった。「群衆はおおむねガリーツィエンからの逃亡者、闇商人、休暇中の職業軍人、病院勤務その他軽労働従事の祖国組、及び徴兵免除をとりつけた壮健な市民たち」。新聞売りはポーランドから逃れてきたユダヤ人で、売り声に訛《なまり》が入っている。「号外《ごうげえ》――お買得《けえ》――さ、皆の衆――」（第二幕第一場）。

翻訳では伝えようのないことなのだが、実をいうと、各幕の冒頭の時代の声に、「声」の仕掛けがほどこしてある。クラウスは何くわぬ顔で、ほんの一語にドラマのテーマを煮つめ、この戦争の実態を要約した。第二幕の新聞売りの声は、売り文句の発言のまま、つぎのような表記になっている。

《Blutige Abweisung in Naahkaamf bittee ——!》

字義どおりに訳すと「血の肉弾戦、みごと撃退、どうぞ——!」（第二幕第一場）となる。

これは正しい訳ではないだろう。正しく字義どおりに訳しているが、やはり正しくない。原文は本来なら、「bittee（どうぞ）」の前にコンマがつくはずであって、血の肉弾戦を（わが軍は）みごと撃退した。（その戦況を報じている新聞を）「どうぞ」と呼びかけている。しかし、クラウスはコンマを省いた。その結果、どうなったか。「どうぞ」と売りに出されているのは号外ではなく、「血の肉弾戦」そのものであって、「みごと撃退」の顚末が商品になっている。おびただしい流血と凄惨な戦闘が、こちらでは売るべき商品にすぎず、そしてまさしく商品化されて流通していく。訳者はその「意味」を優先した。何げない号外売りの声に、この戦争の隠された姿が、あますところなく露顕している。

ちなみに、この長大なドラマには、「楽天家と不平家の対話」が随所にはさまっている。楽天家が体制側の気の好いスポークスマンだとすると、不平家は作者の半身を兼ねている。クラウスは二人のやりとりの一つで、みずからの作品の注釈をするかのように語らせている。

楽天家　あなたのドラマも些細なことの集積なんでしょうが。ほんの些細な現象と大きな事実とを結合させる、あなた一流の始末の悪い癖ですよ。

不平家　私はただ、ほんの些細な事実から壮大な現象にわれわれを導いていく、悪魔一流の手法を踏襲したにすぎませんよ。（第四幕第二十九場）

ながらくクラウスにかかずらっていて、ホンヤクのしようのない巧妙な「声」の仕掛けに出くわすたびに、訳者が思ったことでもある。

二〇一六年五月

池内　紀

本書の原本は、一九七一年に小局から『カール・クラウス著作集』第九巻「人類最期の日々」(上)として刊行されました。

本書には現在では差別的とされる表現が含まれていますが、差別を助長する意図はないこと、また歴史的文書であることを考慮して、そのままにしました。

人類最期の日々［普及版］（上）

2016年11月25日　第1刷発行

著　者　カール・クラウス
訳　者　池内　紀

発行所　一般財団法人　法政大学出版局
〒102-0071　東京都千代田区富士見2-17-1
電話　03（5214）5540　振替　00160-6-95814

印刷　三和印刷　製本　根本製本
装幀　奥定泰之

ISBN978-4-588-49034-7　Printed in Japan

著　者
カール・クラウス（Karl Kraus）
1874-1936年。オーストリアの批評家、諷刺家、詩人、劇作家。20代で個人誌を発刊。鋭敏な言語感覚によりジャーナリズムの用語、措辞をとらえ、モラルの腐敗、社会的欺瞞を糾弾。第一次世界大戦に際しては戦時特有の言葉を証拠物件として、悪の集合体としての巨大悲劇『人類最期の日々』を完成。ナチズムの台頭をいち早く『第三のワルプルギスの夜』として痛烈に断罪した。代表作はほかに言語批判の集大成である『言葉』など。戦後、特異な言語思想家としての再評価が始まった。

訳　者
池内　紀（いけうち　おさむ）
1940年、兵庫県姫路市生まれ。ドイツ文学者・エッセイスト。主な著書に、『ことばの哲学——関口存男のこと 』（青土社、2010年）、『恩地孝四郎——一つの伝記 』（幻戯書房、2012年）、『戦争よりも本がいい』（講談社、2014年）、『カール・クラウス——闇にひとつ炬火あり』（講談社、2015年）など多数。主な訳書に，『カフカ小説全集』（全6巻、白水社、2000–2002年）など多数。